그녀들의 이야기, 신新_여성
-한국근대문학과 젠더 연구-

그녀들의 이야기, 신新_여성

—한국근대문학과 젠더 연구—

김 연 숙

역락

머리말

1930년대 평양 을밀대 지붕에 올라간 평양고무공장 노동자 강주룡. 그녀는 노동자 파업을 하던 중, 공장 밖으로 내몰리자 궁리 끝에 지붕 위로 올라갔다. 지붕 위에서 밤을 꼬박 새우고, 날이 밝아서 모여든 사람들을 향해 그녀는 이렇게 외쳤다.

"나는 죽음을 각오하고 이 지붕 우에 올라왓습니다. 나는 평원고무 사장이 앞에 와서 임금감하의 선언을 취소하기까지는 결코 내려가지 않겟습니다. 끝까지 임금감하를 취소치 않으면 (…중략…) 노동대중을 대표하야 죽음을 명예로 알 뿐입니다. 그러하고 여러분, 구타야 나를 여기서 강제로 끄러내릴 생각은 마십시오. 누구든지 이 지붕 우에 사닥다리를 대놓기만 하면 나는 곳 떠러져 죽을 뿐입니다."(〈동광〉 1931. 7)

자신의 삶을 송두리째 공중에 매단 채 싸워나가는 그녀의 모습을 보고, 당시 사람들은 '체공녀(滯空女)'라고 불렀다. 그리고 2000년대 부산. 영도 조선소 크레인에 올라간 한진중공업 노동자 김진숙. 을밀대의 '체공녀'처럼 자신의 삶을 내걸고 싸우고 있는 그녀는 한여름 옷에 맺힌 땀이 피워낸 '소금꽃'으로 불린다. 근 100년의 시간차가 어색할 만큼 닮은꼴인 그녀들에게서 나는 신여성—새로운 여성의 모습을 본다.

원래 신여성은 일제 강점기—식민지 근대에 '신식교육을 받은' 일군의 여성들을 일컫는 시대적 용어다. 거슬러 올라가면, 1911년 일본의 여성잡지 『세이토(靑鞜)』를 만들어냈던 여성들이나, 1750년경 런던의 살롱에서 문학을 논하던 여성들(bluestocking)과 마주칠 수 있다. 그녀들의 새로움이란 무엇이었을까. 지금도 영어사전에서 'bluestocking'을 찾아보면 "전통적으로 여자가 하는 일들보다 사상과 학문에 더 관심이 많은 여자"라고 나온다. 이때 사상과 학문에 관심이 있었다는 것이 중요한 것은 아니다. 그녀들의 새로움은 그때까지 "전통"이라고 여겨왔던 것을 넘어서는 것이다. 그 삶이 때로는 문학으로, 때로는 사상으로 펼쳐졌던 것뿐이다.

따라서 '신(新)', 새롭다는 것. 이는 시대를 앞서간다는 쾌감과 함께 지금 · 여기를 벗어난다는 위험을 의미한다. 이 아슬아슬함을 온 몸으로 견딘 이들은 가히 역사적인 인물들이다. 그러나 기록을 남기는 주체가 남자였기에 역사는 히스토리(history)일 수밖에 없었다. 역사에 흔적을 남겼던 여성이란 어머니나 아내의 이름을 빌어, 혹은 비극의 여주인공인 경우가 대부분이었기 때문이다. 그래서 실제 역사 속에서 여성들의 목소리는 대부분 희미하게 가려져 있지만, 그것은 빛나는 편린이다. '체공녀'와 '소금꽃'이 그러하듯이 그녀들의 삶은 가슴먹먹한 울림으로 전해진다.

그 울림을 통해 내 삶을 비추어보는 일. 그것이 나에게는 '공부'이다. 90년대 후반 페미니즘 문학을 공부하겠노라고 다짐했던 이래, 나는 수많은 여성과 남성들을 만났다. 나혜석, 김원주, 김명순, 강경애, 백신애, 최정희, 송계월, 허정숙, 정종명, 최승희, 윤심덕 등 유명한 신여성, 이니셜로 등장하는 K양, P여사, T양을 비롯한 수많은 여성들, 그녀들 곁에 있던 노자영, 방정환, 이태준, 김동환, 채만식, 한용운 등 남성지식인들, 또 일기자(一記者), 취운생, S기자, 관상자(觀相者)로 등장하는 남성들. 해방 이후 '양공주'라 불리던 매매춘여성, 90년대의 여성작가까지, 내가 만난 새로운 여성들의 목소리와 그녀들의 울림을 되살리고 싶었던 것이 이 책에 실린 글이다. 물론 내 뜻이 그러했다는 것일 뿐, 막상 글을 모아놓고 보니 1/10도 제대로 나가지 못한 것 같아 부끄럽기 짝이 없다. 하지만 이것 또한 내가 새롭게 나갈 수 있는 첫걸음을 떼놓는 일이라 생각하기로 했다.

1부 '여성, 말해지는/말해질 수 없는 그녀'에서는 1920~30년대 여성들을 둘러싼 담론을 분석한 글을 모았다.『신여성』,『별건곤』,『삼천리』 등 당대 잡지에서 여성을 언급하는 방식, 공공 공간에 새롭게 등장한 여성들, 문화담론 속에 등장한 여성들을 살펴보고자 했다. 2부 '여성, 글을 쓰다'에서는 여성작가라는 문제에 주목한 글들을 모았다. 어떤 과정을 거쳐서 글을 읽고, 글을 쓰는 여성들이 탄생했는가, 어떤 사상적 흐름들이 있었나, 남성 중심의 사회현실에서 배척당하는 여성작가, 그 현실에 부합했던 여성작가, 그리고 90년대 신세대 여성작가들의 모습 등을 살펴보았다. 3부 '여성, 몸으로 말하다'에서는 여성을 언급할 때 빼놓을 수 없는 화두인 여성의 육체－섹슈얼리티와 모성－에 관한 글들을 모았다. 생물학적 성과 임신－출산이라는 성적 자질이 어떻게 담론화되고 있는지를 살펴보고자 했다.

이러한 문제제기는 실상은 지금도 여전히 내게 남아있는 숙제다. 이미 고백했듯이 이 책은 연구의 결과물이라기보다는, 내 공부의 새로운 시작이기 때문이다. 그럼에도 불구하고 이 글들이 나오기까지 감사드려야 할 분들이 너무나 많다. 예전에 시중에 나와 있는 책을 집어들고 머리말을 읽을 때, 저자들의 감사인사를 어색하다고 생각했다. 뭐가 이렇게 구구절절한가 싶어서였다. 그런데 막상 내가 머리말을 쓰는 입장이 되어 보니, 예전 나의 시건방짐에 얼굴이 화끈거린다.

지금껏 공부하며 살아 온 그 모든 것이 어느 하나 내 힘이 아닌, 그야말로 공저자(共著者)의 것임을 머리 숙여 감사드린다. 선생님들, 선후배 동학들, 그리고 가족들이 나와 함께 살고 공부해왔던 것이다. 특히 페미니즘문학을 공부하기 시작했던 한국여성연구소 문학분과 사람들, 2002년 잡지 『신여성』 강독으로부터 공부하는 삶을 같이 꾸리게 된 수유+너머의 친구들. 지금도 그리고 앞으로도 그들과 함께 공부한다는 것이 내게는 참으로 든든하고 감사한 일이다. 그리고 든든하게 내 삶을 이루어주신 부모님, 내게 작게나마 능력이 있다면 모두 그분들이 내려주신 것이다. 나와 같이 삶을 꾸려 가고 있는 곽봉재, 곽태헌에게도 진심으로 감사의 말을 전한다. 마지막으로 이 책을 만들어 주신 역락출판사 이대현사장님, 편집부 박선주 님의 수고로움에 깊이깊이 감사드린다.

2011. 7.
김연숙

제1장 여성, 말해지는/말해질 수 없는 그녀

제2장 여성, 글을 쓰다

제3장
여성, 몸으로 말하다

제 1 장
여성, 말해지는/말해질 수 없는 그녀

여성, 소문으로 말해지다*

1. 왜 소문인가

'소문'은 듣고 전하는 말로부터 비롯된다. 그러나 모든 말이 소문이 되지는 않는다. 또 모든 사람이 알고 있다고 해서 소문이 되는 것도 아니다. 모두가 '라더라'고 이야기할 때 비로소 소문은 탄생한다. 대부분의 소문은 사실과 비사실의 경계가 모호하다. 아니 그러한 구분자체가 불필요한 것이 더욱 소문답다. 라캉식으로 말한다면 소문은 존재하지 않는 곳에 존재한다. 그래서 소문은 역설이고 인공물이다. 그것은 일시적인 집단 사건으로서 단지 인구에 회자되는 순간에만 잠시 존재할 뿐이다.[1)]

소문은 그러나 그 자체로 일상사 전반을 좌우할 수도 있고, 전쟁·혁명과 같은 역사적 급변기에는 집단적인 메커니즘을 작동하는 강력한 힘을 발휘하기도 한다.[2)] 더나아가 소문은 한 시대를 이해하는 유

---

* 이 글은 도서출판 여이연에서 2005년에 출판한 『한국의 식민지 근대와 여성공간』에 실렸던 「사적 공간의 미시권력, 소문」을 재수록한 것입니다.

1) 한스 J.노이바우어, 박동자·황승환 역, 『소문의 역사』, 세종서적, 2001, p.15.

력한 코드이기도 한다. 한스 노이바우어[3]에 따르면 소문은 집단적으로 전달되고 공유된 서사적 지식을 시의적절한, 어떤 사회적 상황에 투영한 것이다. 소문은 그때그때마다 시대적 연관관계를 그 해석 속에 포함시킨다. 왜냐하면 '하나의 특정한 사건과 하나의 주어진 상징적 체계 사이의' 관계로서 소문은, 그것이 생겨난 연관관계의 틀 내에서 비로소 그 의미를 얻기 때문이다. 따라서 소문은 끊임없이 스스로의 형태를 변형시키는, 눈에 띄지 않는 문학이라고까지 규정된다. 문학이 시대를 반영하고 시대를 설명할 수 있는 하나의 코드인 것처럼, 소문도 역사에서 생겨나 역사에 영향을 미치는 상징적인 현실이다.

따라서 소문이 만들어지고 유통되는 상황을 문제 삼을 때 비로소 우리는 소문의 맨 얼굴과 마주할 수 있다. 소문은 전이와 환유를 통해 작업하며, 메타포를 구성하고 이를 집약한다. 결국 소문을 읽어내고자 하는 작업은 집단적 의식이 투영된 사회적 담론을 분석하는 일이 될 수밖에 없다.

소문은 여성과 친하다. 서양 신화에서 소문을 관장하는 파마(Fama)는 여신이다. 프란시스 베이컨은 「고대인의 지혜」에서 소요를 불러일으키는 행동은 남성적이고, 소요를 불러일으키는 소문은 여성적이라고 정의했다. 1920년대에 등장한 '신여성'은 소문의 주인공이 될 만했다. 새로운(新) 여성의 등장은 낯선 것에 대한 호기심을 자극하고 무궁무진한 이야깃거리를 제공했다. 신여성은 '국내 최초'라는 타이틀을 얻으며 사회로 진출한 여성무리이다. 새 여성주체의 출현은 남성들을

2) 예를 들어 2차 세계대전 때 나치정권이 유태인에 대해 퍼뜨린 악의적인 소문, 동경대지지진때 조선인 학살을 불러일으킨 소문, 또 이와 반대로 유태인 수용소 생활을 견디게 해주었던 희망의 소문(작센 하우젠 수용소 사건)이 그러하다. 한편 5공화국때 광주항쟁이 소문의 형식을 통해 알려졌다는 사실도 흥미로운 일이다.

3) 한스 J.노이바우어, 앞의 책, pp.15~16.

당황하게 하고 호기심 어린 거부의 감정에 처하게 한다. 따라서 소문은 이성에 대한 호기심과 기존의 성적 질서를 흩뜨려 놓는 것에 대한 두려움이 뒤섞인 복잡한 동요에서 비롯되는 것일 수밖에 없다는 해석이 가능하다.[4)]

'신여성'에 관한 소문은 그 대상에 따라 다음과 같이 나눌 수 있다. 우선 소문 당사자의 실명을 직접 거론하거나 실제 인물을 대상으로 하는 경우가 있다. 두 번째로 대상이 누구인지 추측 가능하지만 실명을 감추는 경우이다. 세 번째로 대상을 전혀 짐작할 수 없거나 출처와 주제가 정확하지 않은, 모호한 내용이 소문으로 퍼지는 경우다. 어느 경우이든 진실과 진실 여부는 그다지 중요하지 않다. 소문은 언제나 사실과의 경계를 무화시키고 있기 때문이다.

2. 소문의 방식

윤심덕과 최승희는 근대여성사에서 특별한 인물이다. 그들은 각기 음악·무용계에서 커다란 족적을 남겼고, 1920~30년 당대부터 지금까지 주목받아왔다. 대표적인 신여성이라 할 이들은 그러나 여러 가지 점에서 극단적인 대조를 보여주고 있어 흥미롭다.[5)] 둘 다 최고의 재능, 미모, 범상치 않은 기질 등으로 칭송받은 여성이었지만, 윤심덕의 경우 몇 번의 연애과정에서 수많은 소문에 휩싸였고 결국 정사라는

4) 심진경, 「문학 속의 소문난 여자들」, 『파라 21』 창간호, 2003 봄, p.224.

5) 윤심덕은 1897년에, 최승희는 1911년에 태어나 14살의 나이 차이가 있기는 하지만, 윤심덕이 1923년에 가수로 첫 데뷔를 했고, 최승희가 1926년에 무용무대에 첫 데뷔를 한 만큼 이 둘의 활동시기는 거의 비슷하다. 또 둘 다 당대 대표적인 신여성 예술가로 손꼽혔고 천재적 기질을 높이 평가받았던 점도 비슷하다.

비극적인 인생결말로 귀결된다. 더구나 그녀는 비범한 기질과 재능에도 불구하고 초반부 잠깐 칭송을 받았던 것에 비해, 거의 생애 내내 연애 소문과 그로 인한 온갖 비난과 질타를 받아야만 했다. 이에 비해 최승희는 천재적인 재능과 인간됨됨이에 한결같은 찬사를 받아왔다. 그 또한 한 때 연애 소문이 나기도 했지만 그야말로 지나가는 풍문이었을 뿐 비교적 탄탄한 인생 역정을 보여주고 그에 대한 긍정과 칭송도 변함없이 이어진다. 그렇다면 과연 이들의 차이는 어디서부터 비롯되는 것일까.

윤심덕의 경우 1919년 우리나라 최초의 여성 관비 유학생으로 일본에 가서 성악을 공부하고 돌아와 가수로 데뷔했을 당시 엄청난 찬사를 받는다. "밤 지난 해당의 붉은 화관이 아침 이슬에 젖은 듯한 오렌지 빛 작은 입술로 옥반(玉盤)에 구르는 구슬소리와 같이 곱고도 청아한 멜로디를 울리어 반도 악단의 한없는 총애를 받고 있다."[6]거나 "윤심덕! 이 일홈은 한창 때의 임배세(林培世) 양을 나리 누르고 조선의 악단을 독차지한 기세로 휘젓는 실로 여왕의 위세를 떨치는 일홈이다."[7] 라는 서술은 극찬에 가깝다. 그러나 곧이어 김홍기－이용문－김우진과 연애소문에 휩싸이며 그녀는 방탕한 여성으로 인식된다. 이후 윤심덕에 관한 평가는 성격과 자질, 연애사건에 관련한 비판으로 일관된다.

윤심덕의 성격이나 자질을 비판하는 지점은 그녀는 "키도 후리후리"하고 "왈패"라는 별명이 있을 만큼[8] 활발한 성격이라는 것 때문이다. 전통적인 부녀덕목을 크게 벗어나는 이 활달함은 무대를 장악할 만큼 신선하게 보이기도 하지만 활발→자만→교만으로 연결되어 거부

6) 『동아일보』, 1923. 12. 17.
7) 녹안경, 「윤심덕씨」, 『신여성』 1권 2호, 1923. 11, p.34.
8) "지나치게 활달한 언행은 남들로 하여곰 왈패라 부르게 하나니"라든가 녹안경, 위의 글, p.35.

감을 일으키는 일차적인 요인이 된다. 그래서 윤심덕은 "대개 그는 누구를 맛나 존경어를 쓰는 일이 별로 드물"고 상대방을 "한 눈으로 보아바리는 것가티 보여서 대하는 사람의게 불쾌한 감을 갓게" 하는 인상이라고 평가받는다.[9)]

연애에 관해서는, 명치대학 출신 김홍기가 윤씨 옆에 그림자같이 동행한다는 소문이 있으니 윤씨에게 소문을 밝히라는 사생활 침해성의 폭력적 내용,[10)] "윤마마"가 "자미잇는 성악"(첩생활을 비꼰 것)을 행하는 "예술가의 짓"(신혼여행)을 "하엿다나요"식의 조롱성 내용 등으로 일관된다.[11)] 한편 객관적인 성격의 논설류의 글에서조차 소문의 힘은 막강하게 작용한다.

> 어느 부호의 몃재인지는 몰라도 첩으로 갓다가 한 달이 되자말자 금전 얼마를 어더가지고 어대로 려행을 갓다한다. 어대싸지고 나는 그것을 밋고저 아니하지만 만일 사실이라고 가뎡하면 그이와 엇더케해서 순정뎍 련애가 성립되얏스며 쏘는 적어도 련애뎍 결합이라 하면 엇지 그와가티 한 달도 못되야 서로 갈러지게 되얏는가 하는 질문이다. (…중략…) 윤씨는 긔왕 그러케 생겻다니 아직 되는 굿이나 보고 그 남아 사람들은 좀 정신을 차려 갑시다. 좀 진착하고 심각한 태도로 예술가이면 예술가 사업가이면 사업가 가뎡부인이면 가뎡부인 교육가이면 교육가 직업부인이면 직업부인으로 쪽쪽히 사람이 좀 되야 갑시다. 윤씨야-긔왕 국외로 갓다는 소문이 잇스니 거긔서 태평연월이나 노래하면서 건강히 일생을 지내라 누구나 그대 보기를 원치 안흘테니[12)]

9) 녹안경, 앞의 글.

10) "그런데 윤씨편으로 드르면 아즉 약혼은 아니하엿다고 하고 김씨에게 약혼햇다는 것이 허설이냐고 물으면 "허설은 아니지요"라고. 윤씨를 성원하는 여러분! 국수먹을 날자나 알아두시는 것이 엇덧슴닛가." (「색상자」, 『신여성』 2권 11호, 1924. 11, p.44.)

11) 「색상자」, 『신여성』 3권 2호, 1925. 2, pp.70~71.

12) 박신애, 「윤심덕 사건에 대하여」, 『신여성』 3권 3호, 1925. 3, p.43

이처럼 소문을 전제로 했지만 그에 대한 비판은 가혹하다. “윤씨는 긔왕 그러케 생겻다니 아직 되는 곳이나 보고 그 남아 사람들은 좀 정신을 차려 갑시다”라는 말에는 윤심덕을 철저히 무시하는 태도가 숨어있고, 그를 통해 다른 여성들의 각성을 촉구하는 우월한 계몽자의 목소리만이 두드러지고 있다.

이에 비해 최승희는 첫 무대 공연에서 “놀라운 천재”, “우리 천재”, “경쾌와 우미의 화신”, “비범한 특색”, “예술적 텬재”라는 찬사를 받고[13] 이후 내내 “조선에 단 하나밧게 업는 무용가”[14]라 불린다. 한국무용사 연구를 참조하면 물론 최승희의 능력과 업적은 절대 과소평가할 것은 아니며, 여기서도 그에 대해 이론(異論)을 제기하자는 것은 아니다. 다만 무용과 관련없이 『신여성』에서 거론되는 최승희의 긍정적인 평가에서 흥미로운 사실을 발견할 수 있다는 점에 주목하고 싶다. 앞서 윤심덕의 활발함이 교만한 성격으로 여겨져 큰 비판을 받았다면, 최승희의 경우 두드러지게 칭송되는 자질은 ‘얌전’, ‘겸손’, ‘소박’, ‘검소’이다. 그녀는 무용을 할 때조차도 “덥기는 더우나 더운 줄 모르고 정신은 잇지만 정신 일흔드시 보고 잇는 모든 사람의 눈에 얌전하고 겸손한 그의 태도가 빗초엿”고 『신여성』이 바라본 평소 최승희는 “화장 장식 안 한” “비범한 특색”을 가진 천재다.[15] 무용공연이 끝난 후 인터뷰를 위해 기자와 만난 자리에서조차 그녀는 “‘(…전략…) 엇지되엿거나 우리 조선은 아직 깨이지 못햇스니까 특히 무용갓흔 것은 보잘 것업스니 우리 조선이 발달되는 동시에 새롭고 독특한 우리 무용예술을 새로히 굿게 세워야 하겟스니까…… 그런 마음은 잇습니다마는 저

---

13) 동경 파랑새, 「무용천재 최승자양」, 『신여성』, 4권 8호, 1926. 8, pp.47~49.

14) 김영희, 「신무용가 박외선양」, 『신여성』 7권 3호, 1933. 3, p.54.

15) 동경 파랑새, 앞의 글, p.48.

갓흔 둔한 재조로서야 엇지될지요…… "하는 겸손한 태도"를 보여주여 기자를 "감동"시킨다.[16] 겸손은 특히 여성에게 권장되는 전통 미덕이다. 겸손한 성격→검소한 생활→청빈으로 대표되는 정신적 가치는 이른바 동양적 가치관과 직결되는 것이기도 하다. 겸손한 성격을 가진 최승희는 당연히 그 모든 가치를 충족시키는 인물로 서술되고 있다.

물론 최승희도 '연애' 소문에 휘말린 적이 있다. 그녀와 일본인 스승 이시이 바쿠(石井漠)과 연애 관계라는 소문이 돌았던 것이다. 그러나 윤심덕의 연애가 「색상자」의 연재기사처럼 실렸던 데 비해 최승희의 경우 스스로 『신여성』에 「공개장」 글을 통해 소문을 해명한다.[17] 그 글에서 자신이 일본 이시이 바쿠의 연구소에 들어가게 된 계기, 조선으로 왔던 이유, 다시 이시이 바쿠의 제자가 되었던 것 등에 대해 자세히 설명하고, 연애관계란 소문 때문에 명예훼손죄로 고소까지 했다는 당사자의 분명한 태도가 이어진다.

이처럼 극명하게 대조되는 서술태도는 과연 개인적 자질이나 능력 차이때문인지 의심스럽기 짝이 없다. 활달, 오만(교만)/겸손, 검소의 차이란 실상은 신여성을 유형화하고 소문의 근거로 사용되는 또 다른 소문에 불과하다. 윤심덕과 최승희에 대한 상이한 서술태도는 일차적으로는 연애 사건의 소문 횟수, 제도적 결혼 유무의 차이때문이며 궁극적으로는 소문을 생성하는 권력이 그 둘에게는 다르게 작용되기 때문이라고 할 것이다.

윤심덕은 자신이 선택한 남성과 관계맺으며 연애·결혼을 반복한 인물이다. 이에 비해 최승희는 처녀시절 오빠 최승일의 절대적인 영향 아래에 있었고, 결혼 이후 남편 안막이 최승희의 후원자 역할을 해왔

16) 동경 파랑새, 앞의 글, p.51.

17) 최승희, 「자기공개장 : 석정막과 나와의 관계」, 『신여성』 7권 1호, 1933. 1.

다. 그녀 스스로도 무용을 하게 된 계기, 조선춤에 집중하는 이유가 '오빠'의 영향임을 밝히고 있고, 남편 역시 오빠가 골라준 사람이다. 남편 안막은 최승희와 결혼 한 이후 자신의 본업인 문예활동보다 아내의 공연 기획자, 흥행사 레퍼터리 선정자, 작품 조언자 등 매니저로 더 적극적인 활동을 하며 이시이 바쿠라는 일본 선생과 오빠를 대신하는 역할을 충실히 수행한다.[18] 어느 연구자는 근대적 청년과 신여성이 출현한 시기에 '오빠-누이의 새로운 관계의 근대성'이 나타남을 지적한다.[19] 그에 따르면 남성끼리의 형제관계가 자칫 부계에 근거한 장자 중심의 유교적 위계로 환원될 위험성이 있는 대신 서로 다른 가계에 속하게 될 오누이 관계는 상대적으로 평등하고 수평적인 청년의 연대를 촉진할 수 있다는 것이다. 그러나 아버지와 남편, 오빠가 없었던 윤심덕, 오빠와 스승, 남편의 구도 속에 놓여있는 최승희의 경우를 본다면 과연 "평등하고 수평적인 청년의 연대"를 읽어낼 수 있는지 의심스럽기 짝이 없다. 이제 아버지를 대신한 오빠, 오빠를 대신한 남편의 출현이 신여성의 존재 근거를 확고히 해주는 보증수표가 된다.

결국 소문으로부터 자유로운 길은 가부장제 내에서만 찾을 수 있고, 소문은 끊임없이 여성에게 필요한 자질과 배제되어야 할 자질을 생성해서 가르쳐 준다는 뼈아픈 가르침이 신여성의 역사에는 스며들어 있다. 윤심덕은 배제되어야 할 자질의 표지로 최승희는 여성이 지키고 지향해야할 자질의 표지로 만들어지고 있는 것이다. 이를 통해 우리는 여성에 대한 서술-특히 소문의 서술이 어떻게 지켜야 할 가치와 배제해야 할 가치를 유포시키는 지를 찾아낼 수 있다.

18) 안막의 이와같은 외조가 최승희를 세계적 무용가를 만드는데 결정적인 역할을 했다는 것이 무용계의 일반적인 견해이다. 또 안막의 작명이 이시이 바쿠의 조선식 한자음 석정막을 본딴, 외조의 의지를 표현한 것이라는 설도 있다.

19) 이경훈, 「오빠의 탄생」, 『오빠의 탄생』, 문학과지성사, 2003, pp.42~75.

3. 성별화(性別化)된 소문

1933년 신문은 한 달에 100건이 넘는 자살 기사를 싣고, 잡지 기사에서는 6세아의 음독자살, 9세아의 투정(投井)자살 소식까지 (정말 사실인지 믿기 어렵지만) 보도하면서 "자살대유행시대"가 왔음을 알린다.[20] 실제 통계자료를 살펴보아도 1910년에는 391명에 그쳤던 자살자의 수가 1915년까지 7백~8백을 헤아리다가 1916년 처음으로 1천명을 돌파한 후 1925년에는 1천 5백여 명에 이르렀다고 한다.[21] 자살 원인을 명확하게 통계화하기는 어렵지만 연애관련 자살이 제일 많다든가 생활 곤란에 이어 남녀 관계가 중요한 원인이라는 지적을 참고하면 자살율의 일반적 증가가 연애 자살의 증가와 밀접하게 관련되어 있었다는 것을 알 수 있다.[22]

범박하게 말하자면, 1920년대 이후 신문, 잡지에서 조혼, 강제결혼, 남자의 변심, 연애 실패, 결혼 실패 때문에 자살하는 여성의 이야기가 초반기부터 꾸준하게 등장한 것이다. 그런데 이들 자살 가운데 특히 주목을 받는 것은 이른바 '정사(情死)'이다. 조혼이나 강제결혼, 연애 실패 등도 엄밀히 말하면 '사랑'과 관련된 자살원인이지만 이것들에는 비관·절망의 의미가 강하고 정사는 그와 함께 현실에서 이루지 못하는 사랑을 저승에서 완성시킨다는 다소 낭만적인 의미가 있고 또 사랑하는 남녀가 동시에 자살한다는 차이점이 있다. 정사라는 단어가 생

---

20) "이즘은 자살의 대유행시대 일본도 그러타고 하나 조선은 그 웃길을 것고 잇다. 신문의 제목만 더듬어도 한 달 동안에 백 건을 넘어가고 잇다. 더구나 육세아의 음독자살 구세 소녀의 투정자살에 이르서는 무슨 말로 그것을 설명해야 올올지 기자의 철필도 멈추어진다."(「축쇄 사회면」, 『신여성』, 7권 7호, 1933. 7, p.139.)

21) 「격증하는 자살자 수」, 『동아일보』, 1927. 3. 14. (권보드래, 『연애의 시대』, 현실문화연구, 2003, p.186에서 재인용)

22) 권보드래, 위의 책, p.186.

겨난 것은 일본에서도 메이지(明治 1년~1868년) 이후의 일이지만 신쥬(心中)라 하여 사랑하는 남녀가 함께 자살하는 일은 17세기부터 유행했다고 한다.[23] 우리나라에서도 1917년 첫 정사사건이 있었고 이후 창기들이 자주 정사의 주인공이 되는 등 심심찮게 정사가 나타났었지만[24] 단연 화제가 되었던 것은 윤심덕·김우진의 정사(1926년)이다. 이들의 죽음을 두고 사회적 책임을 망각한 개인의 나약함이라고 비판하는 논조도[25] 있지만 한 걸음 더 나가 김우진을 피해자로, 윤심덕은 정사 원인 제공자로 본다는 점이 특이하다.

(가) 그러나 수산군은 모르거니와 윤심덕양을 직면하였을 때에 내가 바든 인상으로 말하면 '저 여자는 언대든지 한번 씁직한 일을 해서 세상에 소동을 일으키고 말거이야'라는 예감을 엇게 된 것이엇다. (…중략…) 다만 막연히 '큰 일을 한 번 저즈를 것!'이라는 것뿐이엿다. 그럼으로 요 얼마 전에 내가 전주에서 윤심덕양이 청년 문사와 정사하엿다는 보도를 신문지상으로 볼 때에 문득 늣긴 것은 "그가 필경 일을 저즐느고 말엇군"하는 것과 그 청년 문사가 가엽다는 것이엇섯다.[26] (강조-인용자)

23) 권보드래, 앞의 책, p.181.

24) 권보드래는 1917년 전(前) 통감 아라스케의 며느리가 자가용 운전기사와 정사를 기도했다하여 떠들썩했던 일이 우리나라에서 '정사'라는 말이 쓰인 시초로 보고 있다. 물론 이것은 정사 장소가 우리나라일 뿐이지 일본인의 사건이다.(『연애의 시대』, p.181 참조.)

25) 대표적인 예로 여자 고학생의 비관자살에 대해 왜 스스로 노동을 하지 않느냐는 질책(『신여성』 3권 1호, 1925. 1, p.11), 자살은 부모와 사회에 대해 죄를 짓는 것이며 조선의 딸로서 사명을 다하지 못한 것이므로 소극적 죽음·경솔한 죽음(『신여성』 5권 4호, 1931. 4, pp.33~37), 의식박약한 쎈치한 여성들의 필연적 파국(『신여성』 5권 5호, 1931. 6, p.73), 패배자의 행동(『신여성』 7권 9호, 1933. 9, p.118.)이라 비판하는 글들을 들 수 있다.

26) 이익상, 「윤심덕 정사(情死)에 관하야」, 『신여성』 4권 9호, 1926. 9, p.35.

(나) 지금 내게 한 의문으로 남어잇는 것은 김우진군이 가장 현실과 타협하는 군의(그의 최근의 론문으로 보아) 자살이다. 그는 가장 분투덕이엇다. 감상주의나 인도주의뎍 색채도 보이지 안 하엿섯다. 그런데 군은 죽엇다. 엇재든 의문의 하나이다. 결국 큰일을 저즐으고야 말 윤심덕양의 길동무가 되고 말 것이랴 또는 남성에게 보수(복수의 오식인 듯-인용자)하랴는 그의 원수의 대표로 선택됨이엇드냐 참으로 몰을 일이다.[27] (강조-인용자)

『신여성』에 기고한 이익상의 글은 우선 신문기사를 보고 자신이 추측한 것과 다른 사람들의 이야기를 전제로 한 것이다. 스스로 "김우진과 윤심덕양에 대한 내의 지식은 가장 박약하다. 그럼으로 그 둘의 자살한 원인이 엇더하엿스며 엇더한 동긔가 그들로 하여금 자살을 결심케하엿는지도 자세히 알 수 업다"고 인정하지만, 그래서 '나는 잘 모르지만 ~하더라, 남들이 ~라더라'는 전형적인 소문 서술 방식을 취하고 있다. 이를 바탕으로 예전에 윤심덕을 한 번 보았을 때 "막연히" 큰 일을 저지를 여자라는 인상을 받았고, 결국 김우진은 피해자임을 강조한다. 그 근거는 평소 성품으로 보아 김우진은 자살할 것같지 않은 사람으로 느꼈기 때문이다. 물론 이 또한 막연한 인상일 뿐이다. 이처럼 온갖 추측과 다른 사람의 이야기(그것도 물론 추측)를 전해들은 것을 가미한 정사 원인분석은 '소문' 그 자체나 다름없다. 그러나 이 소문은 냉철한 분석을 위장해서 계속적으로 유포된다. 더구나 "더욱이 윤심덕양의 죽엄이란 것을 결심하고 최후에 불넛다는 「사의 레찬」"[28]을 생각해본다는 것은 정사를 당연한 결과로 규정하는 것이다. 그러나 「사의 찬미」가 윤심덕의 정사 때문에 엄청나게 유행했던 것은 사실이지만 그가 죽음을 결심하고 그 노래를 만들어 불렀다는 것은

27) 이익상, 위의 글, p.37.
28) 이익상, 위의 글, p.37.

추측일 뿐, 당대 그 어디서도 사실을 확인할 수 없는 일이다. 또 비극적인 정조·염세적인 세기말 풍조가 유행했던 당대 시단의 분위기를 감안한다면 「사의 찬미」가 그다지 예외적인 것은 아니다. 오히려 일반적인 문화 분위기 속에서 이해할 만도 하다. 그럼에도 불구하고 "유행 중 가장 위험한 것은 '노래'이니 노래를 부르다가 그 노래의 사상과, 노래부르는 사람의 생각과 부합되여가지고 자기는 생각지도 안튼 별세상으로 다러나게 된다"[29]는 지적에 이르면 이들 죽음의 원인은 전적으로 윤심덕의 탓으로 돌려진다.

윤심덕에 이끌려 죽음의 길로 간 희생자 김우진. 이 소문이 사실로 받아들여지면서 이제 자살도 성별이 주어지게 된다. 「자살하는 심리와 여자」,[30) 「조선여성의 자살비판」[31]이라는 글에서처럼 당대 보편 일반적이었던 자살은 여자의 것으로 한정되는 것이다. 실제 통계에서는 1932년 전체 자살 수는 2407명, 그중 조선 사람은 2228명, 남자가 1236명, 여자가 992명임[32]을 밝혀주고 있는데도 말이다.

"의학사 로군"이 애인이 자살한 후 따라서 죽은 사건을 두고 분석·비판한 우상규의 글을 보면 자살은 여성의 것이라는 신념(?)이 더

---

29) Y생(生), 「평론」, 『신여성』 4권 10호, 1926. 10, p.12. / 한편 이 글에서는 「사의 찬미」를 두고 "사회라는 것이 엇더한 것이며, 사회는 엇더케 조직되여 잇스며 또한 현금 우리의 사회는 엇더한 환경을 가지고 잇는 것을 도모지 모르며, 세상의 형편을 모르는 귀족의 짜님가튼 감정은 사랑이라는 외길의 행락밧게는 다른 것을 생각지 못하는 것과 가튼, 그러한 어리광 쑤레기 계집애의 현실에 대한 열패를 질서업시 짓거린 것"(p.13.)에 불과하다고 혹평을 한다.

30) D(P?).K.S., 『신여성』 4권 6호, 1926. 6, pp.6~8.

31) 이 글에서는 특히 "근래 신문지에 나타나는 자살자의 대부분은 녀자이엿다. 특히 신녀성으로 자살하는 이가 만흔 것은 더욱 놀낼 만한 일이다"(p.15)라고 명시한다.

32) 이 통계는 「숫자(數字)로 나타난 조선의 혼인조사」(태허(太虛), 『신여성』 7권 9호, 1933. 9, p.56)의 부기(附記)에 따른 것이다.

욱 뚜렷하게 드러난다.[33] 물론 글을 쓰는 대전제는 '나는 잘 모르지만~'이다.

> 필자는 로군을 모릅니다. 다만 신문의 긔사를 통새서 그의 생활상태를 알 뿐입니다. 신문지를 통해서 안 생활상태로 그의 죽기 전 까지의 심정을 취축하건댄― (…중략…)
>
> 비관이 전정신을 점령하고 잇슬 때에 '애인'이 자살햇다는 것은 얼핏 생각하기에는 '일층 더 비관적인 정신자극'이라고 할 수 잇스나 필자가 보기에는 '애인의 죽엄' 자체가 준 자극보다 '대학병원 근무 모의사로해서'라는 신문지의 문구 그것이 보다 더 큰 정신자극을 주엇다고 봄이 온당할 줄 압니다. 왜 그런고 하니
>
> 그는 과학자입니다. 죽어서 다시 만날 것을 미들 수 업는 사람잇니다. 여자의 죽엄이 단순히 로군과의 관게만으로가 안이엇습니다. 로군과 죽엄을 약속한 일도 업슨 듯합니다.
>
> 개인적 사정에 극도로 비관을 해서 모든 것을 담렴하고 각오하고(물논 비관이 업서진 것은 암니다) 사회로 시선을 돌닐 때 그 순간 사회는 캄캄해저버렷습니다. 보다도 도로혀 칼을 들고 그를 향해 달녀드는 것 가태슬 것입니다. 그것은 사회가 김갑순의 죽엄을 로군 자신의 탓이라 보고 십허하고 또는 그러케 선전하는 것이 그것이 아니엇겟습니까.

애인이 자살한 후 그 다음날 자살한 '노의학사'의 죽음을 두고 우상규는 결코 정사가 아니라고 주장한다. 그의 죽음은 애인의 자살이 주는 슬픔보다는 자신의 개인사가 신문에 알려짐으로써 받은 "정신적 자극"때문이라는 것이다. 그 근거로 드는 것은 노군이 의학사였으니 "과학자"는 "죽어서 다시 만날 것을 미들 수 없는 사람"이고 "(애인이) 로군과 죽엄을 약속한 일도 업슨 듯"하다는 것이다. 전자도 그다지 설득력있는 이유라 할 수 없거니와 후자는 전적으로 우상규의 추측일

33) 우상규, 「노의학사의 자살과 그 비판」, 『신여성』 7권 10호, 1933. 10. 이하 노의학사 사건과 관련한 인용문은 인용페이지만 표시한다.

따름이다. 무엇보다도 이 글의 대전제는 우상규가 단지 신문기사를 보고 생각한 것을 썼다는 점이다.

소문-추측-소문으로 이어지는 재생산 과정은 그러나 결국 여자만이 자살, 정사를 택하는 감정적·피상적·주관적인 성격이며 남자는 객관적·이성적인 사람이라는 결론으로까지 이어지게 된다.[34] 더 나아가 백철의 경우 여학생의 독서가 "애수와 비관에 얽어 매인 센티멘탈리즘"을 부르고 그것이 "실망과 자살"의 원인이라 주장하기도 한다.[35] 자살한 여성은 온갖 추측에 의해 결론내려진 사실화된 '소문'을 통해 다시 한 번 죽어야만 한다. 여성을 두 번 죽이는 소문의 놀라운 힘! 그리고 자살한 여성까지 소문 속으로 소환되고 길들여진다.

4. 소문의 당위-교훈과 계몽성

그렇다면 '~라더라'는 소문을 형성하는 힘은 어디서 오는 것일까. 그것은 여학생, 신여성 혹은 여성일반에게 교훈을 주기위한 계몽적 의지거나 많은 독자층을 확보하기 위한 상업적 욕망 때문이라 할 수 있다.

34) 실제로 우상규는 자살에 대한 원인을 살펴보면서, 자살을 하는 사람은 대체로 다음과 같다고 한다. 그런 사람은 "특별하게 강렬한 극정(極情)(분노, 비애등 소극적 정서가 더욱 심함) (…중략…) 그 정서의 반응이 도착성이 되여서 웃을 데 울고 슯혀할 데 깁버하는 일도 잇고" "리해력은 피상적" "주관성이 만고" "사실과 공상을 충분히 구별하지 못하고" "저도 모르게 거즛말을 하는 수도 만코" "자가본위 자기중심적" "자긔선전 허식허영을 힘쓰며 그러기 위해서는 태연스럽게 거즛말을 하며 애매한 사람을 팔되 북그러움이 업고" "의사에게 동정을 살여고 하는 사람(pp.88~89)"이고 이는 여자에게 많은 성격이라고 명시한다.

35) 백철, 「현대여학생과 문학」, 『신여성』 7권 10호, 1933. 10, p.35.

외문(外聞)에 의하면 EWHA색시에게는 아릿다운 애인이 거지반 짜라 잇다고 전한다. 그것이 그러케 흉될 것이 업고 아메리카니즘의 본바닥인 그곳에 잇서 필연(?)이라고도 할 수 잇고 쏘 나이 찬 색시들의 사정이니 남을 할 것도 업지만 염려되는 것은 한 째의 적은 실수가 가여운 마돈나의 비극을 나아주지 안을가 염려된다. 만은 설마-그런 외문(外聞)을 미들 것인가.

-UPR, 「조선령녀(朝鮮令女)의 동경향(憧憬鄕) 이화전문행진곡」,
『신여성』 7권 10호, 1933. 10, 29쪽

소문이 있다는 건 사실이지만, 실제로 그럴 수도 있지만, 설마 아닐 거라는 오묘한 태도. 마치 아이의 거짓말을 알아차린 어른이 "너는 설마 그렇지 않겠지만…" 운운하며 믿음을 주기 위해 노력하는 태도와 무엇이 다르랴. 그것은 내가 절대적인 믿음을 보여준다면 너는 나의 믿음에 순종할 것이고, 마침내 교화되리라는 사목적(司牧的) 의지에 다름아니다. 이화 여학생에 대한 "설마"는 알고도 모르는 척 '믿어주는' 성숙한 어른의 목소리다. 이런 식으로 소문이 있다는 것을 이미 알고는 있으니 알아서 조심하라는 감시의 눈초리를 던지는 것이다.

여성을 계몽하고자 하는 소문의 목소리는 친절하게도 소문에 대한 해결책까지도 일러준다. 동덕여고 교장 조동식은 여학생 풍기문제보다 남학생 풍기문제가 더 심각하고 따라서 보다 중요한 것은 청년들의 지조라고 당대에서는 혁신적인 주장을 한다.[36] 그러나 여학생 풍기문제에 대해 수많은 소문이 나도는 현실은 여학생 개인이 원인을 제공한 것이고 따라서 해결의 열쇠도 여학생이 쥐고 있다고 설명한다. "여기에 잇서서 조선의 여학생된 이는 그 처지가 다른 나라의 여학생보다 몃 곱 더 어려운 자리에 잇는 것을 깨달아야 할 것이요. 자긔의 몸가짐과 행동을 늘 더 주의하고 늘 더 경계하지 안으면 안 될 것이

36) 조동식, 「풍기(風紀)와 조선여학생」, 『신여성』 7권 10호, 1933. 10, pp.20~21.

다. 그리고 눈 압헤 나타나는 쁜 유혹과 허욕을 버릴 힘과 과단성을 길러야 할 것이요. 사회적으로 불리한 자리에 잇는 것을 이저버리고 분방스러운 행동을 취하는 것은 결국에 이롭지 못한 것임을 깨달을 것이다."[37]라거나 "그것을 피하려면 (…중략…) 고민과 비판성이 필요하겟고 리성의 힘이 필요하"[38]다는 것이다. 시대적 분위기도 감안할 수는 있으나 결론으로 도출되는 것은 개인의 조심이다. 특히 여학생 개인이 원인을 제공한 것이고, 신여성 대부분이 그러했다는 서술로 일관하고 있어 그 해결 방안은 '정신수양, 고민, 비판성, 이성의 힘'의 범주를 벗어날 수 없다.

한편 소문의 생성과 유포에 상업적 의도가 가미되었다는 점은 잡지라는 책의 성격상 두말할 나위도 없다. 이애리스와 배동필의 정사사건을 대서특필하는 신문보도를 보며 잡지 『신여성』은 이렇게 비판한다.

> 수만의 실업군의 홍수적 현상과 무수한 기사(饑死)의 사건보다는 이애리스와 배동필 두 사람의 정사사건이 몃 백배 더 커달은 흥미와 호기심을 부르조아 신문계에 던저준 것은 조곰도 이상한 현상은 아니엇다. 오늘날의 그들의 신문의 거대한 흥미는 전면적 사회사건보다는 도리여 넌센스한 개인적 사건에 그 중심이 노려잇스니까![39] (강조－인용자)

그러나 이런 비판은 『신여성』에게도 똑같이 적용될 것이지, 단지 신문만의 문제는 아니었다. 어떻게 내용과 형식을 포장할 것인가에 대한 편집부의 고민은 항상 당대에 회자되고 있는 소문을 적극적으로 차용하는 것으로 해결되고, 그로 인해 자연스럽게 당대상황과 호흡할 수

37) 앞의 글, p.21.
38) 사우춘, 「청춘가도의 붉은 신호 : 여학생의 위험지대」 7권 10호, 1933. 10, p.41.
39) 「천국에서 맺은 사랑(天國に結ぶ戀)」, 『신여성』 7권 2호, 1933. 2, p.37.

있는 여러모로 유리한 여건이 만들 수 있다. 또 기이하고 낯선 소문은 그 독창성 때문에 주목받기도 한다. 특히 "이것은 결코 잡지장사가 꿈여 내놓는 이야기가 아니라 사실로 나 젊은 녀학생들의 지나간 날의 수난의 고백서요 사실담입니다. 그런 만큼 독자 여러분은 흥미잇게 읽으실 줄 짐작하는 것"[40]이라는 진술은 잡지에서 '소문'류가 의도하는 바에 대해 짐작케 해준다. 사실이라고 굳이 강조하지만, 강조는 오히려 일종의 수사적 발언처럼 여겨지고 "수난의 고백서"와 "사실담"은 실화인지 소문인지 판단하기 어려워진다. 사실과 비사실, 진실과 허구의 경계를 끊임없이 미끄러져 내리는 소문은 필요에 의해 꾸준히 그 범위를 확장시킬 뿐이다.

5. 소문에 대한 여성의 반응

그러나 신여성이라고 해서 항상 소문에 이끌려 들어가기만 한 것은 아니다. 적극적이진 못했지만 나름대로 소문에 대해 비판적 시선을 보내고 저항했던 목소리도 분명 찾아볼 수 있다.

일요일 점심 때 동물원의 소나무 아래서 두 여자는 소설에 대해 서로 이야기를 주고받는다.[41] 실연한 남자가 금방 기생에게 마음을 주었다는 소설 줄거리를 두고 그녀들은 "애인의 그림자가 아직도 가슴에 뚜렷이 색여잇는 그 마음으로 기생을 사랴는 남자의 마음보ㅅ장이 도모지 얄미웁더라."며 분개하기도 하고, 물론 애인을 잊어버릴 수가 없기 때문에 쓸쓸한 마음을 채우려고 그랬을 것이라며 동정하기도 한

40) 위의 글, p.38.

41) 조이생(鳥耳生), 「수창(繡窓)의 두 여자 대화」, 『신여성』 4권 5호, 1926. 5.

다. 그러나 "만약 이 남자의 처지에 여자를 놓는다면"이란 가정아래에서는 둘이서 한 목소리가 되어 분개(?)한다.

> 갑 : 그렇치만 애! 비교로다 녀자를 그 남자의 처지에다 놋코 그런 짓을 햇다면 엇덧켓니?
> 을 : 그야-애! 말해 무엇하니. 그저 대변괴변이라고 써드러메겟지 무어."[42]

"여자가트면 야단법석"이라는 이 일화의 소제목도 그러하거니와, 남・녀에게 차별적으로 적용되는 도덕・사회적 기준을 풍자하는 시선은 날카롭다. 더구나 이 여학생들의 대화가 '은파리'가 관찰・미행하는 것처럼 새가 보고 들은 것을 옮긴다는 형식으로 구성되어 있어 필자의 글 쓴 의도가 어디에 있는지 짐작케 한다.

> 박인덕의 문제가 세상사람의 말성거리가 되야 잇다. 매일신보가 아무런 소리를 한다기로니 나는 거긔에는 아무런 생각도 흥미도 갓지 안는다. 그러나 오날의 남성들의 심리 더욱이쌰나리스트의 그들은 독자의 호기심을 끄는 긔사가 잇다면 그에서 만족이다. 그리하야 녀자의 잘못이 잇다면 그를 야단스럽게 보도하고 써들고 단이는 것이 현재의 남성들이다. 자긔들 남성은 아무런 과오를 범하고도 태연하야 사회덕으로 하등의 물의가 업것만 녀자의 일이라면 길가에서도 려관집에서도 남의 집 사랑 마루에서도 그가 화제에 오르나리는 것이다. 그는 아즉 봉건 사상의 청산치 못한 그 잔재라고나 할가!
> 그럿타해서 나는 박인덕을 두호하지 안는다. 박은 주책업는 녀성이요 미국식 위선에 저저서 죄와 거짓으로 눈이 가리여젓다.[43] (강조-인용자)

박인덕 이혼 사건에 대한 이 글은 그러나 비판과는 별개로 여성에

---

42) 조이생(鳥耳生), 위의 글, p.52.
43) 김순녀, 「세상비판일기」, 『신여성』 5권 11호, 1931. 12, pp.28~29.

대한 차별을 문제 삼고 있다. 필자는 전체 글에서 박인덕을 심하게 비난한다. 박인덕이 애초부터 돈, 금강석반지, 피아노에 눈이 멀어 결혼했고 이제 와서 남편이 돈이 없으니 아이들까지 내버리고 이혼한다는 것이다. "야비한 심정", "미국식 위선", "주책업는 녀성", "죄와 거짓"이라며 박인덕을 신랄하게 비판하지만 그러나 남성들의 태도도 문제라고 지적한다. 물론 필자도 소문을 사실로 받아들였다는 한계로부터 자유로울 수 없지만 그 때문에 당대 언론과 남성의 시각을 문제삼고 있다는 점을 폄하할 수는 없다. 이 글에 따르면 남자들은 여자들의 문제는 '호기심' 여부에서 취사여부를 판단하고 그것을 언제 어디서나 '화제'에 올리며 재미있어 한다는 것이다. 이는 사실 전달보다 소문이 점차 생성되어나가는 과정을 지적하는 것에 다름아니다. 이처럼 소문화 과정을 비판하고 그 속에 '봉건사상'의 잔재 즉 남성우월주의의 시선이 있음을 분명하게 포착하고 있다는 점은 의미있다.

이보다 더 적극적으로 소문화 과정에 저항했던 방식으로는 신여성 자신의 반론 제기나 반박문을 들 수 있다.[44] 앞서 최승희의 경우 이시이 바쿠와 연애관계가 있었다는 소문에 대해 스스로 자신의 과거 이력과 사정을 밝히고 있으며, 여자 비행사로 활동했던 이정희는 스스로 자신의 실연과 자살 소문에 관해 해명한다.[45] 그녀는 비행기 기사 이등자격을 갖고 있지만 조선에서는 일등 자격을 얻기 힘들다는 판단 아래, 상해로 가서 외국인도 접하고 공부도 할 겸 결심하고 떠난다. 그러다가 어느 분 소개로 학식있고 돈 있고 현재 의학박사인 이성용 집을 찾게 된다. 실질적으로 직업에 대한 도움을 못 받았지만 생활을

44) 이런 성격의 글로 우리에게 가장 많이 알려져 있는 글은 아마도 나혜석의 「이혼고백장」(1934)일 것이다.

45) 이정희, 「이성용 박사와의 약혼 해소기 – 식그러운 신변에 대한 나의 공개장」, 『신여성』 7권 9호, 1933. 9.

연명할 정도의 원조를 받게 된다. 이성용으로부터 독일 유학시절 잘못 해서 독일 여자와 결혼하여 집안에 풍파를 일으키고 외국 방랑생활을 하고 있다는 안타까운 고백을 듣는다. 그는 이제라도 자기를 잘 알아 주는 조선여자를 만나 다시 결혼하고 고향으로 돌아가 부모님을 모시며 살고싶다는 심정을 토로한다. 그래서 이정희가 '나'와 결혼하겠냐고 물으니 그는 기뻐하며 결혼을 서두른다. 그러나 양쪽 부모가 서로 혼인이야기를 하며 결혼식날까지 잡았으나 차일피일 이박사는 조선으로 돌아가기를 미룬다.

알고 보니 이박사의 아내인 독일 여자의 민적이 그대로 남아있고, 쉽게 이혼도 안되는 상황이었다. 또 이박사는 평양태생의 조선 여자 사이에 아이도 있었고, 지금도 그녀와 사랑하는 사이라는 복잡한 여자 관계를 감추고 있었다. 이정희는 집에 돌아오니 아버지가 돌아가신 이후였고 심란한 마음에 잠이 오지 않아 수면제 약을 좀 사먹었던 것이 너무 과해 일시 정신 혼수상태까지 갔다고 설명한다. 이것이 자살소동으로 신문에 오르락내리락하게 되었다는 것이다. 이런 내용이 자신에게 유리한 대로 상황을 진술하는 신변공개장이란 한계를 감안하더라도 소문은 모두 잘못된 것이요, 혼인문제 따위로 자살하지는 않는다, 더구나 자살하려면 차라리 바다에 빠져죽든가 비행사답게 만리 창공에서 죽을 것이지 집에서 음독자살하는 소동은 벌이지 않을 것이라는 이정희의 태도는 당당하기 이를 데 없다.

7. 저항적 차이의 생산

소문을 따라가다 보면 신여성은 철저히 대상화된 느낌이다. 소문이 만들어지고, 유포되는 과정에 내재된 배제와 포획의 구도. 그 속에 여성이 고정되었다는 답답함은 절로 생겨난다. 더욱이 근대 소설사에서 김동인, 염상섭, 전영택 등 많은 남성 소설가들이 신여성의 소문을 중심으로 새로운 허구(소설)를 만들어내었다는 사실은 더욱 의미심장하다.[46] 애초에 소설은 패관잡설이라 하여 길거리에 떠도는 이야기를 수집하고 모으는 것이었으니 소문과 소설의 친연성은 그 기원서부터 증명되고도 남는다. 그러나 유독 신여성의 소문이 계속해서 소설화되었다는 사실은 또다른 소문의 재생산과 강화를 보여주는 것이 아닌지.

소문의 내용은 신여성의 새로움을 제거하고 그 곳에 기존의 가치관을 견고하게 채워 넣는다. 특히 소문을 통해 집단 무의식으로 연대하고, '~라면 / ~ 아니면 말고'식의 책임질 수 없는, 아니 책임질 필요가 없다는 유용성은 대단하다. 그 과정에서 억눌리는 여성 자신의 욕망과 목소리. 실재로서의 '신여성'이라기보다는 남성적 시선이 투영된 사회적 기표이자 담론적 구성물로 '신여성'을 만들어내는, 한 극단적 본보기가 이들 '소문의 발생－유포－재생산' 과정일 것이다. 결국 소문은 신여성을 둘러싼 근대 여성주의와 가부장제 사회 간의 긴장과 갈등을 보여주는 징후이면서 남성들의 무의식이 발화되는 지점이다. 소문이 여성에 대한 통제를 작동시킬 때, 개인을 사회적 영역에서 판결할 수 있는 권력이 창출된다. 그것은 물론 성별이 뚜렷한 권력이다. 따라서 '신여성'을 다스렸던 '소문'은 사회적 담론이자, 불평등한 성별 권력을 내포했던 '정치적 지점'인 것이다.

이처럼 남성 중심적 지식과 권력구조가 공모하며 소문을 생산해냈

46) 나혜석, 김일엽, 김명순에 관한 소문을 소재로 삼았던 이른바 모델 소설을 예로 들 수 있다. 염상섭의 『너희들은 무엇을 어덧느냐』(1924), 『해바라기』(1924), 김동인의 「김연실전 연작」(「김연실전」, 「선구녀」, 「집주름」 ; 1939~1941), 전영택의 「김탄실과 그의 아들」 등의 소설이 그것이다.

을 때 사실상 여성이 주체가 되어 자신의 목소리를 드러내는 것 자체가 어렵다. 더구나 당대 여성잡지들도 그것이 여성의 담론인지 여성을 대상으로 한 담론인 지의 경계가 모호하다는 근본적인 한계가 있다. 그렇다면 이 거대한 구조 속에서 다른 목소리를 내었던 신여성의 발화는 그저 한 순간의 포즈로 이해하여야 하는 것일까. 분명 이들의 서술이 새로운 반론으로서 소문을 무화시킬 수 있었던 것은 아니라고 판단된다. 그럼에도 불구하고 이 서술들은 소문으로 관리되지 않는 지점, 공모하면서 저항하는, 틈새와 균열을 일으키는 여성담론의 지점이 존재한다는 사실을 알려준다. 차이를 생산하는 발화욕망을 담고 있는 이들의 서술은 그래서 소중하다. 하위주체는 지배담론의 헤게모니 안에 머물 수밖에 없지만 그 안에서 지배담론의 구조에 균열을 내고 내부를 파열시킬 수 있는 근거지를, '내부에서 외부'를 함축할 여지를 가질 수 있게 된다는 스피박의 지적[47]은 그래서 의미있다. 적대적이고 대립적인 요소들을 일순간에 지양·초월하는 것이 아니라 그것들과의 교섭(negotiation)을 통해 접합하는 것, 이것이 남성적 담론에 압력을 가하는 여성적 발화의 저항적 차이 생산이다. 이를 통해 변혁의 불씨와 궁극적으로 저항적 주체성까지도 바라볼 수 있지 않을까. 그러나 근대 초기 '신여성'이라고 불렸던 그녀들에게는 저항적 차이의 발화를 시작하는 것이 최선이었다면, 지금-여기를 살고 있는 우리의 발화는 과연 어떠한 것인지 되묻지 않을 수가 없다. 여전히 진행 중인, 진행되어야만 할 숙제.

47) 스피박, 태혜숙 역, 『다른 세상에서』, 여이연, 2003, p.542.

여성 수난사, 잡지 『신여성』 속의 신여성*

마치 굴뚝새의 날름새처럼 거리에서 거리로 몸을 감추어가며 돌아다니는 풍문! 어데서 오고 어디로굴러갈지 종잡을 수 업는 가지가지의 풍문!

엇던 째는 터문업는 조선의 마돈나를 만들어내고 엇던 째는 당자(當者) 몰으는 결혼식도 거행식히고－그리하야 잡지 쏘십란을 뚜렷하게 장식해주고－가지가지로 말성을 피우고 우름을 울키는 밋그래미가튼 풍문!

대관절 엇재서 무엇째문에 풍문의 실마리는 푸러저 나오고 누가 엇더한 보복(?) 엇더한 심사(?)로 이것을 제조하엿든가?

－사우춘, "거리의 굴뚝새! 풍문제조업자", 『신여성』 6권 12호 중에서

1. 근대의 새로운 스타, 신여성

결혼'설', 연애'설', 이혼'설', 성형'설', 누드 사진'설', 비디오'설', 성상납 '설'……. 이는 하루가 멀다하고 신문과 잡지, 방송을 장식하는 연예인 소식이다. 이러한 기사들은 제목만이 그럴듯할 뿐, 사실이 아

* 이 글은 한겨레출판에서 2005년에 출판한 『매체로 본 근대여성풍속사－신여성』에 실렸던 「신여성수난사 : 황색저널 『신여성』 속의 신여성」을 재수록한 것입니다.

니거나 혹은 사실여부를 확인하기 어려운 것들이 대부분이다. 특히 성 관련 사건의 경우, O양, Y군 하는 식으로 피해자(여)와 가해자(남)가 누구인지조차 불분명하게 보도함으로, '그게 누구라더라'하는 또 다른 소문을 만들어 낸다. 한편에서는 그러한 소문이 '뜨기 위해서' 무엇이든 가리지 않는 연예인 자작극일 것이라는 의심의 눈초리를 덧붙인다. 소문거리와 농담거리가 된다는 점에서, 즉 관찰 대상이 되어 삐딱한 시선들을 감내해야만 한다는 점에서 근대의 신여성은 오늘날의 연예인과 비슷한 처지였다.

"트레머리 아가씨"로 불렸던 신여성은 20세기 초반 식민지 조선이라는 근대 공간에 새로운 볼거리였다. 신여성의 새로운 외양은 어디서나 주목받았고, 이전과 달리 공적 영역에 등장하는 그들의 모습은 그 자체가 진풍경이 되기에 충분했다. 또한 신여성이 잘난, 우월한 소수 집단의 위치에 있었기 때문에 더욱더 관심의 대상이 되었을 것이다. 그들은 근대에 새롭게 등장한 스타였다. 연예인의 시시콜콜한 이야기가 기사화 되듯이 신여성들의 소소한 일상은 언제나 좋은 기사거리가 되었고, 사실여부가 확인되지 않은 신여성을 둘러싼 소문이나 시빗거리도 기사 소재로 훌륭한 몫을 했다. 자신의 사생활이 소문으로 증폭되고, 있지도 않은 일이 기사로 공식화되었을 때, '당하는' 기분은 어떠했을까.

잡지 『신여성』에서도 매 호마다 신여성의 이러저러한 모습을 보여주고 소식을 전하는 데 각별한 공을 들인다. 이 글에서는 『신여성』이 신여성을 관찰하고 서술 방식 등을 살펴봄으로써 여성이 어떻게 보여지고 어떤 과정을 통해 다루어지는지, 결과적으로 도달하는 지점이 어디쯤인지를 가늠해 보려 한다.

2. 신여성에 관한 소문들 :「색상자」

1) 은밀한 소문에서 공식 담론으로

『신여성』의 꼭지들 중에 신여성에 대해 보고 들은 것을 직접 전달하면서 논평을 곁들이는 형식의 꼭지로는「색상자」가 대표적이다.「색상자」란은『신여성』목차에「소문거리 색상자」라 명시한대로 당시의 가십거리를 짤막짤막하게 전하는 꼭지이다. 물론 비슷한 취지의 글을 실은 다른 꼭지들도 많았다.「색상자」와 비슷한「조각보」,「이 소식 저 소식」같은 꼭지들이 있고, 비교적 객관적인 사실에 기초한 소식을 전달했던「여학생 통신」,「지방통신」,「여성신문」,「여성계 소식」,「여학교 통신」,「여인사론」같은 꼭지들도 있었다.[1] 그러나 사실기반의 소식을 전하던 꼭지들도 30년대에 이르면 그 성격이 모호해져서 말 그대로 잡스럽다할 내용들을 다루기 시작하고 종국에는「색상자」류의 글과 변별하기 어려울 정도에 이른다. 뿐만 아니라, 통칭 만평류라 할 수 있을「가두잡설」,「여성의 잡관잡평(雜觀雜評)」,「세상비판일기」,「만담」,「야담」란이나 애화(哀話), 야화(夜話), 비화(秘話) 실화(實話), 괴담(怪談), 소화(笑話), 기담(奇談)을 다루는 글도 같은 맥락에서 이야기할 수 있다.[2]

---

1) 「조각보」는 1923년 11월호, 1924년 4월호에서 찾아볼 수 있다. 각 소식란이 나타났던 첫 시기를 살펴보면「이 소식 저 소식」은 1926년 2월에 단 한 번 등장했고, 그외「여학생 통신」- 1924. 6,「지방통신」- 1926. 1,「여성신문」- 1926. 3,「여성계 소식」- 1926. 6,「여학교 통신」- 1933. 7,「여학생신문」- 1931. 10,「여인사론」- 1931. 11,「여학생토픽크」- 1933. 7,「숙녀비망첩(록)」- 1933. 6,「축쇄사회면」- 1933. 6,「뉴욕통신」- 1926. 10,「파리통신」- 1933. 6,「세계의 동향」- 1931.10,「국제정세」- 1933. 3,「시사전망」- 1933. 3 등이다.

2) 「가두잡화(설)」- 1925. 11,「여성의 잡관잡평」- 1926. 3,「세상비판일기」- 1931. 12,「만담」- 1933. 1,「야담」- 1933. 8, 애화(哀話) - 1924. 4, 야화(夜話) - 1924. 7, 비화(秘話) - 1926. 9, 실화(實話) - 1924. 5, 괴담(怪談) - 1926. 3, 소화(笑話) - 1925.

예를 들어 「여성의 잡관잡평」의 경우 제목에서 이미 잡관(雜觀)이라 하여 소소한 일들에 대해 본 것을 서술하겠다는 의도를 분명히 하고 있는가 하면 글의 필자도 '관상자(觀相者)' 즉 관찰하는 사람이라는 필명을 쓰고 있다.

「색상자」는 주로 여학생과 신여성에 대한 신변잡기성 일화나 기이한 소식들을 전했다. 함경도에서 돌아온 음악가 한기주 씨가 서울여자고등보통학교의 선생님이 되었다는 사실[3]을 전하는 경우도 있지만, 안동고개에서 미끄러져 치마가 찢어져 창피당한 여학생,[4] 머리에 다리꼭지를 붙이고 뛰다가 다리꼭지가 빠져 망신당한 여학생,[5] 남학생에게 히야까시 당하는 여학생,[6] 분홍저고리·보석반지를 하고 조선극장을 매일 드나들어 기생취급을 받았던 여선생님,[7] 자신을 마나님이라 부르는 소년을 경찰에 신고한 노처녀,[8] 성적 불만족을 이유로 이혼소송을 제기한 젊은 아내,[9] 사백원의 운동비를 써서 미쓰 조선에 당선되었다는 소문이 난 여성,[10] "조선거부의 쎄컨드 싸불유(second wife의 약칭 – 인용자)"였다가 빠에서 접대부노릇을 하는 미모의 여인,[11] 여우털 목도리때문에 배추장사에게 망신당하는 모던 걸[12] 등 신여성

1, 기담(奇談) – 1926. 6이 각각 처음 등장하는 것을 보면, 『신여성』은 초기부터 이와같이 이야깃거리를 편집·구성하는데 많은 공을 들였음을 알 수 있다.

3) 『신여성』 2권 5호, 1924. 5.
4) 『신여성』 3권 1호, 1925. 1.
5) 『신여성』 3권 6호, 1925. 7.
6) 『신여성』 4권 9호, 1929. 9.
7) 『신여성』 4권 6호, 1926. 6.
8) 『신여성』 4권 7호, 1926, 7.
9) 『신여성』 5권 4호, 1931. 4.
10) 『신여성』 5권 11호, 1931. 12.
11) 『신여성』 6권 3호, 1932. 3.
12) 『신여성』 7권 12호, 1933. 12.

들의 일상사를 풍자·조롱하는 것이 일반적이었다. 이 일상사는 소문에 근거하고 있지만, 「색상자」의 이야깃거리로 실리면서 보다 확고한 사실로 정착된다.

> 윤심덕이가 또 살아잇단다. 그의 정랑 김우진과 함께 이태리 로-마에서 악기상회를 경영해가며 윤양은 음악을 김군은 문학연구를 하면서 재미나케 지내는 것을 보고 온 사람이 잇단다. 그러나 꼭 정말이라고 하는 사람은 아즉 아모도 업다.
>
> 그가 그이엿든 만큼 두 번째나 살어잇다는 소문이 생기어나도 세상사람들은 귀를 기우린다. 더구나 이번에는 정말 살어낫다니 자극잇는 이야기거리를 찾든 사람들에게는 조흔 자료가 하나 생기엇다. (강조－인용자)
>
> －「색상자」, 『신여성』 5권 1호 중에서

윤심덕은 '한국 여성 기네스 북'의 최다 등장인물이라는 수식어에 걸맞게 최초의 여성 국비 유학생, 최초의 여류 소프라노 성악가, 최초의 대중 가수, 당대 최다 레코드 판매량을 보유한 가수, 방송국 사회자, 최신 패션 모델 등 각종 기록을 세웠던 인물이었다. 특히 1926년 8월 현해탄의 배 위에서 김우진과 함께 투신자살한 사건은 한동안 조선을 떠들썩하게 만들었다. 이후 이바노비치의 '다뉴브강의 잔물결'이라는 왈츠 곡에 윤심덕이 작사·노래했던 '사의 찬미(死의 讚美)'는 그녀의 죽음으로 인해 더욱 극적인 광고효과를 가져와 당시로서는 천문학적인 숫자인 10만 매의 레코드 판매량을 기록하기도 했다. 그런데 윤심덕이 죽고 나서 도미(渡美)했던 동생 윤성덕이 와서 "죽엇슬 리는 업습니다"라고 말했다는 것 때문에 그들이 죽지 않았을 지도 모른다는 논란이 일어난다.[13] 그 소란이 가라앉은 후 "일본 복강모 신문 사장"

13) 「색상자」, 『신여성』 5권 1호, 1931. 1, p.87.

이 "이태리 로-마"에서 윤심덕과 김우진을 보았다고 해서 또다시 조선 사회가 발칵 뒤집어진 것이다.

자살한지 거의 5년이 다 되어가는 즈음에 「색상자」에 다시 등장한 윤심덕. 이는 전적으로 "보고 온 사람이 있"다는 풍문에서 비롯된 일이다. 제대로 보았는지 아닌지 즉 사실인지 아닌지도 모르면서, '보았다'는 소문만으로 이야기꺼리가 되는 방식. 더구나 그것이 "자극잇는 이야기거리"의 "자료"가 될 것을 뻔히 알면서 「색상자」에 실고 있는 것을 보면, 소문을 기록하는 의도가 무엇인지 의심스럽기 짝이 없다. 어쨌거나 신여성을 둘러싼 일화부터 소문에 이르기까지 갖가지 이야기 거리들은 「색상자」를 통해 공식적인 담론으로 자리 잡게 된다.

2) 조롱조의 권위 있는 해석

신여성에 대해 보고 들은 것을 기록하여 사실로 공식화하는 「색상자」. 이 과정에서 눈에 띄는 서술방식은 소문의 보고+논평(코멘트)의 구성이다. 특히 논평 부분은 풍자와 조롱, 희화화에 절대적으로 의존하고 있어 흥미롭다.

> -하이칼라 여자들이 염색하고 머리를 구부리는데 아예 설사약 먹고 눈도 움푹하게 하고 밀가루 반죽으로 코도 좀 우뚝하게 하지?
> -한동안 단발이 유행하더니 요새는 도리어 다리꼭지 드리는 것이 크게 유행. 수염 붙이는 유행도 생기겠군.
> -서울 여자들은 날 좋을 때와 밤에도 우산을 쓰고 다닌다.
>
> -관상자(觀相者), "여성의 잡관잡평(雜觀雜評)", 『신여성』 4권 3호 중에서

날씨와 상관없이, 쓰개치마나 장옷 대신에 우산을 써서 얼굴을 가리는 일은 양산이 등장하기 전까지 어색한 일이 아니었다. 그러한 저

간의 사정을 모르지 않으면서도 양산이 등장하자마자 우산 쓰는 일을 조롱하기 시작한다. 또한 머리를 풍성하게 보이려고 다리꼭지(가짜머리)를 붙이니 얼굴에 수염도 붙이겠다는 논평으로 유행은 삽시간에 우스꽝스러워지고 만다. 양산이나 다리꼭지에 비하면 머리를 불로 지져 구불거리게 만들거나, 염색을 하거나, 단발을 하는 일은 신여성 사이에서도 흔한 일은 아니었다. 어쨌거나 조선여자가 서양여자의 곱슬머리를 흉내냈다고 해서 아예 서양인들처럼 눈이 움푹해 보이도록 설사약을 먹고 코를 높이기 위해 밀가루 반죽을 붙이라는 식의 비아냥은 쓴웃음을 자아내게 만든다.

이런 서술방식이 가장 빛을 발하는 경우는 이른바 유명 여성인사들의 연애, 이혼 등에 대한 소문을 말할 때이다.

> (가) 한창때 강단 우에 나설 때마다 리혼(離婚) 리혼하다가 아조 몸으로 그것을 실행한 김원주(金元周) 녀사는 그후 일본서 나와 서울 륙조 압 그의 애인의 집에서 련애 생활을 달게 하고 잇는대 조곰 납작하든 코날을 일본 잇슬 때 융비술(隆鼻術)로 곳처서 옷둑하게 되기는 하엿는대 그대신 살이 켱겨서 두 눈이 가운데로 족곰 쏠렷다나요. 이것은 가서 만나보고 왓다는 이의 말. (강조－인용자)
>
> －「색상자」, 『신여성』 2권 3호 중에서

> 김원주 씨는 그의 아호가 일엽(一葉)인 만큼 모진 바람에 시달리어 동으로 서으로 정처업시 도라다니더니 근래에는 동아일보사의 국긔렬씨와 가티 새로운 가약을 맺고 동대문 안련동 근처에서 살님을 시작하섯는데. (강조－인용자)
>
> －「색상자」, 『신여성』 4권 6호 중에서

> 그(김원주－인용자)는 요전에 충남 례산 모 사찰에 가서 참선공부를 한다더니 요새는 또 경북 김천군 즉지사에 가서 잇다고 한다. 가위 금풍일엽(金風一葉)으로 잘 날러 다니는 모양이로군. (강조－인용자)
>
> －「색상자」, 『신여성』 7권 12호 중에서

(나) 여류시인 김명순. 동경가서 소식이 없더니 어느 신문에 김명순이 동경에서 모학교를 다니다 학비없어서 낙화생(落花生)장사를 하는데 전번 방공연습을 할 때 어떤 찻집으로 콩을 팔러 갔더니 한 청년이 그녀를 잡아 끌어내다 '란타'하야 약 일주일 치료의 중상을 당하였다. 불우의 녀류시인 -낙화(落花)와가티 바람에 날녀 다니는 가엽슨 로처녀-낙화생(落花生)과 그 무슨 인연이 잇던고. (강조-인용자)

-「색상자」, 『신여성』 7권 9호 중에서

(다) 녀성동우회 정종명(鄭鍾鳴) 녀사, 신철씨와 갈린 후 다시 정우회(正友會) 천두상(千斗上)씨와 결혼생활을 하신다는데 아모려나 사회운동가로 닷호아 나가는 정녀사는 천신만고(千辛萬苦)를 무릅써야만 될 것이다. 부부의 새이에도 천신(千辛)씨와 인연이 잇는 모양. (강조-인용자)

-「색상자」, 『신여성』 4권 8호 중에서

(라) 최근의 새 소식을 드르면 송씨는(송봉우-인용자) 아주 공연하게 허씨의(허정숙-인용자) 집으로 드러가 동거를 한다고 한다. 수박 것 할는 격으로 서로 쩌러저 허송세월(許宋貰月)을 하는 것보다는 증거품의 아들까지 잇스니……. (강조-인용자)

-「색상자」, 『신여성』 7권 8호 중에서

김원주의 재혼을 두고 평소 주장을 몸소 실행했다고 비꼬거나, 누가 보고 왔는데 그녀가 융비술(코를 높이는 성형수술)을 해서 이러저러해졌다더라는 냉소는 부정적인 시선의 전형을 보여준다. 그 외 김원주, 김명순, 정종명과 관련된 연애・이혼・재혼에 대한 소문을 둘러싼 언어유희는 「색상자」란이 즐겨 사용하는 논평 방식이기도 하다. 김원주의 이혼-출가 생활을 둘러싸고 호가 일엽(一葉)이니 그렇게 떠돌아 다닌다거나, 김명순이 떨어진 꽃(洛花)같은 신세니 낙화생(땅콩)장사를 한다거나 정종명이 천씨, 신씨와 연애를 하니 천신만고를 겪는다, 허정숙이 송봉우와 동거하니 허송세월(許宋貰月-허씨와 송씨가 달(밤)을 세놓는다-

몰래 만난다)을 그만두게 되었다는 등의 말장난은 재미를 주는 동시에 소문을 사실화하는 역할을 한다.

신여성의 등장 이래 가장 놀라운 변화 중 하나는 자유연애 혹은 연애지상주의의 출현일 것이다. 조선시대와 달리 거리를 활보할 수 있게 된 신여성들에게 연애는 자유로운 개인으로서의 권리를 표현할 수 있는 통로였다. 그러나 자유연애 담론과 현실의 괴리는 심각한 수준이었다. 이런 상황에서 당대 신여성들이 겪었던 연애-파경, 결혼-이혼 등은 이미 예정된 결과일지도 모른다.

그러나 이런 복잡한 상황을 바라보는 관찰자는 그 대상을 언어유희를 통해 희화화하고 조롱한다. 웃음은 사회의 관습이나 관념, 편견을 깨트리는데 긍정적인 의미가 있는 반면, 역으로 그 대상에게 창피를 줌으로써 대상을 표면적으로나마 교정해 보려는 은밀한 의도를 감추고 있는 것이기도 하다.[14] 웃음을 통해 방종한 신여성을 교정하고, 소문에 대한 사실인증이 암암리에 행해지던 곳. 그곳이 바로 「색상자」였다.

3. 신여성을 바라보는 관음증적 시선 : 「은파리」

<엽기적인 그녀>(감독 곽재용, 2001)-엘라스틴(샴푸)으로 무장한 그녀의 긴 머리카락이 휘청하며 뽀샤시한 얼굴이 살짝 드러나는 순간, 전철에 타고 있던 사람들의 시선은 모두 그녀에게로 모아진다. 예쁘고 늘씬한 그러나 엽기적인 그녀는 술에 취해 제멋대로 흐느적거린다. 이런 그녀의 모습과 동작은 계속 클로즈업 된다. 같은 공간에 있는 승객

14) 앙리 베르그송, 정연복 역, 『웃음』, 세계사, 2000, pp.89~115 참조.

들은 물론이고 그녀를 포착하는 카메라 렌즈를 통해 영화관객까지 그녀를 관찰하느라 바쁘다. 영화 후반에 이르러 그녀와 연인이 되는 남자 주인공도 못마땅해 하면서 엽기적인 그녀를 관찰하던 사람 중 하나였다.

엽기적인 그녀와 소심한 남학생이 마주친 그 공간. 전철은 '전차'라는 이름으로 1899년(광무 3년) 5월 17일 경성에서 첫 운행을 시작했다. 새로운 근대 문물이었던 전차는 갖가지 에피소드를 낳았다. 더운 여름날, 거리로 나와 전차 선로의 침목(枕木)을 베고 자던 사람들이 달려오는 전차를 미처 못 피해 참변을 당하는가하면, 꽃놀이 가는 진명 여고 학생들을 태운 전차가 전복한 사건이 일어나 연일 신문에 대서특필되기도 했다. 한편 전차 안의 이야기 거리도 그에 못지않았다. 권연(卷煙, 담배)을 툭 떨어뜨려 얼굴 붉힌 여학생, 신발 신은 아들을 의자 위에 세워 놓아 차장에게 혼난 젊은 신여성, 치마 앞이 터지는 바람에 속옷과 배꼽이 드러나 승객들에게 망신당한 여학생 등 시시콜콜한 전차 안 사건은 끊임없는 화제거리였다.

우리 시대의 '엽기적' 감각에서 보자면 신여성의 일화는 다소 썰렁하기까지 하다. 하지만 21세기 '엽기적인 그녀'와 20세기 초반의 신여성을 바라보는 방식은 너무나도 비슷하다. 두 시대의 이야기를 잘 살펴보면 '전차(전철) 안이라는 공간+각기 보편적인 삶의 양식에서 일탈한 모습+여성'이라는 공통점이 있다. 이 때문에 그들은 타인의 관찰 대상이 될 수 있는 것이다.

우선 전차는 관찰을 가능하게 하는 새로운 공간이다. 그곳을 통해 '지식인과 민중, 남과 여'라는 이질적인 개인들이 동일한 공간에 균등하게 배치될 수 있었기 때문이다. 특히 외갓 남자와 "한 자 거리도 못되게" 얼굴을 마주하는 일은, 전차가 아니라면, 신여성들이 살고 있던 시대에 상상조차 어려운 일이었다. 따라서 전차라는 공간을 통해 차이가 무화되고 이른바 동시성의 감각까지 내면화되는 일이 가능했다. 그러나 이때 동시성이란 말이 서로가 동등한 대상으로 존재하는 것까지 의미하는 것은 결코 아니다. 담배를 떨어뜨린 여학생도, 제 아들만 귀히 여기는 신여성도, 허술한 옷차림의 여학생 그리고 술에 취해 비틀거리는 '엽기적인 그녀'도 모두 누군가의 응시를 통해 포착된 이들이다. '보는 것' 그것도 아주 꼼꼼히 관찰하는 것에 의해 그들은 서술된다. 관찰은 전철이라는 새로운 공간 덕분에 가능했지만 그렇다고 해서 누구나, 무엇이나 그 대상이 되었던 것은 아니기 때문이다. 21세기 신세대 여성에게 강조된 것이 '엽기성'이었다면, 그녀의 원조 격인 신여성을 통해 관찰자가 보여주고자 한 것은 과연 무엇이었을까.

> 낫말은 새가 듯고 밤말은 쥐가 듯는다고 사람들은 영악한 체하고 그런 말을 하엿다. 그럿치만 나는 낫이고 밤이고 왼통 모다 듯는 것을 엇지나. 그 섄인가. 낫말 밤말을 듯기만 할 섄 아니라 천정에 부터서 바람에 부터서 일정일동을 모조리 보고 잇는 것을 엇더케 하려느냐. 아모러한 곳에서라도 올치 못한 짓을 하여 보아라! 은파리 눈에야 들키지 아닐 법이 잇슬 줄 아느냐. 아모리 구석진 곳을 차저가 보렴으나 바람벽에서 휙닥 날러서 모자 우에 올나 안거나 억게 우에 몸 편히 안저서 어대까지고 짜리가고야 말 것이니…….
>
> –목성기(記), 「은파리」, 『신여성』 2권 6호 중에서

「은파리」란은 '은파리'라는 가명의 필자가 세간의 인물을 미행하며 보고 들은 것을 전하는 형식으로, 당대의 사회적인 이슈를 찾아서 독한 목소리로 까발리고 비판하고 풍자하는 사회비평을 수행하는 것이 본래 목적이었다. 여기저기를 찾아다니는 것은 '똥파리', '쉬파리'도 마찬가지지만 뭇파리처럼 황갈색의 몸과 누르스름한 날개를 가지고

'아무 일에나 간섭하거나 잇속을 찾아 덤비는' 게 아니라, 사회적 목적을 가지고 날카로운 시선을 번뜩이는 '은파리'는 한층 격이 높은 파리이다. 서술 방식 또한 스스로 "내 눈으로 본 대로 드른 대로 거짓말 보태지 아니하고 써 노앗슬 쁜"[15]이라며 객관적임을 강조한다.

그러나 제아무리 진짜 파리 마냥 "사무실 안으로 쑥 들어가 색깜한 전화통 수화긔에 날너 붓텃다"든지 "추이에 못 이기어 외투 목섭에 가서 날너 안젓섯다"[16]고 강조해도, 그 필자가 사람인 바에는 은파리의 미행담 혹은 목격담의 내용이 전적으로 사실에 기초한 것이라고 믿기 어렵다. 오히려 「색상자」와 마찬가지로, 내용이 사실인지 아닌지보다 중요한 것은 '은파리'의 '시선'이 작동하는 방식과 그 시선이 서술하는 대상이다.

『신여성』에서 「은파리」는 1924년 6월에 "단발미인의 허영심"을 다루며 처음 등장한 이래 주로 신여성들을 미행하거나 엿보는 방식으로 이야기를 전개한다. '은파리'가 쫓아다니는 여성은 주로 외모를 가꾸고 사치 · 허영, 연애, 불륜(첩, 동거)생활을 하는 이들이다. 현진건의 「B사감과 러브레터」(1925)와 흡사한 'S 선생' 미행담을 살펴보자. 경성여고를 우등으로 졸업하고 일본에 유학까지 한 S선생은 철저한 독신주의자로 알려져 있다. 그녀는 학교에서 연애편지를 받은 여학생을 "침방울이 수천 방울"이나 떨어질 만큼 질타하면서, 퇴근 후 집에 와서는 K선생에게 연애편지를 쓰는 이중성을 보여준다.

> (연애편지를 보낸 남학생이 누구냐고 추궁하며 – 인용자)
> "그래 정말 몰나!"
> 하고 흘기는 눈으로 처다보는 얼골에는 삼십 처녀 <u>젊은 과부의 심리보다</u>

15) 목성, 「풍자만필 은파리」, 『신여성』 2권 8호, 1924. 10, p.65.
16) 은파리, 「여학교 교원 미행기」, 『신여성』 7권 1호, 1933. 1, p.58.

도 더 복잡스런 심리의 발동가튼 빗도 보이는 것갓햇스나 그것은 내가 잘못 본 것이겟지. S선생님께야 만만 꿈 속에도 그런 일은 업슬 것이다. (…중략…)

잠간 잇자 사무실 문이 벌컥 열니면서 남색 책보를 끼고 황급히 드러오는 젊은 남선생님 한 분. 이이가 학교 안에서 미남자(美男子)로 유명한 도화선생님일다.

"왜 인제 와－－아"

천만 뜻밧게 S선생님의 인사는 이럿케 점잔엇다. 그러나 그 얼골은 무슨 깃븐 빗이 환－하게 넘치는 것가티 내 눈에는 보엿다. (강조－인용자)

－목성, 「풍자만필 은파리」, 『신여성』 2권 7호 중에서

이른바 소설의 전지적(全知的) 작가를 연상케 하는 '은파리'는 시선을 투사하는 주체의 우월성을 역력하게 드러낸다. 미행이라는 형식을 통해 엄격한 객관성을 전제한다고 하지만, 드러나는 것은 오히려 '은파리'의 주관적 시선이다. 그 시선은 무언가를 밝혀내겠다는 목적에서 출발하고 목격한 장면을 해석함으로써 그 의미가 드러난다. 연애편지를 받은 여학생을 추궁하는 S선생에게는 시기심이 뒤섞인 복잡한 심사가 있다는 것, 미남 선생님을 보는 S선생의 얼굴이 화색을 띠고 있다는 것은 '은파리'의 해석이다. "내가 잘못 본 것이겟지"라고 망설이는 은파리의 포즈는 이후 S선생의 이면이 발각되었을 때 충격을 배가시키는 일종의 장치일 따름이다.

집으로 돌아가 연애편지를 쓰는 S선생의 이중성을 은파리가 발견하는 것이 표면적으로는 미행과 목격을 통한 '감춰진 사실'을 '정의롭게 폭로'하는 것처럼 보이지만, 실제로 그것은 사실여부의 확인이 어려운 이야기를 재구성해서 만든 것으로 여성을 바라보는 근대적 시선의 결과물일 뿐이다. S선생이 집에 들어가 연애편지를 쓰는 장면에서 '시선'이 귀속된 지점은 더욱 확연하게 드러난다. 책상 위에서 편지지와 만년필을 꺼내 무언가를 쓰는 S선생의 모습을 꼼꼼하게 관찰한 '은파

리'는 곧 그것의 실체를 밝혀낸다. "분홍빛 압지(押紙)"에 "흐리게" 묻어난 글자를 "억지로 삷혀" 보니 "아아, 나의 그리운 K선생님!"이라고 쓴 연애편지가 아닌가. 아주 세심하게 상황을 묘사하지만 이는 실제 목격 불가능한 일이다. 단지 파리라는 곤충의 입장에서 상상력을 발휘하여 만들어낸 장면일 뿐이다. '은파리'는 애초부터 '만약에 누구누구를 따라가 본다면'을 전제한 것이다. 그럼에도 글의 내용이 미행과 목격이라는 실증의 방식으로 밝힌 '사실'임을 강조한다. 이는 신여성을 관찰하는 '남성적 시선'이 실제 서술주체임을 숨기려는 의도 때문이다. 허구를 통해 사실을 만들어내고, 이를 공공연하게 인증 받고, 그리하여 담론으로 재생산되기를 바라는 '시선'의 은밀한 욕망이 그 뒤에 숨어있다.

한편 신여성을 바라보는 '시선'은 은연중 그 이면을 드러내기도 한다.

> 짤지도 길지도 안흔 흰 저고리에 저 얌전해보이는 검은 치마를 보아라. 검은 목구두에 흰 양말을 신은 종아리 장짠지에싸지 나려오니 그럿케 보기 흉하게 짧은 치마도 아니고나…… 그 부드러운 검은 치마가 저고리 속에서부터 무언지 퍽 귀중한 것을 싸 가지고 나온 것처럼 주름 잡혀 잇는 허리가 쏘 동구스름하게 굽은 선(曲線)을 지어가지고 다수굿하고 ○-하게 촉-느러저 잇는 것이 벌서 뒤에 가는 젊은 사람의 가슴을 상하게 하난대 그 가늘고 어엽븐 종아리와 목구두가 치마쯧을 얄근얄근 처가면서 한 거름 한 거름 거러가는 맵시야말로…….
>
> -목성, 「풍자만필 은파리」, 『신여성』 2권 8호 중에서

'은파리'는 작은 곤충이므로 사소한 부분을 치밀하게, 확대해서 볼 수밖에 없다. 이 때문에 관음증적 시선과 페티시즘적 경향이 농후하게 드러난다. 부모나 학교 몰래 연애하는 여선생을 뒤따라간 '은파리'가 집중하는 것은 "가늘고 어엽븐 종아리"와 치마가 살짝살짝 들춰지며

걸어다니는 모습이다. 정신분석학에서 관음증(voyeurism)은 남성이 자신과 다른 성적 타자에 대한 공포에 대처하기 위해 채택하는 전략이다. 즉 남성은 응시를 통해 여성을 고정시키고 관음증적으로 그녀의 육체와 섹슈얼리티를 탐색한다. 그럼으로써 여성은 그의 조사 대상이 되고 남성은 그녀를 자신의 포위망 속에 안전하게 가둔다. 이때 여성은 남성의 시선과 감시의 대상으로서 의미가 부여되는 것이다.[17]

관음증으로 드러나는 남성의 심리를 식민지 현실과 연관시켜보면 한층 더 흥미롭다. 제국주의자들은 대체로 스스로를 남성으로, 그리고 식민지민을 여성으로 규정한다. 영국 제국주의 연구에 따르면[18] 영국 백인 남성은 백인 여성, 인도 남성, 인도 여성을 타자로서 상정하고 자신의 통제력을 발휘한다. 여성이나 다름없는, 무력한 타자로 전락한 식민지 남성의 경우 주체화의 열망에 목말라할 수밖에 없다. 이 지점에서 제국주의의 사고방식이 식민지 남성들에게도 자연스럽게 전이된다. 여성의 타자화를 통해 자신의 주체화를 꾀하는 것이다. 물론 이것이 현실적인 주체의 위치 탈환은 아니다. 상상적인, 허위적인 주체 복원의 과정일 뿐이지만, 타자적 위치로 전락한 남성에게는 커다란 위안이 되었을 터이다. 바로 '은파리'라는 가상적 존재를 동원해 미행의 형식으로 여성을 재현해내는 방식, 그 속에서 드러나는 관음증적인 시선도 이런 연장선상에서 이해해야 할 것이다. 또한 은파리가 본 것을 기사화한다는 형식을 통해 '보여준다'는 행위까지 은근히 즐기는 모습을 읽어낼 수 있다. 신여성을 대상으로 '본다'와 '보여준다'를 넘나들

17) 존 버거, 『이미지』, 동문선, 1990 ; 로라 멀비, 「시각적 쾌락과 내러티브 영화」, 『페미니즘/영화/여성』, 유지나 · 변재란 편, 여성사, 1993 ; 수잔헤이워드, 이영기 역, 『영화사전』, 한나래, 1997, pp.45~46. 참조

18) 이하 인도 연구에 관한 서술은 『제국주의 – 신화와 현실』(박지향, 서울대 출판부, 2000, pp.163~172.)를 참조한 것이다.

며 발생하는 쾌락. 아마도 이는 권력영역에서 배제된 식민지 피지배 남성에게 허용된 극소수 쾌락중 하나일 지도 모르겠다.

Tip

풍자 만필(諷刺 漫筆) 은(銀)파리, 사회 풍자(社會 諷刺) 은(銀)파리, 금(金)파리.

『신여성』에서 '은파리'는 1924년 6월부터 1933년 3월까지 「풍자만필 은파리」라는 꼭지를 통해 거의 연재되다시피 했다. 필자는 "목성"이라고 나와있는데 그것은 방정환이라고 의견이 지배적이지만 논자에 따라서는 박달성의 필명이라고 주장하기도 한다. 또 1931년 이후 글은 차상찬이 '은파리'의 문체와 형식을 모방해서 썼다고 주장하는 의견도 있는 등 아직까지 '은파리'의 필자에 대해서는 명백히 결론지어진 것이 없는 상태이다. 이런 논란은 방정환의 사후(1931년 이후)에도 계속 「은파리」가 쓰여졌으며, 여러 잡지에 풍자, 미행 형식을 갖춘 '은파리'의 글이 나타났다는 사실 때문에 생긴 것으로 보인다. 『신여성』의 「은파리」 란도 실은 1921년에 『개벽』에 「사회풍자 은파리」란 제목으로 1922년까지 연재되었던 기사의 후속편으로 등장한 것이다. 잡지 『별건곤』에서도 「은파리」는 1927년부터 간헐적으로 나타나며, 심지어 미행·탐방의 주체로 '모기', '나비'까지 등장하기도 한다. 또 한편 잡지 『제1선』 1931년 11월호에는 「명사 축첩 조사록」이란 기사가 "금(金)파리" 이름으로 나오기도 하는 등 당대에 은파리류의 글쓰기-미행담 혹은 목격담이 유행했었다는 것을 짐작할 수 있다.

『신여성』에서도 '은파리'의 인기는 독자란이나 토막 소식 전달에서 충분히 드러난다. 예를 들어 "은파리를 쓰시는 이는 엇던 분이신지"라는 독자 질문이 편집자에게 전해지는 가 하면, '은파리'가 게재되지 않을 때는 "그런데 十二月호에는 왜 은파리가 나지 안엇슴닛가"(『신여성』 3권 1호 중에서)라는 질문이 쏟아지기도 했다. 또 '은파리'가 미행했던 인물이 익명 처리되는 관계로 잡지가 간행되면 갖가지 웃지 못할 일들이 벌어지기도 했다. 예를 들어 '은파리'의 글 속에 나온 여선생님이 하도 특이해서 모두들 궁금해 하는데, 어떤 여자학교 ○선생님이 가만히 있지 못하고 '은파리' 욕을 쏟아낸다. 결국 '은파리'의 미행대상이 자기라는 것을 밝히는 꼴이 되고 말았다는, 그래서 "자긔 광고"를 한 망신을 이야깃거리로 다루기도 한다.

―『신여성』 2권 8호 중에서

『신여성』에서 '은파리'의 첫 등장은 다음과 같다.

에헴.

류월(六月) 녀름! 때 조와서 나는 나왓다.

넘어도 미여운 사람의 꼴이 보기 실혀서 개벽 잡지 상에서 작별을 말하고 몸을 감춘 것이 재작년 구월! 그후로 두문불출하기 꼭 두 햇동안이라 파리의 세상에서는 보통 파리들이 죽엇다 다시 태여나기 두 번 즉 그들에게는 텬지개벽이 두박휘나 된 것이라 오래된 세월에 사람놈의 세상은 얼마나 변햇는가십어 궁금한 생각이 슬금슬금 동할 때 『신여성』의 편즙장의 "어서 나오라"는 독촉이 성화가튼지라 못 이기는테 하고 나온 것이 류월 녀름의 이번 행차다. 엇재 나왓거나 나온 바에는 텬하 유일의 은파리식을 발휘하련다. 나 사는 자미는 거긔에 잇느닛가.

―목성, 「풍자만필 은파리」, 『신여성』 2권 6호 중에서

4. 신여성 혹은 여성에 관한 우스개

1) 우스개의 주인공이 되는 신여성

「색상자」를 중심으로 퍼져나갔던 냉소는 이제 우스개라는 웃음의 적극적인 형식을 만들어낸다. 『신여성』에서 우스개 꼭지가 독립적으로 나타난 것은 2권 6호의 「어머니 방귀」, 「귀먹어리 모녀」가 처음이다. 초기에 우스개란은 기사 중간 중간에 여백을 채우거나 쉬어가는

페이지로 등장한다. 이후 「골계만화(滑稽漫話)」(1924. 8), 「소문만복래(笑門萬福來)」(1925. 1), 「웃음꺼리」(1926. 6), 「소화(笑話)」(1931. 1), 「심한잡초(心閑雜草)」(1931. 3), 「넌센쓰 룸」(1931. 12), 「백화난만(百花爛漫)」(1932. 4), 「소화탑(笑話塔)」(1932. 8), 「낙수란(落穗欄)」(1932. 11), 「HOUMOR」(1933. 2), 「유모어 소설」(1933. 5), 「후쭈루 마쭈루」(1933. 5), 「유모어 독물(讀物)」(1933. 6), 「넌센스 스켓취」(1933. 7), 「청풍만리(淸風萬里)」(1933. 8), 「넌센스 콩트」(1933. 8), 「넌센스 경연(競演)」(1933. 8), 「소천소지(笑泉笑池)」(1933. 12) 등 다양한 이름으로 우스개들이 실린다.

사실 풍자, 해학을 하나의 전통으로 손꼽을 만큼 우리에게 전해져 내려오는 고전적인 유머의 양과 질은 무척 풍부하다. 『신여성』도 이런 맥락에서 완전히 벗어나 있는 것은 아니다. 귀머거리 모녀간에 동문서답하는 이야기나,[19] 집에 들어온 도둑이 솥을 떼 갈 때까지 일부러 기다렸다고 큰소리치지만 사실은 겁쟁이 남편을 비꼬는 이야기,[20] 떡 내기에서 이기기 위해 도둑이 모든 물건을 다 훔쳐갈 때까지 버티는 부부 이야기[21]는 지금 우리에게도 익숙하다. 그러나 『신여성』에서 고전적인 우스개가 차지하는 비중은 아주 미미하다. 대부분의 우스개는 익숙한 전래 민담과는 달리 '신여성'이라는 새로운 대상을 통해 웃음을 만들어내는 것이었다.

신여성을 웃음거리로 만드는 이유 중 가장 두드러지는 것은 바로 허영심이다.[22] 두 달 동안 병원에 입원해야 된다는 의사의 말에"갑 비산(값비싼 – 인용자) 봄 초맛감(치맛감 – 인용자)을 공연히" 샀다고 걱정하는

19) 「귀먹어리 모녀」, 『신여성』 2권 6호, 1924. 6, p.27.

20) 팔면경(八面鏡), 「미련한 남편」, 『신여성』 3권 4호, 1925. 4, p.42.

21) 「지독한 내외」, 『신여성』 3권 4호, 1925. 4, p.11.

22) 유머란 외에도 『신여성』에 실린 각종 삽화, 만화에는 신여성을 풍자 · 조롱하는 내용이 두드러진다. 대표적으로는 김규택, 안석영의 만화를 들 수 있다.

처녀,[23] 남편이 물에 빠졌는데도 남편 손목에 찬 "쑤라지나 팔뚝시게"만 걱정하는 부인,[24] 서점에서 책을 고르는 기준은 "마호가니 칠을 한" 책상에 어울리는가에 달려있다는 여학생,[25] 신식이라면서 바늘 하나 쓸 줄 모른다는 남자의 핀잔에 "바눌은 유성기 돌리는데 쓰지 엇다가 써－"라고 거만스럽게 대꾸하는 "단발랑"[26]들이 바로 그러하다.

또 신여성들이 허구한 날, 사랑타령을 하고 다니지만 정작 내면의 진실은 하나도 없다고 비웃는다. 어떤 신여성이 비행사에게 시집가서 비행결혼을 한다고 뻐기지만, 비행사와 결혼하는 이유는 그가 추락사(墜落死)할 확률이 많아 "이혼재판도 업시 시집을 쏘" 갈 수 있기 때문이라 한다.[27] 그런 이중성으로 결혼을 해서는 자기 이득을 따지고 계산하느라 여념이 없단다. 남편에 대해서도 계산적이기는 마찬가지다. 어떤 부인은, 가게에서 다른 남편들은 오십 원, 천 원의 정가표를 달고 팔리는데 자기 남편은 한 무더기에 십전씩 팔리는 싸구려라는 "슳흔 꿈"을 꾸며 엉엉 운다.[28] 독자는 그녀의 슬픔에 공감하는 것이 아니라, 어이없는 혹은 경멸하는 웃음을 보낼 수밖에 없다.

그것이 신여성이 남자들에게 조롱당할 수밖에 없는 이유다. 자신과 함께라면 불속, 물속이라도 뛰어들겠다는 사랑의 맹세를 하라고 요구하는 여자에게 남자는 "그럼 소방수와 결혼하는 게 더 행복이겟지요"라고 핀잔한다.[29] 또 남자는 여자의 마음이 "각금각금 변하니까" 당연히 남자마음보다 깨끗할 거라고 비꼰다.

23) 『신여성』 5권 6호, 1931. 7, p.86.
24) 「넌센쓰 룸」, 『신여성』 5권 11호, 1931. 12, p.63.
25) 「백화난만(百花爛漫)」, 『신여성』 6권 4호, 1932. 4, p.4.
26) 「소화탑(笑話塔)」, 『신여성』 6권 8호, 1932. 8, p.41.
27) 『신여성』 5권 6호, 1931. 7, p.86.
28) 「넌센쓰 룸」, 『신여성』 5권 11호, 1932. 12, p.63.
29) 「소화(笑話)」, 『신여성』 6권 11호, 1932. 11, p.108.

허영, 사치, 연애중독, 돈의 노예, 값싼 사랑, 방탕 등을 가볍게 웃어 넘기는, 이와 같은 짤막짤막한 우스개들은 『신여성』에 심심찮게 등장한다. 이것들의 종합판이라 할 만한 꼭지가 「유-모어 소설」, 「유모어 독물(讀物)」, 「넌센스 콩트」이다. 이 꼭지들의 경우, 다른 유머란에 비해 분량이 대폭 늘어났을 뿐만 아니라, 그에 따라 등장인물과 스토리가 서사물 수준으로 복잡해진다. 이때는 신여성뿐만 아니라 그녀를 따라 모던을 추구하는 남성, 가족도 모두 놀림감이 된다.

> "아이구머니나 부-상 인제 오셧서오."
> "오. 그런데 오늘 새 말이 하나 또 생겻구나. 부-상이 무엇이냐."
> (…중략…)
> "애비 부짜(父) 부 상이애요. 아버니 하면 엇재 좀 어색한 듯도 하구 거북해서요."
> "거북하다? 올치 그럼 저기 안진 네 시어머니는 모-상되겟구나."
> "어브 코-스. 물론이지요"
> "내가 요새 네 말 아라듯기 위해서 모던어 사전을 사다노코 공부를 하니까 물론 소리는 빼도 아라듯겟다."
> "아이구머니나 부-상! 엇저면"
> 노라는 감격한 나머지 두 손바닥을 포개여 한 쪽 볼따구니에 갓다 비비면서 온 몸을 비틀고 섯다.
>
> -웅초, "유-모어 소설-부부 카페광", 『신여성』 7권 5호 중에서

신여성 '노라'[30]는 시아버지를 '부-상'(父-さん), 시어머니를 '모-상'(母-さん), 남편을 "우리 댁 나으리라고 해서 나-상"이라는 스스로 만든 신조어로 부른다. 그녀에게 전적으로 동조하는 남편, "새 것이라면 무엇이든지 다 조와"하는 시어머니, 며느리재롱이 귀엽기만 한 시

30) 하필 며느리의 이름이 당대 여성해방 담론의 연장선에서 크게 유행했던 입센의 『인형의 집』의 여주인공과 이름이 똑같은 점도 예사롭지 않다.

아버지는 모두 우스개의 대상이 된다. 특히 "명랑한 모던식 가정을 이루기 위해" "모던어" 공부를 하는 시아버지와 온 몸을 비틀며 애교를 떠는 얼치기 신여성 '노라'의 모습은 기묘한 조화를 이룬다. 그러나 결국 시아버지는 입에도 안 맞는 양식을 먹는 고역을 치르다 졸도하고 만다. 이 과정을 통해 모던한 신여성의 허위성이 적나라하게 드러난다. 시아버지의 입을 통해 "밥을 접시에다 담어주니 개밥"(양식)이고, 반찬으로는 "국이래야 걸레 빠러 노은 물"(스프), "고기래야 반 근 턱을 썰지도 안코 그대로 불에 쏘여" 온 것(비프 스테이크)을 주고 "시금찝질한 것이 냄새만 마터도 속에께 다 나올랴구"하는 "서양간장"(소스)과 "보기만 하면 시골서 거름치는 것"이 연상되는 "소시랑가튼 삼지창"(포크)을 쓰는 생활이 어설픈 흉내내기 즉 서양식 포즈를 취하는 것일 뿐임이 밝혀지기 때문이다. 이때의 반어적인 표현은 웃음을 유발하는 주요한 장치다. 이를 통해 전도된 가치가 드러난다.

(가) 안해 : 그 뿐이면 좃케요, 오호……그후 종로를 한번 지나가느라닛가 종각압헤 웬 사람들이 잔뜩 진을 치고 잇기에 무엇인가 하고 남의 억개로, 넙어다 보닛가 주정꾼 한 분이 웬 강아지 한 머리를 쓸고 오다가 입을 맛추고 잇섯겟지요. 그분이, 꼭 당신이니 조금도 틀닐 것 업서요. 오호……

(…중략…)

안해 : 그런데요, 그후부터 난 당신이 엇더케 정다워뵈는지 몰낫서요. 개하고도 입맛추는 당신이신데 무어, 난 당신의 애정을 꼭 미더요

남편 : 정 정숙씨 감사합니다(하고 손을 꽉 잡으며 감격한 모양)

안해 : 아이그……붓그러워요

앵무새 : (날개를 툭툭 치며) 쳇, 쳇(크게) 앳-체.

-KT생, "골계대화-신혼부부의 제 삼일", 『신여성』 4권 9호 중에서

(나) 안해가 몹시 침울해 잇슬 때 나는 그의 기분을 명랑히 해주기 위하야 그의 압헤서 「아리랑 고개」 한 곡조라도 부르고 엇그제 토-키에서 본 희극 배우의숭내라도 내여보인다. 안해는 그것도 듯기 실코 구찬타는 듯이 니를 북북 갈고 눈을 홉쓰면 자볼기 마질 시늉이라도 하고 그 압헤 넙주시 업드려 준다. 나는 이갓치 안해를 위하야 엇더한 어려운 일 엇더한 창피스러운 일이라도 해야만 한다. 그것은 무엇보다 가정의 단락(團樂)을 위하야!

-"유모어 독물(讀物)-처시하(妻侍下)사리 일기(日記)",
『신여성』 7권 6호 중에서

(가)의 경우, 너무나 행복한 신혼부부는 '노라'의 가정처럼 모던식을 지향한다. 사랑스러운 아내, 행복한 남편의 애정 표현이 과도하게 전면으로 부각되는데, 그 중간 중간에 집에서 기르는 앵무새가 재채기를 해댄다. 마치 브레히트가 말한 소격효과처럼 앵무새가 개입함으로써 이들의 사랑과 행복이 허위임을 알려주는 것이다. 또 술 취한 남편이 개에게 입맞추는 걸 두고 애정이 넘치는 사람이라고 평가했다는 말을 듣노라면 폭소가 절로 터져나온다. 이와 같은 반어적 상황의 전개는 전도된 부부관계를 묘사하는 (나)에 이르면 절정에 이른다. "손 씃테 물닷는 일 구진 일 힘드는 일"은 전부 남편이 해야 하고, 더 나아가 남편은 "안해를 위하여 엇더한 어려운 일 엇더한 창피스러운 일"이라도 해야만 한다. 큰 길에서 노래도 부르고, 아내가 화가 나면 꼬리 내린 강아지 흉내도 내야 하는 것이다. "명랑한 모던식 가정", "가정의 단락(團樂)", 꿈같이 행복한 가정이란 얼마나 우스꽝스러운지 게다가 그것을 지향하는 소망이 얼마나 허위적인지를 낱낱이 밝히는 것, 이것이 새로운 웃음이 다다른 종착점인 듯하다. 그것은 웃음 속에 기괴하게 만들어진 신여성을 바라보는 일이다.

2) 제도화된 언어, 정당화되는 상징폭력

사전(辭典)은 낱말을 모아 일정한 순서로 배열하여 발음·뜻·용법·어원 등을 해설한 것이다. 『신여성』에서 사전란이 나타난 것은 이 당시 근대적인 문물의 도입으로 새로운 것들이 많이 생긴 만큼 새로운 말들도 등장했기 때문이다. 「시시로 보면서 모를 말」(1925. 1)이 사전 형식으로는 처음 등장한 이래 「여자에 대해서 쓰는 말 사전」(1925. 9), 「모던 신어(新語) 사전」(1931. 1), 「모던 유행어 사전」(1931. 4), 「유행어 사전」(1931. 6), 「유행 신어 해설」(1931. 11), 「모던어 사전」(1932. 2), 「신어 사전」(1932. 4), 「모던·딕슈내리」(1933. 2), 「유행어 아·라·모·드」(1933. 4) 등이 있었다.

이들 꼭지에서는 실제로 어려운 단어나 새로운 단어를 '사전'이라는 개념에 걸맞게 설명하기도 한다. 예를 들어 사보타주, 룸펜, 프로레타리아, 아이로니, 패스·포트, 세레나-데, 부인운동, 훼미니씀(페미니즘), 메이 데이 등의 항목이 그러하다. 이런 단어가 사회 변화에 따라 새롭게 등장한 말이기 때문에 사전란의 객관적인 의미는 분명하다. 그러나 그런 식의 신어(新語) 설명만 있었던 것은 아니다. 개념 정의라고 볼 수 없는 희화화된 설명, 은어와 속어의 소개가 심심찮게 등장한다는 사실이 흥미롭다.

> 그이야-="아이구 그이야!"=일업서, 여학생의 전용어 / 만둬="그만두어요"하는 말을 짤라서 어리광삼어하는 연애용어 / 모던·썰-마네킹·썰=인형대신?/ 스텍키·썰=이야기 동무해주고 보수받음 / 킷스·썰=박람회 째 경성에 한참 소문 잇든 것 / 치-=여학생들이 맘에 못 맛당할 째 사용하는 말
>
> -"모던 신어사전", 『신여성』 5권 1호 중에서

재혼=여섯 번 일곱 번 혹은 여덜 번식이나 혼인하는 것을 말함

토요일=금요일의 다음으로 내일이면 조타 동무들아 과자를 사 가지고 교외산보를 가야지 하고 생각하는 날

재난(災難)=그러케 연모(戀慕)하든 사람과 처음으로 키쓰를 햇는대 고만 충치가 흔들려서 압흐고 쑤시고 나죵에는 열이 생기고 골치가 압흐고 두 눈이 부르트고 하는 것을 가르침.

계산(計算)=부인 열 사람이 백화점 압흘 지나갈 때 그중 몃사람이 쇼·윈도-를 안 드려다 보고 그냥가나 그것을 세혀 보는 것.

-"모던·딕슈내리", 『신여성』 7권 2호 중에서

포-타블=커다란 축음기말고 휴대용 축음기를 가리친 말임은 누구나 아는 일이지만 이 '포-타블'은 축음기가 아니다. (…중략…) '포-타블'이라면 잠간 산보할 때에나 함께 댕기는 편의(便宜)한 여자 벗을 가르친 말이기 때문이다.

-"유행어 아·라·모드", 『신여성』 7권 4호 중에서

결국 이는 사전의 형식을 빌어 세태를 풍자, 조롱하는 것으로 권력의 또 다른 작동이라 할 것이다. 객관성을 가장한 주관성의 발동. 이것이 새로운 사전을 탄생하게 한 원동력이다. 이를 통해 개인의 의견은 공공의 합의를 거친 사회적 상식으로 탈바꿈한다.[31]

한편 명언이나 잠언을 모은 '어록(語錄)'이 등장해서 또 다른 사회적 상식을 만들어내기도 한다. 「양성어록(兩性語錄)」(1925. 1), 「미움바들 말」(1925. 2), 「여성에 관한 조선의 이어(俚語)」(1926. 2), 「여성계 유기(遊記)」(1926. 10), 「빠르구 어록(語錄)」(1933. 3) 등의 꼭지가 주요 명언집이다. 여기서는 전통 속담, "녀자의 말에는 오뉴월(五六月)에도 서리가 내린다", "시앗 싸홈에는 길 알에 돌부처(石佛)도 도라안는다", "굿구경가고 십퍼

31) 뤼스 아모시·안 에르 슈베르 피에로, 조성애 역, 『상투어-언어·담론·사회』, 동문선, 2001, p.37.

도 맛며누리 엉덩춤 추는 꼴이 보기 실타" 등을[32] 소개하기도 하지만, 대부분의 어록은 당시 떠돌던 말들을 수집, 첨가하여 공공의 담론으로 만들어낸 것이다. 「양성어록」의 경우 남성/여성, 연애/결혼의 주제에 따라 짤막한 명언, 금언, 격언을 소개한다. 주 내용을 보면 겉과 속이 다른 여성을 비난하고, 여성에게 요구되는 성품, 연애의 위험과 연애 예찬 등이다. 이들은 여성에 대한 교훈서, 지침서 역할을 하는 것이다. 그리고는 "묵은 잡지에서"라고 출처를 명시함으로써 그것이 편집진에 의해 만들어졌을 가능성을 부인한다. 묵은 잡지라는 이 모호한 출처가 실제 존재한다 하더라도 역시 떠도는 말들을 수록한 것 아니겠는가. 결국 어록 또한 시선이 만들어낸 새로운 산물인 것이다.

어록과 또 다른 방법으로 교훈서 노릇을 하는 꼭지는 소위 십계명류이다. 낱개로 된 격언들을 이것저것 모아놓는 어록에 비해 한 가지 주제에 따라 지켜야 할 규율을 순서대로 배열하는 형식은 『신여성』의 독특한 형식 중 하나이다. 「녀학생의 아홉가지 잘못」(1924. 7), 「곳치고 십흔 버릇」(10개항, 1925. 3), 「안심하고 사괼 수 잇는 여자」(12개항, 1925. 4), 「부부조화의 16개 조항」(1926. 6), 「모던 여성 십계명」(1931. 4), 「유혹에 걸니지 안는 비결」(20개항, 1931. 6), 「사랑을 맛추어 내는 법」(1931. 6), 「남편의 마음을 맛추어 내는 법」(1931. 6), 「연애 십계」(1931. 12), 「부부생활 원만비결 10개조」(1932. 3), 「반듯이 알아둘 주부상식 20개조」(1932. 6), 「하휴(夏休) 중 아동 교육법 십조」(1932. 8), 「일학년생 어머니에게」(1933. 6) 등이 그러하다.

십계명이 기독교 신자라면 지켜야 마땅할 도리인 것처럼 이제 신여성에게 주어지는 계율들은 생활 전반을 통제하고 지침을 내린다. 이는 신여성들에게 가해지는 새로운 힘이다. 사회적 통념을 인지시키고, 어

32) 「여성에 관한 조선의 이어(俚語)」, 『신여성』 4권 2호, 1926. 2, p.43.

떻게 보여져야 하는지를 여성들에게 일깨워주는 것. 이를 보편타당한, 객관적인 형식으로 가장하는 방식이 십계명류, 어록, 사전의 형식일 것이다.

상징폭력의 가장 전형적인 사례로 부르디외가 언어의 문제를 손꼽았던 것처럼, 사전, 어록, 십계명에서도 우리는 상징폭력이 실행되는 모습을 엿볼 수 있다. 상징폭력은 정치폭력이나 물리력보다 더 효과적으로 작용한다.[33] 그곳은 고유의 폭력, 즉 폭력으로 인식되지 않는 권력이 지배하는 장이다. 그러한 눈에 보이지 않는 적 그러나 도처에 존재하는 적과 신여성의 알력관계를 『신여성』에서 읽어낼 수 있다. 『신여성』은 단어 정의, 명언 인용, 계율 작성이라는 공식을 이용해 자신의 말을 이해시키려 했을 뿐 아니라 다른 이들에게 그 말을 믿고 따르라는 즉 '수용'을 강제하는 권력을 행사했다. 이런 비가시적 권력이 언어를 통해 작용하는 지점이 사전, 어록, 십계명류였던 것이다.

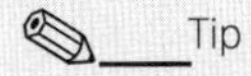

Tip

남자에 지지 아니한다는 녀자, 녀자때문에 권위를 요구하는 녀자, 녀자로써 공정한 취급을 밧으려는 녀자, 그러한 녀자들은 어제던지 남자의게 권위의 유린을 당하고 극히 불공정한 대우를 밧는다.

남자의 부속물로 됨을 예사로 아는 녀자는 모자와 갓치 남자의 머리에 올나 안즈며, 남자에게 맹종하는 것과 갓치 뵈는 녀자는 되리여 남자의 코대에 걸친 안경으로 된다.

여자와 가난한 사람처럼 선동되기 쉬운 이는 없다. 그이들은 남의게 밟히고 채울지라도 달게 밧고 순종하지만은 형세를 얻은 때의 그들은

33) 삐에르 부르디외, 정일준 역, 『상징폭력과 문화재생산』, 새물결, 1995, 1・2장 참조.

마치 미친 개와 같다.

우는 여자는 강하고 거짓말 하는 여자는 정직하다.

남자와 여자는 상호 오해에 의하야 결혼하고 상호의 이해에 의하야 이혼한다.(오스카 와일드)

-「여성계 유기(遊記)」, 『신여성』 4권 10호 중에서

<곳치고 십흔버릇>

① '애는 웨이래' '넌 괜이 그러더라' 하는 어투
② '해주세요' '쏙--네'하고 졸느는 편지
③ 남의 압헤 나가면 얼골이 빩애지다가도 안에 드러가면 남 열목식 글픠는 버릇
④ 선생님 압헤만 나가면 옷고름으로 작난감 삼는 버릇
⑤ 족금만 쑤중을 들으면 쏠 쏠 우는 버릇
⑥ 핫찻흔 일 보고도 깜작놀나 혀 내미는 버릇
⑦ 나갈 때 무엇 니저버리고 도로 가지러 들어오는 버릇
⑧ 학교에서 도라오면 책보도 풀르기 전에 '어머니 저--'하며 어리광 대는 버릇
⑨ 한 장 써서는 찢고 두장 써서는 바리고 편지 조희만 업새는 버릇
⑩ 남의 물건 산 것 보고 '너 그것 어데서 샀니'하며 마음에 걸녀는 것

<안심하고 사핌 수 잇는 여자>

① 이약이는 잘하고도 비밀은 꼭 지키는 녀자
② 것흔 무기운 듯하고도 속은 시원한 녀자.
③ 텬진 란만하고 리지(理智)가 풍부한 녀자.
④ 쉬 사핌 수 잇고도 뎡조 관념이 구든 녀자.
⑤ 필요한 때에 '아니요'하고 똑똑히 말할 녀자.
⑥ 보드러운 중에도 구든 신념이 잇는 녀자.
⑦ 정당한 줄 알면 숨김업시 말해주는 녀자.
⑧ 고상하고도 속이 틔인 녀자.
⑨ 아는 것 잇고도 교만 안 픠는 녀자.
⑩ 사양하면서도 리해잇는 녀자.

⑪ 몸은 깨끗이 갓고도 허영심이 업는 녀자.
⑫ 세상의 경험은 잇고도 교활치 안흔 녀자.

5. 내가 생각한다. 고로 그녀가 존재한다?

이 꽃의 연하고 아름다운 모습은 사람들로 하여금 사랑하고픈 마음이 일게 하지요. 그러나 궁궐에 나면 귀공자와 왕손의 눈길을 받을 것이요, 권세가에 나면 유명하고 벼슬 높은 이들의 사랑을 받을 것이나 여항에 나면 시골 아이, 떠꺼머리 목동에게 꺾이게 되겠지요. (…중략…) 여자 또한 그러해서 사대부가에 나면 반드시 우아한 숙녀가 되고, 여염집에 나면 그저 그런 부인이 되는 것이랍니다. 어찌 용모와 덕이 부족해서 그렇겠어요?[34]

이 글은 1864년 '초옥이'란 여성이 첫눈에 반한 남성에게 꽃을 꺾어 주며 말을 건네는 장면이다. 조선이라는 시대를 감안한다면 퍽이나 파격적인 장면이다. 또 '초옥이'도 당시로서는 꽤나 당돌한 여성임에 분명하다. 그러나 여성이란 자신의 출신에 따라 운명이 결정되는 것, 마치 꽃가지가 꺾이듯이 타인의 손에 의한 팔자라는 생각에 '초옥이'는 답답해한다.

그로부터 50여년이 흐른 1920~30년대의 신여성. 공적 영역으로 진출한 그녀들은 자유로운 개인 주체의 삶을 만끽하는 듯이 보인다. 자신의 외모를 꾸미고, 하고 싶은 공부를 하고, 직업을 선택하고, 자유연애-결혼을 하고, 온갖 취미 생활을 즐길 수 있으니 말이다. 이 자유는 '초옥이'에 비해 분명 달라진 점이다. 그러나 '초옥이'를 좌우했던 손

34) 「포의교집」, 김경미 · 조혜란 역주, 『19세기 서울의 사랑-절화기담, 포의교집』, 여이연, 2003, p.141.

자체가 사라진 것은 아니다. 그 손은 한층 은밀하게 가려져 있을 따름이다. 꽃나무가 자라는 장소가 이전 여성의 존재조건을 규정했다면, 이제 신여성들은 관찰을 통해 재현됨으로서 존재한다. 어떻게 보여질 것인가, 어떻게 보여져야 하는가가 여성의 존재 조건이 되기 때문이다. 이때 시선은 마땅히 남성 주체에게 속해 있는 것이다. 설령 그것이 여성 자신의 시선인 것처럼 보일지라도 그 안에 내면화된 남성적 기준이 분명하게 존재한다. 따라서 보아야 할 것과 볼 수 없는 것을 구별하고, 보는 방식을 선택하는 것은 남성 주체에 따라 결정된다.

「색상자」, 「은파리」, 갖가지 우스개, 사전, 어록, 십계명 등은 이런 남성 시선이 작동하는 방식을 여실히 보여준다. 이를 통해 여성들은 희화화되고, 조롱거리가 되고 만다. 그리고 여성을 단죄하고 계몽하는 공식적인 틀이 생성되는 모습을 엿볼 수 있다. 그러나 뒤집어 생각해 보자. 있어야 할 계율을 확립하는 것은 지금 그렇지 못한 상황에 있기 때문이 아니었을까? 여성을 조롱하고 비꼬는 방식으로 틀을 만들어 가두려는 것은 남성적 '시선'을 넘나드는 위험한 여성이 있기 때문이 아니었을까. 강력한 남성의 '시선' 체제가 작동하는 담론의 장(場)이 잡지 『신여성』임에는 분명하다. 그럼에도 불구하고 은밀히 그 경계를 넘나드는 여성의 존재를 발견하는 일. 그래서 잡지 『신여성』과 신여성은 거듭거듭 읽힌다.

슬픈 여성, 슬퍼야만 할 그녀들

1. 근대 담론으로서 애화(哀話)·비화(悲話)

1920년대 이후 공적 담론에서는 애화(哀話)·비화(悲話)류의 서사물이 유행한다. 이는 당시 신문, 잡지 등 담론 공간이 확장됨에 따라 새롭게 나타난 현상이기도 하다. <이야기>의 발생에서부터 수용까지의 과정이 전승·구전되는 전근대적 구조에 비해 근대적 매체의 담론 공간은 <이야기>가 생산·유통·소비되는 사회적 구조를 만들어낸다. 이러한 기반 속에서 <이야기>는 그 내용뿐만 아니라 스타일을 문제 삼는 일이 비로소 가능하다. 일련의 애화(비화)류의 기획물은 바로 그와 같은 이야기 스타일에 따라 분류되는 것들이다.

실제로 당대 『신여성』이나 『별건곤』, 『삼천리』 등 주요 잡지들에서는 <사실애화>, <인생 애화>, <수난비화> 등의 명칭이 붙은 기획 시리즈가 경쟁적으로 유행한다. 물론 제목에 '애화'나 '비화'라는 말이 덧붙지 않더라도 그 내용이 애화(비화)인 글은 무수히 많다. 그러나 특정한 시기에 유독 몇몇 꼭지들이 한데 묶여서 <○○애화>, <○○비화>라는 차별화된 편집으로 나타나고 있는 현상은 별도의 해석이 필

요하다.[1]

애화(비화)류의 기획은 1930년대에 이르면 더 구체적인 모습으로 등장한다. 가장 대표적인 사례는 <무엇이 그러케 식혓나>는 다소 선정적인 제목의 연재 기획물이다.[2] <무엇이 그러케 식혓나>라는 기획 제목은 후지모리 세이키치(藤森成吉)의 희곡 「무엇이 그녀를 시켰는가(何が彼女をさうさせたか)」(『카이조(改造)』, 1927. 1)의 번안으로 추측된다.[3] 당시 대중(독자)을 염두에 둔 작가의 창작의도는 그대로 적중해서 후지모리의 희곡 작품은 상당한 인기를 누렸다. 무산계급의 저항, 방화와 같은 반사회적인 내용때문에 연극이나 영화로 만들어졌을 때 심각한 검열과정을 거치기도 했지만, 그럼에도 불구하고 저항적인 혹은 계급적인 측면에서의 인기보다는 몰락하는 여성 이야기에 대한 대중적인 호응이

---

1) 이 글에서는 막연한 슬픈 이야기류가 아니라 '애화', '비화'란 명칭이 붙은 기획 시리즈물을 구체적으로 검토해보고자 한다.

2) 「무엇이 그러케 식혓나? 사실이 나어 논 인생의 기록 명모유죄(明眸有罪)」(김을한, 『별건곤』, 1930. 5 ; 『별건곤』, 1930. 6), 「무엇이 그러케 식혓나? 사실이 나어 논 인생의 기록」(『별건곤』, 1930. 8)시리즈가 대표적인 예이다.

3) 후지모리의 작품은 희곡뿐만 아니라 연극으로 공연되고, 영화 상영(1930)으로 이어져 그 당시 큰 인기를 끌었다. 대중적인 인기를 얻은 후지모리는 실상은 프롤레타리아 문학자였고 NAPF의 초대 위원장이기도 했다. 지금의 감각으로 보자면 다소 이질적이기도 한 대중적 인기와 계급문학의 결합은 쇼와문단 초기 이른바 '전향'의 흐름에서는 자연스러운 것이다. 이때의 '전향'은 그야말로 새로운 경향으로 바뀌는 것을 의미한다. 쇼와 초기(1926년)의 프롤레타리아 문학 역시 새로운 문학의 경향으로 '전향'의 흐름에서 해석되었고, 이는 관동대지진 이후 달라진 사회환경에서 <독자>를 의식한 작가들의 창작경향 때문에 가능했다.(가라타니 코오진 외, 송태욱 역, 『현대일본의 비평』, 소명출판, 2002, pp.132~136)
후지모리의 「何が彼女をさうさせたか」는 불우한 가정에 태어난 순진한 소녀가 겪는 고생담을 주내용으로 하고 있다. 그 소녀는 애인과 동반자살 시도가 실패한 후, 종교단체(기독교?)가 운영하는 시설에 수용된다. 그곳에서 신앙을 강요지만, 모든 것에 절망한 소녀는 수용 시설에 불을 지르고 경찰한테 체포당하는 것으로 이야기는 끝난다. 이때 연극 배경으로 "何が彼女をさうさせたか"란 제목의 문구가 불과 연기 속에 빨간 색깔로 나오고, 이 마지막 장면은 당시 관객들에게 센세이널한 반향을 불러일으키며 큰 인기를 얻는다.

폭발적이었다. 이후 일본에서는 “무엇이 그녀를 시켰는가(何が彼女をさうさせたか)”라는 투의 제목이 크게 유행하고, 그 영향으로 우리나라 잡지에서도 <누가 그러케 식혓나>라는 기획이 등장한 것으로 판단된다.[4)]

막연히 슬픈 이야기를 전해준다는 것에서 한 걸음 더 나아가 특정한 삶의 한 국면을 엿보는 호기심을 충족시켜주는 <누가 그러케 식혓나>류의 기획은 특히 그 대상이 여성이라는 점에서 여러 가지 해석을 가능하게 한다. 애화(비화)류의 기획서사물에서도 마찬가지이지만, 가장 주목할 만한 점은 이야기의 주인공은 대부분 여성이고, 그녀의 몰락(실패)담을 서술한다는 사실이다. 또 주 독자층도 여성이라는 것을 감안한다면 애화(비화)류는 대상과 독자가 모두 여성인 가히 여성적 독물(讀物)이라고 할 것이다.

한편 애화(비화)류에 나타는 ‘슬픔’의 구조는 근대적 감정의 역할을 이해하는데 중요한 시사점을 던져 준다. 1910년대 이래 근대적 개인에게 ‘감정’의 해방이 중요했다면 1920년대에 이르러서는 개인의 내면에 ‘감정’이 어떻게 구조화되는지가 중요한 문제로 등장한다. 통칭 ‘한’이라고 일컬어왔던 전근대적인 ‘슬픔’과는 다른 면모가 애화(비화)류에는 나타나는 것이다. 근대의 기획은 무엇보다도 주체적 개인의 형성으로부터 비롯된다. 이때 근대 개인 주체의 형성은 널리 알려져 있다시피 타자로 통칭되는 특정대상을 억압하고 배제하는 것으로써 가능하다. 인종과 젠더, 계급의 관점이 그 과정을 통찰하는데 유용하다는 것 또한 이미 밝혀진 사실이기도 하다. 이와 같은 근대 주체성의 기획이 근대적 서사물로서의 애화(비화)류를 추동하는 힘이다. 이른바 근대화되는 계몽의 서사인 것이다. 이때 슬픔은 개인 주체가 인지・판단하는

4) 일례로 가네코 후미코(아나키스트 박열의 아내)의 옥중수기는 「무엇이 나를 그렇게 시켰는가(何が私をかうさせたか)」라는 제목으로 1931년에 출판되기도 한다.

감정에 머무르지 않는다. 또 애화(비화)류를 통한 사회비판 등은 단지 소재로 기능할 뿐이다. 슬픔의 구조를 통해 개인은 그에 가담하고, 그것을 통해 억압하고 배제해야할 것을 구분해내며, 그로써 주체형성의 근대화기획을 작동시키는 것이 중요한 것이다.

여기에서 문제 삼고자 하는 것도 애화(비화)류에서 보여주는 슬픔의 본질이나 실체가 아니라 그것이 어떻게 하나의 이념, 하나의 시대정신의 담지자에 의해 양식화되고 코드화되는가 하는 점이다. 그리하여 어떻게 1920~30년대 매체의 장에서 '슬픔'이 구조화되고 있는지 그를 통해 근대주체의 형성이라는 기획이 어떻게 작동하고 있는지를 살펴보고자 한다.

2. 근대를 향한 열망－'수난사'를 통한 구별짓기

애화(비화)류의 슬픔은 크게 두 가지로 나누어 볼 수 있다. 계모, 가난한 집안 형편 때문에 고난을 겪는 여성의 슬픔을 다룬 경우와 허황된 꿈을 좇다가 타락한 여성의 슬픔을 서술하는 경우이다. 본고에서는 전자를 여성 수난사로, 후자를 여성 타락사로 구별하여 '슬픔'의 구조를 살펴보고자 한다.

여성 수난사에서 드러나는 '슬픔'은 표면상 전근대적인 서사물과 비슷하다. 장화와 홍련, 콩쥐의 계모, 심청의 가난과 연속선상에 있다고 할 것이다. 전근대적인 서사물은 '슬픔'의 감정이 주된 내용이기는 하지만, 고난을 극복하는 과정에 초점을 맞추고 더나아가 고난극복의 결과로 행복한 미래를 보장한다. 반면 애화(비화)류에서 '슬픔'은 전근대적 국가를 벗어나는 과정에 무게중심이 놓인다는 점에서 차이가 있다. 처첩 갈등, 계모-가부장제적 대가족, 가난 등 전근대적 시련은 여성(딸)이라는 가장 약자인 가족구성원에게 수난을 가하는 것이다.

「애화(哀話), 출가한 처녀」(월계(月桂), 신여성 2권 6호, 1924. 6)는 전통결혼(조혼)에 희생된 언니의 슬픈 이야기를 전달하고 있다. 언니는 '남녀칠세부동석'이라는 명분 아래 7세부터 집안에 갇혀 지내다 17세에 13세짜리 어린 신랑에게 억지로 시집을 간다. 시집에서 언니는 부부생활이 무엇인지 모르고 오로지 고단한 며느리노릇만 하고 지낸다. 어린 남편은 공부를 하겠다며, 집안 어른들 몰래 일본으로 달아난다. 5년 만에 집으로 돌아온 남편은 유학시절 배운 자유결혼사상을 들먹이며 아내(언니)를 외면하고 동경여자 유학생과 신식결혼을 거행한다. 서러움을 견디다 못한 언니는 끝내 병들어 죽는다. 모진 시집살이나 남편의 외도 혹은 소박 등으로 고생스러운 결혼생활을 하는 이야기는 전근대 서사물에서도 너무나도 빈번하게 이용되어 온 소재이다. 이 익숙한 내용은 1920년대 애화(비화)류에서도 별반 다르지 않게 쓰인다. 그런데 주목해야할 것은 이 익숙한 이야기를 사용하는 방식이다.

> 새 것과 헌 것이 맛부듯는 때 그 밋헤 눌녀서 무참히 희성된 "출가한 처녀" 이든 가련한 나의 형님!! 그 적고도 약한 일신이 시대의 희생자로 참혹히 학대밧은 짤막한 눈물의 일생을 나는 이제 긔록코저 하는 것입니다.
>
> 까닭업시 랭대밧고 헛되이 도라간 마르고 시드른 약한 자 가련한 형님을 위하야 조희비(紙碑)나마 세워드리려는 것입니다. (…중략…) 이때까지 안이 지금도 우리 형님과 갓흔 그러한 사람으로 격지못할 참혹한 슯흔 운명에 울고 잇는 여자가 우리 조선사람의 가뎡에 몹시도 만히 잇슬 것을 생각하는 까닭임니다. 여러분이시여 이 만흔 가련한 여자들 중의 한 사람이든 나의 형님의 불상한 이약이를 뜨거운 동정으로 닑어주시기 바람니다.[5] (강조-인용자)

5) 월계(月桂), 「애화(哀話), 출가한 처녀」, 『신여성』 2권 6호, 1924. 6, pp.33~34.

언니의 슬픈 이야기를 쓰고 있는 동생은 서두에 이 글을 쓰는 목적을 분명히 밝히고 있다. 언니의 이야기는 단지 개인적인 비극이 아니다. 이야깃거리를 전달・향유하려는 것도 아니다. 화자에 따르면 "새것과 헌 것이 맛부듯는 때" 즉 전근대와 근대가 교차하는 과도기가 낳은 시대적 비극이 언니의 애화다. 그것을 전해 수많은 사람들의 공감을 불러일으키고, 조선 여성이 처한 상황을 알리고자 한다. 이야기로써 "쓰거운 동정"을 얻고자 하는 필자의 생각은 계몽적 창작의도에 다름아니다. 이때문에 애화의 내용은 전근대적인 서사물과 별반 다르지 않다할지라도 슬픔을 야기시킨 원인과 해결책은 확연히 달라진다.

우선 앞서 언급한 것처럼 언니의 비극은 시대적인 것이고, 그 원인은 청산해야할 전근대적인 산물이다. 재산도 있고 지체도 높은 대가집에서 태어난 언니는 보통학교에 다니는 오빠와는 달리 이미 7살때부터 대문 밖에도 나가지 못하는 생활을 한다. 학교다니는 오빠가 전해주는 세상이야기를 그저 신기하게만 듣고 이해할 수 없어하는 언니는 "꼿가튼 천사가튼 소녀"였지만, "그 천진란만한 악의업는 것이 방 속에만 갓쳐서 세상 모르고 자라고 컷스니 무지하고 어둡고 약한 사람으로만 변할 밧게" 없다. 무지하고 나약한 구여성이 되어버린 언니는 자기 삶의 결정권을 가지기는커녕 주어진 일에 순응할 뿐이다. 언니와는 달리 오빠의 주장덕분에 겨우 여자보통학교에 다니게 된 나는 언니의 상황을 부당하다고는 생각하지만 해결하기에는 역부족이다. 그저 "아모 배홈 업시 앎이 업시 방 중에서만 자라나서 자긔 몸이 불행한 구렁에 쓸녀가는 줄도 모르고 잇는 형님의 신세가 엇더케 불상한지 몰낫습니다."고 한탄하면서 언니의 신세가 "움속에서 길은 겨울파" 같다고 슬퍼할 뿐이다.

용모로나 재조로나 남에게 홈앙밧든 형님이 공부만 하얏드면 그 일생이 그러케까지 참혹하지 아니하엿슬 것을……! 무엇때문에 남녀칠세면 부동석이라하야 칠세 때부터 방 중에만 가두어 저 꼴을 맨들엇습닛가. 금하랴 하야도 또 흐름니다, 더운 눈물이 작고 흘너서 원고를 적심니다. 아아-여러분이시여 불상타고 하야주십시오. 불상한 가련한 형님이 내 손목을 잡고 운명할 때에 마즈막 유언으로 남기고 죽은 한 마대는

"부대 공부 잘 하여라……"엿습니다.

아-짤막한 유언! 그 속에 모든 원한이 뭇처 잇습니다. 완고의 고집에 희생되야 격구러지는 최후의 한 마듸엿습니다.[6)]

시대적 비극인 언니의 애화는 그래서 그 해결도 사회적인 범주에서 가능하다. 전근대적인 것의 청산과 근대로의 진입. 그를 위해서 「애화(哀話), 출가한 처녀」가 제시하고 있는 실천사항은 무엇보다도 '공부'이다. 무지하고 나약한 구여성에서 벗어나서 신여성이 되는 길을 근대적 지식을 습득하는 '공부'를 통해서 가능하다. 자기 스스로의 변화가 있은 다음에야 적극적으로 시대변화를 도모할 수 있기 때문이다.

조혼은 전근대적인 모순의 대표적인 사례이므로 그에 따른 비극의 해결책은 당연히 근대를 열망하는 것일 수 있다. 그러나 1920년대 이후 애화(비화)류에서는 전근대적인 모순이라고 보기에는 다소 무리가 있는 것조차 그 해결책으로 근대를 제시한다. 예를 들어 「사실애화, 창숙의 설음」(K生, 신여성 4권 5호, 1926. 5)에서 창숙에게 슬픔을 안겨다 주는 원인은 계모와 시모(媤母)의 구박이다.

강원도 화천군에 원적을 두고 어렸을 적 부모를 떠나 서울 어느 친척 집에서 공부를 하던 김창숙(가명)은 열 네 살 되던 해 어머니가 돌아가시자 귀향하여 아버지와 동생들을 돌보게 된다. 창숙이가 열여섯 살이 되었을 때 아버지가 새로 아내를 맞아들이고, 드디어 새로운 비극

6) 앞의 글, p.42.

이 일어난다. 계모의 이간질과 학대 속에 슬퍼하던 창숙은 18세에 림구범(가명)과 결혼해서 한때 행복한 결혼 생활을 한다. 그러나 계모에 못지않은 홀시어머니의 구박 때문에 창숙은 서럽고 슬플 따름이다. 여기서 계모와 시모의 구박은 딱히 전근대적인 모순이라고 보기에는 어렵다. 그럼에도 불구하고 이로 인한 슬픔의 해결책은 여성교육이다.

> 아! 세상에는 이와가튼 사실이 얼마나 만흔가?
>
> 딸을 가진 부모들 며누리를 거느린 부모들 장래의 어머니들 장래의 시어머니들은 이와가티 나희 어리고 틔업는 청춘녀자들이 세상의 무정을 저주하며 비애로 일생을 맛추는 것을 듯고 볼 때에 언제나 여자를 위하여 가정교육을 등한히 말며 자신의 인내력과 자비심을 더욱 향상식혀 장차로 이러한 희생자가 안 나도록 힘쓰기를 충심으로 바란다.[7]

장차 어머니가 되고, 시어머니가 될 여성을 교육하는 것, "여자를 위하여 가정교육을 등한히 말며 자신의 인내력과 자비심을 더욱 향상"시키는 것은 물론 개개 가정에서 행해야 할일이기도 하지만, 궁극적으로는 근대적인 여성교육이 지향하는 목표이다. 1886년 우리나라 최초의 여자 교육기관인 이화학당이 문을 연 이래, 보통학교 및 여자고등보통학교의 여성 교육목표는 현모양처이다. 보통학교는 남녀공학이었지만 가정의 안주인이자 좋은 아내의 자질을 가르치는 여자수신서가 따로 있었으며, 여고보의 경우 여자수신서를 비롯한 교과서 지식뿐만 아니라 각종 지식, 상식과 교양을 여학생들을 위해 가르친다. 물론 이러한 여성교육이 학교에서만 행해지는 것은 아니다. 애화(비화)류가 실리고 있었던 각종 잡지에서도 근대적인 여성교육을 위해 힘쓰는 것은 마찬가지였다. 오므라이스나 앞치마를 만드는 것이라든가 갓난

7) K生, 「사실애화, 창숙의 설음」, 『신여성』 4권 5호, 1926. 5, p.48.

아기에게 젖먹이는 법과 같은 실용적인 지식뿐만 아니라 가계부 쓰는 법을 통해 가정경제를 터득하는 것이나 남편 기분을 맞추는 방법, 아이교육을 시키는 방법 등 근대적인 현모양처가 되기 위한 유무형의 기술과 태도를 익혀야 한다는 기사들은 차고 넘쳤다. 이러한 당대 분위기를 고려해볼 때 「사실애화, 창숙의 설음」에서 비극의 해결책으로 내놓은 것은, 무지한 전근대적인 부인상에서 탈피해서 새로운 근대적 가정부인이 되기 위해 교육하자는 것이라 할 수 있다.

그 외 학교를 졸업하자마자 부모의 강압에 의해 시집을 간 순자가 당한 불행과 그로인해 죽음을 택한다는 친구의 사연을 소개하고 있는 애화(「애화, 흉한 꿈」, 微笑, 『신여성』 4권 10호, 1926. 10)나 부모가 신분차이로 결혼을 반대해서 결국 남편이 죽고 만다는 애화(「사실애화, 시대가 출산한 가정비극－그의 남편은 엇지하야 죽엇나?」, 임순호, 『신여성』 3권 2호, 1925. 2)에서도 슬픔을 야기시키는 전근대적인 모순에 대한 비판과 근대에 대한 열망이 역력히 드러나고 있다.

<전근대적인 모순→비극→슬픔→근대를 향한 열망>으로 요약되는 애화의 구조는 그래서 계몽적이다. 물론 전근대적인 애화(비화)류에서도 계몽적인 성격은 내재되어 있다. 그러나 전근대적인 서사물의 계몽적인 의도가 권선징악과 같은 보다 폭넓은 범주에 속해있다면, 1920년대 이후 여성 수난사에 나타나는 계몽적인 의도는 구체적이고 시대적이라는 점에서 다르다. 여성수난사는 슬픔을 가하는 상황으로부터 벗어나기, 즉 그와는 다른 삶을 지향하는 일을 궁극적인 목표로 삼는다. 이를 통해 고난, 슬픔을 겪는 전근대적인 범주와 그를 벗어난 근대적 공동체를 구별하는 경계선이 그어지게 된다.

3. 근대에 대한 경계－'타락사'를 통한 자기감시의 시선

허황된 꿈을 좇다가 타락한 여성의 슬픔을 서술하는 애화(비화)류는 대체로 1920년대 후반부터 집중적으로 나타나기 시작한다. 특히 앞서 언급했던 <무엇이 그러케 식혓나>라는 시리즈나 '모던 걸 참회록'과 같은 <○○○ 참회록>시리즈처럼 1930년대에 이르러서는 더 구체화되어서 나타나기도 한다. 타락한 여성의 이야기를 다루는 애화(비화)류가 비교적 사실 전달에 치중하고 있다면 <무엇이 그러케 식혓나>시리즈는 흥미위주 독물(讀物)의 성격이 강하고, <참회록> 시리즈는 타락에 대한 경계와 계몽의 의도가 가장 뚜렷하다는 특징이 있다.

또 여성타락사의 '슬픔'은 근대적인 시공간을 배경으로 하는 공통점이 있다. 그 곳에서 활동하는 가수, 화형녀(배우), 데파트 걸(백화점 여점원), 모던 걸 등이 겪는 비극이 여성타락사의 주된 내용이다. 그러나 여기에서 슬픔이 생겨나는 원인은 수난사의 경우와는 달리 내부적인 것이다. 외부적인 요인도 있긴 하지만, 가장 중요한 이유는 자신의 허영심, 무분별한 공상, 사치 때문에 여성들은 타락한다.

여학교를 졸업하고도 첩이 되거나 기생과 여급이 되는 여성들의 슬픔을 다룬 글에서는 구체적인 유형 사례를 제시하며, 그 타락상을 고발하고 글을 읽는 여성들에게 조심할 것을 경고하는 게 주 목적이다. 여학생들이 학교를 졸업하고 첩이 되는 경우가 많음을 지적하고, 속아서 첩이 되거나 유혹에 빠져서, 허영 때문에, 생활고 때문에 그런 일이 일어난다고 각각의 예를 든다. 그 사례들은 각기 다른 경우이지만, 그것들을 통해 여학생 첩을 두는 남자는 늘 새 것에만 욕심을 내므로, 결국 여학생은 금세 버려지고, 버려진 여학생은 이미 정조를 잃었으니, 결국 창녀처럼 살다가 나이가 들면 걸인이 될 수밖에 없다는 비참한 운명을 강조하고 있다.[8] 이런 글이 딱히 구체적인 모델이 없는 일반적인 사례를 거론하는 경고성 글이라면, 본격적인 애화에 해당하는 글이 「인테리 여성의 비극, 그 여자는 여자고보(女子高普)를 졸업하고 엇재서 기생과 여급이 되엿나?」(『삼천리』 4권 6호, 1932. 5)이다. 여기서는 손주리내, 백혜련, 이혜숙이라는 각기 다른 여성 필자가 자신의 타락한 결말을 토로하고 있다.

R여자전문학교 문과를 졸업하고 훌륭한 여류문사를 꿈꾸던 손주리내는 생활곤란으로 한때 생명보험회사 사무원을 하다가, 회사중역인 김이라는 남자의 청혼을 받아들여 행복한 결혼생활을 한다. 그러던 어느날 남편의 코트 뒷주머니에서 '서방님'이라고 부르는 편지를 발견하고, 남편이 이미 시골에 아들이 있는 유부남임을 알게 된다. 남편의 간곡한 사과에 "약한 여자의 심리작난"으로 아들까지 낳고 살게 되나, 이후 김은 부호 K 미망인의 애인, 여학생 유혹해서 자살도 시킨 사람이라는 것을 새롭게 알게 된다. 결국 손주리내는 사생아를 업고 나와 카페 웨이트리스로 전락하고 만다. 이런 줄거리에서 비극을 발생시킨 것은 거의 남성의 책임인 것처럼 보이고 여성의 잘못은 뚜렷하지 않다. 그러나 "누구를 물논하고 나 어린 처녀 시대엔 상대자를 요구하는데 잇서서 「엇더한 남성을 택하고 십다」는 생각을 가지고 잇겟지만 나처럼 거기 대해서 심각한 공상이 만흔 게집애는 또 다시 업섯슬 것 갓해요."[9]라는 회고에 이르면 사랑에 대한 터무니없는 공상과 허영이

---

8) 삼청동인, 「여학교를 졸업하고 첩이 되어가는 사람들, 놀라운 자(自)타락과 무서운 유혹, 그들은 이러케 첩이 되어간다!」, 『신여성』 4호, 1924. 4, pp.48~53 ; 그 외 「여학생 애화비운의 숫」(방재욱, 『신여성』 2권 8호, 1924. 10, p.43)도 같은 유형의 글이라고 할 수 있다.

9) 손주리내, 「인테리 여성의 비극, 그 여자는 여자고보를 졸업하고 엇재서 기생과 여급이 되엿나?」 – 「여류문사의 혈루(血淚) – 바람에 불니는 갈대와 갓치 항상 변하는 남자의 마음」, 『삼천리』 4권 6호, 1932. 5, p.29.

이러한 비극을 낳은 최초의 이유라는 것을 알 수 있다.

손주리내의 글이 사랑에 대한 환상으로 남자의 달콤한 말에 속아서 자신의 신세를 망친 이야기라면 백혜련의 글은 친구의 애인을 사랑하는 여자의 괴로운 심정을, 이혜숙의 글은 사랑에 실패하고 나서 타락한 여자의 후회를 서술하고 있다. 백혜련의 경우[10] B(남자)가 자신의 친구인 K를 사랑하는 이유는 K가 돈있는 집 딸이고, B는 돈 없는 집 아들이기 때문이라고 여긴다. 그래서 진정으로 B는 사랑하는 것은 자신이며, 현실의 어려움을 초월할 사랑의 지고지순함을 믿는다. 그러나 "나는 돈의 노예랍니다."라고 괴로워하며 나에게 사랑을 고백했던 B는 별 망설임없이 예정된 수순을 밟아 K의 결혼식을 올린다. 사랑이라는 말로 여성을 유혹하길 좋아하는 남성을 맹목적으로 믿고, 낭만적 사랑에 대한 허영심으로 가득차 있었던 나는 결국 비련의 여주인공이 되고 마는 것이다.

이혜숙[11]은 병상에 누워서 "어려서 아버지를 이러버린 저의 두 형제를 빈곤에 쫄녀가면서도 완전한 사람을 만드실녀고 밤이나 낫이나 삭바느질하여서 혜숙이를 고등보통학교까지 맛추어 주섯지요."라며 어머니를 회상한다. 카페 여급으로 타락한 과정이나 이유 등은 서술하지 않고 병든 여성의 감상적인 호소로만 일관하고 있지만, 편지의 제목 "참사랑은 부모님께만 잇담니다"이라든가, 지금 타락한 자기를 위해 "피눈물을 흘려주시는 이는 어머님 한 분밧게 업다는 것도 깨다럿"

10) 백혜련, 「인테리 여성의 비극, 그 여자는 여자고보를 졸업하고 엇재서 기생과 여급이 되엿나?」-「비련의 신기록-참아-동무의 약혼자를 빼앗을 수 업서라?」, 『삼천리』 4권 6호, 1932.5, p.30.

11) 이혜숙, 「인테리 여성의 비극, 그 여자는 여자고보를 졸업하고 엇재서 기생과 여급이 되엿나?」-「윤락한 신여성의 애소(哀訴) 참사랑은 부모님께만 잇담니다!」, 『삼천리』 4권 6호, 1932. 5, p.31.

다는 고백으로 보건대 화려한 유흥가 생활이나 사랑에 대한 환상에 대해 지금의 필자는 후회하고 있다는 것을 짐작할 수 있다. 결국 이 세 글은 각기 내용도 소재도 조금씩 다르지만, 남녀간의 사랑에 대한 환상과 허영을 가지고 그것을 인생의 목표로 삼는 한, 타락의 결과를 낳는 것은 너무나도 자명하다는 사실을 일깨워주고 있다.

애화 시리즈에서 세분화된 참회록 시리즈를 살펴보면 '참회록'이라는 형식은 꼭 여성에게만 해당된 것은 아니다. 당대의 <참회록>을 살펴보면 근대 이후 새롭게 등장한 직업－목사, 의사, 교사, 기자, 모던걸[12] 등을 소재로 한 참회록이 여기저기 등장한다. 이 중 모던 걸만이 유일한 여성 필자인데, 남성의 경우와 여성의 경우 '참회'의 내용이 확연히 달라 흥미롭다. 남성들의 참회록이 자신의 직업상 어려움을 토로하는 방식인데 비해 모던 걸은 당연히 직업이 아니므로, 직업 상 고충을 거론할 수도 없거니와 그렇다고 해서 모던 걸로서의 어려움이나 곤란함을 서술하는 것도 아니다. 그녀들이 참회하는 주제는 주로 연애로, 연애로 인해 신세를 망친 여성의 참회록을 서술하고 있다.

부잣집의 무남독녀 외딸로 집에서 곱게 자란 윤옥희의 참회록은 다음과 같다. 여배우가 되고 싶었던 윤옥희는 여고를 졸업하자마자 부모를 속이고 일본으로 유학길을 떠난다. 학교는 명색으로 다닐 뿐 실제로는 무대연극단 연구생 노릇을 하던 윤옥희는 거기서 잘생긴 남자와 사귀게 된다. 남자와 사귄다는 소문이 퍼져 결국 중국으로 도망가게 되고, 가지고 온 돈이 떨어지자 남자와 싸우기 시작, 헤어지고 만다. 할 수 없이 경성에 와서 영화사 여배우로 활동하기 시작했으나 자금난으로 영화사가 파산한 후, 돈이 없는 그녀는 이 남자 저 남자를 전

12) 모던 걸이 직업은 아니지만 여성이 공공 영역에 등장한 방식이라는 점에서 다른 시리즈들과 함께 묶인 것으로 판단된다.

전하는 신세가 되고 만다. 계속 친정과의 접촉을 시도했으나 '집안 망쳐놓은 자식'으로 낙인이 찍혀있어 그 어떤 도움도 받을 수 없다. 그녀는 지금은 일종의 매음녀가 되어 밖에 나가면 "모던썰 양장, 은군자"하는 조소를 받으며 살아나간다.[13)]

> 그때 아버지가 하시는 대로 순종하얏스면 지금엔 어느 집 주부로 남의 추앙을 바더가며 안락한 생활을 하여갈 수 잇섯스며 신녀성의 첨앙의 표적이 되엿슬 것임니다. 당초에 나와 말이 잇든 그 남자는 지금 훌륭한 부인을 마저 자미잇는 살림을 할 뿐 아니라 발서 옥가튼 아달이 삼형데나 된담니다. 아! 이 몹쓸 년의 방정마진 생각으로 내 몸을 내가 스스로 망첫스니 지금와서 후회한들 무삼 소용이 잇겟슴니까? 생각하면 고만 세상을 떠나 악착한 현실(現實)을 잇고만 십습니다.[14)]

부유한 집안 형편이었지만 여자는 집밖으로 내돌리지 않는다는 아버지의 전근대적인 가치관에 저항해서, 보통학교－여고보－일본 유학의 길을 어렵게 이어나갔던 윤옥희의 욕망은 당대 신여성의 전형적인 모습이기도 하다. 그러나 그 욕망은 근대적 여성교육과 신가정의 현모양처라는 범위내에서만 긍정될 수 있는 것이다. 그 길을 벗어나 새로운 욕망을 추구하는 것은 위험하다. 윤옥희처럼 무서운 타락으로 귀결되고 마는 것이다. 이제 그녀는 "방정마진 생각으로 내 몸을 내가 스스로 망첫스니 지금와서 후회한들" 아무것도 돌이킬 수 없는 처지다.

"대표적인 모던걸"(매음부)로 전락해버린 이명숙의 참회록도 이와 별반 다르지 않다.[15)] 이명숙은 17세가 될 때까지 세상 어려움 모르고 컸

13) 윤옥희, 「모던－썰 참회록 (其一) 부호가의 애녀(愛女)로 여배우 매소부(賣笑婦)가 되기까지」, 『별건곤』, 1928. 12.

14) 위의 글, p.167.

15) 이명숙, 「모던－썰 참회록(其二) 이각연애(二角戀愛)로서 전전애(轉傳愛)까지」, 『별건곤』, 1928. 12.

으나 어느 날 아버지가 가산을 탕진하고 도주한다. 홧병이 난 어머니는 재산을 청산하고 경성으로 이사 온다. 어머니는 아버지 없는 자식이라 흉볼까봐 이명숙에게 학교 다닐 때도 못 가져 보았던 붉은 구두와 비단옷을 사주는 등 자식뒷바라지에 여념이 없다. 그러나 친구를 따라 무용강습소에 간 이명숙은 거기서 T를 사모하게 된다. 그녀에게는 "오직 T와 손을 마조잡고 '왈스'나 한번 핑핑 돌고 또 돌다가 맥이 풀려 그의 가슴에 푹 쓱구러저 보앗스면 하는 생각"뿐이다. 그런데 T는 별 반응이 없고 이때 "금강석을 손고락에 번쩍 거리며 칠피신을 신고 불란서식 양복이라나 괴상하게 지은 옷을 입고 은으로 만든 담배갑"을 가진 K가 열혈 돌진한다. K는 자신의 어머니를 위한 쵸콜렛, 동생을 위한 고급양복을 주고 자신의 금강석 반지를 그녀에게 선물한다. K가 준 서양치맛감, 구두를 즐기다보니, K의 포로가 되고 어느덧 "내(이명숙) 정조는 T와 K의 두 남자의 소유"가 되어버린다.

T가 좋지만, 좋은 외투를 입고 구두신고 자동차를 타고 싶은 자신의 욕망을 채우기 위해선 K를 멀리 할 수 없다. T와의 사이를 눈치 챈 K가 이명숙에게 외국여행을 제안한다. 그녀는 T를 사랑하지만 그 여행을 너무나 원했기에 K와 함께 하얼빈여행을 간다. 그러나 그곳에서 K는 보란 듯이 로국 여자들과 놀아나고, 이명숙이 그에게 정식결혼을 제안하자 본처와 이혼수속중이라며 거절한다. 그곳에서 K와 이별한 이명숙은 K의 친구 L과 다시 가까워지고, L에게 정조를 허락한다. 그러나 알고 보니 L은 아편수입상이었고, 떠나지 말아 달라는 L의 만류에도 불구하고 이명숙은 경성에 온다. 와서 T를 찾으나 T는 이미 자신의 그간 사정을 알고 "누이동생"으로만 대하겠다고 냉정하게 선언한다.

> 나는 여자고등보통학교의 교육을 바든 여자임으로 교육의 덕택으로 선

악을 분간할 만한 능력을 가진 터이라 K의 롱락을 바들 때에나 L의 사랑을 입을 때에 존시를 잇지 안코 나의 부뎡한 죄악을 늣기고 잇섯습니다. (…중략…) 이왕 서울의 모던껄로 누구니 누구니 하고 도라 단이다가 삼십이 넘어 의지할 데 업시 으스스 떨고 단이는 여자들의 뒷길이 밟어진가 하여 요새는 밤에 잠을 이루지 못하겟습니다. 내 몸에 갑 빗산 외투와 털목도리가 덥히고 손에 보석이 찬란하지만 흉중은 캄캄한 밤에 사나운 물결이 늠실거릴 쑨이외다16)

윤옥희의 욕망(배우)에 비해 이명숙의 욕망은 '돈'이라는 부정적인 극단을 보여주고 있다. 허영에 들떠 남자를 따라다닌 결과, "몸에 갑 빗산 외투와 털목도리가 덥히고 손에 보석이 찬란"한 호화로운 생활을 누리지만 스스로도 "죄악"을 느끼고, 미래를 생각하면 무서울 따름이다. 그 두려움이 지금 자신에게 참회록을 쓰게 하지만 그것 자체가 해결책이 될 수는 전혀 없다. 다른 모던걸 참회록들과 마찬가지로 독자들을 계몽시키는 역할을 하는데 더 큰 목적이 있다. 전근대적인 모순을 벗어나고 근대를 열망하기 위해서는 구세대의 대명사격인 부모와의 갈등이 당연히 문제된다. 부모의 강요나 억압을 홀연히 떨치고 나가야하는 것은 애화(비화)류의 수난사에서처럼 꼭 필요한 일이기도 하다. 그러나 한편으로는 부모를 속이고 자신의 욕망대로 행하는 것은 타락의 지름길이도 하다는 것이 애화(비화)류의 타락사에서 내리는 결론이다. 이 결론은 독자들에게 근대를 열망하되 경계하는 자기 검열의 시선을 스스로 갖출 것이 요구한다.

이와같이 여성 타락을 다루는 애화(비화)류는 허화부박한 여자들의 말로를 보여주면서, 허영이 죄임을 그리고 신체의 타락을 불러오는 악임을 서술한다. 이는 당대 새로운 아이콘으로 떠오른 신여성을 길들여

---

16) 앞의 글, pp.166~167.

가는 과정이며 한편으로는 '슬픔'의 공감을 통해 나를 감시하는 나, 나를 검열·조절하는 나를 만들어내는 과정이다. 이렇게 만들어지는 개인이 바로 근대적인 주체라 할 것이다. 특히 여성타락사는 주로 타락하는 여성들을 관찰하는 화자의 서술이 두드러지는데, 이 또한 근대적 시선의 권력이 행사되는 지점이라고 설명할 수 있다.

4. '신가정'을 넘나들며

애화(비화)류의 서사물은 여성수난사이건 여성타락사이건 당한 자의 수난만을 강조한다. 계모, 가난, 사치, 허영 등의 표면적인 원인이 나타나긴 하지만 수난을 가하는 제도나 구조, 가해자에 대한 상황설명에는 무관심하다. 단지 <수난→고통 인식→근대 국가 지향>이거나 <타락→고통 인식→내면 감시>라는 구조만 반복한다. 이는 결국 '슬픔'이라는 감정을 통해 전근대적인 모순을 타개할 것, 근대적인 가치를 지향할 것을 기억시키는 과정이다. 감정을 통해 근대적 주체의 내용을 각인시키는 것이 애화(비화)라면, 그래서 여성의 정체성을 재조직화하는 것이 이와 같은 서사물들의 발생학적 원리라면, 역설적으로 이러한 담론 생산을 통해 당대 여성에게 부과된 딜레마를 읽어낼 가능성도 있다.

근대적 개인 주체→자유로운 주체의 결합으로서의 연애→결혼의 산물로 신가정(新家庭), 이른바 '스윗홈(sweet-home)'을 건설하자는 것이 1910년대 이래 여성들에게 널리 확산된 시대적 과제였다. 여성의 경우 자각과 교육을 통해 근대 공간으로 진입하고, 근대적 주체로서 연애(물론 이마저도 그때까지 횡행하던 조혼으로 인해 제2부인으로 남겨지거나, 이루지 못한 사랑을 정사(情死)로 승화하는 경우가 대부분이었지만)를 하고, 이후 취업보다는 근대적 가정 내에서 자신의 능력과 천분(?)을 다해야했다. 전문적 모성(의, 식, 주), 근대적 가정 경영술(가계부를 비롯한 가정경제), 양처로서의 내조자 등의 역할을 통해서 공적 영역에서의 권리와 필요성을 인정받을 수 있는 것이다. 그러나 이는 역으로 가정 내(內)에서만이라는 명확한 경계선을 긋는 결과를 가져왔으며, 가정을 벗어나고자 하는 여성에게 가해지는 사회적 징벌은 당연히 뒤따른다.

이처럼 '신가정'이라는 새로운 근대적 지평과 가정이라는 테두리를 벗어날 수 없다는 한계가 양날로 존재하고 있었던 것이 1920년대 이후 여성이 가진 딜레마였다고 할 것이다. 그렇다면 1920년대 이후 유독 여성을 대상으로 수난사와 타락사가 끊임없이 변주되고 있었다는 사실은 결국 여성을 둘러싼 치열한 담론적 쟁투가 계속되고 있었음을 역으로 증거하는 것은 아닐까. 즉 전근대적 며느리(전근대적 상황에서 아내, 어머니보다 더욱 중요한 역할은 며느리이다)를 벗어나 신가정의 안주인이 되어야 한다는 시대적 요구가 여성 수난사를 끊임없이 양산하는 것일테고, 또 그에 한정되지 않고 그를 벗어나고자 하는 유혹과 갈망을 가진 여성을 경계하는 목소리가 만들어 내는 것이 바로 여성타락사 계열의 이야기들일 것이다. 따라서 여성을 둘러싼 애화(비화)의 생산은 근대 여성에게 가정을 중심에 두고 끊임없이 넘나드는 고투가 있었음을 우리에게 확인시켜주는 일일 것이다.

여성의 사랑과 근대적 기획

1. '근대' 문학과 근대적 독물(讀物)

1920년대 초반은 문학 동인지의 창간 · 문단의 형성 등에 힘입어 근대문학이 제도적으로 구현되는 첫 단계라 할 수 있다. 이 시기 문학은 근대적인/전문적인 범주를 형성하고, <작가－텍스트－매체 · 출판－독자>라는 근대적인 글쓰기 제도를 구축한다. 이에 따라 '(근대) 문학'은 그에 '포함되지 않는/배제되어야' 할 것들을 구별하기 시작하는데, 이 지점으로부터 고급문화와 하위(대중)문화가 나누어진다. 소설 또한 마찬가지 상황이다. 근대소설의 범주가 'literature'로서의 '문학'으로 한정됨으로써, 근대 서사는 '문학으로서의 소설'과 '소설에 미달하는 서사'로 나누어진다. 그래서 그 이전시대까지 소설의 주변에 존재하며 적지 않은 문학적 역할을 담당하던 기타 서사들은 소설의 타자로 간주된다.[1)]

1) 예를 들어 '記', '話', '談'을 비롯한 전근대적인 서사물들과 이야기들은 이 당시 문학의 범주에서 제외된다. 이경돈은 이러한 점에 주목하고, '소설' 범주에서 밀려난 이들 서사를 '소설 외 서사'라는 명칭으로 일컫는다.(이경돈, 「『별건곤』과

기존 문학적 평가의 시선으로 근대적 독물(讀物)들을 보자면, 섬세한 인물묘사의 결핍, 스토리 전개에서 핍진성 부족, 선정성, 복합적 형식 창출의 실패, 독창적 스타일의 부재, 구체적 묘사 결핍 등등의 결함이 수도 없이 지적될 것이다. 그러나 대중문화의 측면에서 생각해본다면, 작품이 당대 독자들에게 영향력을 행사하기 위해서 독창성보다 낯익고 관습적인 방식으로 소통하는 자연스러운 현상이기도 하다. 어쩌면 이들은 애초부터 '평가' 혹은 '가치'라는 부분이 상당부분 배제되어 있는 즉 미학적 차원을 벗어나 있는 것일 수도 있다. 동서양을 막론하고 고급문학과 저급문학을 구별하는 나아가 문학과 비문학을 구분하는 것은 근대 문학의 제도적 장(場)이 만들어진 이후 소급 적용된 결과이다. 이 과정에서 각종 선별과 배제의 기준이 세워지고, 권위를 담보하는 정전(canon)이 만들어진다. 근대적 독물(讀物)에 가해지는, 저급하고 열등한 통속성, 싸구려 감상성이란 평가도 이런 과정에 따라 '만들어진' 것이라 할 수 있다.

문학작품을 비롯한 문화텍스트는 한 문화가 자신에 대해 사유하는 방식이다. 제인 톰킨스는 이러한 의미에서 문학작품은 특정한 방식으로 사람들이 생각하고 행동하기를 바라고, 그래서 독자들에게 "기획(design)"을 행사하고 있다고 설명한다.[2] 이는 당대 맥락에서 그 역사적 의미를 살펴보는 즉 초창기 문화형태를 지배했던 지형의 의미를 이해하려는 시도이다. 이런 입장을 선택한다면 문학 혹은 문화 텍스트

근대 취미독물」, 『대동문화연구』 46호, 2004) '소설 외 서사'라는 명칭은 소설 장르와의 대비를 전제로 한 것이기에, 「『별건곤』과 근대 취미독물」의 전체 논의맥락에서는 적절한 용어다. 그러나 이 글에서는 장르적 구별보다는 전근대와 근대라는 시대적 구별에 주목하고 있기 때문에, 이런 서사물들을 통칭해서 '근대적 독물(讀物)'이라는 용어를 사용하고자 한다.

2) Jane Tompkins, *Sensational Designs*, Oxford University Press, 1985.

를 해석과 평가의 대상이 아닌 "문화 형성의 주체"로 인정하는 일이 가능하다. 이는 제인 톰킨스가 주장한 것처럼 소설을 비롯한 허구적 글쓰기와 비허구적 글쓰기를 푸코 식의 "담론적 네트워크의 결절점(nodes within a network)"으로 바라보는 일이기도 하다. 또 텍스트 자체에 대한 평가가 아니라, 텍스트가 매개하는 구체적인 독자와 커뮤니케이션 회로의 변화를 살펴보는 일이기도 하다. 그러나 '실제' 독자의 변화에 따라 '문학'의 영역과 독자의 관계를 설명하는 것은 사실상 불가능하다. 다만 문학 혹은 문화텍스트의 생산-소비와 독자가 결부되는 과정을 통해 어떤 담론적 네트워크가 형성되는지를 살펴볼 수 있을 것이다.

이 글에서는 1920년대 초반에 대중적 인기를 끌었던 『사랑의 불꽃』(1923)을 중심으로 근대적 독물(讀物)의 의미를 살펴보고, 그것이 어떻게 독자와 관계맺고 있는지를 고찰해보고자 한다. 『사랑의 불꽃』이 생산-유통-소비되는 방식은 1920년대의 문화적 기획의 절정에 놓여 있었다고 판단된다. 그동안 『사랑의 불꽃』을 둘러싼 논의는 대체로 1920년대 베스트셀러로서의 대중문학적 위치, 당대 문화적 기호였던 '연애'를 상품화한 기획물이라는 관점에서 이루어졌다.[3] 사실상 텍스트 자체의 분석도 제대로 이루어져 있지 않고, 『사랑의 불꽃』이 여성들에게 많은 영향을 미쳤다는 문화현상으로만 언급될 뿐이다. 이는 『사랑의 불꽃』이 문학적으로 함량 미달이라는 연구자들의 평가와 현실적으

3) 김현주, 「한국 대중소설의 전개와 '독자'의 문제-연애라는 문화적 코드를 중심으로」, 『독서연구』 13, 2005 ; 이기훈, 「독서의 근대, 근대의 독서」, 『역사문제 연구』 7호 ; 문화라, 「한국 근·현대 베스트 셀러 문학에 나타난 독서의 사회사」, 『어문연구』 33, 2005 ; 이영아, 「사상, 연애 그리고 유행」, 『소통과 문화』 창간호 ; 권보드래, 『연애의 시대』, 현실문화연구, 2003 ; 천정환, 『근대의 책읽기』, 푸른역사, 2003.

로 텍스트에 접근하기 어렵다는 점 때문에 그러하다. 그러나 후자의 경우는 사실상 표면상 이유일 뿐이고, 그동안 연구가 충분하지 못한 것은 대부분 전자의 경우, 즉 문학텍스트로서 연구할 가치가 없다는 인식때문인 것으로 판단된다.

2. 『사랑의 불꽃』의 근대적 기획

1) 베스트셀러의 인기와 저급한 센티멘털리즘

『사랑의 불꽃』은 1923년 한성도서주식회사에서 발행한 연애서간집이다. 저자는 텍스트 상에는 "미국인 선교사 오은서"라고 표기되어 있으나, 여러 가지 정황으로 보아 '오은서'는 가공의 인물이고, 실제 저자는 『백조』 창간 동인이었던 노자영(1901. 2. 7~1940)라는 게 지금까지 연구자들의 공통된 견해이다.

『사랑의 불꽃』은 1923년 5월 1일 동아일보의 광고에 "초판 50여 일 만에 매진"이라고 언급되고, 이문당이라는 서점 한 곳에서만 하루 30~40부씩 팔렸다는 기록이 남아있을 만큼 1920년대 최대 베스트셀러였다.[4] 이때 베스트셀러 기준은 서점 판매를 전제로 한 것이지만, 서점 판매만 가지고 베스트셀러 여부를 확인할 수 없는 것이 1920년대 상황이기도 하다. 흔히 딱지본이라고 불리는 구활자본 소설은 지방

4) 1920년대 서점을 통해 가장 많이 팔린 책은 방정환의 동화집 『사랑의 선물』과 노자영의 연애서간집 『사랑의 불꽃』이었다. 『사랑의 선물』은 1928년까지 1만부 이상 판매되면서 1920년대 동화집 발간을 이끌어갔으며, 『사랑의 불꽃』은 판을 거듭하여 수만 부 이상 판매되었으며, 서점가에 이를 모방해 '사랑'이란 제목이 들어간 책이 대유행이었다고 한다.(이기훈, 「근대적 독서의 탄생」, 『역사비평』, 2003, p.351)

의 경우 서점을 거치지 않고 행상들에 의해 장터 등지에서 판매됐는데, 이 가운데서 '춘향전'의 경우 1930년대 중반까지 1년에 40만부씩 팔려나갔다고 한다. 또 우편판매에 의존한 보통문관·순사시험 응시자용 교재와 각종 성(性) 관련 서적들의 판매부수도 상당했을 것으로 추정하고, 서적 종류만을 기준으로 할 경우에는 족보가 1920년대 가장 많이 출판된 책이었다고 한다.[5] 이에 비해 『사랑의 불꽃』은 근대적인 글쓰기 제도로부터 기획-출판된 산물이라는 점에서 큰 의의가 있다. 기존 연구자들이 밝혀놓은 것처럼 『사랑의 불꽃』은 "'연애서간집' 한 권을 만들면 유리하겠다"는 출판사의 기획에 의해 만들어진 상품 즉 독자 대중의 기호에 맞춘 기획으로 근대적 출판 시장의 속성을 보여주는 책이다.[6] 『백조』 동인이었던 노자영은 『사랑의 불꽃』 이후 대중작가로서의 위치를 분명히 했으며, 출판사 청조사를 내고, 아내 이준숙의 명의로 서점 미모사를 내는 등 독자적인 유통구조를 갖추는 데까지 이른다.[7]

1920년대를 뒤흔든 베스트셀러라는 호칭에 걸맞게 『사랑의 불꽃』을 거론하는 당대 담론도 엄청나다. 주로 "노자영군의 만든 『사랑의 불쏫』과 기타 연애 소설 갈은 것을 여학생계에서 많이 사"[8]본다거나, "조선에서는 저 비속한 『사랑의 불쏫』가튼 것이 여학생의 중요 독서물이 된 일이 잇다"[9]는 식으로 『사랑의 불꽃』이 유행하는 현상을 주목한다.

5) 이기훈, 앞의 글, pp.351~354.

6) 이런 사실은 이기훈(앞의 글. p.351), 권보드래(『연애의 시대』, 현실문화연구, 2003, pp.115~117), 천정환(『근대의 책읽기』, 푸른역사, 2003, 2부 4장) 등에 의해서 공통적으로 지적되고 있다.

7) 권보드래, 위의 책, p.114 ; 이중연, 『고서점의 문화사』, 혜안, 2007, pp.153 ; 「미모의 서점 매담, 문사 노춘성 부인 이준숙씨」, 『삼천리』, 1937. 5, pp.44~45 ; 「문단의 풍문」, 『별건곤』, 1931. 12, p.12.

8) 신길구, 「서점에서 본 여학생」, 『신여성』 4권 4호, 1926. 4, p.41.

한편 대중적인 인기에 힘입어 『사랑의 불꽃』은 베스트셀러라는 텍스트 범주를 넘어서서 일종의 문화적 기호로도 이용된다.

사치부박하고, 풍기문란한 여학생을 조롱하는 안석주의 만화 시리즈 중 한 장면에는 학교도 가지 않고, 다리를 쭉 뻗은 채로 사랑타령을 하는 책만 읽고 앉아 있는 여학생이 등장한다.[10] 그녀의 방바닥에 깔린 책 중 하나가 바로 『사랑의 불꽃』이다. 그림 하단에는 "기어코 입학한 지 넉 달이 못되야 시간표는 마음대로 꾸며놋코 책닑는 공부가 요렇케 렬심"이라면서 "싀골서 돈 보내는 부형 여러분 학교당국 여러분"께 여학생의 실태를 고발하는 설명을 덧붙여놓고 있다. 그런데 아이러니컬하게도 1923년 『사랑의 불꽃』이 출판되었을 때 표지화를 그렸던 사람도 바로 안석주였다.

『사랑의 불꽃』 표지화는 태양인 듯한 둥근 원을 배경으로, 팔을 들어 올린 채 고개를 숙여 얼굴을 파묻고 서 있는 여성의 옆모습이다. 그녀의 상반신 등은 벌거벗은 채로 노출되어 있고, 긴 자락의 천이 가슴께에서부터 배, 엉덩이를 감싸고, 발목까지 늘어져 있다. 파격적인 노출일 뿐만 아니라, 몸을 가린 천도 속이 훤히 비치는 재질로 가슴과 엉덩이의 형태가 그대로 드러나 보이는 일종의 시스루 패션의 극단적인 모습을 보여준다. 이처럼 다소 선정적이기까지 한 표지화를 그렸던 안석주가, 불과 2년 만에 풍자만화에서 자신이 표지화를 그렸던 텍스트를 조롱거리로 사용한 것이다. 이는 좀더 세심한 해석이 필요한 대목이지만, 이 글에서는 안석주의 변화 자체보다 『사랑의 불꽃』이 당대 최고의 대중적 공감을 얻었다는 긍정성과 저급한 문화적 기호로서의 부정성을 함께 가지고 있었다는 사실에 주목하고자 한다.

9) 백철, 「현대여학생과 문학」, 『신여성』 7권 10호, 1933. 10, p.36.
10) 안석주, 「만화－처음 상경한 여학생의 공부」, 『신여성』 3권 6호, 1925. 7, p.67.

앞서 언급했던 것처럼 『사랑의 불꽃』이 등장하게 된 것 자체가 대중의 기호에 따른다는 의도때문이었으니, 대중적 인기에 영합하려는 것일 뿐이라는 지적은 출판 당시부터 끊이지 않았던 비판이었다. 나아가 통속적 읽을거리, 센티멘탈리즘, 소녀취향 등등의 수사 또한 『사랑의 불꽃』을 늘 따라다니는 말이다. 작가에 대한 비판도 이와 별반 다르지 않다. 사실상 노자영은 『백조』 동인 시절에도 이미 감정의 과잉, 낭만성을 드러낸 바 있었고, 이는 『백조』 동인 전체의 문학적 특질이기도 했다. 그러나 『사랑의 불꽃』이 상업적으로 큰 성공을 거둔 이후, 노자영은 아예 "소녀적 센티멘털리즘"의 대표적 작가로 평가받게 된다.[11] 여기서 주목해야 할 것은 『사랑의 불꽃』이 얻은, 현재까지도 이어지고 있는 긍정성과 부정성의 평가가 왜 하필 "소녀"라는 여성적 수사와 결합하는가이다. 심지어 최근의 인터넷 사이트의 문학사전 중에는 노자영을 "소녀적 센티멘털리즘으로 일관"한 작가라고 규정하면서, "자기의 시에 '수필시(隨筆詩)'라는 특이한 명칭을 붙였던 시인 노자영, 그녀의 시집 『내혼이 불탈 때』"에서는 "역사성과 시대성보다 소녀적인 센티멘털리즘으로 일관하였던 그녀의 작품 세계를 볼 수 있다"라는 식으로 아예 여성작가로 오인하기까지 한다. 단순한 실수이긴 하지만, 이 바탕에는 센티멘털리즘, 감정, 낭만성 등은 소녀-여성 취향이라는 가치평가가 전제되어 있는 것이다.

2) 근대의 시각, 시각화되는 근대

『사랑의 불꽃』은 19편의 연애편지로 이루어져 있다. 각각의 편지마

---

11) 현재까지 이런 평가는 계속되고 있는 실정이다. 비교적 공식적인 평가라고 할 수 있는 문학사나, 각종 중고등 문학교재에 등장하는 노자영에 대한 서술도 이런 범주를 크게 벗어나지 않고 있다.

다 필자가 각기 다른데, 20대로 추정되는 남성 12명과 여성 7명이 편지 발신자로 등장한다. 또 편지가 쓰여진 계절은 봄 5편, 여름 4편, 가을 3편, 겨울 6편으로 비교적 고르게 분포해있다.[12] 그 시간대는 저녁, 밤, 새벽이 10편, 아침이 2편(그 외 시간대가 불분명한 편지가 7편)으로 은밀하고 조용한 시간, 발신자가 혼자 있을 수 있는 시간대가 선호되었다고 생각된다.

공간적인 배경과 소재, 표현기법들을 구체적으로 살펴보면, 『사랑의 불꽃』은 근대에 이르러 새롭게 등장한 이질적인 공간과 서구적인 문화 상징물들을 주로 사용하고 있고, 영탄과 감상적 수사가 매우 빈번하게 드러난다. 기존 연구에서 밝혀놓았다시피 '연애' 자체가 서구적인 수입품이었던 만큼 서구적인 문화가 배경으로 등장하는 것은 당연한 일이다. 종로 청년회관에서 열린 이화학당 주최의 음악대회(2쪽), 크리스마스 파티회장(72쪽), 강 위를 노니는 보트(14쪽), 부지화 여관[13](34쪽)에서 사랑하는 남녀가 조우하거나 사랑의 추억을 나누었던 과거를 회고한다. 편지왕래를 할 수밖에 없게끔 공간적으로 분리된 현재 또한 서구적인 배경으로 가득 차 있다. 그들은 서울 H병원 6호실(8쪽), 일본 히라츠카(平塚) 해안의 병원(94쪽)에서 아픔을 견디며 편지를 쓰고 있거나, 사랑하는 이를 조선에 두고 멀리 해외로 떠나와 있다. 해외에 있는 그/그녀들은 신문물을 배우기 위해서 일본(요코하마, 동경), 미국(미국,

12) 『사랑의 불꽃』이 가을과 겨울이라는 쓸쓸하고 고독한 계절적인 분위기나 정조를 사용해서 이별의 슬픔과 비애를 강조한다는 논의(신지영, 「베스트셀러로 보는 근대문학 : 연애편지, 1920년대 대중의 출현」, <컬쳐뉴스>, 2007. 9. 4)도 있었지만, 실제 분석 결과를 보면 다소 무리한 해석이라고 판단된다.

13) 부지화(不知火)여관; 시라누이 여관이라고도 불렸으며, 1906년 경성 아사히 마치(旭町 : 지금의 회현동)에 근대적 철근 시멘트로 건축한 여관. 서양식을 가미한 일본식 여관으로, 일본인이 경영했다, 30개의 객실마다 서양식 세면실과 탁상전화를 설치했다고 한다.

뉴욕), 중국(황포탄), 프랑스(파리), 독일(백림) 등 전 세계 각지에 유학 중이다. 특이하게 외국인을 발/수신자로 내세운 편지의 경우, 해외 전쟁터(화성돈을 떠나 불란서 전쟁터로 가는 군함, 67쪽)를 공간적 배경으로 하고 있기도 하다.

이처럼 낯설고 새로운 공간은 당연히 서양적인 문화로 가득 차 있고, 그곳에서 편지를 쓰는 이들이 사용하는 수사적 표현 또한 마찬가지다.

> 저녁 하날에 떠 오르는, 구름빗갓흔 당신의 얼골!
> 금양모(金羊毛)의 자리갓치 부드러운, 당신의 얼골! (28쪽)
> 풀 속에 잠긴 한 폭이 백합이, 바람에 사르르 흔들니는 듯한, 당신의 목소래 (28쪽)
> '만도린'의 E선이, 가베여운 '쓰메(쯔메 : 손톱의 일본어)'에 부듸치는 듯한 그 목소래 (29쪽)

위 인용문에서처럼 서구문화적 상징물이나 기독교적 소재들은 모든 편지 곳곳에 넘쳐 흐른다. 그/그녀들은 "만도린"(27쪽)과 "바이올린"(43쪽), "피아노"(105쪽) 연주를 하고, "하이네 시집을 가슴에 품고"(25쪽) 다니며, "테네스"(61쪽)를 치면서, 사랑으로 가득찬 "오아씨스(47쪽)"나 "파라싸이스"(43쪽)를 꿈꾼다. 그곳은 "천사"(2쪽, 104쪽)와 "엔젤(81쪽)"이 노래하고 "이슬진 백합꼿"(28쪽, 80쪽)이 피어있고, "감람나무"(성경에 나오는 나무, 4쪽)가 우거진 "에덴, 낙원, 왕국"(103쪽)이다. 그가 사랑하는 여성은 "향수"(48쪽)를 뿌린 "분홍 네마세"(잠옷, 48쪽)를 입고, "하얀 침대"(48쪽)위에 앉아 있고, "대리석갓흔 얼골과 손"(52쪽)을 가지고 있고, "레이스 베일"(4쪽)을 쓰고 있다.

나아가 반드시 서구적이라 할 수 없는, 전통적으로 익숙한 소재라 할지라도 낯선 외래적인 느낌으로 변용된다. 예를 들어 사랑의 정표로 사용되는 '거울'은 전근대적 서사물에서도 종종 등장하던 익숙한 소재이다. 이 거울이 그러나 "토랑크"(82쪽)에 숨겨져 있다가 이별의 아픔에 괴로워하는 연인에게 발견되는 장면은 낯설다. 더구나 그 거울을 두 손에 들고 "'신은 어듸까지든지, 우리를 수호한다'는 우리의 슯흠의 위로하는, 문구"(82쪽)를 되뇌며, 사랑의 맹세를 하는 남자의 모습은 지금껏 보지 못했던 새로운 문화적 기호이다. 이쯤되면 『사랑의 불꽃』이 서구라는 낯선 매혹과 근대라는 신식 제도를 연기한다고[14] 평가하는 것도 무리가 아니다. 이 '연기'는 서구문화에 대한 욕망을 드러내는 것이고, 1920년대 문화현상에서는 공통적으로 드러나는 부분이기도 하다. 같은 맥락에서 『사랑의 불꽃』도 서구 문화적 공간과 서구적인 소재들을 이용하고 있는데, 특히 시각적 이미지로서의 근대를 전면에 드러내고 있는 점이 흥미롭다. 이를 통해 서구라는 근대는 보다 감각적이고 직접적으로 전달된다.

배경이나 소재뿐만 아니라 형식적인 측면에서도 시각적인 강조를 찾아볼 수 있다. 가장 눈에 띄는 것은 잦은 문장부호 특히 쉼표의 사용이다. 쉼표와 같은 현재 한국어의 문장부호는 대개 개화기 때 로마자가 한국에 소개되면서부터 차용·발전했다는 것이 통설이다. 물론 문장부호의 기원적 형태는 한문 원전(原典)을 읽을 때 독해의 필요에서 찍는 훈점(訓點)에서 찾을 수 있다는 주장을 비롯해서 근대 이전의 문장부호에 대한 연구[15]가 있긴 하지만, 쉼표나 가운뎃점, 말줄임표 등 표현을 위해 사용된 문장부호의 발달은 서구의 영향이라고 보는 것이

14) 신지영, 앞의 글.

15) 백낙천, 「조선후기 한글 간찰의 형식과 내용」, 『한말연구』 제18호, 2006. 6 ; 이복규, 「근대 이전의 우리 문장부호」, 『국제어문』 16, 1995 ; 이승재, 「옛 문헌의 각종 부호를 찾아서」, 『새국어생활』 12권 4호, 2002.

일반적이다. 더구나 1920년대까지 문장부호의 쓰임이 그다지 활발하지 않았음을 감안한다면,[16)]『사랑의 불꽃』의 쉼표 사용은 가히 파격적이라 할 것이다.

(가) 날은, 따뜻하고, 바람은, 부드럽게, 불어옵니다. 먼산과, 갓가온 들에는, 봄 아즈랑이가, 쳐녀의 홋옷갓치, 휫날립니다. 저의 탄, 적은 쏘트는, 벽옥색 물결 우에, 두둥실 떠잇슴니다. (…중략…) 슬픔과, 수심을, 한 가슴 잔뜩 안은, 저의 몸을, 태운 까닭인지, 그 배는, 아모, 힘업시, 다만, 이리 뒤뚱 저리 뒤뚱뒤뚱거려, 괴로운 가슴을 부여잡은, 저의 몸을 이리 몰고, 저리 몰아, 푸르른 물결 속에 던지게 하랴 하나이다. (14쪽)

(나) 오늘은, 말할 수 업시, 치운 날이외다. 바람은, 쌀근쌀근 사람의 쓰거운 심장까지, 식히는 듯이, 차게 불고, 창밧게 싸여잇는, 희고 쏘 흰 눈우에는, 창백한 달빗히, 우는듯이 흘으나이다. 나무까지, 가지마다, 달빗이, 걸니여, 흔날니는 듯하고, 마당에 눈가루마다, 금강석이, 반작이는 듯하외다.
그러나, 사면은, 적적하고, 밤은, 말업시 자는대, 외로히, 누어잇는, 저의 외로운 마음은, 멀니멀니 떠나가신 누형씨의 그림자를, 얼사안고, 힘끗 울어보고 십흘만치 그리웁고, 뵈옵고 십흐나, 다만, 눈물은 흘으지 안코, 알인 듯한 감상이, 저의 가슴을, 어름으로 절이는 듯이, 안타까웁고, 쓸일 쑨이외다. (54~55쪽)

두 인용문에서 보이는 것처럼 짧은 문장일지라도 쉼표가 4~5번, 조금 긴 문장의 경우 13~19번 정도 사용되어 있다. 일반적으로 쉼표[17)]

---

16) 기록상으로는 1925년 이상춘 『조선어문법』에 문장부호에 대한 언급이 보인다. 한편 이익섭의 경우, 1920년대까지는 문장부호가 아예 아니면 거의 없는 글을 쓰다가, <한글맞춤법 통일안>(1933)에서 문장부호를 규정했고, 1940년대 개정판에 와서야 크게 확충되었다고 설명한다. (이익섭, 「국어 문장부호의 기능」, 『관악어문연구』 Vol 21, No 1, 1996, p.20)

17) 문법상 정식 명칭은 '반점'이고, 같은 자격을 지닌 어구의 나열, 대등절이나 종속절이 이어질 때, 부르는 말이나 대답하는 말 뒤, 문맥 상 끊어 읽어야 할 곳, 수의 자릿수 표시 등에 사용한다. 비슷한 역할을 하는 문장기호로는 ·(가운뎃점), :(쌍

는 문장 안에서 짧은 휴지(休止)를 나타낸다. 그 휴지로써 수식어구 따위의 의미를 분명하게 하거나, 정서적인 환기 역할을 한다. 위 인용문을 쉼표와 같은 기능을 하는 빗금을 사용해보면, <슬픔과/ 수심을/한 가슴 잔뜩 안은/저의 몸을/ 태운 까닭인지/그 배는/아모/힘업시/다만/이리 뒤뚱 저리 뒤뚱뒤뚱거려/괴로운 가슴을 부여잡은/저의 몸을 이리 몰고/저리 몰아/푸르른 물결 속에 던지게 하랴 하나이다>에서와 같이 호흡의 단절이 의도적으로 일어나고 있음을 알 수 있다. 그 효과가 자연스럽지는 않지만, 호흡의 폐쇄 혹은 단절을 이용해 힘들여 말을 잇고 있거나 더듬거리는 듯한 분위기를 연출한다.[18] 이때 일어나는 호흡의 폐쇄·단절은 발신자의 격한 감정을 표현하는 것이기도 하다.

이와 같이 문장부호로써 의미를 시각화하는 것은 근대적인 독서의 중요한 특징이자, 편지글이라는 형식적 특징을 드러내는 것이다. 조선 후기 한글 간찰에서는 용례와 유형이 한정적이긴 하지만 다른 글에 비해 문장부호 성격의 표지들이 빈번하게 나타난다.[19] 간찰이라는 편지 형식은 발신자와 수신자가 의사소통한다는, 즉 의미파악이 중요시되는 글이다. 문자의 의미해독을 위해 보충적인 역할을 하는 것이 문장부호다. 근대 이전의 책읽기가 낭독 중심이었다는 것을 감안한다면, 간찰에서 문장부호의 사용은, 그 글의 형식이 낭독될 수 없다는 사실

점), /(빗금)이 있다.

18) 이는 1990년대 신경숙 소설에서 보이는 문장부호, 특히 말줄임표와 쉼표의 잦은 사용이 낳은 효과와 견주어볼 만하다. 신경숙의 소설에서 말줄임표는 호흡의 지속을 통한 머뭇거림을, 쉼표는 호흡의 단절을 보이는데, 두 문장부호를 연이어서 빈번하게 사용함으로써 문장에 리듬감을 부여하고 시적 운율의 효과를 낳았다고 평가받는다.(방성원, 「신경숙 소설의 문체론적 고찰」, 『고황논집』 25집, 1999. pp.76~79)

19) 조선 후기 간찰에 쓰인 표지들의 종류로는 '재점, 구분자, 보격자, 보입자, 삭제자' 등이 있다. 하지만 민간 간찰의 경우, 재점 외에 다른 표지들의 용례와 유형은 매우 한정적이었다고 한다.(백낙천, 앞의 글, p.167)

을 암시한다. 즉 소리내어 낭독됨으로써 쓰여 있는 것의 의미가 실현되는 상황이 아니라, 수신자에 의한 시각적 의미해독이 중요한 것이다. 『사랑의 불꽃』도 편지라는 형식 때문에 더욱더 문장부호가 중요하게 사용되고 있으며, 또 한편으로는 근대적인 책읽기 방식 즉 묵독 방식의 극단을 보여주는 것이다.

묵독은 '말하고자 하는 바의 시각적 재생'이라고 하는 문자의 본래 의미를 가장 잘 구현하는 방식이다. 음성과 말로부터 문자가 독립적으로 구현되며, 독자 즉 독서 주체의 내면과 텍스트의 소통방식이 중요한 것이 묵독이다. 이때 음성과 말로부터 문자의 독립은 문자의 시각성을 강화하기 위해 도입된 시각적 요소들을 통해 비로소 가능해진다. 띄어쓰기, 마침표, 쉼표, 말줄임표 등이 음성이 지니고 있던 시간성을 시각화/문자화시킨다면, 느낌표, 물음표 등의 문장부호들은 음성을 통해 드러날 수 있었던 말하는 자의 감정 상태를 시각화시킴으로써 음성적 말이 지니고 있던 육체성을 문자화시키는 것이다.[20] 바로 『사랑의 불꽃』에서 나타나는 쉼표의 빈번한 사용은 이러한 '의미의 시각적 재생'에 해당한다고 할 수 있다.

한편 묘사도 주목할 만하다. 『사랑의 불꽃』은 이미 당대에 "현대 신진 문사들이, 청춘의 열정과, 피와, 눈물과, 한숨과, 웃음을 좇아, <u>아름답고 묘하게 쓴</u> 『러브렛터』"[21](강조-인용자)라고 서술될 만큼 관능적이고 감각적인 묘사가 강렬하다.

> 저는 이 물에 머리를 감엇습니다. 저의 검은 머리를 감은, 말업는 푸른 물은, 이 강을 한업시 흘너, 당신의 계신 그 강을 지나갈 터이지요. 그러면,

---

20) 김남시, 「문자와 그림 : 문장부호, 하이퍼텍스트, 이모티콘」, 일본학 클럽(http://japanology.org), 2003. 2.

21) 『사랑의 불꽃』 광고, 『동아일보』, 1923. 2. 11.

> 그때, 저의 머리감은 이 물이, 벽계씨의 허리를, 감고 내려 갈 터이지오!
> 　벽계씨, 저에게는, 따뜻한 봄날이나, 부드러운 바람이, 저를 유쾌하게 못하며, 깃부게 하지 못합니다. 다만 벽계씨의 아름다운 음성과, 부드러운 우슴이, 저의 전신을 어루만지고, 쓰다듬을 때, 저는, 비로소, 환희를 밧을 것이며, 나렷하고, 노곤한 행복을, 맛볼 것이외다. (15~16쪽)

위 인용문에서 발신자는 수신자에게 강렬한 시각적 영상을 제공한다. “저의 검은 머리를 감은, 말업는 푸른 물”이 흘러가서 “벽계씨의 허리를, 감고 내려 갈 터”라는 장면에서는 관능적인 여인의 모습이 눈앞에 떠오를 만큼 감각적이다. 더구나 사랑이 있어야만 행복하고, 기쁠 것이라는 감정적인 문제까지도 ‘따뜻한 봄날, 부드러운 바람’에 그보다 더 의미있는 ‘벽계씨의 아름다운 음성과, 부드러운 우슴’을 대조시켜 놓아, 구체적이고 감각적으로 표현하는 것이다. 그 행복과 기쁨 또한 심리적인 경험이 아니라, “저의 전신을 어루만지고, 쓰다듬”는 구체적인 것이다. 이처럼 감정 표현을 시각화해서 전달하는 묘사는 『사랑의 불꽃』에 전반적으로 나타나는 특징이다.

당대 이러한 특징은 사실상 비판의 대상이기도 했다. 박영희는 1920년대 초 문학을 네 종류의 문장체로 구분한다. 이 중 노자영의 문장은 ‘서간체 미문’의 대표적인 문장으로 “분칠한 여자와 같이 아름다우면서도 속되게 보”이는 것이라고 평가절하 당하고 있다. 이때 ‘미문’은 일반적으로 영탄과 감상적 수사로써 낭만적 심사를 표현하는 문체를 일컬으며, 1920년대의 편지 특히 연애편지에서는 핵심적인 요소라 해도 과언이 아니다.[22] 또 현재까지도 이런 ‘미문’은 감정과잉이나 감상적인 수사로 취급, 대중문학의 비판에 중요한 근거이기도 하다.

그러나 서구 배경, 서구 문화 상징물, 문장부호와 함께 감각적 묘사

---

22) 천정환, 앞의 책, p.165.

는 의미를 시각화하는 즉 수신자와 소통을 중심에 놓는 글쓰기 방식이라는 점에서 새롭게 해석할 여지가 있다. 의미 해석보다는 그 정황을 수신자에게 전달하는 이른바 시각적 이미지라는 의미에서 감각적 묘사가 사용되고 있다는 것이다. 또한 시각적 이미지 혹은 시각의 특권화는 근대적인 자질이기도 하다는 점에서 주목할 만하다.

3) 강렬한 연애편지와 내밀성

편지쓰기는 근대 부르주아 사회가 형성되는 과정에서 가장 유력한 자기 표현 형식이었다. 편지를 통하여 개인은 스스로의 주체성을 발전시키는데, 이것이 소설형식과 결부되면서 1인칭 소설과 서간체 소설의 근저를 이룬다.[23] 1920년대 조선의 상황도 이와 유사하다. 연애에 대한 깊은 열망은 편지 형식으로 드러났고, 내면을 표출하는 담화형식으로 본격적인 서간체 소설 형태가 등장한다.[24] 이러한 연애에 대한 깊은 열망은 편지 형식에서 더욱더 강렬하게 드러날 수밖에 없다. 편지라는 것 자체가 발신자와 수신자의 공간분리를 전제로 하고 있기 때문이다. 특히 연애편지의 경우, 현재 사랑이 이루어진 행복한 상황이 아니라는 것 때문에 쓴다. 사랑의 부재와 결여·상실의 고통이 보다 더 강렬하게 사랑을 갈구하도록 만드는 것이다. 『사랑의 불꽃』에서도 행복한 연애, 사랑의 기쁨을 찬미하는 내용보다는 부재하는 사랑에 대한 강렬한 욕망이 주로 드러난다. 이 중 상대방의 유학으로 서로 헤어져 있기 때문에 연애편지를 쓰는 경우가 가장 많다.[25]

23) 천정환, 앞의 책, pp.160~161.

24) 엄미옥, 「한국 근대 여학생 담론과 그 소설적 재현 연구」, 서강대학교 박사학위 논문, 2006, p.93.

25) 『사랑의 불꽃』 실린 19편의 편지를 사랑을 이루지 못하고 있는 이유에 따라 나눠 보면 다음과 같다. 유학이 7편이고, 그 외 사별 1편, 전쟁 1편, 상대방의 배신

유학은 전근대 서사물에 종종 등장하는 혼사 장애 모티프와 비슷하다. 사랑을 이루기 위해서 거쳐야만 하는 일종의 통과의례인 셈이다. 지금은 힘들지만, 장래를 위해서 거쳐야만 하는 과정이고 이후 사랑을 성취할 수 있다는 희망으로 발신자는 연애편지를 쓰는 것이다. 또 『사랑의 불꽃』에 나오는 대부분의 발신자와 수신자가 학교를 매개로 관련맺고 있다는 점에서 '학교'라는 근대적 제도와 연애의 밀접한 상관관계를 지적할 수 있다. 이는 이미 많은 연구자들에 의해 지적되어 왔던 바, 학생이라는 새로운 계층에서 연애라는 상징적 기호의 중요성을 가늠할 수 있다. 생득적 신분이 아니라 개인이 획득가능한 '학생'이라는 새로운 계층, 학교라는 제도적으로 평등한 공간이 수평적인 연애관계를 생산해내는 것이다. 이때의 연애는 앤서니 기든스 등이 높이 평가하는 친밀성의 공간을 창출할 수 있는 통로인 셈이다. 그러나 그 친밀성의 공간이 현재에는 실현될 수 없기 때문에 강렬한 사랑을 호소하거나 자기 연민, 자학 등의 극단적인 방식이 표출된다.

> 사람으로서는, 돈잇는 사람을 사랑하고, 돈업는 사람을 배척하는 것은 당연한 일이외다. 그리하고, 얼골이 어엽분 자를 사랑하고, 얼골이 미운 자를 배척하는 것도, 그러할 일이외다.
>
> 나는 돈이 업소이다. 나는 미남자가 아니외다. 나는 다못 순실한 마음과, 불타는 열정밧게 업소이다. 당신이 나를 배척하고, 나를 저바리는 것은, 조곰도 책망할 수 업는 당연한 일이되다. 마음썻 나를 저바리소서. 마음썻 나를 짓발부소서. 피가 나오고, 살이 찌저지도록, 나를 짓밟으소서. 나는 조곰도 반항치 안켓소이다. (39~40쪽)

(경제적인 이유) 2편, 삼각관계 1편, 조선사회의 모순 2편, 사랑에 대한 불신 1편, 사랑을 시험해보기 위한 고의적인 이별 1편, 이유 불명한 1편, 짝사랑을 고백하는 것이 2편이다.

위 인용문은 사랑했던 여자가 헤어지자고 보낸 편지 때문에 슬픈 감정과 자기 한탄을 드러내고 있는 남자의 편지이다. 상대방 여자는 자신과 영원한 사랑의 맹세를 했었지만, 반년 만에 변심해서, 돈많고 미남자인 H와 미국 유학을 갔다가 지금 동경에 와 있다. 자신은 동경 유학생들 사이에 그러한 소문이 퍼졌음을 듣고도 믿지 아니하였는데, 그것이 사실로 확인되자, 그녀에게 편지를 쓴다. 스스로를 "저주받은 홍병순"이라고 칭하는 남자는 위 인용문에서처럼 자기 연민과 자학으로 가득하다. 그러나 이때 자학과 자기 연민은 상대에게 보여주는 포즈일 뿐, 실상은 개인 존재의 자존적인 표출 방식이다. 자기를 짓밟고 저버리라고 하는 자학은 "내가 자살하엿다는 말이 잇거든, 당신은 기어히 춤을 추어주소서. 이것이 내가, 마지막, 당신에게 바라는 요구"(44)로 결론지어진다. 나아가 이 편지를 쓰는 이유도 그녀의 양심을 되묻는 것이지, 다시 자신에게로 돌아오라는 것은 아니라고 덧붙인다. 그녀는 이미 더럽혀진 여자이기 때문이라고 거절 이유까지 밝히고 있는 데에 이르면, 이 남자의 자학적인 태도는 한갓 외피에 지나지 않음을 알 수 있다.

사랑은 감정이 아니라 '소통'이며, 근대 초기의 발명품이다. '낭만적 사랑'은 18세기 말의 문화적 기호로 등장한 것이고,[26] 개인의 자립과 자의식에 가치를 두기 시작한 근대적 개인은 자신의 존재가 온전히 인정받을 수 있는 '사랑'이라는 소통에 더욱 매달리게 됐다. 사랑의 결여와 상실 때문에 자기연민과 자학을 드러내는 것은 결국 개인 존재에 대한 자각을 강조하는 방식에 다름아니다. 자기 존재를 표출하는 이 강렬한 욕망은 '편지'라는 자기 표현 양식을 통해 더욱 효과적으로 드러날 수 있었다.

---

26) Jacqueline Sarsby, 박찬길 역, 『낭만적 사랑과 사회』, 민음사, 1985, 2장 참조

이는 한편으로 근대적인 내밀성이 작동하는 방식이기도 하다. 편지쓰기는 자신의 사생활과 내면적 성찰의 내용을 타인에게 발신함으로써 타인과 공감대를 가지려는 적극적인 행위이다.[27] 편지 형식 자체의 이중성, 즉 개인의 내면이라는 은밀성과 타인에게 발신한다는 공개성은 내밀성(intimacy)의 근대적인 의미에 들어맞는다. 내밀성이란[28] 드러나지 않는 것, 자신만의 고유한 것, 따라서 자신의 내면에 속하는 것이다. 그러나 중세의 경우, 내밀성은 신과의 관계 속에서 정의되었고, 결코 '개인적인'과 동의어로 사용되는 의미에서 '사적'인 것이 아니었으며, 오히려 그 반대로 집합적이었다.[29] 친밀성과는 반대로 엄숙함과 엄격함, 그리고 신성함의 표상이었던 내밀성이 개인의 고유성/소유(property)로 간주되고, 프라이버시로, 은밀한 사적영역으로 여겨지는 것은 19세기 이후의 일이다. 근대적인 의미에서 내밀성은 자기 자신에 대한 내적 관계로서, 자기 시선이며 자신에 대한 관찰과 내성(內省)의 수단이다. 또 이것은 언제나 감추어진 것이 아니라 감시의 시선에 노출되는 방식으로 존재한다. 감시하는 자 없이도 감시하는 시선이고, 감시하는 장치 없이도 작동하는 장치며, 스스로 작동시키는 만큼 자동적으로 작동하는 근대적인 시선의 배치 아래에 있는 것이다. 따라서 근대적인 내밀성은 드러내는 방식으로 감춘다는 특징을 보여준다.

『사랑의 불꽃』은 서간체 소설도 아니고, 그렇다고 해서 자기 서사로

27) 노지승, 「1920년대 초반, 편지 형식 소설의 의미」, 『민족문학사연구』 20, 2002, p.352 ; 한편 전근대시기의 간찰은 비록 편지이긴 하지만, 그 성격이 다르기 때문에 이 글에서 언급하는 편지의 의미와는 다른 차원에서 논해져야 할 것이다.

28) 이하 내밀성의 정의와 역사적 변화에 관해서는 『사생활의 역사』 3(로제 샤르티에 편, 이영림 역, 새물결, 2002), 4권(미셸 페로 편, 전수연 역, 새물결, 2002), 『근대적 주거공간의 탄생』,(이진경, 소명출판, 2005, pp.236~238)를 참조한 것이다.

29) 중세 수도원의 모델에서 볼 수 있듯이 모든 비밀은 공유되었고, 엄격한 규율에 따라 생활은 조직되었으며 혼자만의 고립은 금지되고 처벌받았다.

서의 글쓰기, 실화라는 편지도 아니다. 편지의 외적 형식만 빌려온 것이지 실제 내용은 허구 즉 창작물이다. 그러나 노자영은 머리말에서 "그 대부분은, 사실 그대로의 편지외다. (…중략…) 현대 지명(知名)의 문사들이 각각 1,2편식 붓을 든 것이며, 따라서 그 내용은, 단편소설이나, 또는 소품문으로도 당당한 가치가 잇다는 것을 말하여둡니다.(강조-인용자)"라고 씀으로써, '사실성'을 강조하고 있다. 이 '사실성'의 강조는 『사랑의 불꽃』이 편지 형식 자체에서 비롯되는 '내밀성'의 방식을 더욱 극단화하는 방식이다. 머리말에서 노자영은 『사랑의 불꽃』이 사실 그 자체임을 강조하면서 "이것을 보시면, 엇던 의미에 잇서서 우리 청년계의 사상을 짐작할 수도 잇슬 것이외다."라고 덧붙인다. 개인의 내면 그 중에서도 가장 은밀한 사랑의 감정을 토로하는 편지에서 청년들의 사상을 엿보라는 것은, 감추면서 드러내는 내밀성이 작동하는 방식에 다름아니다. 또 『사랑의 불꽃』에서 발신자들은 괴로운 자기 내면을 드러내기 위해서 편지를 쓴다고 밝힌다.

(가) 몬저 한 가지 알왼 말 (…중략…) 그것은 내가 이 편지를 쓰기까지, 편지를 썻다가는 찟고, 찌젓다가는 다시 쓰기를 여러 번 하엿다는 것이외다. 그리하고, 이 편지를 끗까지 보아 달나는 것이외다. (…중략…) 열정에 우는, 이 적은 시인의 가삼을 생각하여주소서. 나도 염치도 잇고, 예절도 아는 사람이외다. 그러나, 이 염치와 예절을 깨치고, 당신께 편지를 보내기까지 된, 나의 충정(衷情)이 엇더하겟습니까? 나는 다못 나의 열정을 당신께 전하기 위하야, 이 편지를 썻습니다." (1~7쪽)

(나) 이제 이르러, 이 글월을, 들임이 쓸데업는, 일인 줄은, 몰으는 바가 아니외다. 하나…… 나는! 나는, 이 글월을, 들이지 안코, 그저 가기는, 너무도 설어워, 못견듸겟나이다. (88쪽)

인용문 (가)의 발신자는 짝사랑의 괴로움을 토로하는 남성이다. 그는 이화학당 주최의 음악회에서 본 여성을 잊지 못해 그녀에게 사랑을 고백하는 편지를 쓴다. 짝사랑의 일방성은 “염치와 예절”과는 다소 거리가 있는, 염치없고 예절을 벗어나는 것이다. 그럼에도 불구하고 편지를 쓰는 내 속마음은 어떻겠냐고 호소하는 남자의 태도는 스스로 제어할 수 없는 격정이니, 그것을 표출하는 것은 당연하다는 식이다. 나아가 이런 ‘열정’을 드러내는 것이 편지의 목적이다. 인용문 (나)의 편지에서도 그 목적은 마찬가지이다. (나)의 발신자도 사랑을 고백하는 남성이다. 그는 자신을 버린 여성을 잊기 위해 월봉산 법당으로 떠나왔지만, 여전히 그녀를 그리워하는 애끓는 심정을 토로하고 있다. 그는 과거를 잊고, 한때 사랑했던 것도 감사하면서 그녀를 원망하지 않겠다고 다짐을 하지만, 당신없이는 살 수 없어서 죽음을 선택하려 한다. 자살하기 전에 마지막으로 편지를 쓰는 것이긴 하지만, 이 편지가 유언장의 의미는 아니다. 이 글을 상대에게 전하지 않고는 도저히 서러워서 죽을 수 없다고 토로하면서, 나아가 이번만은 답장을 달라고 마지막 부탁을 한다. 죽기를 결심하고 마지막으로 남기는 글이 아니라, 자신을 표출하는 것이 목적인 셈이다. 결국 강렬한 사랑고백으로 이루어진 편지들은 근대적 의미의 내밀성을 표출하는 수단인 것이다.

3. 감정의 컨텍스트(context)와 여성적인 것의 상상

우리는 흔히 전근대적 서사물과 근대적 서사물의 차이로 작가/독자의 명확한 경계선을 거론한다. 근대 문학은 근대적 주체라는 개인의 생산물이기 때문에 타자와 구별되는 고유한 작가의 내면성 확보가 중요하다. 이때 독자는 수동적 대상으로 규정됨과 동시에, 실제로 책을 읽고 그것에 반응을 나타내는, 개별적인 동시에 집합적인 사회적 실체이다. 다른 한편 독자는 대중(mass)이자 공중(public)이며, 이데올로기에 호출당함으로써 구성되는 집합적 주체이기도 하다. 책 읽는 시민이자 공중인 근대의 독자가 '상상의 공동체(imagined community)'인 민족의 주체가 되고 시민적 의사소통의 공적 공간을 창출한다.[30)]

『사랑의 불꽃』과 같은 근대적 독물(讀物)은 감상과 미학적 평가에 기반하고 있는 것이 아니라 독자에게 전달-소통되는 맥락에서 구성된다. 근대적 독물(讀物)이 스토리나 사건 전개가 뚜렷하지 않고, 플롯 구성(특히 인과적인 구성)이 모호하다는 특성도 질적인 미숙성보다는 이와 관련되어 있다. 즉 서사전개보다 이야기 주체의 감정 즉 괴로움, 슬픔을 토로하는 것이 주된 내용이고, 거기에 독자의 공감을 이끌어내는 것이 가장 중요한 부분이다. 어떻게 공감을 얻어낼 것인가, 어떻게 이야기 주체의 감정을 전달해낼 수 있는가, 즉 서사물이 독자와 감정적인 유대를 맺는 컨텍스트의 장이 중요하다. 나아가 이야기 내부에서도 이와같은 감정적인 유대는 상당한 비중을 차지한다.[31)] 심지어 당대 『사랑의 불꽃』을 일종의 편지 쓰기 교본 즉 실용서의 범주에 분류하고, 생활에 적용했다는 일화도 이런 맥락에서 이해할 수 있다. 여기서 주목해야할 것은 문학이나 비문학(실용서)이냐는 분류보다는 텍스트가 소비되는 방식, 즉 감정적 유대를 통해 텍스트가 독자에게 전달-소통된다는 사실이다.

이때의 감정은 공적인 영역으로부터 완전히 격리되었다는 전제로부터 출발한다. 경제를 비롯한 세속적 욕망이 모두 감정적 관계로 위장

30) 천정환, 앞의 책, p.46.

31) 『사랑의 불꽃』에 대한 당대의 감상들을 살펴보면 감정적 유대와 관련된 반응들이 보다 뚜렷하다. 『사랑의 불꽃』을 읽고, 화자들의 감정에 공감하는 한편 자신의 처지와 관련해서 수용-적용해나가는 식이다.

되고, 당대 사회적 상황과는 무관한, 이루어지지 않는 사랑의 슬픔만 이 강조되고 있기 때문이다.

> 나는 살님하기가 퍽 슬혀요! 우리 결혼한 후에도 방랑의 생활을 합시다. 손에 손을 잡고 이곳저곳으로 도라단니도록 하여요! 그리하야, '시베리아'의 눈도 구경하고, '베니스'의 달도 구경하며, 양자강의 푸른 물도 마서보고, '나야가라'의 폭포수도 구경하사이다. 그리하다가, 함께 눈감고, 함께 죽도록 하여요! (22쪽)

위 인용문은 일본에 유학하고 있는 여학생 혜자가 조선에 있는 애인 우영에게 쓴 편지의 일부분이다. 그녀는 동경여대에 진학하고자 하는 욕망이 있지만, 결혼한다면 자신이 꿈꾸는 생활을 하기 어려울 것이라는 불안을 느끼고 있다. '살림'이라는 단어로 상징되는 결혼생활은 지금의 연애와는 대조적인 것일 수밖에 없다. 더구나 일본 유학생활과 조선의 가정생활은 그 공간적인 거리만큼이나 동떨어진 것이다. 따라서 사랑하는 이가 있기에 결혼하고는 싶지만, 그것은 조선을 떠나 '방랑'하는 생활이어야 한다고 제시한다. 결혼 후 조선을 벗어난 외국생활 정도도 아니고, 시베리아로, 베니스로, 양자강으로, 나이아가라로 방랑하면서 살자는 혜자의 소망은 현실적으로 몽상에 가깝다. 더욱이 혜자는, 방학이 되었으니, 꼭 조선으로 나오라는 우영의 당부에 '나가면 무엇을 줄 터이냐'고 되묻기까지 한다. 조선이라는 현실에서 사랑하는 이와 만난다고 해서 아무것도 해결될 수 없음을 너무나 잘 알고 있기 때문이다. 혜자는 '나가면 무엇을 줄 터이냐'는 다소 냉소적인 말이 농담이라고, 금세 얼버무리면서 '당신 얼굴 보러 나간다'고 다짐을 한다. 현실세계를 벗어나 사랑으로 모든 문제를 다 덮어버리는 방식은, 현실적으로 무력할 수밖에 없다.

남녀 간의 사랑이 결혼 전에도 현실성이 부족한데, 결혼 후 '사랑'을 거론하는 것은 더욱 비현실적이다. 「나도 사람이외다」라는 편지는 『사랑의 불꽃』에서 다소 예외적인 내용인데, 여기서는 결혼생활에 대한 문제제기가 중심이 된다. 부모의 명령에 따라 결혼한 아내가, 이제는 이지에 눈떠서, 세상에서 비판하고 욕하더라도, 사람으로서 권리를 가지고 내 맘대로, 내 뜻대로 살겠다고 주장하는 것이다. 그래서 남편에게 자신을 잊어달라는 부탁의 편지를 쓴다. 그녀의 주장에 따르면, 부부사이에 가장 중요한 것은 사랑으로 가정을 이루는 것이다. 사랑은 그 무엇보다도 중요하니, 가정을 버리더라도, 그 사랑을 좇아 애인과 함께 떠나는 자신은 정당하다는 것이다. 사랑을 따를 수밖에 없다는 그녀의 호소는 절실하지만, 이는 실제로 조선 사회에서는 일어날 수 없는 일이다. 당시 '제 2부인'이라는 호칭처럼 조혼으로 인한 폐해 때문에 유부남과 여학생(혹은 신여성)이 맺어지는 일은 종종 일어났지만, 그 반대의 경우는 극히 드물었다. 개인적인 선택에 따라 사랑을 하고, 그 사랑을 기반으로 가정을 이루는 일, 이것이 현실세계에서는 불가능한, 그야말로 꿈꾸기에 불과하다는 사실을 이 편지는 '사랑의 열정' 하나로 가려 놓은 셈이다.

근대 이후 가정이라는 사적영역이 탄생하면서, 여성이 주역으로 활동하는 가정 경제에서 가장 중요한 덕목은 이윤을 창출하기 위한 상품의 생산과 판매가 아니라 다른 인간 및 물건과 감정적 유대를 형성하는 것이다. 때문에 당대 여성들이 종종 보여주었다는 감상적 반응은 경제적 권리와 이해관계를 기반으로 주체성을 설정하는 냉정하고 타산적인 남성적인 자아에 맞서 정서적 유대관계 속에 자아를 형성하는 여성적 감수성의 형성[32]이라는 긍정적인 평가가 가능하다. 더구나 '감

32) 이명호, 「감정적 개인주의와 가정의 정치학－헤리엣 비처 스토우의 『엉클 톰의

정'이란 그것에 동반되는 내러티브에 의해 구체화 · 개별화되고, 그 내러티브는 자신이 처한 시공간적 좌표와 해석적 지평에 의해 구성되는 것이다.[33] 그래서 감정은 정서적인 산물일 뿐만 아니라 사회적이고 역사적인 산물이다. 그런데 중산층의 형성과 함께 가정적 여성의 담론이 등장하고, 젠더화된 정체성의 실체가 만들어지는 서구의 역사적 상황에 비해 식민지 조선의 그것은 한층 복잡하게 얽혀있다. 가정 담론이나 젠더화된 여성 담론이 서구와 마찬가지로 성행하였지만, 현실적 상황은 그와 접합하지 못했기 때문이다. 신여성은 가정의 영역을 담당하는 주체가 되고자 했으나, 조혼과 같은 전근대적인 제도가 맞물려있는 상황에서 신가정의 현실적 성립은 아주 드문 일이었으며, 공/사 영역의 분리와 중간계급의 헤게모니 장악은 식민지 근대라는 특정한 조건 속에서 복잡하게 굴절, 뒤얽혀버렸기 때문이다.

한편 근대 이후 초등교육의 일반화에 의해 식자층의 비율이 상승하고, 여성의 고등교육이 가능해지면서 여성독자는 수량적으로 증가한다. 그러나 널리 알려져 있다시피 전체 여성인구에서 차지하는 문자해독이 가능한 여성의 비율, 여학생 수 등을 살펴보았을 때 여전히 그들은 극소수에 해당할 뿐이다. 그러나 당대 신여성과 여학생으로 대표되는 여성독자의 형성은 문학 생산/소비 시장에서 상당한 영향력을 발휘했고, 1920~30년대에 이르러 이미 대중문화와 여성과의 친연성이 공식화되어 언표되었다.[34] 극소수임에도 불구하고, 그 영향력과 친연성

오두막집』을 중심으로」, 『비평과 이론』 14권 1호, 2009 ; 물론 이 긍정성과 동전의 양면처럼 함께 존재하는 한계 또한 분명하다. 자본주의에 대항적 가치로 형성되는 감성은 자칫 가정 내의 고립으로(사회의 피신처), 나아가 공/사의 분리를 확고히 하며 여성을 '가정 내의 천사'로만 한정짓게 되기 때문이다. 실제로 서구 역사에서 1830년대에 이런 보수화의 조짐들이 드러나기 시작한다.

33) 김혜련, 『아름다운 가짜, 대중문화와 센티멘털리즘』, 책세상, 2005, p.55.

34) 김옥란, 「근대 여성 주체로서의 여학생과 독서 체험」, 민족문학사연구소 기초학

을 논할 수 있는 것은 이때의 '여성독자'가 "실제" 여성독자를 직접적으로 의미하는 것은 아니기 때문이다. 실체로서의 독자는 실제로 읽고 있다는 차원과 추상적 이념으로서 독자 상의 차원－어떤 독자가 상정된다는 차원을 나누어서 생각할 수 있다.[35] 『사랑의 불꽃』의 머리말에서도 "우리 청년계의 사상"을 드러내주는 텍스트라고 소개했던 것처럼, 근대적 독물(讀物)이 실제 여성만을 위한 것으로 기획되었던 것도 아니고, 실제 여성들이 남성보다 더 많이 읽었다고 판단할 만한 근거도 없다.[36]

서구 장르의 역사에서 소설은, 삶을 외부적 모험이 아니라 내면의 정서적 반응에 따라 경험하도록 만든, 거의 최초의 장르이다. 가정 여성들은 소설을 통해 감정적 반응으로 이루어진 내면성을 실험했고, 역으로 소설은 그녀들의 실험을 통해서 근대적 경험을 재현하는 장으로 확고하게 자리 잡는다.[37] 서구 근대 가족의 형성과 가정 여성의 등장, 그리고 그녀들에 의해 구축된 내면적 감성을 두고 토크빌(Tocqueville)은 민주주의가 "자기 자신에게로 감정이 쏠린 개인"들을 길러낸 것이라고 지적하기도 한다.[38] 토크빌의 관심을 끌었던 것은 가정이라는 작은 세계에서 자신의 감정에 몰두해있던 개인들이다. 물론 그는 이런 개인의 출현에 부정적인 입장을 드러냈지만, 그것은 내가 내 노동을

문연구단 편, 『한국 근대문학의 형성과 문학 장의 재발견』, 소명출판, 2004, p.390.

35) 飯田祐子, 『皮ら物語』, 名古屋大學出版會, 2004.

36) 전문학교 이상 여학생들의 독서목록이나 독후감 등의 자료를 통해서 구체적으로 확인해보면, 특히 문학의 대중화, 통속화가 집중적으로 이루어졌던 1930년대 이후에서도, 여학생들의 독서 경향은 오히려 연애소설류의 대중 통속문학보다는 교양사상 서적 쪽이었다고 한다. (김옥란, 위의 글, p.391.)

37) Nancy Astrong, *Desire and Domestic Fiction*, Oxford University Press, 1987.

38) Gillan Brown, *Domestic Individualism*, University of California Press, 1990.

통해 형성한 나의 재산(property)을 통해 개인의 정체성을 확립한다는 소유적 개인주의(possessive individualism)와는 분명 다른 의미가 있다. 이를 두고 질리언 브라운은 '가정적 개인주의'(Domestic Individualism)라고 지칭하고, 그에 기반한 여성문학의 형성을 논의한다.

1920년대 이후 조선에 등장한 근대적 독물(讀物)은 독자와 맺는 감정적 컨텍스트를 통해 '여성적인 것'을 상상한다. 『사랑의 불꽃』류의 독물(讀物)들을 통해 독자들은 누구나 쉽게 공감하는 통속성과 일시적이고 자극적인 일상성 분리 경험을 반복하는 이중성을 경험할 수 있다. 이는 일시적으로 강한 자극과 현실도피성을 동시에 제공한다는 부정성을 지적하는 것이기도 하다. 나아가 궁극적으로 이 경험은 정치・사회・경제 등 공적 영역과 분리된, 철저히 사적 영역의 범주에 국한된 '사랑'의 '감정'에만 공감하는 것이다. 이를 통해 공적 영역으로부터 배제된 '여성적인 것'이 상상되는 것이다.

이는 서사물의 컨텍스트를 통해 젠더에 의해 분리된 사회가 추동되었으며, 여성문학은 비로소 젠더화된 지형도를 그리는 단초라 할 수 있겠다. 우리가 흔히 지적하는 여성문학의 특징, 즉 섬세하고 순결한 내면적 자질의 여성, 계급과 신분을 초월한 낭만적 사랑, 이를 둘러싼 심리적이고 내면적인 갈등, 그리하여 모든 사회적 차이를 성적인 차이(gender)에 종속시키는 방식이 비로소 모습을 드러내기 시작하는 것이다. 따라서 근대 독물(讀物)이 이데올로기적인 기획으로 전유된 측면도 분명 있지만, 문화형성관점에서 "담론적 네트워크의 결절점"으로 기능한 것은 분명히 짚고 넘어가야 할 것이다. 서사물이 어떻게 젠더에 의해 분리된 사회를 만들어내게 되었는지, 그로 인해 어떤 여성문학적 정체성이 생겨나게 되었는지를 짐작할 수 있기 때문이다.

여성, 민족의 상징이 되다

1. 문화적 내셔널리즘과 내셔널 심볼

이 글은 문화적 내셔널리즘의 관점에서 식민지시기 대중문화영웅의 변모 과정을 살펴보고자 한다. 구체적으로 최승희라는 근대적 개인이 대중문화영웅으로 만들어지는 과정에서 어떻게 '내셔널 심볼(national symbol)'의 역할을 담당했는지를 탐색해 볼 것이다. 특히 그동안 1930년대 중후반에 대한 연구에서 최승희는 '조선적인 기획'의 구도에서 민족적인 사례로 다루어져 왔고, 이후 일본의 대동아공영권의 기획에 이용되었다는 지적이 일반적이었다. 이러한 설명은 실증적인 연구의 장점에도 불구하고, 1930년대와 40년대를 단절적으로 보고 있다는 점, '조선(민족)'과 '대동아(동양)'을 대립적으로 설정하고 있다는데 문제점이 있다. 이 글에서는 최승희의 30년대~40년대 활동과 그를 둘러싼 담론의 특질을 살펴보고, 어떻게 내셔널 심볼이 '조선(민족)'에서 '대동아(동양)'로 위치가 바뀌는지를 설명하고자 한다. 이를 통해 식민지 시기 문화적 지형도의 구조와 그 역학을 규명하는데 도움이 될 수 있으리라 판단한다.

우선 이 글에서 대중문화스타라는 용어 대신 '대중문화영웅'이라는 용어를 사용하는 것은 다음과 같은 이유에서이다. 식민지 조선에서 감지되었던 스타-대중의 자본주의시스템의 작동을 고려해야함은 물론이지만, 이와 함께 영웅-대중의 식민지사회구조가 어떻게 내셔널리즘의 집단적 문화를 생산했느냐는 관점이 좀 더 중요하기 때문이다. 즉 '영웅'이란 민족의 욕망이 투사되는 방식을 주목하는 것이고, '스타'란 문화소비자로서의 대중의 존재방식을 주목한다는 차이가 있다.

두 번째로, '내셔널 심볼'을 살펴보는 이유를 밝혀두고자 한다. 내셔널리즘의 발생에서 불가결한 요소는 '근대(modernity)'와 '민족국가(nation-state)'이다. 실지로 내셔널리즘은 국민국가주의와 같은 맥락에서 사용된다. 그것은 17세기 영국의 시민혁명, 18세기 미국의 독립전쟁, 그리고 절대왕정을 타파한 프랑스 혁명에 의해 만들어진 근대국가 모델과 관련되어 있기 때문이다. 그러나 주지하다시피 한국의 근대는 식민지 경험으로부터 시작된다. 국가부재의 상황을 전제로 하는 한국적 특수성은 내셔널리즘에서 민족이나 문화에 그 방점을 찍을 수밖에 없다.

이처럼 오랫동안 '국가국민'이 되지 못한 채 '문화국민(공통의 문화로 결합되어 있는 국민)'[1]으로만 존재해왔던 역사적 체험을 중요시하고 있는 마이네케(Friedrich Meinecke), 오오누키 에미코(大貫惠美子)와 같은 논자들은 문화적 내셔널리즘과 정치적 내셔널리즘을 구별한다. 그러나 어떤 담론, 혹은 집단적 감각을 이데올로기로 정립시키는 것은 담론의 '내용'이 아니라 그 이데올로기의 '맥락'을 만드는 심성·의례·표상·경험·영웅이다.[2] 마찬가지로 내셔널리즘의 역사성을 강조하는 에릭 홉

1) '문화국민'의 대타항은 '국가국민'이다. 그들은 국민국가라는 공통의 정치제도에 의해 결합되어 있는 국민들이다. 마이네케(Friedrich Meinecke)의 경우에도 국민국가를 이루지 못했던 독일민족의 역사적 체험을 근거로 이 개념들을 사용한다.

2) 천정환, 『끝나지 않는 신드롬』, 푸른역사, 2005, pp.4~6.

스봄(Eric Hobsbawm)은 네이션(Nation)을 정의할 때, 어떤 심볼이나 사상을 기준으로 했는지를 주목한다.[3] 홉스봄에 따르면 내셔널리즘은 '국경논쟁, 선거/국민투표, 언어적 요구'와 같은 내부적인 정치시스템의 정비나 '국민' 참가를 우선적인 주제로 다룬다. 즉 추상도가 높은 아이콘(icon)이 심볼로 기능하기 위해서는 공감을 불러일으키기 위한 자장(磁場)이 있어야 하며, 그 위에서 심볼을 받아들이는 측, 즉 메시지를 읽는 독자와의 상호보완적인 관계가 구축될 필요가 있기 때문이다.

이와같이 내부적으로는 균질적인 공간을 조성하고, 밖으로는 차이/구별짓기를 통해 집단을 정체화하려는 과정에서 내셔널 심볼은 중요한 역할을 한다.[4] 이것들은 근대국가형성단계에서 국장(國章)이나 국기(國旗), 국화(國花), 군악 및 국가(國歌) 등으로 구체화되는데, 식민지 조선과 같이 국가국민이 아닌, 문화국민으로만 존재하는 상황에서 내셔널 심볼은 문화를 통해서 작동한다. 이른바 문화민족주의의 상징적 표상들이 생겨나는 것이다.[5]

세 번째, 이 글에서 구체적인 연구대상으로 삼은 최승희(1911~?)의 생애사에서 그 특징적인 면모를 살펴보자.[6] 최승희는 양반가문의 막

---

3) E・J・Hobsbawm, *Nations and Nationalism since 1780 −Programme, Myth, Reality*, Cambridge Univ. Press, 1993 ; 에릭 홉스봄, 『1780년 이후의 민족과 민족주의』, 창비, 1998.

4) 오사 시즈에長志珠繪, 「내셔널 심볼론ナショナル・シンボル論 」; 小森陽一 外, 『編成されるナショナリズム』, 岩波書店, 2002, pp.124~152.

5) 일례로 일본에서 벚꽃(さくら)의 경우, 고대 일본에서의 미적가치가 특정한 문화적 상징으로 선택되고, 그것이 공동체의 문화영토적 경계를 실체화한다. 또 '사쿠라'라는 언표와 이미지를 통해, 소위 대동아전쟁시기에 아시아주의, 일본제국주의로 수렴되어가는 내셔널 심볼의 과정을 보여준다.

6) 이하 최승희의 생애와 약력에 관해서는 유미희, 『20세기 마지막 페미니스트 최승희』, 민속원, 2006 ; 이애순, 『최승희 무용예술연구』, 국학자료원, 2002 ; 이철주, 『북의 예술인』, 계몽사, 1966 ; 정병호, 『춤추는 최승희－세계를 휘어잡은 조선여자』, 뿌리깊은 나무, 1995 ; 정수웅 편, 『최승희 : 격동의 시대를 살다간 어느 무용가의 생애와 예술』, 눈빛, 1988 ; 최승일, 『나의 자서전』, 이문당 1937 등을

내딸로 태어나 1926년 숙명여학교를 조기 졸업하고(16세), 큰오빠 최승일의 권유로 1926년 3월 이시이 바쿠(石井漠) 무용공연을 본 후 무용에 입문한다. 동경에 있는 이시이 바쿠 무용연구소에서 공부하며 1926년 일본 무대에서 <금붕어>라는 독무로 첫 데뷔, <죽음을 다하여 춤추는 소녀 무용가>(야마도 신문)라는 극찬을 받는다. 이후 1929년 귀국, <괴로운 소녀>, <해방을 구하는 사람>, <인도인의 비애>, <사랑의 춤>, <오리엔탈> 등을 레퍼토리로 무용발표회를 열고 조선춤을 재창조하는데 노력을 기울였다. 1931년 오빠 최승일의 권유에 따라 안막(安漠)과 결혼한다. 카프의 일원이었던 안막은 결혼 후에는 주로 최승희의 공연 매니저로 활동하며 아내를 지원했고, 최승희는 결혼 후 3년 간 총 7회의 발표회를 열었다. 이후 안막이 카프 활동으로 감옥에 가고, 최승희는 몇 달 동안 지방순회공연을 했지만 흥행 실패로 끝난다.

다시 이시이 바쿠를 찾아가 1934년 동경에서 제 1회 신작발표회를 가지면서 최승희는 일본 무용계의 신데렐라로 데뷔하였다. 이 당시 기사에는 폭우에도 불구하고 관객들은 초만원이었다고 하며, 그때 공연했던 <검무>, <에헤라 노아라>, <승무>, <영산춤>처럼 이른바 '조선적 정신'에 기초한 작품은 큰 호응을 받았다. 이 공연을 계기로 최승희는 대중적 스타가 되었고, 최승희 후원회가 조직되었다. 1936년에는 그녀를 주연으로 한 춤 영화 <반도의 무희>가 개봉되어 동경에서만 4년동안 상영되는 대단한 기록을 남겼다. 그녀는 화장품, 수영복 등의 광고모델로도 활동하였고 『부인공론』이라는 잡지는 당시 일본에서 가장 영향력있는 여성 중 첫 번째로 그녀를 지목하였다.

일본에서 대대적인 성공을 바탕으로 최승희는 미국의 흥행사 퍼킨스와 계약을 맺고 전미 순회공연을, 이어 유럽무대로 진출했다. 이것

종합해서 요약 정리한 것이다.

도 크게 성공했고, 당시 피카소도 그 공연을 보러 다녔다는 기사가 남아있을 정도이다. 이후 1937년부터 4년 동안 뉴욕, 샌프란시스코, 로스엔젤레스와 파리, 브뤼셀, 헤이그와 남미 각지에서 150회의 순회공연을 계속하며 조선무용을 알렸고, 2차대전에 접어들며 만주병사 위문공연 등 친일행위를 하기도 했다.

1945년 해방과 함께 최승희는 귀국했으나 곧 남편을 따라 월북, 평양에 최승희 무용연구소를 차리고 수많은 작품을 남겼다. 이후 안막도 높은 자리에 올랐으며 딸 안성희도 최승희의 춤을 잇는 수제자로 키워져 25살의 나이로 공훈배우가 되었다. 이어 1959년 최승희는 『조선민족무용기본』이라는 책을 출간, 조선춤을 정리하기 시작했고, 이것은 1962년 영화로도 만들어졌다. 그러나 1959년 안막이 반김일성파로 몰려 숙청당한 후 최승희도 공직에서 추방되고 그 이후 행적은 알려진 바가 없다. 소문에 의하면 격리수용 되었다가 간암으로 죽었다고도 하며, 서울로 탈출하려다가 탄로가 나 총살당했다고도 한다.

이상과 같은 그녀의 생애는 <근대/신여성, 식민지/친일활동, 분단/월북무용가>라는 것에서 볼 수 있듯이 한국현대사를 그대로 압축해 놓은 듯하다. 더구나 그녀는 식민지지시기 첫 무대 공연에서부터 "놀라운 천재", "우리 천재"로 불리우기 시작해서, 이후 내내 "경쾌와 우미의 화신", "비범한 특색", "예술적 텬재"라는 찬사를 받았다.[7] 당대 최승희의 무용은 조선에서뿐만 아니라 수많은 해외공연을 통해 '코리안 댄서'-'재패니스 댄서'로 일컬어지면서 세계화되었고, 그의 무용에는 조선의 무용과 일본의 신무용, 서구의 이사도라 던컨 류의 현대무용이 복합적으로 녹아들어 있다고 평가받는, 그야말로 "조선에 단 하나밖게 업는 무용가"[8]였기 때문이다.

---

7) 동경 파랑새, 「무용천재 최승자양」, 『신여성』, 4권 8호, 1926. 8, pp.47~49.

결국 최승희의 활동과 그를 둘러싼 담론은 '조선무용가' 즉 민족의 대표자라는 내셔널 심볼이라는 점에 집중되어 있다는 점을 알 수 있다. 그런데 이때 사실상 그녀의 무용 작품이 새로운 '발명'이었던 것은 아니다. 그것은 조선무용의 기존 작품을 재구성하고, 의상, 음악 등 외적요소를 크게 변화시킨 점에서 '새로운 '것이고, 나아가 극장-무대라는 근대적 장(場)을 통해 공연했다는 점에서 가장 특징적인 것이다. 또 그 공연은 잡지나 신문 등 근대 매체를 통해 확산되었고, 매체를 직접 수용할 수 없었던 대다수의 민중조차도 그 매체를 통해 조성되는 여론으로 집단적인 경험에 동참할 수 있었다. 이것이 당대의 새로운 대중문화영웅을 만들어냈던 배경이었다.

2. 새로운 대중문화영웅의 형성, 검박한 천재 무용가

무엇보다도 최승희는 비언어적인 형식(무용)으로 자신을 표현해낸 근대적 개인이라는 점에서 중요한 의미가 있다. 이것은 전근대적 공동체 속의 생물학적 개인이 근대적 사회문화에서 '신여성'과 '청년'이라는 새로운 주체로 형성됨을 의미한다. 이때 신여성과 청년은 근대적 개인이라는 공통성과 함께 젠더기준의 의해 추동된 존재다. 이 관계망, 예를 들자면 최승일-최승희-안막으로 이어지는 구도는 이미 널리 알려진 바 있다.[9] 오빠인 최승일의 보호와 지도에 따라서 최승희는 근대 교육을 받을 수 있었고, 이후 무용으로 입문, 조선무용이라는

8) 김영희, 「신무용가 박외선양」, 『신여성』 7권 3호, 1933. 3, p.54.

9) 특히 이주미는 최승희의 조선무용에 대한 관심과 경사가 최승일-안막의 관계 속에서 이루어졌음을 실증적으로 밝히고 있다.(이주미, 「최승희의 '조선적인 것'과 '동양적인 것'」, 『한민족문화연구』 23집, 2007. 11.)

주제를 구체화시킬 수 있었다. 결혼에서조차도 오빠의 적극적인 권유와 도움이 절대적이었으며, 결혼 이후에는 오빠를 대신한 남편이라는 보호자가 매니저 역할을 했음은 새삼스레 거론할 필요조차 없을 것이다.

이처럼 남성 청년 지식인과의 관계망 속에서 형성된 신여성 주체라는 사실과 더불어 최승희는 독특한 여성자질에 의해 대중문화영웅으로 담론화되고 있다.[10] 최승희가 처음으로 주목받은 것은 1926년의 첫 무대공연이었고, 주목받은 이유는 "16세의 어린 소녀 예술가"의 비범한 천재성과 "얌전하고 겸손한 그의 태도"때문이었다.[11] 그에 따르면, 무대 위에서 그녀는 "경쾌와 우미의 화신(化身)"임에 분명한 놀라운 천재임에도 불구하고, 기자와 마주한 인터뷰자리에서 "조선이 발달되는 동시에 새롭고 독특한 우리 무용예술을 새로히 굿게 세워야 하겟스니까…… 그런 마음은 잇습니다마는 저갓흔 둔한 재조로서야 엇지 될지요"라고 조용히 고개숙이는 겸손함을 보여준다.

천재 무용가 최승희의 경우, 그 천재성과 함께 두드러지게 칭송되는 자질은 '얌전', '겸손', '소박', '검소'였다. 그녀는 무용을 할 때조차도 "덥기는 더우나 더운 줄 모르고 정신은 잇지만 정신 일흔드시 보고 잇는 모든 사람의 눈에 얌전하고 겸손한 그의 태도가 빗초엿"고, 평상시 최승희는 "화장 장식 안 한" "비범한 특색"을 가진 천재다.[12] 무용공연이 끝난 후 인터뷰를 위해 기자와 만난 자리에서조차 그녀는 ""(…전략…) 엇지되엿거나 우리 조선은 아직 깨이지 못햇스니까 특히 무용갓

10) 최승희를 평가하는 여성적 자질의 특징은 1장 1절 「여성, 소문으로 말해지다」에서 윤심덕과 비교하면서 구체적으로 설명했다. 여기에서는 최승희의 '여성적 자질' 부분을 재인용했다.

11) 동경 파랑새, 「무용천재 최승자양」, 『신여성』 4권 8호, 1926. 8, pp.47~51.

12) 동경 파랑새, 위의 글, p.48.

흔 것은 보잘 것업스니 우리 조선이 발달되는 동시에 새롭고 독특한 우리 무용예술을 새로히 굿게 세워야 하겟스니까…… 그런 마음은 잇슴니다마는 저갓흔 둔한 재조로서야 엇지될지요…….”하는 겸손한 태도’를 보여주여 기자를 ‘감동’시킨다.[13] 겸손은 특히 여성에게 권장되는 전통 미덕이다. 최승희를 둘러싼 담론에서 추출되는 <겸손한 성격→검소한 생활→청빈>으로 대표되는 정신적 가치는 이른바 동양적 가치관과 직결되는 것이기도 하다. 겸손한 성격을 가진 최승희는 당연히 그 모든 가치를 충족시키는 인물로 서술되고 있다.

> 밥은 혹 자신이 만들기도 하나 주로 어멈이나 연구생들이 만들어 먹기도 한다. 반찬은 닥치는 대로, 깍두기를 좋아한다. 안막씨는 일본음식이나 중국음식이나 가리지 않고, “성미가 패럽지 안어서 반찬걱정은 업답니다.” 남편의 수수함에 안심함인지 애교잇는 얼골을 살작 들고는 약간 우슴을 띄운다. (…중략…)
>
> 가구는 없어서는 안될 필요한 물건만 사서 쓰며, 아버님이 와 계셔서 감독 겸 음식물을 전부 장만해서 편리하다. 수입있는 것을 예산하여 쓰니 안정적이다. 어멈은 하나, 내가 하여 먹을 것이나 제자 연습시간이나 연구시간이 필요해 어쩔 수 없이 두었다. 부엌에 가보니 순 조선식 기구로 간단하게, 상 세 개가 마루 위에 있는데, 콩자반이 상 위에. 전기화로를 찾아보았으나 이러한 특별한 기구는 없다. ‘다－만 보글보글 끌는 된장 찌개 남비 밋구녕에 조선식 풍로불만 소리업시 타고 잇섯다.[14]

위 인용문은 당대 유명사회명사의 집을 탐방하는 시리즈 기사물 중 하나이다. 이 기사의핵심은 천재 무용가의 부엌이 생각과는 다르게 매우 검소하다는 것이다. 기사 제목도 「생각과는 판이하게 검박한 무용가 최승희씨의 주방」. 여기서 기자가 발견한 사실은 겸손하고 소박한

13) 동경 파랑새, 앞의 글, p.51.
14) 「명사가정 부엌 참관기」, 『신여성』 5권 9호, 1931. 10, pp.48~49.

생활을 하는 여성의 모습이다. 이러한 모습은 당대의 다른 신여성에게 내려졌던 사치스럽고, 교만하고, 성적으로 문란하다는 일종의 팜므파탈같은 평판에 비하자면 상당히 이례적이다.[15] 비교적 신여성에 대해 객관적인 서술태도를 취했던 가정 탐방기사에서조차도 최승희에 대한 극찬은 상당히 이례적이다. 예를 들어 같은 기사 시리즈물의 취재 대상이었던 이화여전 교수 윤성덕의 경우, 그녀는 일식+양식+조선식이 합쳐진 집에서 식구 모두 "뻬드생활에 음식도 양식이 주(主)"인 생활을 하고 있다고 그려져 있다.[16] 그 외 아침식사로 바나나를 즐겨 먹는다는 신여성(김원주), 넓은 벌판산책하기, 수영 등 "여자로서 가지기 어려운 포용성과 씩씩한 기상"을 가진 여성(박인덕)의 모습이 드러나고 있지만, 그야말로 '신(新)'이 주는 새로운 모습, 특이한 지점에 초점이 맞추어져 있다. 거의 유일하다시피 최승희의 경우에서만 전통적인 여성자질과 결합되면서, 가장 긍정적인 평가가 내려지고 있는 셈이다. 신여성과 결합하는 전통적인 여성자질, 이를 출발점으로 새로운 대중문화영웅의 만들기가 시작된다.

3. 전통의 재편성(re-organization), 반도의 무희

이후 최승희의 대중문화영웅의 활동과 그를 담론화하는 과정에는 '조선적인 것'으로서의 전통성과 근대성이 긴밀하게 교차하면서 작동

---

15) 1920~30년대 초반 신여성에 대한 사회적 시선과 평가가 가장 첨예하게 부각되었을 때, 최승희는 전통적인 자질로 가장 높이 평가받았다는 특징이 있다. 1930년대 중반 이후에는 문예봉과 같은 여배우들로부터 전통 여성의 이미지를 끌어내는 조합이 빈번하게 사용되었다.

16) B기자, 「당대여인생활탐방기」, 『신여성』, 1933. 7, pp.59~62.

되고 있다. 최승희가 활동한 무용은 명백히 근대적 산물이다. 이 근대적 의미는 무용학에서 이미 일정정도 학문적 성과로 생산되어 있는 사실이기도 하다. 그런데 이런 근대성과 함께 최승희는 전통무용 혹은 조선적인 무용을 계승하는 문제에 대해서 끊임없이 고민・실천했고, 이후 전통춤 공연, 국극・악극공연에서 전통무용이 수용되는데 많은 영향력을 미쳤다.

이때 전통성이란 엄밀히 말해 '전통의 발명, 보다 정확하게는 문화의 여러 요소가 '전통'으로서 재편성(re-organization)되어 새로운 의미가 부여되는 것을 가리킨다.[17] 스즈키 사다미(鈴木貞美)에 따르면, 왕후의 혈통이나 어떤 하나의 특정한 계보에 전래되는 습속을 가리키던 '전통'이라는 말이 넓게 국민의 '문화계승성'이라는 의미로 쓰이게 된 것은, 유럽에서 근대국민국가가 만들어지는 과정을 통해서였다. 따라서 그 이전까지 신분, 계층, 혹은 지방별로 나누어 가지고 있던 문화의 이모저모를 국민이 자랑하고 계승해야만 하는 전통으로서, 즉 국민문화로서 만들어 내는 것이 넓은 의미에서의 '전통의 발명'이며, 그런 의미에서 전통의 재편성인 셈이다.

최승희는 바로 이런 의미에서 '전통'과 접합하고 있다는 점이 특징적이다. 그녀의 무용활동은 <독일계통의 무용→발레→현대무용, 인도무용, 조선무용>으로 변화하는데, 이때 인도무용이나 조선무용은 그 주제적인 면뿐만 아니라 표현기법에서도 그러했다. 작품 활동을 평가한 것들을 보면, 주로 "경쾌, 우미(우아), 비애(슬픔), 고아(古雅), 조선특유의 완숙의 동작법과 표현법(순조선적 감정에서 팔과 어깨의 동작을 많이 사용하는 점[18])"을 거론하고 있다. 이런 요소들은 조선적인 특질이자, 여성화

17) 스즈키 사다미鈴木貞美, 김병찬・정재정 역, 『일본의 문화내셔널리즘』, 소화, 2008, p.43.

된 문화코드다. 이는 결국 여성이 대상화되는 근대 시각적 스펙터클의 장을 보여주고 있는 것에 다름 아니다. 여성의 대상화는 과거부터 계속되어왔던 사실이지만, 이것이 근대 시각적 스펙터클과 결합되었다는 것은 특징적인 부분이다. 바로 최승희의 신무용은 자본주의적 유통구조를 갖춘 극장시스템에서 공연되었고, 잡지와 신문이라는 근대매체를 통해 대중적으로 확산되어갔다는 근대적 특징을 보여주는 것이기 때문이다. 이 과정에서 최승희는 자신이 출연했던 영화의 제목처럼 '반도의 무희'로, 즉 "조선사람 전체의 애인"[19]으로 상징화된다. 한편 이 상징화과정에는 최승희의 '근대적 육체'도 한 몫을 한다.

> (가) 최승희는 무용가로서 동양인으로서는 희유의 육체의 소지자이고 리스미칼한 선과 예술적 향기라는 점 뿐만 아니라 선의 대륙적 힘찬 점에 있어서 일본의 어느 무용가보다 탁월하다고 한다.[20]

> (나) 강하게 뵈여주는 것은 사상과 육체의 친밀적 소화로서 고심의 강약적 태도는 무용미 이상의 극적 요소를 집중식히여 무용의 본질적 핵심을 보여주엇다. 무용은 육체의 예술임을 게닷게 되엇다[21]

> (다) 당신은 반도(半島)가 나흔 여인(麗人)이라고 모든 사람들이 다-말하고 있다. 물론 그러함에는 틀님이 없을 줄로 안다. 신장(身長)이 5척(尺) 4촌(寸) 5분(分)(165cm 정도-인용자)이나 되는 큰 키와 훌릉한 체격을 가지고 있는 다시 말하면 녀장부(女丈夫)와도 같은 체격의 소유자이다. 실로 당신은 체격으로서의 리상적인 체격을 가지고 있다. 진기스칸의 안해는 않이드래도 두 눈동자에 영긔가 떠돌고 그 얼골에 윤택이 흐른다는 찬탄을 한다고 어느 누구나 이의(異議)를 말할 사람은 없을 쭐로 안다.[22]

18) 구왕삼, 「최승희 무용을 보고」, 『삼천리』, 1935. 1.
19) 「최승희양이 약혼햇다…고 한다」, 『별건곤』, 1931. 4.
20) 백해남, 「동경 무용계의 전망」, 『삼천리』, 1934. 6, p.167.
21) 구왕삼, 위의 글, p.126.

위 인용문에서 나타난 것처럼 최승희에 대한 언급은 단지 키가 크다, 체격이 좋다는 것 때문에 주목받는 것이 아니다. 무엇보다도 그녀의 활동은 전근대사회에서는 상상할 수 없었던 '육체성' 즉 육체를 통해 자신을 표현하는 행위였다. 이를 통해 근대적 스펙터클로서 '육체'가 해석되는 중요한 지점을 포착할 수 있다. 나아가 인용문에 거론된 사례 외에도 구두를 신으면 170cm가 넘었다고까지 기록되어 있는 최승희의 키,[23] 최승희 동양발레 단원 모집에서 키 150cm이상을 요구했다는 기록[24]들은 근대적 육체의 해석을 둘러싼 문화적 체계를 여실히 보여주고 있다. 그녀 스스로도 이와같은 사실들은 긍정적으로 해석하고 있다. 사회 유명인사들에게 '나의 보물'이라는 주제로 청탁된 원고에서 그녀는 서슴치 않고 "다리"를 손꼽는다.[25] 또 최승희가 세계 공연을 다닐 때 "어떤 사람은 아니 동양사람두 저렇게 체격 좋은 사람이 있느냐고 키를 다 대보구"[26] 했다는 일화가 거론되기도 한다.

근대 이후 남성과 여성 / 이성과 감성 / 정신과 육체라는 널리 알려진 이분법은 서양과 동양, 제국과 식민이라는 현실적 영역에까지 확장되었다. 인도나 조선을 비롯한 식민지들은 여성이미지로 끊임없이 재현되었고, 나아가 침묵이 강요된 여성의 몸, 의미들이 번식할 수 없는 공간으로 표상되었던 것이다. 이러한 맥락에서 무용의 생산과 수용 현

---

22) 야마모토 사네히코(山本實彦), 「세계적 무희－최승희에게 전하는 말」, 『삼천리』, 1935. 12, pp.86~87.

23) 김영훈, 「경계의 미학－최승희의 삶과 근대체험」, 『비교문화연구』 제11집 2호, 2005, p.188.

24) 「최승희 동양발레 단원모집」(정병호, 『춤추는 최승희－세계를 휘어잡은 조선여자』, 뿌리깊은 나무, 1995, p.225에서 재인용)

25) 최승희, 「날신한 다리는 무용가의보물」, 『별건곤』, 1929. 6, p.53.

26) 「동경서 활약하는 우리 삼화형(三花形), 최승희·박외선·김민자」, 『삼천리』, 1941. 3, p.90.

상은 육체의 발화라는 의미와 함께 여성의 몸이 전시(展示)되고 관객의 시선이 수용된다는 이중성을 함께 내포한다. 특히 역사적으로 무용 공연에서 중심을 차지한 것은 전시라는 요소였고, 무용수는 관객의 쾌락을 위해 몸을 선사하는 요령을 배워왔다.[27] 최승희의 경우에도 무용의 이중성으로부터 결코 자유로울 수는 없었다. 따라서 그녀의 근대적 육체 / 무용이라는 비언어적 표상은 근대여성의 발화이자, 여성의 대상화라는 이중성을 그대로 드러내고, 마찬가지로 그녀로부터 비롯된 '전통'은 조선을 드러내는 것이자 동시에 조선을 대상화시키는 이중성을 지니고 있었다. 조선을 대상화시킨다는 것은 엄밀히 말해 식민지로서의 현실을 받아들이는 일이기도 했다.

4. 환상의 아시아, '민족'과 로컬라이제이션(localization)의 합병

최승희를 둘러싼 담론으로부터 그녀가 표상되는 방식을 살펴보면, 생물학적 개인에서 근대적 개인(신여성)으로 다시 "조선 사람 전체의 애인"이자 '반도의 무희'로 대표화되고, 이후 더 나아가 '현대 일본의 여성을 대표할 만한 무희'[28]로 변모한다. 이 변모의 과정은 물론 기존의 연구들이 지적하고 있듯이 일본을 비롯한 세계사적 상황의 변화 때문에 기인하는 것이다. 하지만 그것이 외적인 요인이라면, 최승희의 표상방식이 변화한 내적인 요인은 어디에서부터 비롯되는 것일까.

우선 두 번째 단계, 최승희가 조선 민족의 상징이 되는 과정에서 홍

27) 크리스티아데어, 김채현 역, 『춤, 여성 그리고 남성』, 이화여대출판부, 1996, p.111.

28) 좌담, 「그리운 고토(故土)를 차저서」, 『삼천리』, 1935. 10, p.165.

미로운 점이 발견된다. 분명 식민지 지배가 공고해진 1930년대 후반임에도 불구하고, 언론 매체나 심지어 일본 평론가들조차도 최승희 무용에서 "민족의 전통과 감정"이 잘 드러나 있다는 점을 높이 평가하는 것이다. 다카시마 유사부로는 『최승희』 평전(1959)에서 "민족의 울분"을 직접적으로 거론(171~172쪽)하고, "동양무용계에서 새로운 민족춤을 창작한 여성", "조선음악과 조선풍속으로 만들어진 근대무용"으로 평가면서 이와 견줄 수 있는 것으로 "류큐 무용"[29]이라고 지적한다. 또 프롤레타리아 계열인 신협극단의 연출가이자 소설가였던 무라야마 도모요시는 최승희로부터 "일본적인 것의 어머니의 어머니인 그 어머니의 입김"(1934)을 느낄 수 있었다고 고백한다. 이 일본인들이 말하는 '민족', '어머니'는 어떻게 해석해야하는 것일까.[30]

이때 '민족'은 어느 범주 내의 고정된 의미가 아니라, 이미 로컬라이제이션의 맥락에서 '향토성'과 비슷한 의미로 변모되었다. 무라야마 도모요시가 지적한 '어머니'는 일선동조론과 같은 맥락에서 이해되어야 한다. 이미 '민족'은 하나된 아시아라는 환상, 즉 동아-대동아라는 맥락에서 각기 다른 요소일 뿐이다. 조선이든 류큐이든 대만이든 각각의 특성을 지닌 지역, 그리고 그 지역을 하나의 망으로 연결하고 있는

29) 류큐(琉球)는 현재 일본의 오키나와를 말한다. 주로 국내식민지론의 대표적인 사례로 거론되는데, 15세기 이후 류큐왕국은 메이지 정부 수립 이후, 왕국 체제를 폐지당하고(1879), 일본 영토로 강제병합되어 오키나와 현이 설치되었다.(류큐처분琉球處分) 1945년 일본 패망 후 별다른 논의 없이, 류큐 독립주의자의 의견조차 묻지 않고, 미국이 점령한 채 류큐는 계속해서 일본의 영토로 간주되고 있지만, 현재에도 류큐민족의 민족자결정신에 의거하여 류큐독립운동이 진행되고 있다.

30) 한 연구자는 "어머니"를 "중성적이고 원형적인 이미지"로 해석하고, 나아가 1937년에 발표된 최승희의 <보살춤>이 "반나체의 의상으로 이루어졌음에도 불구하고 전쟁 중에 허가된 것은 육체의 이미지에서 섹슈얼리티를 제거하여 신성성을 확보하려 한 파시즘적 기획과 맞아떨어진다"고 해석하기도 하지만(이주미, 앞의 글, p.334), 이 글에서는 이와는 다른 해석을 가하고자 한다.

일본이라는 입장에서는 얼마든지 향토적 고유색을 다 포용할 수 있는 것이다. 이런 입장은 러일전쟁 직후에 유럽에서 시작하여 미국에까지 번져나간 '황화론(黃禍論)'에 대한 문화적 대응으로부터 그 기원을 찾아볼 수 있다.

> 미국의 신이민법은 제정된 직후 1924년 7월 1일에 시행되었다. 시행날인 7월 1일에도 도쿄의 조조사增上寺에서 흑룡회黑龍會 등의 주최로 항의 집회가 열렸고, 도쿠토미 소호德富蘇峰의 『국민신문國民新聞』은 다음 날인 7월 2일자 석간 「촌철시평」에 다음과 같은 내용을 실었다. "7월 1일, 일본 외교정책이 동에서 서로 커다란 포물선을 그린 날, 미국과의 관계를 끊고 아시아의 형제들과 손을 잡은날"[31] '황화론'과 쌍을 이루는 '아시아주의'는 전자를 강하게 의식시키는 미국의 신이민법에 비례해서 동시에 확장되었다. 더욱이 이는 상당히 넓은 범위까지 펴져나갔다. 그 일례로 6월 5일의 집회에 출석한 우에스기 신키치와 '국체'문제나 헌법해석에 관해 정면으로 대립한 미노베 타쓰키치美濃部達吉조차도, 신이민법은 강대한 국력을 배경으로 한 미국의 '일본국민에 대한 멸시'의 표현이며, 일본은 "국가의 백년 대책大策으로 결국 아시아민족의 협력 일치를 도모할 수밖에 없다"며, 정부와 외교관뿐만 아니라 "일반의 국민감정으로 그 문제를 다루어야 할"과제라고 기술했던 것이다.[32] (강조－인용자)

'황화론'은 황색인종이 번창하여 백인종에게 화를 입힌다고 주장하는 선동(demagogy)이다. 이 말을 처음 한 사람은 1895년 청・일전쟁 당시의 독일 황제 빌헬름 2세로, 그는 과거의 오스만 투르크와 몽골민족의 유럽 원정에서 보듯 황색인종이 발흥하면 유럽 기독교문명에 큰

31) 三輪公使, 「德富蘇峰の歷史像と日米戰爭の原理的開始―大正三十年七月一日、排日移民法の實施をめぐって도쿠토미 소호의 역사상과 미일전쟁의 원래적 개시－다이쇼37년 7월 1일 배일이민법실시를 둘러싸고, 芳賀徹ほか編, 『講座・比較文學 5　西洋の衝擊と日本(강좌 비교문학5 서양의 충격과 일본)』, 東京大學出版社, 1973, pp.183~220.

32) 「對米雜感대미잡감」, 『改造개조』, 1924. 5.

위협이 될 것이라 주장, 유럽열강이 공동대처할 것을 제의했다. 이 주장은 러일전쟁 이후 힘을 얻기 시작하여, 위 인용문에서 보듯이 황인종의 이민을 제재하는 법적 조항까지 만들게 된다. 이 과정에서 '황화론'에 대응하는 '아시아주의'가 형성되기 시작한 것이다. 유럽의 동쪽이라는, 경계도 확실치 않은 아시아라는 명명이 서양에 대응하는 동양이라는 '아시아주의'로 확고해지기 시작한것이다. 엄밀하게 말하자면 "일본주의와 아시아주의의 중첩"에 따라 "환상의 아시아"가 구축된 것이다.[33)]

따라서 제1차 세계대전에 참전함으로써 '세계사'에 적극적으로 관여하게 되었고 '세계질서'의 유력한 구성자가 된 일본의 1930년대라는 시기와[34)] 조선무용 <에헤라노아라>(1933)공연 이후로부터 '반도의 무희'(1936)로 주목받는 최승희의 절정기가 거의 부합하고 있다는 사실은 매우 흥미롭다. 즉 일본은 그 자신이 이미 내재된 '동양'을 전면적으로 표상화시켰고, 이에 따라 세계무대로 진출하는 최승희에게 '조선풍무용'은 소재적 차원에서나 주제적 차원에서 거리낌없이 드러냈던 것이다. 나아가 일본과 일본인들은 최승희를 지칭하는 조선-민족을 자연스럽게 받아들일 수 있었다.

(가) 가와바타 야스나리(川端康成)갓흔 사람은 최승희를 <일본일(日本一)>이라고 평가하고 각 짜나리슴은 그를 무용계의 왕좌에까지 올여놋코 잇는 거이다. 최승희는 무용가로써 동양인으로는 희유의 육체의 소지자이고 리스미칼할선과 예술적 향기라는 점 뿐만 아이라 선의 대륙적 힘찬 점에 잇서서 일본의 어느 무용가보다도 탁월한다고 하다. (…중략…) 금년 동

33) 스즈키 사다미, 앞의 책, pp.276~278.

34) 고야스 노부쿠니는 '세계사'를 둘러싼 근대 일본의 자기표상방식을 세 단계로 구분하는데, 그에 따르면, 1930년부터 시작되는 시기가 최절정기이다.(고야스 노부쿠니, 이승연 역, 『동아・대동아・동아시아』, 역사비평사, 2006, pp.29~34)

경 일일신문(日日新聞) 신년호는 반면을 써서 일본 무용계를 둥지고 갈 사람으로 예술무용에 잇서서는 미야 미사코(宮操子)와 최승희 2인을 가르키고 짜쓰 무용에 잇서서 가와바타 후미코(川畑文子)를 가르키여 이들 3인에 의하야 일본무용계는 운전되리라고 논한 것을 보앗다. 일본 무용계의 왕좌는 이시이 바쿠(石井漠), 다카타 세이코(高田せい子)가 갓고 잇섯스나 아마 각가운 장래에 잇서서 최승희와 미야 미사코(宮操子)가 자리를 차지하리라는 것은 평가(評家)의 일치된 예상이라고 한다.[35] (강조-인용자)

(나) 좌익연극 평론가의 제 일인자 무라야마 토모요시(村山知義)는 "그는 육체적 천분과 오랜 동안의 근대 무용의 기본적 훈련우에, 옛날 조선의 무용을 살닌 가장 훌륭한 예술가이다"라고 평가했고, 수만흔 팬들은 "오늘날 일본녀성이 가진 최고의 육체를 가진, 그는 확실히 현대 일본의 녀성을 대표할 만한 무히임은 결정적 사실이라"고 평가. 이번에 조선에 온 것은 신흥키네마 제1회 작품인 <반도의 무희>를 찍기 위해. 감독은 곤 히데미(今日出海). 전부 국어에 올토키. 최승희의 자전적 내용.[36] (강조-인용자)

조선민족이 류큐민족과 다름없는 로컬 차원의 표상이 됨으로써, 조선민족의 대표이자 반도의 무희인 최승희는 그 어떤 충돌도 일으키지 않고, 일본인의 범주에서 거론될 수 있었다. 위 인용문에서처럼 그녀는 일본 무용계를 이끌고 갈 기대주이고, 그녀의 몸은 일본여성의 전형으로 평가받는 것이다. 이 기묘한 결합은 '동양'이라는 표상에서 더욱더 힘을 발휘한다.

1935년에 이르면, 최승희를 둘러싼 담론에서 '조선의 혼', '조선의 리듬'과 '동양의 리듬'은 거의 구별없이 사용된다.[37] 물론 현실적으로는 최승희의 런던·파리 공연이라는, 다시 말해 서양을 전제로 했기

35) 백해남, 「동경 무용계의 전망」, 『삼천리』, 1934. 6, p.167~173.

36) 좌담, 「그리운 고토(故土)를 차저서」, 『삼천리』, 1935. 10, p.165.

37) 최승일, 「윤돈 파리가는 무희 최승희-누이 승희에게 주는 편지」, 『삼천리』, 1935. 12, p.77.

때문에 자연스러운 맥락일 수도 있지만, 만약 조선이라는 식민지적 특이성을 계속해서 고수하고 있었다면 이렇게까지 무차별적으로 '조선'과 '동양'이 함께 쓰일 수는 없는 것이다. 최승희 또한 자신도 모르는 사이에 1940년대에 이르면, 로컬적인 구도 속에서 '민족'을 사용하는 '아시아'라는 환상을 서슴없이 드러낸다. 일례로 아사히신문과의 인터뷰에서 최승희는 조선민족의 소박한 풍속이나 향토 무용 속에도 많은 무용 자료가 있으나 이러한 예술적 자료가 일본이나 몽고, 그리고 중국의 무용에도 있다고 보고, 이처럼 위대한 동양무용을 세계적으로 키워 나가고 싶다며 '동양무용'을 강조한다.[38] 그녀는 오빠 최승일에게 "엇던 경우라도 민족은 망하지 아니하고 그 민족의 예술도 결단코 망하지를 않는다"고 말하지만[39] 그 생각이 얼마나 낭만적인지를 자각하지 못하고 있다. 왜냐하면 그녀가 말한 "민족"은 어떤 고정된 실체가 아니라, 이미 오빠 최승일이 답장에 썼던 "조선의 리듬"의 "변화"와 마찬가지로 이미 변화한 "민족"이기 때문이다.

최승희의 이와같은 민족의식은 현실과 부딪치면서 많은 모순을 낳을 수밖에 없었다. 따라서 지금에 이르러 친일행위라고 지적하는 사실들은 어쩌면 민족-조선-동양의 복잡한 관계를 이해하지 못했던 탓에 생긴 필연적인 결과라 할 것이다. 예를 들어 최승희의 1935년 <조선풍의 듀엣>라는 무용 레퍼토리를 살펴보면, 그것은 <세 개의 korean melody>로 구성되어 있는데, 각각 "고대-영산조, 고단한 여인무용 / 중세-진양조, 기쁨을 잃은 세인의 우울함 / 현대-명랑한 근대적 조선의 정서"를 형상화하는 내용이다. 이때 "명랑한 근대적 조선의 정

38) 「최승희 동양무용의 세계화 주장」, 『아사히 신문』, 1940. 12. 4. (정병호, 앞의 책, p.193에서 재인용)

39) 최승일, 「윤돈 파리가는 무희 최승희-누이 승희에게 주는 편지」, 『삼천리』, 1935. 12, p.81.

서"란 지금의 현실을 긍정하는 것이다. 이것이 궁극적으로는 파시즘의 맥락과 겹쳐지는, 그래서 '친일'이라는 비판을 피할 수는 없겠지만, 또 한편으로는 30년대 후반 조선인들을 '민족'으로 결합시키는 역할을 할 수 있었다. 물론 이때의 '조선 민족'이 10, 20년대의 그것과는 다르다. 이미 식민지 내부에서 로컬(향토화)로 위치 매겨진 것이다. 따라서 최승희의 개인적 입장에서 아무리 긍정성을 찾고자 한들 이미 '민족'이 향토성으로 변모해버린 맥락에서 '조선'을 문화코드로 내세운 것은 역사적 지형도에서 일본제국내로 자연스럽게 흡수되어버릴 수밖에 없는 비극적 운명을 내포하고 있는 것이다.

최승희는 1941년에도 3월 20일부터 열릴 가부키좌의 공연 때문에 동경에 있는 무용연구소에서 "남치마 분홍저고리에 조선정조를 담은 춤"[40] 연습으로 바빴다고 한다. 이미 세계 대전으로 휩싸여 들어갔지만, 한복을 비롯한 조선정조는 일본 내에서 완전히 융화되어 있는 모습이다. 그래서 구미에서 귀국해서 동경에 머무르고 있는 최승희에게 조선 내 지식인들은 어서 조선으로 돌아오기를 촉구하면서 "조선을 사랑하라", "조선적인 무용으로" 등의 표제를 서슴없이 내거는 한편으로 그와 동시에 "무용으로써 국민적 일에 참가할 것", "태평양을 건너온 이상 총후의 여성으로서 최승희"가 되기를 권유하는데 주저함이 없다.[41] 그리고 이 모든 것은 전혀 불협화음을 일으키지 않는다. 이윽고 1941년 4월에 조선으로 돌아온 최승희는 '귀향감상록'을 비롯, 이전 공연에 대한 세계 각 국 신문의 비평들의 언급을 통해 다시 한 번 큰 화제를 불러일으킨다. 그리고 패전 직전까지도(1944년의 제국극장 공연)

---

40) 최정순, 「동경서 활약하는 우리 삼화형(三花形), 최승희, 박외선, 김민자」, 『삼천리』, 1941. 3, p.78.

41) 석영·손기정 외, 「구미에서 귀국한 최승희에게 보내는 편지」, 『삼천리』, 1941. 3, p.94.

최승희의 공연에서 일본무용, 중국무용, 조선무용이 차례로 안배될 수 있었다. 이런 사실들을 감안한다면, 최승희라는 내셔널 심볼의 의미변화 과정은 결국 식민지 조선에서 '민족'이라는 기표가 형성되고 변화하는 과정을 그대로 드러내는 것이라 할 수 있다.

5. 나오며

'민족'이란 문화적 요소의 조합에 의한 하나의 통합이란 의식을 본질로 하며, 그 의식은 역사적 조건에 의해 만들어진다.[42] 그리하여 '민족'이 근대의 발명품이었음을, '상상의 공동체'임을 새삼 거론할 필요는 없다. 그러나 그것은 식민지라는 조건에서 끊임없이 확대·재생산되었던 '대중적 이데올로기'이기도 했다. 민족은 출생과 동시에 부여받는 선험적인 범주이다. 게다가 혈통적 단일성이라는 환상 위에서 그 존재가 구성된다. '혈연적 동포'라는 종족주의적 색채는 개인에게는 운명적으로 덧씌워지는 것이지만 이와 같은 '민족'이 작동하는 방식은 폭력적인 배제의 논리에 기초하고 있다. 민족적이지 않은/못한 것의 구분을 통해서만 민족이 정립된다. 나아가 1민족 1국가론이라는 원초론적 관념은 타자를 파괴 말살하는 야만의 논리일 뿐이다. 단지 식민지라는 특수한 상황은 '민족'이 저항성의 방식으로 현재적인 의미를 담보할 여지가 있던 시대였을 따름이다.

이에 비해 식민지를 경영하는 제국의 입장에서 '민족'이란 타자 말살의 논리로 이용할 수 있는 유의미한 것이다. 바로 일본의 근대 내셔

42) 스즈키 사다미, 앞의 책, p.37.

널리즘은 러일전쟁 직후 서양을 실체로 대면하면서 생성된 독특한 배제의 논리였다. 그 독특함은 동양-아시아를 전면으로 내세우면서 서양에 대차적인 위치를 확보하는 것이었다. 이 때문에 "일본의 근대 내셔널리즘은 애초부터 아시아주의를 내부에 남고 있던 'ambiguous'(양의적이라는 의미의 애매)한 것"[43]이란 해석이 가능하다. 따라서 민족주의란 저항민족주의로서 진보성과 아울러 제국주의적이고 침략주의적 반동성까지도 한 몸에 갖춘 양면성 또는 이중성을 가진 이데올로기인 것이다.[44]

이와 같은 '민족'을 만드는 과정이 조선의 경우, 역설적이게도 식민지 시기였고, 그것이 근대였다. 최승희는 그 과정의 극단을 보여주는 사례였다. 최승희의 활동과 그를 둘러싼 담론은 여성성과 남성성, '조선적인 것'으로서의 전통성과 근대성, 아시아주의와 '서양적인 것'을 교차하면서 '내셔널 심볼'로 상징화되었다. 따라서 1940년대 소위 친일행위라고 지적되는, 최승희의 일련의 활동은 그녀가 '조선적인 것'을 활용했지만, 그것이 "식민지 조선민족의 자기표현인 동시에 동양주의에 입각한 일본인의 자기표현으로 활용"[45]했기 때문에 비롯된 것은 아니다. 최승희가 보여준 궤적의 혼란과 오류는 '민족'의 의미 자체로부터 발생한 것이다. 민족주의의 양의성/양면성/이중성이 최승희라는 근대적 개인이 대중문화영웅으로 만들어지고, 내셔널 심볼의 역할을 담당했던 과정을 추동하는 기제였다. 그에 따라 '최승희'라는 기표는 개인(근대적 개인) / 성차(젠더) / 육체(몸이라는 새로운 표상) / 지역(local로서의 동양)이라는 요소들이 '문화' 영역에서 겹쳐지면서 구현되는 내셔

43) 스즈키 사다미, 앞의 책, p.280.
44) 윤해동, 『식민지의 회색지대』, 역사비평사, 2003, p.161.
45) 이주미, 앞의 글, p.337.

널 심볼이었던 것이다. 이 때문에 최승희를 따라다녔던 ‘조선의 꽃’, ‘반도의 무희’, ‘동양의 진주’, ‘동방의 꽃’이라는 각종 수식어들은 식민지 조선과 제국 일본에서 두루 통용될 수 있었고, 식민지의 문화적 내셔널리즘이 제국일본의 애국주의로 굴절되는 단초를 이로부터 찾아볼 수 있었다.

제 2 장
여성, 글을 쓰다

저널리즘과 여성작가의 탄생

1. 1920~30년대 저널리즘과 여성

1936년 삼천리사 주최로 열린 「여류 작가 좌담회」에서 사회자 김동환은 참석자들에게 이런 질문을 던진다. "여류문단의 진흥을 위하야, 신문잡지사와 이전(梨專)문과와 남성사회에 보내고 십흔 말슴"을 각자 해보시라고.[1] 박화성, 장덕조, 모윤숙, 최정희, 노천명, 백신애, 이선희가 참가했던 이 좌담회에서 '여류문단의 진흥'을 위해서 유독 이화여전 문과와 신문잡지사가 거론되었다는 사실은 자못 의미심장하다. 나혜석, 김명순, 김원주(元周) 등 근대문학 초창기의 여성작가가 개별적인 존재라 여겨지는, 극소수의 신여성이었다면, 이른바 제 2세대 혹은 제 2기 여성작가들의 경우 좀더 체계적이고 지속적인 여성교육과 공적영역에 진입한 경험을 가진 집단적 존재로서 문단에 등장한다. 삼천리사

1) 박화성 외, 「여류작가 좌담회」(『삼천리』, 1936. 2), p.220 ; 이외 다른 질문은 "최근 해내(海內)해외(海外) 제작가(諸作家)의 작품의 인상, 구상(搆想), 집필할 때의 고심담, 여류작가가 본 남성작가의 인상, 어느 작가를 사숙(私淑)하는가, 독서는 엇던 경향의 것을 하는가, 여류작가로써 직업을 가지는 것이 고통이 아닌가, 한 달에 얼마나한 원고료를 받는가" 등이다.

의 좌담회에 참가한 여성작가들은 후자의 경우에 속하는 이들이다.

여기에서 이화여전은 식민지에서는 최고의 여성교육기관이라는 사실 때문에 언급되었고 실제로 모윤숙, 노천명을 비롯한 많은 여성작가들이 수학한 곳이기도 하다.[2] 이에 비해 신문잡지사가 여성작가와 관계 맺는 방식은 좀더 복잡해 보인다. 근대 이후 저널리즘은 여성 계몽과 교육의 장(場), 여성의 글읽기 공간이자 한편으로는 여성의 글쓰기가 현실화되는 곳이었다. 『여자계』(1918)를 시작으로 1920~30년대의 많은 여성잡지, 신문(특히 가정란)을 중심으로 여성 담론이 비로소 공공영역에서 발화되었고, 그것은 신문잡지라는 근대적 매체를 통해 생산·유통·소비되었기 때문이다. 또 중등 정도 이상의 교육을 받은 여성의 수가 늘어나면서, 학교 작문 시간에 재능을 보인 여학생들은 자기를 표현하는 글을 쓰며 문단에 나와 기자가 되고, 작가가 되었으며, 나머지 많은 여학생들은 '모던 걸'로서 '문화생활'을 꿈꾸며 '신가정'의 현모양처가 되어 그 잡지와 작품들을 읽었다.[3] 근대 이후 글을 쓰는 여성과 글을 읽는 여성이라는 구도가 만들어지기 시작한 것이다. 학교가 여성에게 글쓰기와 글읽기를 습득·훈련시키는 근대적 제도라면, 글쓰기와 글읽기가 근대적으로 유통되는 장이 저널리즘이다. 또

2) 실제로 이화 여전 혹은 이화 여고보에 다녔던 여성작가들은 다음과 같다.
김원주(元周) – 이화학당(이화전문) 중학과 졸업(1918)
노천명 – 이화여전 문과(영문과) 졸업(1934)
모윤숙 – 이화여전 문과(영문과) 졸업(1931)
이선희 – 이화여전 문과 수료(1928)
임순득 – 이화여고보에서 학생시위로 퇴학(1931), 동덕여고보로 편입
장덕조 – 이화여전 영문과 중퇴
장정심 – 이화유치사범학교 졸업(1921)
전숙희 – 이화여전 문과 졸업(1938)

3) 이상경, 「1930년대의 신여성과 여성작가의 계보 연구」, 『여성문학연구』 12(한국여성문학학회, 2004), p.252.

한편으로 저널리즘은 여성작가가 생성되는 존재기반이었다는 점에서 주목할 만하다. 앞에서 언급했던 삼천리사의 좌담회에서도 박화성을 제외하고는 모두 기자 생활을 경험한 이들이다. 예외인 박화성도 교직에 있었던 사실을 떠올린다면, 이 좌담회의 구성원들이야말로 학교와 저널리즘이라는 근대적 제도와 여성작가가 관계하는 친연성을 고스란히 실증하고 있는 셈이다.

이에 따라 이 글에서는 저널리즘과 여성작가의 관계에 주목하고자 한다. 그동안의 연구는 남성 문인기자를 대상으로 해서 신문학예면 분석, 구인회, 염상섭·김기림 등의 작가론에 치중되어 있었고, 여성작가의 경우 개별 작가 논의에서 단편적으로 언급되는데 그쳐왔다.[4] 이 글에서는 저널리즘 공간에서 어떻게 여성작가가 배태되는지, 특히 1920~30년대 여기자 집단이 작가로 전환해나가는 과정에 주목하고자 한다. 이를 위해서 첫 번째 저널리즘의 당대적 성격(여성과 관련하여), 두 번째 신문잡지의 여성독자층, 세 번째 저널리즘에 관련한 여성작가층, 네 번째 여기자-작가들의 기사문과 작품의 성격 등이 규명되어야 할 것이다. 이 글에서는 첫 번째와 세 번째 문제를 중심으로 1920~30년대 여기자-작가들의 실상을 파악하고, 이를 바라보는 남성작가들과 당대의 언설을 고려, 그들이 저널리즘 공간에서 위치하고 있는 지점을 살펴보고자 한다.

4) 그러나 심진경은 여성작가의 생성기반이 기자출신이라는 것과 이화여전 문과출신이라는 특징이 있다는 점을 지적하고 있어 저널리즘과 여성작가의 연관성에 많은 시사점을 주고 있다. (심진경, 「문단의 여류와 여류문단」(민족문학사연구소 기초학문연구단, 『한국근대문학의 형성과 문학장의 재발견』, 소명출판, 2004), pp. 299~336)

2. 근대적 직업으로서의 여기자(女記者)

식민지근대 이후 등장한 신여성의 새로운 직업은 대체로 교사(유치원 보모, 중등교원), 여기자, 여점원(또는 백화점 숍 걸), 여의사, 산파, 간호부, 은행원, 전화 교환수, 타이피스트, 여직공, 여급(카페 걸), 엘리베이터 걸, 버스 걸, 기생 등이 있다. 이중 기생을 제외하고는 사실상 근대에 이르러 출현한 직업군에 속한다. 더 엄밀히 말하자면 여성에게 '직업'이란 말을 거론하게 된 것 자체가 이미 근대적인 변화이기도 하다. 직업이란 여성이 공적 영역과 관계 맺는 가장 대표적인 방식이니 말이다.

우리나라 최초의 여기자는 『매일신보』의 이각경이다. 그녀는 1920년 공채로 매일신보에 입사해 9월부터 12월까지 유명인사 인터뷰와 가정방문기 등 직접 취재한 기사를 작성했다.[5] 그러나 언제 퇴사했는지 어떤 활동을 벌였는지 제대로 알려지지 않고 있으며, 『매일신보』가 총독부 기관지라는 점 때문에 그동안 최초의 여기자란 점이 제대로 인정되지 않았던 듯하다.[6] 그럼에도 불구하고 이각경이 기자로서 활동한 흔적은 분명하다. 그녀는 채용된 지 열흘 뒤인 9월 14일부터 기사를 쓰기 시작했고, 「부인기자의 활동」이라는 제목으로 창덕궁 지밀 여관을 방문한 기사에 이어서 9월 15일자부터는 고정제목으로 「부인기자의 가정방문기」를 게재한다. 그의 가정방문기는 9월 15일자부터 9월 21일자, 9월 29일자에 실렸다. 또 그 해 말인 12월 5일자에는 「이

---

5) <매일신보> 1920년 9월 5일자에는 「금회에 본사 입사한 부인기자 이각경 여사, 오늘의 부인사회를 위하야 건전한 붓을 휘두를 그 목적」이라는 제목으로 이각경의 입사를 알리는 기사가 실려 있다.

6) 이 때문에 논자에 따라서는 최초의 여기자를 개벽사의 김경숙으로 손꼽고 있거나, 민간지의 경우를 따져야한다는 이유로 조선일보 최초의 여기자였던 최은희를 거론하기도 한다.

백작 저(邸) 방문기」를 썼고 이각경 여사라고 이름까지 밝혔다. 이각경은 이때 『매일신보』의 자매지였던 일어신문 <경성일보>의 여기자 가마다와 동행하여 일본어 통역도 해줬다는 것으로 보아 <경성일보>에도 이미 일본인 여기자가 있었음을 알 수 있다.[7]

이후 1922년 개벽사에서 부인잡지 기자로 김경숙을 채용하고, 1924년 민간지 최초로 조선일보사가 여기자 최은희를 채용하면서부터 각 신문잡지사에서 여기자 채용이 성행하기 시작한다. 이와 같이 여기자를 채용하게 된 것은 『매일신보』가 "시대에 요구에 응하야 시(是)에 부인기자를 채용"[8]했다고 스스로 공표한 것처럼 달라진 시대 상황 때문이다.

> 그러나 그도 지금 와서는 필연뎍으로 부인긔자의 수완을 빌게 된 것이 신문잡지게 현상인 것 갓습니다. (…중략…) 아즉도 녀학교가튼데서까지 산해긔자의 면회를 딱 거절하는 희귀한 교육식이 잇고 가뎡방문 개인교제에도 남자로서는 됴뎌히 원만하게 하기가 어려운 즉 말하자면 소위 남녀유별의 무근 도덕이 아라도 고처지지 안코 그대로 켜켜히 남어잇는 요 현상의 사회에서 아모려나 여자사회의 발뎐이나 진보를 도모하랴면 적어도 녀긔자 그분들의 분투와 노력을 기다려야만 할 것을 필자는 깁히깁히 깨다럿습니다.[9]

7) 물론 신여성 중 나혜석이 1918년 『여자계』의 주간 겸 기자노릇을 했다거나 그 후 1919년에 김원주가 『신여자』의 주관, 주필, 기자를 겸했다는 기록도 있어 이들을 최초의 여기자라고 봐야 한다는 주장도 있다.(김경희, 「여성언론인의 역사」, 『또하나의문화』 제2호, 1986) 그러나 나혜석이 『여자계』 발행에서 어떤 역할을 했는지는 명확히 드러나 있지 않다. 나혜석은 1918년 총무를 했고 1918년 『여자계』 2월호에 정월이라는 필명으로 소설을 썼지만 여자계의 편집 겸 발행인은 김덕성으로 되어 있고 나혜석이 주간을 맡았다는 기록은 없다. 또 김원주도 1920년 3월에 창간된 『신여자』의 주간을 맡았으나 혼자서 거의 모든 일을 맡았던 이 잡지는 3호 발행으로 그쳤다. 이런 사실들로 미루어 볼 때, 이들의 경우는 여기자로서의 활동이라기보다는 문학운동의 성격이 강하다고 보아야 할 것이다.

8) 「시대의 요구에 응하야 부인기자 채용」, 『매일신보』 1920. 7. 1.

위 인용문에 따르자면 시대상황이 변했다는 것은 여학교나 가정방문, 개인교제에 대한 기사가 필요해졌다는 것을 의미한다. 이는 결국 근대 교육을 받은 여성이 점차 늘어나고 이들의 사회진출 영역이 확대되면서 신여성이란 자체가 기사대상이 되었다는 사실과 또 한편으로는 그녀들이 여성 독자를 형성, 집단적인 세력을 형성하기 시작했다는 사실을 알려주는 것이다. 이 과정에서 위 인용문의 필자는 "여자사회의 발뎐이나 진보를 도모하"려는 "녀긔자 그분들의 분투와 노력"이 스며드는, 말하자면 여기자들에 의한 여성해방 또는 여성 계몽적 언론 활동도 전망해내고 있다. 그러나 실제 여기자들의 활동양상을 보자면 이런 적극적인 부분을 기대하기는 다소 어렵다. 우선 여기자의 채용과정이나 활동 상황을 살펴보면 무엇보다도 여성독자를 끌어들이려는 상업적 의도가 분명하게 드러난다.

> 긋대에 그의 마튼 일은 지금의 다른 여기자들과 마찬가지로 가정방문의 기사가 제일 만헛섯고 또 한가지는 그때만하야도 일반가정에서 잡지가 엇더한 것을 잘 이해하지 못하는 까닭에 기사보다도 여러 가정을 방문하며 그 잡지의 선전을 하는 것이 큰 임무엿다. 해가 벌서 오랜 까닭으로 그의 기사쓴 것은 잘 기억이 나지 안치만은 가정으로 다니며 선전하는데는 상당한 성적이 잇섯던 것이 기억된다.[10] (강조-인용자)

이 인용문은 1920~30년대 대표적인 여성잡지 『신여성』에서 모회사(母會社)인 개벽사 최초의 여기자였던 김경숙의 채용경위나 활동내용을 설명하는 글이다. 이에 따르면 김경숙은 개벽사가 부인잡지를 발행하게 되면서 채용되었는데, 사실상 기자라기보다는 가정방문 영업사원

9) 「우리직업부인계의 총평」, 『신여성』 3권 4호, 1925. 4. p.32.
10) 취운생, 「조선신문잡지의 부인기자열전」, 『신여성』 6권 3호, 1932. 3, p.50.

의 역할을 했다. 이 역할의 주된 내용은 각 가정을 돌아다니며 부인잡지를 선전하고 판매해야하는 일이다. 이 선전과 판매가 가정부인이나 여학생을 대상으로 하기 때문에 여기자라는 존재가 필요해진 것이다. 그래서 취운생이라는 필자는 김경숙의 "전(傳)"을 서술하면서도 "기사보다도" 가정 방문과 잡지 선전을 했던 활동에 중점을 두며, 그 일화를 소개하기도 한다. 김경숙이 어느 가정집을 방문했을 때 일반 외판원인 줄 알고 문전박대를 당하자, 신문사로 돌아와서 그 집 아들이 다니는 유치원의 보모를 사칭, 가정방문을 한다는 구실로 다시 방문하는 기지를 발휘했다는 것이다. 이처럼 그녀는 "교제에 능하고 말솜씨가 대단"했다는 점이 기자로서 가장 큰 장점이었다고 평가받는다.

민간지(조선일보) 최초의 여기자였고, 본격적인 기자활동을 했기 때문에 종종 최초의 여기자라고 평가되는 최은희의 경우도 채용된 경위를 살펴보자면 김경숙과 별반 다르지 않다.[11] 허영숙이 그녀를 조선일보 부인기자로 추천하기도 했지만 정작 여기자로 채용된 가장 큰 이유는 그녀의 "수완과 영악함"을 인정받았던 사건 때문이었다. 어느 날 최은희가 허영숙의 집에 갔을 때 조선일보 편집국장인 민태원도 와서 이런저런 이야기를 나눈다. 허영숙이 자신이 의사로 있을 때 황금정의 부자(富者)가 치료를 받고도 치료비 80여원을 계속 미루면서 깎아달라는 염치없는 요구를 하고 있다는 말을 하자, 그자가 너무 괘씸하다고 생각한 최은희는 자청해서 그 돈을 받으러 간다. "그 집에 가서 엇지나 조르고 다구어 댓든지 그 쇠귀신가튼 부호도 돈을 내고야" 말고 "그 소문이 엇지하야 조선일보 당국자의 귀에 드러갓든지 나를 여기자의 적임자로 생각하고 허씨의 천(薦)대로 채용이" 되었다는 것이다.

11) 이하 최은희의 이야기는 「최은희씨와의 회견기」(청오생, 『별건곤』 1927. 8, pp.80~84)를 요약한 것임.

이후 최은희는 1924년 조선일보에 입사한 이래 가정란, 학예부뿐만 아니라 정치, 사회부까지 두루 거치며 방문기사, 사회문제 취재기사 등을 능숙하게 써내 부장까지도 역임하는 능력을 보여준다. 그러나 그녀가 여기자가 된 것은 기자로서의 능력보다는 악착같이 돈을 받아내는 끈질긴 수완이 있다는, 영업사원으로서의 자질을 인정받았기 때문이었다는 사실은 당대의 여기자가 어떤 입지점에 서있었는지를 가늠하게 해준다.[12] 그래서인지 각 신문잡지사가 내걸은 여기자 채용조건을 보면, 학력은 중등 이상 혹은 고등보통학교 졸업 정도의 사람을 택하는 데 "무엇보다 회화에 서투르지 안코"[13]라든가 "인내심과 활동력"[14]이 있는 사람을 요구하고 있다.

이러한 여기자들은 사내(社內)에서는 화초(花草)·화형(花形)과 같은 존재였으며[15] 한편으로는 각종 여성인물 소식란이나 가십거리에 단골로

12) 영업사원이라는 측면에서 여기자가 채용된 경우 외에는 혈연 · 지연관계에 있는 여성이 신문잡지사에 입사하는 경우도 많았다. 허헌이 동아일보에 있으면서 딸 허정숙이 여기자로 채용되었다든가, 이광수가 동아일보사에 있을 때 부인 허영숙이 동아일보에 입사한다든지, 차묘석, 황신덕, 이현경 등도 남편에 의해 여기자가 되었다고 알려져 있다.

13) 물망초, 「문화전선의 기수－부인긔자의 생활」, 『신여성』 7권 12호, 1933. 12.

14) 「흥미잇는 부인기자」, 『별건곤』, 1927. 3, p.101.

15) 1929년 『별건곤』에서 마련한 「동아 조선 중외 삼신문사 여기자 평판」에서는 "세 신문사 부인긔자에게는 대개 남자긔자가 한 분식 딸아잇다. 남긔자에게 녀긔자가 딸녀잇는지 녀긔자가 남긔자에게 딸려잇는지 여긔서 그것을 명언하고는 십지 안으나 그러나 엇쨋든지 만세이전에 헌병에게 보조원이 따르듯이 학예부주무자인 남긔자에게 한분식의 부인긔자가 딸녀잇는 것은 보와서 아는 바이다."(외돗生, 『별건곤』 1929. 12, p.20.)라 하고, 1935년 『개벽』의 <신문특집호>에서는 "녯날 신문은 그만두고 기미 이후 새로 생긴 민간 3신문만 하야도 연령이 벌서 14,5세가 되엿으니 그 안에 들낙날낙한 기자 수도 무려 수백 명은 되엿을 것이다. 그러나 남성 본위로 조직된 이 사회는 신문사도 역시 남성 본위로 되엿기 때문에 기자도 태(殆)히 전부가 남자요 혹 여기자가 잇다고 해도 그야말로 만록총중일점홍(萬綠叢中一點紅) 격으로 한 사(社)에서 화초기자(花草記者)로 한 사람박게 더 두지 안코 또 여기자 자신도 환경관계로 1년 이상을 속근(續勤)한 사람이 별로 없으

등장, 사생활이나 용모, 성격 등이 시시콜콜 거론되기도 했다. 이처럼 초창기 여기자들이 기자라기보다는 방문직 영업사원의 역할을 했고 이후 실질적인 기자활동을 했던 여기자들도 가정란이나 학예면에 국한되어 있었다는 사실은, 여기자가 등장함으로써 저널리즘에서 여성적 공간이 넓어진 측면도 있지만 결국 성별에 따라 분리된 공간만이 허용되고 있었음을 의미한다. 앞서 살펴보았던 것처럼 여기자의 등장은 여성독자의 등장과 궤를 같이하고 있었고, 이들 여기자・여성독자의 공간은 가정란이나 학예란으로 제한되어 있었던 것이다.

일본의 경우도 마찬가지다. 물론 최초의 여기자를 채용한 『매일신보』나 대부분의 근대 신문잡지계가 일본을 모델로 한 것이기도 하다. 일본 최초의 여기자는 <도쿄 아사히(東京朝日)>의 사회부 다케나카 시게(竹中繁, 당시 26세)로 알려져 있다(1911년).[16] 1900년 전후 여성독자의 의식이 발달함에 따라 신문에서는 요리, 재봉 등 실용기사를 중심으로 한 가정란이 설치된다. 이를 담당할 여성기자가 필요해졌고, 이로 인해 최초의 여기자 다케나카 시게(竹中繁)가 채용되었다. 기자로서 여성의 역사는 가정란이 여성기자를 필요로 한다는 도식에서 시작되었다는 이러한 사실은 현재까지도 비교적 유효한 것이다.[17]

며 따라서 그 활동 성적도 이렇다할 사람이 또한 별로 없다.(「여기자 군상」, 『개벽』 신간 4호, 1935. 3. 1, p.70)라면서 여기자의 희소성과 여성이 배제된 신문사 상황을 서술하고 있다.

한편 화형기자(花形記者)라는 말은 여기자를 여배우처럼 취급, "조선일보사의 화형여기자 최은희"(삼산인, 「취직성공・실패담」, 『신여성』 7권 4호, 1933. 4, p.55.)라는 식으로 서술하고 있다.

16) 이하 일본 여기자에 관한 내용은, 『젠더로 본 신문의 앞면과 뒷면』(田中和子 外, 『ジェンダーからみた新聞のうら・おもて』, 現代書館, 1996.)의 「가정면의 역사와 여성기자」(pp.245~263)을 참조.

17) 1994년 한국언론연구원의 조사에서 전체 기자 가운데 여기자가 차지하는 비율을 14%에 불과했고, 2003년 여기자 클럽(현 한국여기자협회)이 여기자 현황을 조사

3. 여기자(女記者)-작가 집단의 출현

실제 현실에서 여성들은 기자생활을 하다가 작가로 등단하기도 했고, 작가가 되기 위해 기자를 선택하기도 했고, 별다른 문학작품을 창작하지는 않았지만 기자라는 이유로 '여류작가'라고 지칭되는 경우도 있었다. 우선 1920~30년대에 여기자로 활동했던 사람들을 살펴보면 다음과 같다.

1920~30년대 여기자 현황[18)]

이름	학력	기자활동	비고
강향란	동경・상해 유학	모신문사 부산지국	기생 출신
권○순		부인공론기자 (1932)	『신동아』 1932년 5월호 좌담회에서
김경숙	춘천공립보통학교	개벽사	교사로도 활동
김말봉	정신여고	중외일보(1929)	소설가
김명순	진명여학교, 일본 시부야국정 여학교	매일신보(1925)	소설가, 시인

한 결과 전체 기자 4990명 가운데 여기자는 625명으로 12.5%를 차지하는데 불과했다. 또 90년대 후반부터 기자 시험에서 여성 합격자 수가 절반에 달하면서 양적으로는 급격히 늘어나는 추세이지만 간부급으로 올라갈수록 급격히 감소하는 '유리천장' 현상은 지속되고 있다. 또 여기자에 대한 부서배치, 업무분담 등에 대한 차별도 존재하고 있음을 부인할 수는 없다.(박금옥, 「일간신문 여성가정난과 게이트키퍼 연구」, 이화여자대학교 석사학위논문, 1987, pp.6~62 참조)

18) 위 표는 『개벽』, 『신여성』, 『별건곤』, 『여성』, 『신가정』, 『신동아』, 『삼천리』, 『매일신보』, 『조선일보』, 『동아일보』 등 당대의 신문 잡지와 「한국여성사정립을 위한 여성인물유형연구 Ⅲ」(최숙경・이배용・신명숙・안연선, (『여성학논집』 vol 10, 이화여대한국여성연구소, 1993, pp.11~139) 등을 참고해서 재구성한 것이다. 이때 『여자계』를 창간했던 나혜석은 앞에서 언급했던 것처럼 동인활동의 성격이라고 판단, 제외했으나 김원주(元周)의 경우는 『신여자』 때문이 아니라 <불교잡지사>에서 기자생활을 했다는 언급 (『신동아』 1932. 5)때문에 여기자 명단에 포함했다.

이름	학력	기자활동	비고
김오남	일본 니혼대학 영문과	조선일보	시조시인
김원주(元周)	이화학당(이화전문) 중학과 졸업, 동경영화학교 중퇴	『불교』지 기자 (1927~1932까지 문예란담당)	일엽, 소설가 / <신여자> 창간
김원주(源珠)	동경고등 잠사학교	개벽, 매일신보	성혜림(김정일(北)의 아들 김정남의 생모)의 어머니
김자혜		신동아기자	소설가, 남편 주요섭
노천명	이화여전 영문과	조선중앙일보 (1934)	시인
모윤숙	이화여전 영문과	삼천리(1931)	시인
박경식	경성여고보, 동경・상해 유학	개벽사	
박은혜		아이생활사	『신동아』 1932년 5월호 좌담회에서
백시라		별건곤	
백신애	대구 도립 사범학교, 일본유학	기자 활동	소설가, 교사로도 활동
성선희		별건곤	
송계월	경성여상	개벽사(1931)	소설가
윤성상		조선일보, 중앙일보	
이각경	한성고등여학교	매일신보	최초의 여기자
이선희	이화여전 문과 수료	개벽(1934)	소설가
이옥경	한성고등녀학교	매일신보	
이현경	경성여고보, 동경 메지로(目白)여대	동아일보	남편 안광천
장덕조	이화여전 영문과 중퇴	개벽(1932)	소설가
조현경		여론사(女論社)	『신동아』 1932년 5월호 좌담회에서
차묘석	숙명여고보	조선주보사	시인, 남편 김경재
최은희	경성여고보, 동경 일본 여대	조선일보	교사로도 활동
최의순	동경여자 고등사범	동아일보, 개벽사	남편 진장섭
최정희	중앙보육학교, 숙명여고보	삼천리사(1931)	소설가, 남편 김유영, 김동환
허영숙	진명여학교, 경성여고보, 동경여의전	동아일보	의사, 남편 이광수

이름	학력	기자활동	비고
허정숙	배화, 고베신학교, 미국 유학	동아일보, 개벽사	남편 임원근 · 송봉우 (애인관계로 소문) 신일룡 · 최창익
황신덕	숭의여학교, 쓰다에이가쿠주쿠(津田英學塾)	신가정, 중앙일보사	남편 임봉순

이들 중 작가로 분류되는 사람은 김말봉, 김명순, 김오남, 김원주(元周), 김자혜, 노천명, 모윤숙, 백신애, 송계월, 이선희, 장덕조, 차묘석,[19] 최정희 정도이다. 여기자 31명 중 13명이 작가였던 셈이다. 그 외 최의순, 김원주(源珠), 허영숙도 당대에 '여류문사' 혹은 '여류평론가'라고 불렀던 것을 감안한다면 여기자의 절반 이상이 여성작가라 해도 큰 무리는 없을 듯하다. 그 당시에는 여기자의 역할에 따라 방문기자, 다리기자, 번역기자, 창작기자, 탁상기자라는 별칭이 있었고[20] 사무실 근무를 주로 하던 탁상기자 중에 창작기자 역할을 했던 이들이 종종 수필도 썼다. 동아일보의 최의순이나 허영숙, 매일신보의 김원주(源珠)는 이러한 이유에서 '여류문사'라 불렸다. 그렇다면 여기자-작가였던 이들은 당대의 저널리즘 공간에서 어떻게 활동하고 있었을까. 이들 중 우선 최정희 · 송계월의 경우를 예로 들어 살펴보자. 최정희 · 송계월은 둘 다 기자활동을 하다가 작가로 등단했다는 공통점이 있는 반면, 최정희는 저널리즘의 권력과 결합, 여성문학계에서 중심을 차지하며 해방이후까지 여성문단의 헤게모니를 장악한 경우라 할 수 있다. 이에 비해 송계월은 기자였으면서도 그자신이 온갖 소문이 난무하는 기사

19) 1932년 『신여성』에서는 차묘석을 숙명여자고보를 졸업한 "반도 규수 시인"이라고 소개하고 있다. (「각 여학교 졸업생 언파레-드」(『신여성』 6권 3호, 1932. 3), p.46.)

20) 「여기자 군상」, 『개벽』, 신간 4호, 1935. 3. 1, pp.70~75 참조.

거리가 된 즉 황색저널리즘의 대상이 된 경우이다. 권력의 중심이 된 여성과 권력에 의해 희생되는 여성. 이 극명한 대조를 보여주는 두 작가를 통해 저널리즘 공간에서 당대의 '여기자-작가'들이 자리 잡고 있는 지점을 가늠해볼 수 있을 것이다.

1932년 『신동아』에서 열린 "여기자 좌담회"에는 9명의 여기자가 참가한다. 기자를 하게 된 동기가 무엇이냐고 묻는 설의식의 질문에 "그저 기자도 여자가 할 수 잇는 직업이니까" 선택했다는 윤성상같은 이도 있었지만, 최정희와 허영숙은 문학을 그 이유로 든다.

> 허영숙 : 나는 공부는 의학공부를 햇으나 처음부터 의학은 실혓고 문학에 취미가 만헛엇습니다. 그래서 기자가 되면 문학공부에 도움이 될가하고 생각해서 기자가 되엿엇습니다.
>
> 최정희 : 저는 중앙보육학교를 마친 후 기자가 되엿는데 사실인즉 나도 어렷슬때부터 문학에 취미가 만하서 창작장난도 만히 해보앗지오. 그러나 집안 형편이 허락지 안나서 문학을 전공 못하고 잇엇습니다. (…중략…)
>
> 허영숙 : 내가 쓴 글을 수만흔 사람이 읽는다는 자부심과 호기심이 나서 기자가 되고 싶엇지오. (…중략…)
>
> 최정희 : 내가 글을 써서 남에게 읽히겠다는 생각보다도 문인을 만히 사괴는 가운데 배우는 것이 잇을까 하고 생각햇지오. 전부터 신문잡지에 투고를 만히 햇는데 도모지 내주지를 아너요(笑聲) 그래서 그 분푸리로 잡지 기자가 되엿서오.[21] (강조-인용자)

위 인용문에서 기자가 된 동기는 두 가지로 나누어 볼 수 있다. 그 하나는 "내가 쓴 글을 수많은 사람이 읽는다는 자부심"이다. 이는 매체에 글을 쓰는 행위를 통해 자신의 사회적 존재가치를 드러내는 일이며, 식민지 조선에서 지식인의 글쓰기 즉 신문잡지기사나 문학작품

21) 「여기자좌담회」, 『신동아』 1932. 5, p.88.

을 비롯한 모든 글쓰기행위가 갖는 의미라고도 할 수 있다. 두 번째는 기자활동이 작가가 되는 일에 도움이 되리라는 기대이다. 취재를 하고 기사를 쓰는 등의 일이 문학작품에 훌륭한 밑바탕이 될 수 있음은 당연한 일이다. 그런데 "문인을 만히 사괴는 가운데 배우는 것"이 있을 것이라 기대하는 최정희의 말은 다소 의미심장하다. 이는 직접적으로 문학적인 가르침을 받고자 하는 것이기도 하지만, 그녀가 신문잡지사를 중심으로 문인들이 관계 맺는 방식에 대해 인지하고 있었다는 의미이기도 하다. 즉 작가와 기자·편집 기획자·출판자의 관계 속에서 이른바 문단이라는 집단이 작동하는 방식을 알았다는 것이다.

최정희는 그래서 신문잡지에 투고한 작품이 계속 거부되자, 차라리 투고작을 선택할 수 있는 위치 즉 근대적 매체와 문단의 권력 속에 편입되고자 한다.[22] 근대적 매체와 문단의 권력구도를 명민하게 알아챈 최정희는 이 때문에, 익히 알려져 있는 바대로 『삼천리』지의 기자로서 1930년대 이후 여성 문단의 중심에 설 수 있었다고 판단된다. '여성적'인 작가의 등장을 기대하는 당대의 문단 분위기에 부응하여 그러한 소재들을 최정희 스스로 발굴해나가고, 기자로서 여성 문인들을 계속 지면에 등장시키면서 최정희 스스로 일종의 여성문단의 권력이 되었던 것이다.[23] 실례로 1930년대에는 유독 삼천리사가 주최한 문인 좌

22) 최정희가 기자가 된 직접적인 동기는 생활고 때문이라고 알려져 있다. 김유영과의 가난한 결혼 생활을 견디다 못해 스승인 박희도를 찾아가자 그가 삼천리사 주간인 김동환을 소개시켜주었다고 한다. 그러나 본고에서 주목한 것은 이런표면적인 이유 외에 최정희가 여기자를 통해 의도한 바가 무엇이냐는 것이다. 최정희가 삼천리사의 기자가 된 이후 스스로는 습작이라고밖에 여기지 않지만 하여튼 첫 작품인 「정당한 스파이」를 『삼천리』(1931. 10)를 통해 발표했다는 사실도 그녀가 '여기자'에 대해 기대했던 의미를 추측할 수 있게 해준다.

23) 이상경, 「식민지에서의 여성과 민족의 문제」, 『실천문학』 2003 봄, pp.60~61 ; 또한 이 글은 어떻게 최정희가 1930년대 후반부터 여성문학의 중심에 위치하게 되었는지 또 그 이후 친일로 변모하는 경로를 자세하게 논의하고 있다.

담회 특히 여류좌담회가 자주 열렸는데, 이때 최정희는 좌담회를 주도하면서 친분관계에 따라 여성작가들을 좌담회에 참석시키고 그들과 함께 꾸준히 문학적 발언을 공론화하면서 주도권을 획득해나간다.[24)]

이에 비해 송계월은 여학생 시절, 사회주의여성운동단체였던 <근우회>의 조직적인 여학생 운동에 깊이 관여한 이력이 있으며 1931년 개벽사의 기자로 근무하면서 작가로도 등단한 경우이다. 그러나 당대 커다란 화제였던 '처녀 출산' 소문이라든가, <맑스 걸 - 미모의 여기자 - 결핵 - 요절(23세)>로 이어지는 전기적 사실 때문에 그녀는 드라마틱한 이야깃거리로서만 다루어졌다. 또 2년 남짓한 짧은 작가생활과 몇 편 안되는 작품 양 때문에 1930년대 문단에서 송계월은 "문사자격"이 없다는 시비, 더 나아가 여성작가의 자질론을 문제 삼는 데에 대표적인 경우로 거론되기도 한다. 송계월이 개벽사 기자였기 때문에 '여류문사' 대접을 받았으며, 미모의 신여성인 그녀가 '처녀출산'의 소문으로 일종의 스포트라이트를 받았기 때문에 자주 거론되었을 뿐이라는 것이 비판의 주된 요지이다. 그러나 이 비판에는 왜 작가로서 함량미달인지에 대해서 작품의 양과 질을 따지기보다 소문에 편승해서 인신공격하는 면모까지 드러내고 있다.

> 송계월씨는 아직 작가라 불으기가 앗갑다. 그리고 너무나 귀여웁다. 그러나 작가이다. 씨의 작 「가두연락에 첫날」이 취재에 잇서 퍽으나 새로운 맛을 주엇스며 열븐 충동까지 주엇스나 아무리 그 취재가 좃코 새롭다 하드라도 그 테-마를 충분히 충실히 구상화식히며 표현식히지 못하면 오히려 그대로 구수한 평범한 취재만도 못할 것이다. 이 작품은 ××적이면서도 아필(어필-인용자)할 가능성이 잇섯스나 씨의 수완으로 도저히 엇지도 못할 것 당연이상의 당연일 것이다. (…중략…) 요컨대 씨는 예술에 잇서서

24) 심진경, 앞의 글, pp.329~330 참조.

기술적으로 보잘 것이 업는 것이다. 여기에 씨는 적지 안은 자기자신에 대한 환멸을 가젓슬 것이다. 만약에 이 작품을 가지고 훌륭한 작품이라고 잘된 한 예술품이라고 할 것 갓흐면 이갑기씨가 누구에게 말하드시 정말 그 사람이야말노 – 한 걸 읽을 필요가 잇다.[25] (강조 – 인용자)

위 인용문에 따르면 송계월은 작가라 부르기에는 지극히 미숙한 문학소녀일 뿐이지만 「가두연락의 첫날」은 참신한 소재를 사용했기 때문에 주목받을 수 있었다는 것이다. 더구나 그녀의 능력이 부족하여 좋은 소재를 제대로 살리지도 못했으니, "이 작품은 하나도 된 대는 업다"고 평가한다. 당대에 비교적 호평을 받았던 「가두연락의 첫날」에 대해 신랄한 평가를 하고 있는 필자는 이것이 송계월의 "수완" 즉 능력문제이므로 어쩔 수 없는 일이라고 말하기까지 한다. 더구나 이갑기의 말을 인용하는 데에 이르면 이 글이 과연 평문인지 의심스러울 지경이다. 필자의 주장은 송계월의 작품을 칭찬하는 사람은 이갑기의 글을 읽을 필요가 있다는 것인데 여기서 이갑기의 글은 바로 송계월의 '처녀출산' 소문에 관한 것이다. 작품의 평가와 소문을 직결시키는 비논리성은 차치하고, 이 글은 결국 송계월의 인간됨됨이가 수준미달이므로 작품은 읽을 가치조차 없다는 저열한 공격까지 은근슬쩍 가하고 있는 셈이다.

처녀출산을 했다는 소문과 그 소문이 화제만발이라는 기사가 당대의 거의 모든 신문잡지를 뒤덮고 있는 가운데 문학작품까지도 소문과 연결되는 지점에 이르면, 그야말로 송계월의 삶 자체가 가십거리였음을 실감하게 한다. 이를 예감한 것인지, 자신에 대한 소문이 퍼지기 불과 몇 달 전[26] 송계월은 "남성들이 조직해놓은 사업단체에 소수의

25) 홍구, 「여류작가 군상」, 『삼천리』, 1933. 3, p.73.

26) 송계월이 결핵 요양차 고향으로 내려간 시기가 1932년 2월이고, 그해 가을 서울

여성이 석기어 일을 한다는 것은 지금 현상에서는 곤난한 점이 만흡니다"[27]라고 지적하기도 한다. 그 '곤난한 점'이 무엇인지 구체적으로 설명하지는 않았지만 결국 소문으로 인한 엄청난 논란 속으로 자신이 말려들어감으로써 그 자신이 온몸으로 '곤난한 점'을 증명해보인 셈이 되고 말았다. 여성성을 부각시키면서 스스로 중심이 되어가는 여성과 대상화되고 배제되어가는 여성. 다소 거칠게 대별하기는 했지만 최정희와 송계월을 통해 이 두 측면을 포착할 수 있다는 사실은 결국 저널리즘과 문학이라는 공간이 여전히 성차가 분명한 곳이었음을 반증하는 것이라 할 수 있을 것이다.

4. 문단과 여성작가의 관계

한편 1920~30년대에 여기자라는 사실은 남성문사(작가)들에 의해 '여류문사자질론', '여류문사 시비론'을 제공하는 근거이기도 했다. '여류문사'에 대한 논쟁은 대체로 여성작가들이 남성작가에 비해 작품수준이 뒤떨어지니까 작가로 인정할 수 없다는 주장에서 촉발된 것이다. 저널리즘과 여성작가의 관련성을 가장 신랄하게 비판하고 있는 안함광의 경우,[28] 그는 원래 저널리즘과 문사는 거의 사촌관계이고, 이미 그녀들이 문사 호칭도 받아왔으며, 문사 자격 운운하는데 남성도 반성할 점이 있고, 지나치게 엄격·귀족적인 잣대를 들이댈 수 없다는

로 돌아왔을 때 비로소 처녀출산 소문-요양을 위해 귀향한 게 아니라 아이를 낳기 위해서였다는-이 퍼졌음을 알게 된다.

27) 송계월, 「매일신보」, 1931. 11. 8.

28) 안함광, 「문예시평-두 가지 문제를 가지고」, 『비판』, 1932. 12, pp.122~127.

등등의 이유로 그녀들의 문사 존재 자체를 부인하지는 않겠다고 말한다. 반면 당시 주목받는 '여류문사'인 김원주(元周), 최정희, 송계월, 김원주(源珠) 등이 "대부분은 저날리즘과 유기적 관계를 매즌 자들이며 그들의 작품이란 아직 문사적 레벨에서 평가하기에는 너무나 미숙하다"[29]고 비판한다. 오히려 저널리즘과 관계없는 강경애나 모윤숙이 훨씬 뛰어난 자질을 갖고 있는데도 그들은 좌담회나 비평에서 거의 언급되지 않았다는 것이다.

이 논의에 따르면 여성작가의 경우에 마치 저널리즘에서의 평가와 문학적인 평가가 반비례 관계에 놓여 있는 것처럼 여겨진다. 그러나 모윤숙의 경우 사실상 1930년대 각종 문학좌담회에 고정으로 참석하다시피한 여성작가 중 한 사람이었다.[30] 비록 안함광의 글이 발표된 1년 뒤부터이기는 하지만, 모윤숙은 1930년대에 열린 총 22개의 여성작가 관련 좌담회 중 12개에 참가하고 있다. 더구나 삼천리사 기자로 활동한 경력(1931), 해방이후 월간 문예지 『문예』(1948) 발간, 대한여자청년단, 펜클럽, 유네스코, 시인협회, 여류문인협회 등 각종 단체의 회장을 지낸 그녀의 경력을 감안한다면 저널리즘과 문학적인 평가의 관계를 딱히 규정짓기 어렵다는 생각이 든다. 물론 이 모든 활동을 안함광이 예측할 수 있었던 것도 아니지만 말이다. 한편 이무영, 이석훈, 홍구 등은 각각 개별 작가를 평하는 데 있어서 작가로서의 자질이 부족함에도 불구하고 여기자란 이유 때문에 작가로 취급받거나 그 때문에 유리한 평가를 받는 경우를 지적, 이를 비판하는 글을 쓰고 있다.[31]

29) 안함광, 위의 글, p.123.

30) 박화성과 백신애는 1936년 <여류작가좌담회>(『삼천리』, 1936. 2)에만 참석한 반면, 최정희, 이선희, 모윤숙, 노천명, 장덕조는 여성작가 좌담회에 지속적으로 참여하고, 이들은 1930년대 후반부터 '조선여류문단을 형성하는 핵심 구성원으로 활약한다.(심진경, 앞의 글, p.330)

> 씨가 어느새 오늘과 같은 지위를 문단에 차지하게 되었는가 생각하면 씨의 문단출세의 빠름에 놀라지 않을 수 없다. 이것은 전혀 씨의 재질의 당연한 결과임에 틀림없겠지만 남달리 유리한 첩경을 밟엇다는 사실도 빗볼 수 없는 것이다. 씨는 교문을 나서자마자 사회입문 겸 문단입문으로 「중앙일보」의 여기자가 되엇다. 여기자가 되는 것은 이미 문단에 올라서는 것을 의미함은 조선문단의 통례요 동시에 상식이다. 남자에 있어서도 그러하다. 누구나 문단에 출세하랴거든 학예부 기자가 될 지어다. 기차를 타거나 그러찬으면 도보로 터벅터벅 걸어가는 대신 비행기로 훌 날어가는 거와 마치 일반이다. 비행기가 떨어지면 생명까지 잃어버리는 경우도 있지만 그렇다고 터벅터벅 걸어가기도 수얼한 노릇은 아니다. 그러나 누구나 모두 비행기를 탈 팔자를 가진 것은 아니다. 여기에 도보자의 비애가 있다.[32]

학예부 기자가 된다는 것을 비행기를 타는 것에 비유한 이석훈의 글은 저널리즘과 문단이라는 권력관계를 여실히 보여주고 있다고 할 것이다. 그러나 비록 "남자에 있어서도 그러하다"고 서술하고 있지만, 남성작가가 저널리즘과 관계를 맺은 경우를 문제 삼지는 않는 듯하다. 오히려 "느끼는 대로 읊는" "첫째 과정" 즉 초보적인 단계에 있는 노천명이란 여성이 요행히 저널리즘이라는 비행기를 탔기 때문에 부각이 된 경우임을 주로 논하고 있다.[33] 이석훈에 따르자면 그녀는 여전히 "시인이기 전에 너무나 얌전하신 한 여성"일 뿐이다.[34]

한편 안함광의 논의에 대해 민병철은 적극 비판하고 나선다.[35] 그

31) 이무영, 홍구는 앞 장에서 거론한 송계월에 대해 '문사' 자격이 없다고 비판하고 있으며, 이석훈은 노천명이 저널리즘을 이용해 문단에서 유리한 위치를 차지했다고 비판하고 있다. (이무영, 「여류작가개평(槪評)」, 『신가정』, 1934. 2 ; 홍구, 「여류작가 군상(속)」, 『삼천리』, 1933. 3, pp.73~75 ; 이석훈, 「노천명의 재기」, 『조광』, 1939. 3, pp.146~147)

32) 이석훈, 위의 글, p.146.

33) 이석훈, 위의 글, p.146.

34) 이석훈, 앞의 글, p.147.

35) 민병철, 「여류문사에 대하야-동지 안함광군에게 보내는 일편서신」, 『비판』,

는 문사와 저널리즘의 유착관계에 대한 안함광의 비판은 정당하지만 근본적으로 문사, 문단이란 정의와 구별은 부르주아적적인 것이라고 주장한다. 또 성별(性別) 구분으로 여류문사 운운하는 것에 대해서도 문제라고 지적한다. 남성작가의 경우에도 예를 들어 해외문학파의 기관지 『월간문예』의 명록(名錄)을 보거나, 자신들이 발행하는 『시문학』에 시 한 편만 실으면 '문사'라고 칭한 예가 있다는 것이다. 결국 '문사'란 "기성문단이란 썈으조아내음새나는 기분을 주는 그들의 크릅에서 하는 말"일 뿐인데 "성적 차별까지 하여가지고 「문사」란 내음새나는 명사를 논하"[36]는 안함광의 논의는 계급적 입장을 몰각한 것이고 "「맑키스트」(맑시스트의 오식으로 보임-인용자)의 비평적 태도가 전혀 아니"[37]라는 것이다. 민병철의 비판이 계급적인 관점에서 이루어진 것이라면, 비슷한 시기에 발표된 안회남의 글은 조선 문단 전체에 대한 비판으로부터 여류작가 문제를 바라보고 있어 좀더 주목을 요한다.

안회남은[38] 1932년 당시의 문단 침체와 부진의 원인을 나름대로 진단, 저널리즘의 횡포로 인해 발표기관이 독점 '길드'화되어 있어서 편집자와 관계있는 소수가 전 영역을 독점하고 있다는 점을 가장 큰 이유로 들고 있다. 이런 상황에서 "우리 문단에서 소위 여류문사로 지칭되는" "김원주(元周), 김원주(源珠), 최정희, 송계월, 허영숙, 제씨"를 두고 작품의 유무, 문사 호칭의 정당성 등을 따지는 게 사실상 의미가 없다는 것을 역설적으로 서술하고 있다.

그리고 또 여류문단을 제쳐 노코 조선문단 전체를 노코 본대도 사이비

1933. 3.

36) 민병철, 위의 글, p.59.

37) 민병철, 위의 글, p.60.

38) 안회남, 「문단시아비아론-신인이 본 기성문단」, 『제1선』 1932. 10.

문사가 새고 샛스며 시 한 편을 써서도 시인인 척 되다 찌부러진 소설을 한 개 내노앗서도 대중잡지편집자와의 정의(情誼)관계로 인신공격을 일삼어 욕설만 퍼붓고도 일비평가 한 번도 읽어보지 못한 외국 작가가 어쩌니 최근 파란과 서반아문학이 어쩌니하고 함부로 씨부렁거리고 자칭 해외문학소개가! 이러한 현상이어늘 가필코 여류문단에서만 이러한 것을 가질 권리가 업느냐? 만일 이것을 시비하고 상기한 바와 가튼 우론(愚論)을 토한다면 그것은 편견이다. 남존여비의 봉건적 사상을 악직도 씨서버리지 못한 썩어진 인물이다. 이러한 점으로 보아 터문이 업는 여류평론가와 여류문사를 되는대로 내놋는 잡지 『삼천리』는 남녀평등을 주창하는 훌륭한 짓이라고 수긍할 수 잇슬 것이다.[39]

표면적으로는 “편견”, “남존여비의 봉건적 사상”을 비판하고 있어 마치 여성작가나 ‘여류문단’을 긍정하는 듯하지만 이 글의 반어적인 어조를 감안한다면 긍정적인 입장이라 하기에는 어렵다. 오히려 안회남에게 몇몇 여성작가보다 더 많은 더 심각한 남성 “사이비 문사가 새고 샛스며” “시인인 척”하는 남성작가, 작품도 읽어보지 않고 “욕설만 퍼붓”는 남성비평가가 활개치는 현실에서 이런 문제를 도외시하고 ‘여류문단’을 논하는 것은 우습기 짝이 없는 일이다. 저널리즘과 몇몇 작가가 결탁해서 발표기관을 독점하고(특히 이광수, 김동인을 집중비판하고 있다) 그 때문에 작품을 발표하거나 평가받을 기회가 봉쇄당한 “유명무명의 문학가가 쎄를 지어 신음하”[40]고 있는데 여성작가에게만 그 존재유무를 따지는 일은 아무 의미가 없다는 것이다. 그래서 안회남은 오히려 “터문이 업는 여류평론가와 여류문사를 되는대로 내놋는 잡지 『삼천리』는 남녀평등을 주창하는 훌륭한 짓”을 하고 있다는 냉소적인 결론을 도출해내 버린다.

39) 안회남, 앞의 글, p.98.
40) 안회남, 앞의 글, p.97.

그러나 저널리즘과 작가의 친연성이 비단 여성에게만 해당되는 것은 아니다. 이미 1940년대에 김남천은[41] 저널리즘과 아카데미즘을 비교하면서 문학은 그 본질상 발표와 인정에 대한 욕망을 가진 것이어서 저널리즘적 속성을 띠지 않을 수 없음을 인정한다. 즉 표현 현상인 문학행위는 보도현상과 전달이라는 저널리즘의 속성을 거의 동시에 공유할 수밖에 없다는 것이다. 김남천은 특히 새로운 문학의 형성이 저널리즘의 형성과 거의 동시기에 있었고 비교적 질서 있는 문단의 분위기가 형성된 것이 민간 신문의 영향 때문이었음을 강조하고 있다. 실제로 근대 남성 작가의 경우 황성신문이나 초기 매일신보에서부터 기자와 작가의 구분은 분명하지 않았고 이후 1930년대에 이르러서는 문인기자라 칭할 만큼의 집단을 형성하고 있다.[42] '구인회' 동인이 그 대표적인 예이며, 신문사만 보아도 동아일보의 현진건, 이익상, 주요섭, 윤백남, 홍효민, 이은상, 변영로, 심훈이나 조선일보의 염상섭, 현진건, 김동인, 김기림, 채만식, 홍기문, 함대훈, 이원조, 출판부의 이은상, 윤석중, 노자영, 노천명, 김래성, 계용묵 등이 그러하다. 또 백철, 조용만, 최학송, 정비석, 이봉구, 조풍연, 이서구, 김서운 등도 1930년대 학예부 기자였으며, 이태준은 1935년 무렵 조선중앙일보 학예부장까지 지냈다.[43] 더욱이 신문과 잡지는 책광고를 통해 작가–출판업자

---

41) 이하 김남천의 논의는 「신문과 문단」, 『조광』, 1940. 9 참조.

42) 박헌호의 경우, 이와 같은 기자와 작가의 친연성을 둘 다 글을 쓰는 사람이라는 점, 다양한 독서경험과 어학능력이 요구된다는 점에서 비롯되었고, 1930년대에 이르러서는 연재소설의 정착과 대중문화의 본격화에 따라 작가 섭외를 위해서라도 신문사에서는 작가출신의 기자를 원하는 상황이었다고 설명한다. (「식민지 치하에서 작가가 된다는 것」, 동아시아학술원 학술 발표회 자료집, 2004. 10. 16, pp.18~19 참조)

43) 조영복, 「1930년대 신문 학예면과 문인기자 집단」, 한국현대문학회 편, 『한국문학과 풍속 1』, 국학자료원, 2002, pp.167~168 참조.

-독자를 연결했을 뿐만 아니라 '신간소개'와 문학비평을 고정적으로 게재했고, 단편·장편을 막론하고 식민지 시대 대부분의 소설은 신문에 발표·연재되고 있었다.[44] 그럼에도 불구하고 저널리즘과 여성작가의 친연성이 유독 특별하게 부각되고, 더 나아가 기자라는 이유만으로 작가와 동일시할 수 있냐는 이른바 '여류문사 시비론'이 논쟁거리가 되었던 이유는 무엇일까.

이때 중요한 사실은 저널리즘과 문단(작가)의 관계를 문제 삼는 것과 여성작가의 경우만을 부각하는 것에는 같은 범주의 문제이면서도 그 이면에는 미묘한 차이가 있다는 것이다. 저널리즘과 문단의 유착, 권력의 횡포 등등은 문제 제기되고 비판되어야 마땅하다.[45] 그러나 그것이 유독 여기자=여성작가라는 것을 문제 삼고 있다면 이는 또 다른 권력의 작동임을 의심하지 않을 수 없다. 대중작가와 고급작가, 대중문학(통속문학)과 고급문학(순수문학) 등에 대한 논쟁이나 문학에서 정전을 가름하는 논쟁 등이 문학권력의 구도 내에서 이루어지듯이 여성작가 존재론에 대한 시비도 마찬가지이다. 작가에 대한 평가는 결국 개별 작품의 평가에서 작가론으로 수렴되는 것이고 그 당시 시대적 맥락 위에서 규정되는 것이다. 이후 시대변화에 따라 다시 작품과 작가의 평가가 달라질 수밖에 없다. 이른바 문학사에서 작가나 작품의 좌표는 그 시대적 의미로 결정된다고 보아야 할 것이다. 그러나 항상 변화 가능한 좌표적 위치를 인정하는 대신 타자(他者)와 구별·배제함으

44) 천정환, 『근대의 책읽기』, 푸른숲, 2003, pp.276~331 참조.

45) 예를 들어 임순득의 경우 문단 저널리즘에 종사하는 남성작가와 비평가들이 "금일의 '여류작가'를 제조한 장본인"이라고 지적하는데, 이는 적절한 비판이라고 할 것이다.(임순득, 「불효기에 처한 조선여류작가론」, 『여성』, 1940. 9, p.52.) 임순득의 여성작가 비평에 대해서는 이상경의 「임순득, 혹은 여성문학사의 재구성」(『한국근대여성문학사론』, 소명출판, 2002, pp.223~246)을 참조.

로써 자신의 순수성, 고급성, 우월성을 확보하는 방식도 우리 문학사에서는 쉽게 찾아볼 수 있다. 후자의 경우 즉 끊임없이 경계 짓고 차이를 강조함으로써 문학사적 위치를 만들어 나간 것이다. 이른바 정전이 만들어지는 과정이 그 한 예라 할 수 있다. 결국 1930년대에 유독 저널리즘과 관련된 '여류문사시비론'이 성행했던 것은 권력(헤게모니)이 행사되는 한 방식을 보여주는 것이라 할 수 있다. 특히 차이와 구별의 기준을 성별(性別)에 둠으로써 논쟁은 한결 돋보일 수 있었다. 소수자이면서 문단경험이 짧은, 문학 수련의 기회도 부족했던 여성작가들의 현실적인 상황은 '여류문사시비론'에서 헤게모니장악이라는 음험한 의도를 숨기고 객관적인 평가로 위장할 수 있었기 때문이다.

5. 여기자(女記者)의 몰락과 여성작가의 출발

1933년 『별건곤』의 한 기사는 「여기자 몰락시기」라는 소제목을 달고 있다. 이에 따르면 중앙일보 윤성상→심훈, 매일신보 김원주(源珠)→조용만, 동아일보 최의순→신남철로 바뀌었고 조선일보는 속간 초부터 정홍교(男)가 여기자 역할을 하더니 퇴사했고, 삼천리는 최정희의 일을 주간 김동환이 대신하고, 개벽사는 송계월의 사후(死後) 새로 들어온 윤봉태(女)가 결혼하고 나서는 거의 나타나지 않는다는 것이다.[46] 다른 잡지나 당대 신문을 살펴봐도 1933년을 전후해서 여기자들이 일거에 사라졌음을 밝히고 있다. 물론 최의순은 병으로 사표를 냈고, 김원주(源珠)는 출산, 윤봉태는 결혼 등 개인적인 이유가 있는 이들도 있

46) 「여기자 몰락시기」, 『별건곤』, 1933. 11, p.39.

다. 그러나 몇몇 여기자의 사표 이후 다시 여기자가 충원되지 않고 그 자리를 남성이 채움으로써 전체적으로는 1933년을 전후해 여기자들이 거의 모두 사퇴한 형국이 되어버렸다. 여기자를 채용하기 시작했던 초창기, 신문잡지사마다 경쟁적으로 한 명씩의 여기자를 두었던 사실을 떠올린다면 이 시기 여기자의 집단적인 몰락이 우연의 일치라기에는 석연치 않다. 더구나 전체적인 시대상황을 본다면 이는 외견상 모순적인 사실이기도 하다.

남성의 경우, 1920년대 대부분 사회주의자들이었던 언론인들이 1925년 조선 공산당 사건과 1928년 신간회 결성의 여파로 대부분 망명길에 오르거나 퇴사하고, 1933년을 전후해 문인들이 저널리즘의 전면에 등장한다. 한편 이 시기에 상업자본주의의 성장, 카프 해소로 인한 문단 내적인 변화와 구인회의 결성(1933. 8. 16) 등으로 문단과 저널리즘의 성격은 크게 변화한다. 즉 1930년대 이후에는 부르주아 저널리즘이 심화되면서 '민족정론지'라는 계몽성 대신 상업적인 기사와 지면이 급격히 늘어났으며, 1930년대 후반에 이르러서는 출신의 좌우를 막론한 대부분의 작가들이 신문소설을 매개로 한 전반적인 '통속화' 또는 대중소설로의 수렴현상을 당연하게 받아들이는 정도가 된다. 결국 1933년을 전후한 시기에 저널리즘은 상업적이고 부르주아적인 면모로 귀결되고, 남성작가들은 이러한 저널리즘 공간에서 전문적이고 집단적인 영향력을 행사하게끔 된 것이다.[47] 이런 사실을 고려한다면 영

47) 조영복, 김민정 등은 모두 1933년을 전후한 문단과 저널리즘의 변모를 지적하고, 특히 조영복의 경우 이 시기부터 신문 학예면의 중요성을 거론할 수 있다고 지적한다.(조영복, 「1930년대 신문 학예면과 문인기자 집단」, 한국현대문학회 편, 『한국문학과 풍속 1』, 국학자료원, 2002, pp.155~179 ; 조영복, 「1930년대 신문학예면과 모국어 체험」, 『어문연구』 117권, 한국어문교육연구회, 2003, pp.173~197 ; 김민정, 「1930년대 문학적 장의 형성에 대한 고찰」, 『한국학보』 Vol 26, No 4, 일지사, 2000, pp.145~167.)

업사원으로 출발해서 각 신문잡지사에 화초·화형의 의미로 존재했던 여기자가 오히려 상업적·대중적 성격이 더욱 강화된 저널리즘 공간에서 밀려나게 되었다는 점을 어떻게 이해해야 할까. 이는 그동안 여기자라는 존재가 유발했던 상업적 효과를 신문잡지의 기사와 지면의 화려한 변모가 충분히 대신하게 되었다고 해석할 수 있다. 더욱이 '여성'이라는 존재 자체가 주는 신선함도 이미 상당부분 희석된 시대상황이기도 하다. 이렇게 본다면 여기자는 근대 인쇄 매체라는 사회적 영역으로 진입한 징표이지만 결국 그 영역에서 사실상 생산자라기보다는 상업적인 필요에 의해, 남성권력에 의해 좌우되는 존재였을 따름이라는 냉혹한 결론에 도달하는 듯하다.

이 글에서는 여기자-작가에 대한 기본 사실부터 확인해나가며, 1920~30년대 여기자-작가들의 실상을 파악하고, 이를 바라보는 당대의 언설을 살펴본 결과, 당대의 저널리즘 공간은 성별이 분명히 구분된, 젠더화된 질서가 작동하는 곳이었음은 분명하다. 그러나 상업적 의도에서 발탁되었던 여기자들 중 일부가 여기자-작가를 형성하고 있었다는 사실은 분명 의미 있는 일이다. 비록 그들이 자질론 시비에 시달려야 했고, 남성권력에 결탁하기도 했지만, 그들의 존재는 저널리즘이라는 근대적 메커니즘 속에서 자신을 기입하려 했던 여성의 고투라 할 수 있다. 남성 문인기자의 경우 이미 작가로서의 위치를 인정받은 단계에서 기자로 발탁, 생계문제와 글쓰기의 양심 문제를 고민했고, 전통적인 문사에서 근대적 의미의 작가로 분화되어 나갔다. 이에 비해 여성의 경우 근대 공간에 자신을 사회적 존재로 기입하는 글쓰기를 통해 사회적 주체임을 자각하고, 작가라는 정체성을 형성시켜나가는 것이다. 물론 이는 여기자-작가의 실제 활동, 독자들과의 관계 등을 고려해서 좀더 실증적인 분석이 필요한 대목이기도 하다. 그러나 여기자들이 대거 몰락한 1933년 이후에 오히려 여성작가의 본격적인 업적이 시작되었다는 사실은 의미심장하다. 강경애, 박화성 등은 1933년 이후 대표작이라 할 만한 작품들을 신문과 잡지에 연재·발표하기 시작했고, 백신애, 이선희, 최정희 등 여기자 출신의 작가들은 이때부터 실질적인 작가활동을 시작했다. 이는 여기자라는 존재가 단순히 근대 여성의 새로운 직업이나, 작가로서 이용했던 영역이 아니라 여성의 글쓰기와 보다 깊이 관련된 것이었음을 시사하는 것이라 하겠다.

사회주의 사상과 여성작가의 탄생

1. 식민지/근대 주체의 정립과 여성운동

1931년, 기자이자 소설가였던 최정희는 「조선여성운동의 발전과정」(『삼천리』, 1931. 11)이라는 글을 쓴다. 이 글에서 최정희는 조선여성운동의 발전과정을 크게 4단계로 구분하고, 근대에 이르러 조선 여성운동에 가장 큰 영향을 끼친 것으로 기독교와 사회주의 운동을 들고 있다. 그에 따르면 기독교가 들어온 때부터 여성이 각성하기 시작했고, 사회주의 운동으로 말미암아 계급적 자각이 일어났고 이에 따라 여성운동이 질적으로 발전하게 되었다는 것이다. 이 지적은 우리나라 최초의 근대적 여성교육이 미국 선교사에 의해 시작되고, 이후 기독교계 여학교가 여성교육에 커다란 역할을 담당했던 사실이나 <조선여성동우회> 등의 사회주의 여성조직이 여성계몽과 사회적 발언에 적극적이었다는 객관적 사실에 기반하고 있는 것이기도 하다.

기독교와 사회주의운동은 이른바 신여성 형성에 현실적 토대이기도 하지만 그와 동시에 사상적 토대이기도 했다. 식민지 조선 여성에게 기독교는 '자유'와 '평등'에 기초한 서구적 개인 주체의식을, 맑시즘을 기반으로 한 사회주의 운동은 역사적·사회적 관계 속에서 개인의 주체 형성이라는 문제의식을 깨닫게 해주었기 때문이다. 이 두 가지 즉 개인적 주체와 사회적 주체로서의 자각은 이른바 신여성 형성에 가장 핵심적인 부분이기도 하다. 흔히 신여성을, 교육을 통한 자각과 공적 영역의 참여를 바탕으로 형성된 근대적 여성 주체라고 설명하는 방식도 이러한 연장선상에서 이해할 수 있다. 따라서 기독교나 사회주의 운동과 신여성의 관계를 살펴보는 것은 사상적 수용 측면을 넘어서는, 여성주체의 형성과정에 주목하는 일이 될 것이다. 이 글에서는 기독교 사상의 수용과 그 영향관계는 차후 연구과제로 남겨두고, 식민지 조선의 신여성 특히 여성작가들에게 사회주의 사상이 끼친 영향과 그 의미에 대해 살펴보고자 한다.

기존의 연구에서는 대체로 개별 작가를 대상으로 작품 내용 분석을 통해 사회주의 사상 혹은 계급적인 인식이 드러나는가에 주목해왔다. 이때 여성작가의 작품에 수용된 계급성은 식민지 현실을 인식하는 기준이 되는 한편 지나친 계급성 강조로 인해 도식적인 결말을 만들어내거나 여성성을 무시한다는 비판을 받기도 했다. 더 나아가 계급해방을 통해 여성해방을 이룰 수 있다는 당대의 주장들은 사회주의 사상의 도식적 수용이라고 비판받아왔음도 사실이다. 이러한 논의를 보자면 실상 계급성과 여성성의 관계는 대립적인 구도에 놓여 있는 듯하다. 그렇다면 과연 식민지 조선에서 사회주의 사상의 수용이 식민지 여성으로 하여금 그들의 여성성을 무시하게 하는 다시 말하자면 정체성을 뒤흔드는 것이었을까. 이 글은 이런 의문에서부터 출발하고자 한다. 식민 상태로부터의 해방과 가부장제의 억압으로부터의 해방이라는 두 가지 목표를 함께 추구했던 식민지 조선 여성의 상황에서 사회주의 사상은 어떤 맥락에서 수용되었던 것일까. 이 지점에서 일제 말기 임순득의 문학성과를 가늠하는 연구는 중요한 시사점을 던져준다.[1] 이 연구는 당대의 사회주의 조직과의 영향 관계 속에서 생성된 여성작가의 위치를 실증적으로 밝혀내고, 그러한 여성작가였던 임순득의 문학이 민족적 현실의 맥락 속에서 여성문제의 독자성을 고민한 과정이었음을 설명하고 있다. 1920년대 이후 여성작가들은 왜 사상성을 고민했는가. 사회주의 사상을 통해 식민지 현실을 고민하고, 그맥락 위에서 여성성을 정립하고자 했던 고민이 새로운 여성작가를 생성하게 한 기반이 되어준 것은 아닐까. 그동안의 연구가 여성작가에게 계급성이 어느 정도 드러났는가를 따지는 것이었다면, 이제 왜 그것들이 수용되어 '무엇'을 생성해냈는가를 따져 보는 일이 필요할 것이다.

2. 사회주의 여성운동의 조직화와 그 영향

1920년대에 이르러 <조선여성동우회>(1924. 5)가 창립, <경성여자청년동맹>, <경성여자 청년회>를 거쳐 <근우회>(1927)가 조직된다.[2]

1) 이상경, 「1930년대의 신여성과 여성작가의 계보 연구」, 『여성문학연구』 12, 한국여성문학학회, 2004. 12.

2) <조선여성동우회>는 최초의 사회주의 여성운동 조직으로 고원섭, 김필애, 김현제, 김성삼, 박원희, 오수덕, 우봉운, 정칠성, 주세죽, 허정숙, 정칠성(=기생 정금죽), 이춘수 등이 중심이 되었다. 기존의 계몽적 여성교육론을 비판하고, 사회주의 여성해방론을 주장하였다. 선언문에서는 "여자는 가정과 임금과 성의 노예가 될 뿐이요, 생활에 필요한 각 방면의 일을 힘껏 하여 사회에 공헌하였으나 횡포한 남성들이 여성에게 주는 보수는 교육을 거절하고 모성을 파괴할 뿐이다. 더욱이 조선여성은 그 위에 동양적 도덕의 질곡에서 울고 있다. 비인간적 생활에서 분기하여 굳세게 굳세게 결속하자"고 하였다. 이들은 사회진화법칙에 따라 신사회 건설과 신여성운동의 일꾼을 훈련・교육하는 것과 여성이 단결하여 여성해방운동에 참여하는 것을 강령으로 정하였다. 창립 2년 만에 회원이 70여 명으로 늘어나면서 무산계급 의식을 고취하는 강연회를 통하여 활동범위를 넓히려 하였으

<근우회>의 주요 강령은 여성의 공고한 단결과 지위향상이었으며, 운동 목표로 봉건적 굴레와 일제침략으로부터의 해방을 제시하였다. 서울에 본부를 두고, 전국 각지와 일본 및 만주에 지부를 두었던 <근우회>는 1929~1930년에는 지회의 수가 70여 개로 크게 늘었으며, 회원도 1929년 5월 2,900여 명에 이르렀고, 도쿄·간도·창춘(장춘) 등 국외에까지 조직을 확장하였다. 이와같은 <근우회>는 당시 여성계에 비상한 관심 대상이었는데, 이는 사회주의 여성운동이 본격적으로 조직화되었다는 사실을 의미할 뿐만 아니라 <근우회>가 조선 여성운동 전체에 영향력을 행사하는 구심점 역할을 했기 때문인 것으로 판단된다.

<근우회>의 대표적인 사업은 계몽운동이었고 이와 연관되어 가장 투쟁성을 발휘한 분야는 여학생운동이었다. 그것은 당시의 여성운동이 여학생층에 크게 의지했으며 또 여학생들의 투쟁력이 상대적으로 강하고 <근우회>도 학생부를 두어 깊이 연결되어 있던 상황에서 실증되는 바이기도 하다. 진명여고보 사건, 전주여고보 사건, 광주학생 사건 등 학생운동에 대해 <근우회>는 각각 지회차원에서 조사를 시행하고, 전주여고보 사건에 대해서는 퇴학처분 해제 경고문을 발송하는 등의 적극적인 면모를 보인다. 결국 이 일로 인해 <근우회> 간부였던 정칠성과 허정숙이 3일 구류를 살기도 했지만,[3] 1930년 1월의 경성여학생 시위에 <근우회> 조직은 더욱 깊숙이 개입한다. 조선총독부경무국 『소화오년십월 치안상황』에 의하면 근우회 본부 간부 허

나 1925년 사회주의 계열의 파벌분쟁과 연관되어 <경성여자청년동맹>(주세죽 외 발기)과 <경성여자청년회>로 나누어졌다. 이후 1926년 동경 유학생 황신덕·이현경·정칠성이 귀국하면서 사회주의 여성운동을 통합, 1927년 <근우회>가 조직된다.

3) 『동아일보』 1929. 8. 28, 9. 4, 9. 25, 『조선일보』 1929. 8. 28, 9. 4, 10. 2, 11. 11, <중외일보> 1929. 9. 25 참조.

정숙 등은 이화, 진명, 숙명, 근화, 여자상업학교 학생들에게 지시하여 1930년 1월 15일을 기해 일제히 시위를 일으키게 했다고 한다. 당시 시위에 참가한 여학생은 1천 8백명이었다고 하며, 이 일로 인해 허정숙은 보안법 위반으로 징역 1년 선고받는다. 이는 일명 '서울 여학생 만세 사건', '허정숙 사건', '근우회 사건'으로 불렸으며 광주학생운동에 고무된 여학생 최대의 만세운동으로 평가되고 있다. 특히 이 사건에 직접적으로 개입했기 때문에 이후 <근우회> 조직은 큰 타격을 입지만, 지금까지 이 만세운동은 <근우회> 활동 중 가장 두드러진 것으로 평가받으며 이후 각종 시위, 동맹 휴학에까지 큰 영향을 주었던 것으로 알려져 있다.[4] 이와 같은 여학생 운동의 조직적인 저변화는 당시 여성계에 커다란 영향을 미쳤으며, 실제로 1920년대 후반부터 많은 여성작가가 <근우회>와 직・간접적으로 연결되어 있었다. 박화성, 강경애, 백신애는 <근우회>의 조직원으로,[5] 송계월, 임순득은 <근우회>를 배경으로 한 여학생 운동에 관련되어 있었던 것이다.

한편 이러한 여성운동 조직에서 우리가 주목해야할 부분은 당시 제 3 인터내셔널(Communist International, 이하 약칭 코민테른Comintern)에서 여성운동에 대한 문제제기가 있었다는 것이다. 코민테른의 제 3회 대회는 공산당 자신의 주도로 독립된 여성조직을 설립하는 문제에 관해 단호한 반대를 결의했다고 알려져 있다. 그러나 유럽국가들의 경우 실천의 경험에 비추어 별개의 일반적 여성조직이 필요함을 꾸준히 제기했고, 일본도 '성별조직'에 반대하던 야마카와 히토시(山川均)[6]가 몰락하고 후

4) 최숙경, 이배용, 신영숙, 안연선, 「한국여성사 정립을 위한 여성인물 유형연구 Ⅲ」, p.78.

5) 강경애는 1929년 <근우회> 장연지회에서, 박화성은 1928년 <근우회> 동경지회 위원장으로 활동했다. 백신애는 1926년 경성여자청년 동맹 집행위원, 1928년 근우회 집행위원으로 활동한 기록이 있다.

쿠모토(福本)주의가 공인(1926. 12)된 후 '성별조직'으로서의 관동부인동맹을 결성(1927. 7. 3)했다가 원칙에 위배된다하여 다시 해체(1928. 3)하는 곡절을 겪기도 했다.[7] 그런데 우리의 경우 코민테른의 여성정책이 문제가 되었던 논란의 흔적이 드러나지 않는다.[8] 조선의 여성운동에서의 코민테른의 지도적 역할을 열렬히 소개한 배성룡의「세계부인운동의 ○세」[9]에서도 '성별조직'을 불허하는 코민테른의 방침에 대한 언급을 찾을 수 없다. 당시의 사회주의 이론가들과 여성활동가들은 여성부를 기본적인 조직 형태로 생각하고 별도의 여성대중조직의 결성은 어쩔 수 없는 상황에 따른 과도적·특수적인 것으로 받아들였던 듯하다. 즉 조선의 현실, 조선여성의 특수한 상황을 인정한 것으로 보인다. <근우회>의 주요 구성원이었던 황신덕은 "그러나 여자가 조선인으로서 남자와 동일선상에서 서서 활동하기에는 아즉까지도 일반적으로 보아 여자 자체의 훈련이 부족할 뿐만 아니라 여자를 둘러싸고 잇는 모-든 사회적 조건은 어떠한 시기까지 여자만으로서의 단결을 요구한다고 아니할 수 업섯다"[10]고 당시의 상황을 회고하기도 한다.

<근우회>의 기관지『근우』(1929. 5)를 살펴보면, 이러한 성별조직이 식민지 조선사회에서 갖는 의미를 더욱 명확히 찾아볼 수 있다.『근우』는 우선 권두언「근우의 발행의 제하야」에서 계급적 지향성을 분명히 드러내지만, "갓튼 인간으로서 사회의 짓밟힘을 당하고 갓튼 자녀로서 아버지의 내침을 밧으며 지어 자기가 나흔 아들의게까지 길너주는

---

6) 야마카와 기쿠에(山川菊榮)의 남편으로 기쿠에와 함께 부인협의회 설치를 주장하고 '성별조직'에 반대한 사람이다.

7) 공위정지.「관동부인동맹」,『역사평론』290호, 1973. 9.

8) 남화숙,「1920년대 여성운동에서의 협동전선론과 근우회」,『한국사론』vol 25, 서울대 인문대 국사학과, 1991, p.218.

9)『시대일보』1926. 1. 3, p.5.

10) 황신덕,「1927년 여성운동의 회고」(1)『조선일보』1929. 1. 1.

의무박게 아무런 권리도 가지지 못한 기구한 운명을 가진 여성이다." 라면서 여성으로서의 특수한 위치를 함께 강조하고 있다. 따라서 과도적이라는 단서가 붙기는 하지만 <근우회> 운동의 당면임무는 봉건잔재가 아직도 강인하게 남아 있고, 그로 해서 여성 대중의 의식 상태가 지극히 낮은 단계에 있는 식민지 조선의 현실에서 여성들만의 대중조직을 별도로 만들어 여성대중을 각성시키고 조직화해 내야 하는 것으로 설정된다.[11]

결국 <근우회> 운동은 조선 여성상황에 맞는 운동방침을 수립하고 자기의 운동방침을 명확히 인식한 위에 여성대중에 대한 선전과 조직화 작업을 수행하여 상당 부분 성과를 거두고 있었다고 평가할 수 있다. 이는 식민지 조선의 현실문제를 극복하기 위한 운동이 바로 여성 자신들의 '실제해방운동'이며 이를 위해 '대중여성'들을 조직화하는 여성운동의 현실이었기 때문에 그러하다.[12] 이 단계에서 여성운동은 민족해방운동, 반봉건민주주의운동과 관계하는 입지점을 마련할 수 있었고, 실제로 <근우회>는 전체 운동의 한 부문운동의 담당체로서의 역할을 충실히 수행한 것으로 평가받고 있다. 이로써 여성운동이 이념적・조직적으로 고유한 부문 운동으로서의 자기 위상을 정립했다는 의의를 인정받는다.[13]

11) 허정숙, 「근우회운동의 역사적 지위와 당면임무」, 『근우』, 1925. 5.
12) 조경미, 「1920년대 사회주의 성격에서 본 근우회」, 『숙대한국사론』 1, 1993, p.241.
13) 박혜란, 「1920년대 사회주의여성운동의 조직과 활동」, 이화여자대학교 석사학위논문, 1993, p.112.

3. 여성작가의 정체성

프로 문학적 경향, 혹은 사회주의적 경향을 뚜렷하게 보인 여성작가로는 박화성(1904~1988), 강경애(1906~1943), 최정희(1906~1990), 백신애(1908~1939), 송계월(1911~1933), 지하련(1912~1960), 임순득(1916~?)을 대표적으로 들 수 있다. 특히 1930년대 초반 여성작가의 작품에 나타나는 사회주의적 사상은 그들을 지배하는 경향이었으며, 이들의 작품에 대한 평가 또한 이러한 경향 하에서 이루어졌다고 볼 수 있다.[14] 그런데 이들이 사회주의 사상을 수용하게 된 계기를 살펴보면 사실상 오빠, 애인 혹은 남편의 영향이 대부분이다. 이는 당시 사회주의 계열의 여성운동가들이 오빠, 애인 혹은 남편, 아버지의 영향으로 사상에 눈뜨고 조직에 투신하게 된 것과 거의 일치한다. 이들 여성들에게 남성 사회주의자들은 사실상 지도자적 위치에서 계몽하는 역할을 한다.[15] 이는 그동안 여성작가들이 주체적이지 못하고 사회주의 사상을 무매개적으로 아무 고민없이 받아들였다고 비판하는 근거로 사용되어 왔지만 한편으로 이러한 관계는 당시 여성들이 처한 실제 현실이었음을 인정해야할 부분이기도 하다. 근대문물이나 신지식을 접했던 여성의

14) 그러나 1931년 <근우회> 해소, 1935년 KAPF 해산 등의 외부적인 영향과 함께 1930년대 후반의 여성문학계는 새로운 국면을 맞이하게 된다. 1930년대 초반에 등단해서 1930년대 중반부터 활발한 활동을 펼쳤던 모윤숙, 노천명, 이선희, 장덕조 등이 문단의 전면에 등장하고, 사상전향을 한 최정희가 이들에 가세함으로써 새로운 문학적 경향을 드러냈던 것이다.

15) 박화성은 사회주의활동을 했던 오빠 박제민, 남편 김국진의 영향을, 백신애는 조선공산당 활동을 했던 오빠 백기호의 영향을, 임순득은 이재유그룹에 소속된 사회주의자였던 오빠 임택재와 동덕여고보 교사 이관술의 영향을, 강경애는 남편 장하일의 영향을, 지하련은 남편 임화의 영향을, 최정희는 전남편 김유영(<신건설>(KAPF연극단체)회원)과 임원근(허정숙의 남편) 등 사회주의 지식인들의 영향을 받았다고 알려져 있다.

수효도 당대에는 극소수에 지나지 않았으며, 더욱이 송계월이나 임순득과 같은 세대에 이르러서야 비로소 <근우회>가 조직했던 여학생운동[16]의 영향관계를 찾아 볼 수 있다. 특히 송계월의 경우 근우회 간부인 허정숙과 조직의 선이 닿아있었다는 점을 고려한다면, 당대 이는 이후 여성작가의 새로운 생성 방식을 의미하는 것이라 할 수 있다. 허정숙은 실제로 사회주의자였던 아버지 허헌의 영향을 깊숙이 받았고, 조직에서 남편, 애인 등과 관계했던 사회주의 여성이다. 그러한 그가 여학생 운동에 깊숙이 관련했고 후속세대를 키워냈다는 것은 당시 여성의 현실적 상황을 입증하는 사례이기도 하기 때문이다. 따라서 어떤 계기로 사회주의 사상을 받아들였냐는 것이 문제가 되어야 할 것이 아니라 실제 작가들에게 어떤 영향을 끼쳤는지를 문제 삼아야 할 것이다.

1) 「젊은 어머니」: 여성작가의 새로운 현실 인식

1933년 1월 『신가정』은 창간호에서 '연작 소설'이라는 기획으로 박화성, 송계월, 최정희, 강경애, 김자혜 다섯 명이 릴레이 식으로 쓴 「젊은 어머니」를 연재했다. 이는 이전 세대의 여성작가들이 개별적인 존재로 인식되었던 데에 비해, 이 시기에 이르러 여성작가들이 하나의 집단적인 존재로 눈에 띄기 시작했었다는 것을 의미한다. 한편 이와 같은 '여류' 기획에는 5명의 여성을 동원하여 독자의 이목을 끌고자 했던 상업적 의도가 있었음도 부인할 수 없는 사실이다. 일본의 경우를 살펴보면 이처럼 상업적인 목적으로 여성작가를 동원했다는 사실이 한층 더 분명하게 드러난다.[17] 일본에서 최초의 '여류 기획'은 잡

16) 학생운동과 임순득의 관련은 「1930년대 신여성과 여성작가의 계보연구」(이상경, 『여성문학연구』 12, 2004. 12)에 상세하게 밝혀져 있다.

지 『주오코론(中央公論)』의 특집 「여류 작가 소설 10편(女流作家小說40篇)」이다(1910. 12). 『주오코론』은 그때까지 기본적으로는 남성 편집자가 남성 필자를 기획, 발굴하는 종합잡지였지만, 변화하는 시대의 흐름을 읽는 데 재빨랐던 편집자는 당시 급속하게 매상고를 올리려는 목적으로 여류 작가 기획을 시도한다. 이 시도는 실제 판매 부수에도 큰 영향을 미쳐 상업적인 목적을 훌륭하게 달성한다. 여성작가의 소설을 게재하기 시작하면서부터 『주오코론』의 발행부수는 1천부에서 6천부(메이지 29년; 1897년)로 약진, 1907년에는 일만 부를 넘었다고 한다.[18] 이와 유사한 『신가정』의 시도가 어느 정도의 효과를 거두었는지 구체적으로 확인하기는 어렵지만, 『신가정』의 이 기획 이후 '여류 문인', '여류 작가'로 여성의 작품을 묶는 기획들이 크게 유행하게 된다.[19] 그런데 이처럼 상업적 의도에서 출발한 기획이었던 「젊은 어머니」의 주요 줄거리가 사회주의 사상과 관련되어있다는 사실은 어떻게 이해해야 할까. 더구나 『신가정』(1933. 1~1936. 6)이란 잡지의 전체 경향이 사회의식 측면이나 논쟁적인 측면과는 다소 거리가 있음을 고려한다면 「젊은 어머니」의 주제는 더욱 특이하다고 할 수 있다.[20] 실제로 『신가정』의 창간사는, 가정은 "사회의 긔초를 지어잇는" 곳이며 그래서 잡지 『신가정』은 "조선사회의 새로운 건설을 꾀하는 그 방법으로 여러 가지를

17) 이하 『주오코론』에 대한 설명은, 에구사 미츠코, 「知としての'女'の發見」, 新・フェミニジム批評の編, 『『青鞜』お讀む』, 學藝書林, 1998, pp.16~17 참조.

18) 杉森久英, 『瀧田樗陰』, 中央新書, 1966년 11월, p.96(에구사 미츠코, 위의 글, pp.16~17에서 재인용).

19) 이상경, 「1930년대의 신여성과 여성작가의 계보 연구」, 『여성문학연구』 12, 2004. 12, pp.249~250 참조.

20) 한편 박용옥은 『신가정』은 필자 대부분이 남자들이며 가정문제를 사회개선의 측면에서 관견할 뿐 이전 여성잡지에서 보였던 논쟁적인 성격은 거의 없다고 지적하기도 한다.(박용옥, 「1920년대 신여성 연구」, 박용옥 편, 『여성 : 현재와 역사』, 국학자료원, 2001, p.14.)

생각할 수 있는 동시에 이 「가정문제」라는 것을 중대시하는 의미에서" 발간하게 되었다는 의도를 밝히고 있기도 하다.[21] 사회의 기초로서 가정을 주목하고, 그 가정의 중심으로서 '어머니'를 주목한다는 맥락으로 연결해본다면 소설 「젊은 어머니」는 창간호에 가장 걸맞는 기획이지만, 그 '젊은 어머니'의 고민이 사상적인 측면에 가닿아 있다는 것은 무엇을 의미하는 것일까.

"녀류 년작소설"이라는 부제에 따라 박화성, 송계월, 최정희, 강경애, 김자혜 순으로 씌여진 「젊은 어머니」는 계급운동을 위해 집을 떠나 죽은 남편 대신 요리집을 꾸려나가며 두 아이를 키우고 있는 현우희와 그녀를 둘러싼 채주사, 김, 민이라는 세 남성이 작품의 중심 인물이다. 세 사람의 남성 모두 우희에게 관심을 보이거나 직접 구혼을 한다는 연애관계가 이 작품의 한 축이고, 은행지배인으로 철저히 부르주아적인 인물인 채주사에 비해 계급운동가였던 남편, 그의 친구이자 지금도 은밀히 계급운동을 하고 있는 민, 역시 남편의 친구이지만 ○○사건으로 복역하고 나와서 변절해서 결국은 민을 감옥에 보내는데 결정적인 역할을 하는 김을 중심으로 한 계급사상이 작품의 또다른 한 축이다. 이 두 축에서 각각 연애와 사상을 고민하던 우희가 변모하는 과정이이 작품의 전체 줄거리라 할 수 있다. 그런데 이 여성인물의 변화가 계급의식의 확보 혹은 계급적 각성이라기보다는 '어머니' 역할의 변모라는 사실은 의미심장하다.

> 우희는 유광이를 꼭 끼어 안엇다. 우희의 젊은 몸에서 솟는 왼갓 정열을 함빡 쏟아서 유광이의 몸에 부 으려는 듯이 가슴에 껴안엇다. 우희의 모성에는 유광이의 몸에서 넘치고 흘러서는 다시 수없이 많은 가엽슨 아

21) 송진우, 「창간사」, 『신가정』 1933년 1월호, 신동아사, pp.2~3.

이들에게로도 쏟아질 것 같았다.

"굳센 어머니가 되어 주시오."

우희의 머리에는 남편이 남기고 간 이 말 한 마디가 얼마나 의미심장한가를 깨다렀다. 젊은 어머니의 눈에는 굴다란 눈물방울이 맺엇다.[22]

민과 채 사이의 삼각관계 속에서 괴로워하든 우희는 민이 검거된 이후 요리집을 그만두고 감옥에 간 민의 뒷바라지를 한다. 화려한 요리집 안주인으로 살던 우희가 민에게 사식을 차입하러 다니면서 이번 사건에 검거된 사람들의 가족들이 비참하게 살아가는 모습을 비로소 보게 된다. "즘생처럼 먹고 입는 것밖에는 알지 못하는 수많은 무산아동들"이 감옥 근처의 움막에서 "쪽제비"같은 모습으로 헤매다니고 있었던 것이다.[23] 그 모습을 보면서, 예전에 남편이 걱정하던 조선의 현실이 무엇인가를 깨닫고 이후 자신의 삶을 바꾸어 나간다. 예전에는 유복자로 남겨진 아이를 안고, 남편없이 아이를 키워야한다는 걱정, 사랑할만한 상대를 고르려 애태우던 번민에 괴로워했다면, 이제 "유광이의 몸에서 넘치고 흘러서는 다시 수없이 많은 가엽슨 아이들에게로도 쏟아질 것"같은 모성을 느끼게 되는 것이다. 모성의 사회적 확대가 다소 성급하게 나열되는 아쉬움도 있지만 이와같은 '우희'의 깨달음은 여성이 개별적인 차원을 넘어서서 사회·역사적인 인식과 관계맺는 지점을 보여준다는 점에서 중요하다. 모성으로 규정되는 여성적 정체성에 반발하고 개인적 주체성을 강조했던 초기 여성작가들에 비해 모성이 어떻게 사회적인 관계를 맺을 수 있는지 즉 사회적 맥락에서 여성의 정체성을 고민하는 것이기 때문이다. 어머니 역할을 둘러싼 '우희'의 고민, '채'와 '민'을 사이에 둔 사랑의 갈등은 이러한 고민을

---

22) 「젊은 어머니」 5회, 『신가정』, 1933. 5, p.180.

23) 위의 글, p.180.

해결해나가는 과정에 놓여 있다. 이에 대해 여성작가들이 공식적으로 결합, 집단적인 목소리를 내고 있다는 사실은 이 시기 여성작가의 달라진 인식의 지형도를 보여주는 지점이기도 하다.

이 작품에서 또 한편으로 주목할만한 점은 전체적인 작품 구도 가운데에서도 개별 작가의 차이가 내밀하게 드러나고 있다는 사실이다. 등장인물과 전체 배경을 설명하는 첫 회를 쓴 박화성과 전체 마무리를 하는 마지막 회를 쓴 김자혜를 제외한 세 작가의 경우, 각각 작가적 특성이 뚜렷하게 비교된다. 다소 거칠게 대별하자면 송계월은 김과 민의 사상적 다툼, 우희의 번민에 초점을 맞추고 있고, 최정희는 우희를 둘러싼 갈등 특히 민의 충동적인 열정("사랑과 질투"라고 서술), 우희의 내적 갈등 묘사를 두드러지게 그리고 있다. 이에 비해 강경애는 연애, 사상의 실천에 따르는 어머니로서의 괴로움 즉 모성의 갈등을 드러내고 있다. 송계월과 강경애가 쓴 2회, 4회에서만 각각 28행, 40행에 이르는, 검열로 인한 삭제의 흔적이 발견되고 있다는 사실도 이런 연장선에서 해석해야할 듯하다. 더구나 이런 차이는 개별 작가의 전체 작품 세계와 밀접하게 관련되는 부분이기도 하다. 이런 차이에도 불구하고 「젊은 어머니」는 여성이 개별적인 존재가 아니라 사회적이고 역사적인 주체로 살아나가려는 변모를, 여성작가들이 집단적으로 주목한 최초의 사례라는 점에서 의의가 있다.

2) 계급적 주체로서 여성의 확립 – 송계월의 경우

그렇다면 실제로 여성작가에게 있어 사회주의 사상은 어떻게 내면화되고, 작품으로 혹은 작가적 활동으로 이어지고 있는가. 여기에서는 이를 송계월과 백신애의 경우를 통해 살펴보고자 한다. 송계월은 <근우회>의 조직적인 지원 아래 전개되었던 여학생 운동가 출신 작가로,

이른바 여성문학 계보에서 3기 여성작가의 탄생을 예고하는 의미가 있고, 백신애는 사회주의 사상을 내면화하면서 빚어지는 갈등과 문제를 작품 속에서 적극 끌어들이고 있는 경우라 할 수 있다.

송계월은 1911년 12월 10일 함경남도 북청군의 한 어촌마을에서 송치옥의 맏딸로 태어났다.[24] 아버지의 영향으로 어릴 때부터 사상관계의 책을 좋아했다거나, 오래 살라고 계월이라는 천한 이름을 지었다는 어머니에 대한 회고는 그녀가 단란한 가정의 사랑받는 딸이었음을 짐작하게 해준다. 송계월은 고향에서 신창공보(보통학교)를 마치고 서울에 대한 동경심과 더 배우겠다는 향학열로 인해 도망치다시피 서울로 온다. 이후 1927년 4월 경성여자 상업학교에 입학한다. 학창시절에서 가장 주목할 만한 점은 이 시기에 송계월의 인생전반을 좌우하는 사상적 기반이 형성되기 시작했다는 것이다. 이 당시 송계월은 사회과학 서적과 문학 서적을 읽는 일에 거의 모든 시간을 허비했으며, 이후 재학시절 가장 유쾌한 일을 회고해보라는 질문에 스스로 동무들과 학생운동에 참여한 경험을 꼽을 정도로 그 자부심이 대단했다.

이런 사상적 열정은 서적 탐독이나 조선 현실에 대한 고민 등 개인적인 측면에서 비롯된 것이기도 하지만 사회주의 여성운동가들의 조

24) 송계월의 약력은 「고 송계월군의 약력」(편집부, 『신여성』, 1933. 7), 「동무의 회상, 송계월양의 삼주기에」(이찬, <조선중앙일보>, 1935. 5), 「개벽시대」(백철, <대한일보>, 1969. 4. 7~1970. 12. 10) 등과 「어느 신여성의 경험이 말하는 것 : 여기자 송계월」(박정애, 『여성과사회』 14호, 2002)를 참고로 재구성하였다. 특히 박정애의 글은 1930년대의 글이나 각종 회고담과는 달리 송계월의 생애를 상세하게 복원한 최초의 글이라는 점에서 본격적인 연구 의의가 인정된다. 그러나 작가 활동에서는 사실과 다른 점이 몇 군데 있다. 송계월의 작품이 「가두연락의 첫 날」이라는 단편 소설 하나뿐이라고 하거나, 그녀의 문학활동은 악평만 받았으나, 죽은 후에는 호평만으로 일관되어 있다는 지적은 명백한 오류다. 지금까지 알려진 송계월의 작품은 5편이며, 그에 대한 문학적 평가는 시기별이 아니라 개별 평론가에 따라 다르다.

직인 <근우회>와 깊숙이 관련되어서 형성된 것이기도 하다. 당시 <근우회>는 여학생운동에 깊은 관심을 가지고 학생들을 지도하고 있었는데, 송계월은 <근우회> 서무 부장인 허정숙과 선이 닿아 있었다고 알려져 있다. 그 결과 송계월은 1928년 교내 동맹휴학을 주도하여 경찰의 요시찰 대상으로 주목받고, 1930년 1월 4일에는 자신의 하숙집에서 광주학생운동과 관련한 시위계획을 세우고, 1월15일 경성여자상업학교 학생들을 이끌고 시위에 참여하는 등 적극적으로 활동한다.[25] 경성여자상업학교 대표로서 각 학교 대표들과 연락하고, 이후 모교의 전교생 만세운동을 주도하며 시위에 참여했던 경험은 송계월의 계급사상을 확고하게 만든 계기가 된 듯하다. 특히 이때의 시위는 광주학생운동이 시작된 이래 가장 격렬하고 계급적 지향이 분명하게 드러나는 것이었다. 학생들은 적기(적기)를 들고, "제국주의 타도 만세" "약소민족 만세" "공산계급혁명 만세" 등이 적힌 '삐라'를 뿌리면서 계급의식을 노골적으로 드러내기도 했다. 시위가 있은 후 경찰은 허정숙과 여학생 7명을 보안법 위반으로 기소했으며, 1930년 3월 19일의 공판을 거쳐 26일의 "언도공판(言渡公判)"에서 허정숙은 1년, 최복순은 8개월, 이순옥은 7개월, 송계월과 나머지 여학생 4명은 6개월의 실형을 선고받는다. 이후 주동자로 취급된, 허정숙과 여학생 최복순을 제외한 6명의 여학생들은 3일만에 집행유예로 풀려난다.

송계월이 출옥했을 때 <근우회>의 간부들은 대대적인 검거에 휘말려 산산히 흩어져버렸고 사회주의 여성운동은 중심을 잃은 채 흐지부

---

25) '경성부내 여학교 만세시위운동'이라 불리웠던 당시의 시위는 전년의 광주학생운동의 여파가 서울까지 확산된 결과였다. 당시 신문기사에는 광주학생운동에서 "일제가 민족적 차별정책을 사용한 데 분개하여 근우회의 허정숙을 고문(顧問)으로 삼고 각 학교 대표 16명"이 모여 구체적인 결의사항을 작성했었음을 알리고 있다.(『동아일보』, 1930. 2. 16.)

지되어 있었다. 구심점을 잃어버린 격이 된 송계월은 곧 정자옥 백화점 점원으로 취직한다. 백화점 점원은 직업으로서의 선택이라기보다는 부모의 도움없이 독립해야한다는 경제적 필요에 따른 것으로 알려져 있다. 그 때문에 개벽사에서 기자 제의가 왔을 때 송계월은 망설임 없이 백화점에 사표를 내고 1931년 4월부터 개벽사 기자로 근무하기 시작한다. 이후 여학생 운동의 경험이 고스란히 녹아있는 작품을 발표하기 시작하면서, 기자생활과 작가생활을 함께 해나간다. 이런 생성기반을 배경으로 등단한 작가답게 선명한 계급의식이 두드러지는 작품세계를 보여주는데 비해 오히려 당대에는 작가로서보다는 가쉽 코너에 더많이 언급되었던 화제의 신여성이기도 했다. 당대 커다란 화제였던 '처녀 출산' 소문이라든가, 미모의 신여성-결핵-23세의 요절로 이어지는 그녀의 짧은 생애는 드라마틱한 이야깃거리가 되기에 충분했다. 이러한 관심과는 달리 2년 남짓한 짧은 작가생활과 몇 편 안되는 작품때문에 1930년대 문단에서 송계월은 "문사자격"이 없다는 시비, 더 나아가 여류작가의 자질론을 거론하는 데에 대표적인 경우로 다루어져 왔다.

이제 송계월의 작품을 다시 한번 천착해보도록 하자. 지금까지 알려진 작품은 5편의 소설이 전부다. 그 중 「강제귀농」(1931)은 『신여성』의 목차에만 있고 게재는 안 되었고, 실제 창작여부도 아직 밝혀지지 않은 실정이다. 또 「젊은 어머니」(1933)의 경우 박화성, 최정희, 강경애, 김자혜 등과 함께 쓴 연작소설이며, 「공장소식」(1931), 「바닷가」(1932)는 불과 3페이지 남짓 분량이거나, 이른바 "벽소설"(당대 용어)로 분류되는 짧은 소설이다. 따라서 그동안 실질적인 등단작이자 유일한 작품으로 「가두연락의 첫날」(1932)만이 거론되어 왔었다. 현재 남아있는 4편의 소설은 대부분 선명한 계급의식에 초점을 맞추고 있다. 제사공장 여공들의 비참한 생활을 고발하고 투쟁을 당부하는 편지글 형식의 「공장 소식」(1931), 제사공장 여공이 점심시간을 이용해 종로로 나와서 비밀 임무를 완수하는 「가두연락의 첫날」(1932), 자본주의적 착취에 반발해 집단투쟁을 시도하는 뱃사공들을 그린 「바닷가」(1932), 사상운동을 하는 남편의 뜻을 이어받는 아내를 그린 「젊은 어머니」(1933)가 그러하다. 이들 작품들은 계급성이 뚜렷한 반면 서사적 구성이 치밀하지 못한 단점을 드러내고 있다. 이는 계급성의 도식적인 강조도 그 원인일 수 있지만 지나치게 짧은 분량으로 인해 충분히 서술할 여지가 없기 때문이기도 하다. 그럼에도 불구하고 계급성에 대한 고민, 아울러 여성의 특수한 위치를 놓치지 않고 있다는 점에 주목할 필요가 있다.

> 작년 정월에 지점장과 ×순이와의 사이에 ××관계가 잇슨 후부터는 감독들은 제각기 얼골이 어엽븐 동무들을 농락할려고 긔숙사로부터 어두컴컴한 복도나 으슥한 창고 속으로 불너내다가 순진한 우리 동모들의 정조를 빼앗는 것을 내가 알기에도 멧 번인지 모른답니다.
> 더욱이 위험한 것은 견습생들이랍니다. 이 동무들은 대개가 산골에서 제사 전습소 학생으로 뽑히여 오는 만큼 잣칫하면 이놈들의 감언리설에 속아서 타락하여 간 동무들이 만흠에 우리는 적지 아니 걱정에 잠기어 잇답니다.[26]

「공장 소식」의 주인공이자 S언니에게 편지를 쓰는 "나"는 ×차 제사공장 여직공으로 지금은 폐병에 걸려 입원 중인 처지다. 편지글에서 "나"는 아침 5시 반에 일어나서 저녁 7시 30분까지, 점심시간 30분을 제외한 13시간 30분을 "피와 땀을 짜내"는 노동에 시달리는 공장생활의 비참함을 호소한다. 화자가 말하는 장시간의 노동착취와 소화불량

26) 「여직공 편 : 공장소식」([특집문예 : 직업여성주제 단편집]), 『신여성』, 1931. 12, p.109.

에서부터 각기병, 폐병에 이르는 괴로움이라든가, 철저한 분업시스템에 매여있는 고통 등은 노동현장의 일반적인 현상이기도 하다. 그러나 위 인용문에서처럼 여공들에 대한 성희롱, 성폭력이 빈번하게 일어나고 있음을 드러내고, 산골에서 오는 어린 견습생의 경우 쉽게 당할 수 있는 사실에 대한 지적은 여성의 특수성을 잘 드러내고 있다고 평가할만하다. 특히 화자인 "나"의 옆 병실에 있는 여공의 사연을 소개하는 부분에서는 구체적인 묘사가 뛰어나다. 그 여공은 작년에 공장에서 성폭력을 당한 후 아이가 생겼고, 책임지겠다는 남자의 말에 속아 아이를 낳고 보니 이미 그는 공장의 다른 여공과 관계를 맺고 오히려 자기를 모함하고 다닌다는 것을 알게 된다. 남자의 배신과 자신의 처지에 절망한 여공은 갓난 어린애를 안고 쥐약을 먹으려다 "나"에게 발견된다. "나"를 보고 놀란 여공이 떨어뜨린 쥐약 병이 방안을 굴러다니는 풍경묘사와 함께 "빼빼 마른 엄마의 젓꼭지를 물고 젓 안난다고 우는 그 정상"을 서술하는 부분은 비참한 여공생활을 여실히 드러내주고 있다. 이 때문에 편지 말미에 자신은 비록 죽을지도 모르지만 "남은 내 뒷동무들의 참다운 동지가 되어주시기"를 바라는 화자의 부탁은 더욱 비장하게 느껴진다.

이에 비해 「가두연락의 첫날」은 역시 제사공장 여공이 처음으로 계급운동에 가담하는 풍경을 사실적으로 그리고 있는 작품이다. 점심시간을 이용해 종로로 나와서 접선을 시도하고 임무를 완수한다는 내용이 중심 사건이고 이 과정에서 느낀 사명감과 두려움, 긴장 등을 실감나게 묘사하고 있다. 이와 함께 소략하긴 하지만 화려한 신여성과 자본주의적 문화를 대조적으로 배치하고 있다는 점도 주목할 만하다.

> 그러고 벅적찌근히 떠드는 백화점의 아우성 소리에 내 귀와 눈은 한층 더-새로워젓다. 밤낫 — 잠자듯 하든 종로에도 불경긔를 모르는 듯이 떠

> 들게 하는 백화점이 생기여 정자옥이나 삼월 오복정만 알든 조선 신식 녀성들의 굽놉흔 구두가 이곳에 멈추어 버리는 것도 오랫간만에 밧갓 구경을 하는 나에게 잇서서는 새로운 우에도 더-새로웁게 보이엿다. 더욱히 희귀한 풍경은 털옷에 뭉처진 귀부인과 신녀성들이 문을 들고 날고 하는 그 짬에서 "어서오십시오!" 하며 허리 굽히는 나어린 뽀-이의 간열흔(가녀린-인용자) 음성이 한칭 희귀하고도 남은 편이엿다.[27]

비장한 각오와 별의별 걱정을 다하면서 불안과 공포를 느끼는 여공이 머물러 있는 곳은 "굽놉흔 구두"를 신고 백화점을 드나드는 "조선 신식 녀성", "털옷에 뭉처진 귀부인"들이 "벅적찌근히 떠드는" 번화가이다. 이와같은 대조는 상대적으로 계급운동의 정당성을 확보하는 구실을 하며, 결국 가두연락을 완수한 여성의 "자존심"을 더욱 긍정적으로 부각시킨다. 그러나 「공장소식」이 취하고 있는 편지글 형식, 「가두연락의 첫날」의 1인칭 주인공 시점은 심리 묘사의 사실성을 돋보이게 하는 한편 지나치게 직설적이고 설명적이라는 단점도 있다. 특히 「가두연락의 첫날」의 경우, "위대한 사명"에 대한 긍정적 인식, 각오 등이 화자의 목소리를 통해 단순하게 나열되고 있어 거칠고 생경한 느낌마저 주기도 한다.

이와같이 송계월의 작품은 모두 계급문학적인 성격이 뚜렷하며, 여성인물을 주인공인 경우에는 여성이기 때문에 받는 억압, 특수성들을 드러낸다는 특징을 가지고 있다. 물론 2년 남짓한 창작 경력, 서너 편이라는 작품 수, 단편소설에 채 미치지 못하는 짧은 분량 등의 외적인 한계를 감안한다할 지라도, 작품에서 드러나는 도식적인 한계도 엄연히 존재한다. 그러나 송계월의 작품에 나타나는 사상적 주제의 부각과 여성적 특수성에 대한 편린들이 개별 여성작가의 소산물이기도 하지만,

27) 송계월, 「가두연락의 첫날」, 『삼천리』, 1932. 3, p.111.

궁극적으로는 그것이 사회주의 사상의 수용 이래 생성된 여성작가의 변모라는 연장선에서 이해해야할 성과물이라는 점에 주목할 필요가 있다.

더구나 한 좌담회에서 송계월이 사회주의 남성 지식인을 여성의 입장에서 비판하고 있는 부분은 그녀의 삶과 문학이 맹목적으로 사상수용에 매달렸던 것은 아니라는 사실을 반증하는 것이기도 하다. 1933년 『신여성』에서 주최한 좌담회에서 참석자들은 남성의 이중적 허위성을 비판한다.[28] 남자는 꼭 얼굴값을 한다는 모윤숙과 손초악의 말에 송계월은 동의하면서 "웨! 남자들은 신식 · 구식의 안해를 물론하고 잘 살고 잘 지내면서 녀자 압헤만 안지면 '나는 외로워요!' '가정적 고적은 사회의 인재를 썩거버리느니……'하는 고적한 한탄"을 하냐고 지적한다. 이때 김자혜가 외모에 신경쓰지 않고, 수수하게 차려입고 인격있는 남성들은 그래도 좀 낫다고 말하자, 송계월은 오히려 발끈해서 "무엇! 그런 남자가 더-그런 걸 어쩌케하우. 제 짠에는 지도니 진정한 동무니 하고 고무신발에다 의복에서는 짬냄새가 코를 찔너도 녀자를 대하면 또 녀자로 아니 엇재요. 제 버릇 개를 주나?"라고 원색적으로 비난한다. '지도', '진정한 동무'라는 구절에서 미루어 짐작하건대 사회주의 계열의 남성을 지칭한다고 볼 수 있는데, 이들이 '고무신발' 차림으로 땀에 절어 사는 노동자생활을 한다할지라도 그것이 여성인식의 확보로 곧장 이어지는 것은 아니라는 인식을 송계월이 하고 있었던 듯하다.

이는 물론 송계월의 개인사적인 측면에서 해석되어야할 여지가 많은 부분이기도 하다. 이 좌담회가 열린 시점은 송계월이 자신에 대한 헛소문에 항의하는 글을 쓴 지 얼마 안 된 때이며, 그 항의문에서 소

28) 「처녀좌담회」, 『신여성』, 1933. 1-사회 : 채만식 /참석자: 송계월, 김태임, 모윤숙, 이응숙, 손초악, 김자혜.

문을 퍼뜨렸던 자로 KAPF 조직원이었던 이갑기를 지목하고 "군은 캅프원 말석으로 남어 잇는 것보다는 아주 불량청년으로 타락하는 것이 오-직 군의 갈 길이라고!"[29] 단호하게 비판했던 일이 있었기 때문이다. 소문도 억울했지만 사상적 동지라고 믿었던 이갑기에 대한 배신감을 여실히 경험한 송계월에게 계급의식의 차원과는 또다른 여성인식이 필요함을 깨닫게 해주었을 것이다. 이는 "노동자나 빈민 또는 인종적 정의를 위하여 목청을 높이며 사회 정의 운동에 참여하는 급진적 사상가들" 중에도 "잔인하고 불친절하고 폭력적이고 부정한 남성들"이 상당수 있었고 "젠더의 문제에 관해서라면 그들은 보수파와 다를 바 없는 성차별주의자들이었"고 여성들은 이런 남성들과의 관계에 분노하면서 그 분노를 여성해방 운동의 촉매제로 이용했다고 하는 서구 여성운동의 경험과도 비견할만한 것이다.[30] 그러나 이와 같은 인식은 이 좌담회의 발언으로 끝이 나고 만다. 「처녀좌담회」가 있은 지 넉 달 후인 5월, 그녀는 23세의 나이로 세상을 떠났기 때문이다. 그럼에도 불구하고 여학생 운동의 경험이 낳은 문제의식을 작가적 출발점으로 삼아 선명한 사회의식이 나타난 작품을 창작했고, 그것이 여성인식과 복합적으로 관련되고 있었다는 사실은 중요하게 평가해야할 듯하다. 이는 사회주의 사상의 영향으로새로운 여성작가가 생성되고, 이후 달라진 여성문학의 지형을 보여주고 있는 지점이기 때문이다.

3) 사회주의 사상의 내면화 과정-백신애의 경우

백신애는[31] 1908년 5월 20일 경상북도 영천면 창구동 68번지에서

29) 송계월, 「데마에 항(抗)하야」, 『신여성』 6권 11호, 1932. 11.
30) 벨 훅스, 박정애 역, 『행복한 페미니즘』 백년글사랑, 2002, p.151.
31) 백신애의 전기적 사실은 김윤식, 변신원, 최혜실의 연구를 토대로 종합·보충했

아버지 백내유, 어머니 이내동의 외동딸로 출생했다. 아버지는 영천 거부로 대단한 세력가였고 어머니는 양반출신으로 두 분 다 가부장적이고 봉건적인 사고방식의 소유자였다. 그녀는 어렸을 때부터 이모를 독선생으로 두고 한문을 배웠으나 신학문에 대한 열정으로 부모를 졸라 1918년 16세의 나이에 영천 보통학교를 졸업한다. 그 해 백신애는 여학교에 지원했다가 아버지의 반대로 경상북도 공립사범학교 강습과에 입학, 1924년 졸업한 후 영천 공립 보통학교 훈도를 거쳐 자인학교에서 교원생활을 했다. 그의 부친은 개명꾼이란 평판을 얻을 정도였지만 딸에 대한 근대적 교육은 오랫동안 반대해왔으며 심지어는 백신애에게 편지 이외의 글을 쓰는 것을 허락하지 않을 정도로 보수적인 아버지였다고 알려져 있다. 어머니 또한 아버지와 별반 다르지 않는 완고한 성품이었다고 한다.

나혜석을 비롯한 대부분의 신여성의 개인사가 그러했듯이 비교적 부유한 가정형편이지만 엄격하고 보수적인 억압은 백신애로 하여금 새로운 세계에 대한 갈증과 동경을 품게 만들었다. 한편 백신애에게 사회주의 사상적 영향을 준 것은 오빠 백기호(1903~?)이다. 그는 1921년 12월 영천기독교청년회에 가입, 영천구락부 집행위원, 영천청년회 간부를 지냈고, 정우회 발기에 참여했다. 이후 1926년 조선공산당에 입당, 그해 6월경 '제2차 조공 검거사건'때 검거되어 1927년 4월 면소 처분을 받았던 사회주의자였다.[32] 그로부터 사회주의 사상을 수용한

다. (김윤식, 「백신애의 소녀시절」, 『영천, 문학』, 영천문학회, 1993 ; 변신원, 「백신애소설연구」, 『연세어문학』 26집, 1994 ; 최혜실, 「백신애 문학에 나타난 이중적 타자성」, 도정일 외 편, 『여성문학의 새로운 시각』 3, 월인, 2004)

32) 강만길 · 성대경 편, 『한국사회주의운동인명사전』, 창작과비평사, 1996 ; 한편 백기호의 검거와 그로 인한 집안의 우울한 분위기, 한층 더 엄격해진 부모의 태도는 백신애의 작품 곳곳에 나타나 있다.

백신애는 1925년 조선여성동우회에 가입·활동하기 시작하는데, 이 사실이 드러나 1926년 교직에서 강제 사임당한다. 이후 그녀는 1926년 정종명, 허정숙 등과 같이 조선여자 동우회 상임이사자격으로 김천에서 강연을,[33] 같은 해 8월에는 노량진 청년회 주최 남녀 강연대회에 박원희와 함께 참가해서 「여성해방과 경제조건」에 대해 강연하는[34] 등 활발한 활동을 하며 경성여자 청년동맹 집행위원을 거쳐, 1928년 <근우회>에서 집행위원까지 역임한다.[35] 1929년에는 박계화란 필명으로 조선일보 신춘문예에 「나의 어머니」가 당선되어 작가 활동을 시작했으나 곧 1930년 5월 일본 동경으로 유학을 떠났다가 33년 귀국, 동래은행 거창지점 행원이었던 이근채와 결혼한다. 1938년 이혼에 이르기까지 6년 간의 결혼생활 중, 3년 동안은 아주 행복한 결혼생활이라고 스스로 회고하는데, 이 기간 중 사상적인 전환이 있은 듯하다.[36] 이혼 후 자신의 심경을 고백한 「혼명에서」(1938)에서 그 당시 결혼하면서 자신은 소위 '방향전환'을 했다고 서술하기도 한다. 그러나 이 소설을 통해 백신애는 과거 자신이 행했던 '방향전환'에 대해 다시 후회

33) 백신애의 수필 「철없는 사회자」(1936)를 참조.

34) 「남녀강연회」, 『동아일보』, 1926. 8. 13.(이때 박원희의 강연 제목은 「우리의 사명」이었고, 이 기사에 따르면 8월 14일 오후 8시 30분에 동아일보 시흥지국 후원으로 하는 강연임을 밝히고 있다. 이 강연 자체가 사회주의 조직의 후원으로 이루어진 것은 아닌 듯하나, 백신애 강연의 제목과, 그녀와 함께 강연한 박원희 또한 사회주의계열 여성운동가였다는 점을 고려한다면 이 강연 역시 사회주의 활동의 연장선으로 이해할 수 있다. 박원희는 조선여성동우회 집행위원, 근우회 집행위원을 지냈으며, 서울청년회 지도자 김사국의 부인이었다.)

35) TK생, 「사회운동단체의 현황－단체·강령·사업·인물」, 『개벽』 66호, 1926. 3. 1 ; 『동아일보』, 1928. 7. 16 ; 「근우회 임시대회 출석자의 동정에 관한 건」, 『사상문제에 관한 조사서류(4)』, 경종경고비 제8028호의 7, 1928. 7. 19 ; 「근우회 중앙위원회의 건」, 『사상문제에 관한 조사서류(4)』, 경종경고비 제8245호, 1928. 7. 19.

36) 수필 「사명에 각성한 후」(1935)에서 그녀는 여성이 남성의 영역에 참여하는 것을 부정적으로 비판하고 여성은 생물학적 사명에 충실해야 한다고 주장한다. 이즈음을 이후 「혼명에서」에서는 '방향전환'의 시기라고 지칭한다.

하는 심정을 내비치지만, 1939년 6월 23일 31세의 나이로 사망하고 말아 또다른 변화로까지 나아가지는 못한다.

이러한 백신애의 생애는 전근대적 가정의 속박에서부터 사회주의 사상의 수용으로 말미암아 변화하는 과정을 보여주고 있는 신여성의 전형적인 사례라는 점에서 중요하다. 이와 함께 주목해야할 것은 백신애의 자전적 작품에서 자신이 어떻게 사회주의 사상을 받아들이는 지를 드러내고 있는 부분이다. 이때 어머니로 대표되는 전근대적인 세계와 쟁투를 겪는 과정은 작가로서 출발점이 되었던 「나의 어머니」(1929)에 자세하게 드러난다.

> "내 팔자가 사나우려니까 천하 제일이라고 칭찬이 비 오듯 하던 자식들이……. 아이구 내 팔자도…… 너 보는데 좋다좋다 하니 내내 그러는 줄 아니? 그래도 제 집에 돌아가면 다 욕한단다. 네 오라비도 그렇게 열이 나게들 쫓아다니고 어쩌고 하더니 한번 잡혀간 뒤로는 그만이더구나. 너도 또 추켜내다가 네 오라비처럼 감옥 속에나 보내지 별 수 있을 줄 아니?"
>
> 나는 그만 도로 책상에 엎드렸다. 자신의 편함과 혈육을 사랑하는 것밖에 아무것도 모르고 도덕과 인습에 사무친 저 어머니의 자기의 생명같이 키워 놓은 단 오누이로 말미암아 오늘에 받는 그 고통을 생각할 때 나는 가슴이 다시금 찌들하고 쓰려졌다.[37)]

「나의 어머니」에서 주인공 "나"는 여자청년회 조직사건으로 학교에서 권고 사직당한 후 ××청년회 회관을 건축하기 위한 청년회 활동에 바쁜데 이 때문에 어머니와의 갈등을 빚고 괴로워한다.[38)] 이 갈등은 그러나 단순히 어머니에 대한 부정이나 거부라기보다는 어머니로 대

37) 백신애, 「나의 어머니」(1929), 『아름다운 노을』, 범우, 2004, pp.20~21.

38) 이는 백신애의 전기적 사실과 거의 일치하는 부분이기도 한데 이 작품은 대체로 자전적인 성격이 강하다.

표되는 전근대적인 세계로부터 벗어나기 위한 신여성의 고투로 보아야 할 것이다. 어머니는 자식들을 이해하기보다는 남들의 욕을 더 신경 쓰는, 무엇보다도 체면을 중시하는 사람이고, “자신의 편함과 혈육을 사랑하는 것밖에” 모르는 인물이다. 그러나 또 한편으로 이 어머니는 “자기의 생명같이” 자식을 키워낸 근원이기도 하다. 부정해 마땅하나 그 부정이 자신의 존재근원에 가닿는 모순으로 인해 어머니에 대한 거부는 사실상 애증일 수밖에 없다. 이때문에 「나의 어머니」에서 딸에게 화를 내는 어머니를 보며 “나”는 가슴이 아픈 괴로움을 느낀다. 더구나 완고한 옛 도덕과 인습에 푹 싸인 어머니라 할지라도 딸에 대한 걱정은 애달프기만 하다. 어머니는 늦게 들어와서 밥도 먹지 않는 딸을 위해 식혜를 가지고 와 어떻게든 먹여보려고 종종 걸음을 한다. 물론 “나” 또한 이 사실을 너무나 명확히 인식하고 있다. 그래서 “나”의 입에서는 “가엾은 어머니! 가엾은 딸!”이란 탄식이 절로 나오게 된다.

이처럼 사회주의 사상을 받아들이며 생기는 갈등을 깨닫는 것, 이 내면적 변화가 바로 백신애의 문학적 출발점이었다면 「낙오」에서는 이를 사건으로 재구성하고 있다. 「나의 어머니」와 마찬가지로 자전적 성격이 강한 「낙오」는 A고을 보통학교 교원이자 친구사이인 “경순”과 “정희”를 주요 인물로 내세운다. 2년 후 동경으로 유학가기로 둘은 약속하지만, 반 년이 지나도록 소식이 없던 “정희”가 갑자기 “경순”에게 청첩장을 보낸다. 놀란 “경순”이 휴가를 얻어 “정희”네 집으로 갔더니, 결혼식 날을 받아놓고 “정희”는 비밀리에 동경으로 떠날 계획을 꾸미고 있는 중이었다. “정희”는 결혼을 거부해도 들어주지 않고, 연하의 신랑과 돈 때문에 억지 결혼을 시키려는 가족을 골탕먹이겠다는 내막을 “경순”에게 털어놓고, 정말 결혼식 날 동경으로 떠나버린다. 이런 작품 내용으로 미루어 보아 “경순”과 “정희”는 별개의 인물이 아니라 당시 동경 유학과 결혼 압력 사이에서 갈등하던 백신애의 내면을 둘로 나누어 형상화된 것이라고 볼 수 있다. “일개 소학교원으로 만족하지 말자. 사회는 앞으로 나아가고 있다.”면서 지식인의 임무를 강조하는 “경순”은 백신애의 열망을, 그러한 “경순”을 바라보며 두려움 반, 부러움 반을 느끼는 “정희”는 백신애의 갈등을 드러낸다고 볼 수 있기 때문이다.

「낙오」에서 “경순”은 “정희”가 떠난 후에야 그녀의 의지에 탄복하며, 자신의 나약함을 반성하고 주위사람들에게 정희를 두둔한다. “인간 사회에서는 무엇이든지 희생이 없고는 살아갈 수가 없는 것이다. 작으나 크나 남의 희생 없고는 못 사는 것”이라는 “경순”의 깨달음은 “살아가기 위해서는” 즉 발전하기 위해서는 결국 “희생”이 필요하다는 인식에 도달한다. “경순”의 이러한 모습에서 백신애의 갈등이 어떤 방향으로 나아갈 것인지를 짐작할 수 있다. 이는 이혼 후 다시 자전적인 내용을 서술한 「혼명에서」(1939)를 통해 구체적으로 나타난다. 「낙오」에서 “정희”와 “경순”이라는 인물을 내세워 작가의 내면을 드러냈던 것처럼 「혼명에서」에서는 옛날 동지였던 “S”와 “나”의 문답을 통해 작가의 심경을 드러낸다. 사상적인 문제로 어머니와의 갈등으로 괴로워하던 “나”는 일순간 “묵중한 대지도 움직이는 때가 있지마는 어머니의 사랑은 내가 죽고 없는 날까지 절대의 것”이라는데 감동, “변하지 않는 절대를 믿고 싶고 그거만이 참”인 것처럼 여겨진다고 “S”에게 고백한다. 그러나 “S”는 이세상은 변하고 움직이는 데 뜻이 있으며, 변하지 않는 세상은 질식한다고 충고한다. 그러한 가운데 변하면 안 되는 것은 자신의 신념뿐이라고 주장한다.

"오-직 당신의 변치 않는 신념! 그 신념에 매진하는 것뿐! 그것이 당신의 어머니를 불안에서 구원하는 것이 됩니다. 당신의 갈 길이 얼마나 뜻있는 것인가를 잘 이해시킨 후 절대의 불굴의 보조로 걸어가십시오. 그때는 어머니가 당신을 애호할 것입니다. 굳은 신념! 절대 불굴의 정신! 이것은 또 절대의 힘이랍니다. 절대의 힘! 이것이라야 모-든 것을 정복합니다."[39]

"나"에게 던지는 "S"의 충고 형식을 띈 이 말은, 실상 백신애가 어머니와의 관계를 극복하고 스스로에게 하는 다짐이나 다름없다. 이 당시 사상적 지도자 역할을 했던 오빠 백기호는 감옥에서 나온 이후 정미소, 과수원 경영을 하며 현실에 안주한 듯이 보이며[40] 유학-귀국-결혼-이혼의 과정을 거치며 백신애는 사상적으로나 조직면에서나 거의 고립된 처지나 다름없었다. 자신의 말처럼 소위 방향전환을 한듯한 결혼생활을 청산하고 다시 혼자가 된 백신애는 새로운 각오가 절실했고, 그 결과 자신의 내면을 고백하는 작품을 쓰게 된 것이다. 또한 작품 결말에서 "S"는 죽음을 맞이하는데 이는 굳센 신념을 확보한 "나"에게 더 이상 지도적 인물이 필요하지 않기 때문에 설정된 것이라 이해할 수 있다. 그러나 갑작스러운 "S"의 죽음에도 불구하고 "나"는 "당신이 두고 간 그 맹렬한 의기의 운전으로 죽음의 경계선에 들어 대일 순간까지 쉬지 않고 달려가리다"는 각오를 다진다. 공교롭게도 "S"처럼 백신애도 갑작스러운 죽음을 맞고 말아 이 각오가 현실에서 구체화되지는 못한다. 이와같이 백신애의 자전적인 작품들에서는 여성작가가 사회주의 사상을 내면화하는 과정을 섬세하게 보여주고 있다는 점에서 의미있다.

39) 백신애, 「혼명에서」(1939), 『아름다운 노을』, 범우, 2004, p.264.

40) 백운거사, 「행방탐색」, 『삼천리』 4권 8호, 1932. 7. 1, p.12 ; 「삼천리기밀실」, 『삼천리』 7권 3호, 1935. 3. 1, p.23. 참조

4. 새로운 여성작가의 지형도

서구에서 페미니즘이 여성의 참정권 획득을 요구하는 것으로부터 시작했다는 역사적 사실도 그러하듯 우리 역사에서도 근대 초기 신여성의 목소리는 남성과 같은 권리를 요구하는 데에서 시작한다. 나혜석, 김원주로 비롯되는 초창기 여성작가들이 여성도 남성과 같은 인간임을 주장하면서 여성의 성적 정체성 문제에 주된 관심을 쏟았던 사실이 바로 그러하다. 이처럼 자유와 평등을 지향하는 동등권의 주장이 여성이 자신의 존재를 자각하는 첫 단계라면, 그 다음 단계는 사회적 존재로서의 고민으로부터 시작된다.

나혜석, 김원주, 김명순 등 이른바 제 1기 여성작가와 달리, 2기 여성작가들의 이념적 지향은 단연 사회주의 사상이었다. 식민지 조선 현실의 여성작가에게 사회주의 사상의 수용은 개인적인 선택 이상의 의미를 가진 것이다. 물론 사회주의 조직 구성과 해소, 여성작가의 창작물을 통해 우리가 확인할 수 있는 것이 극히 미미한 부분에 지나지 않거나 어쩌면 실패한 경험을 되짚어보는 일일 수도 있다. 이 성과를 판단하는 일과는 별도로, 사회주의라는 새로운 사상과 관계에서 그녀들이 고민한 것은 무엇인가를 이해할 필요가 있다는 것이 본 고의 문제제기였다. 이에 따라 「젊은 어머니」에 나타난 여성작가의 집단적 발화, 사회주의 운동조직으로부터 생성된 여성작가의 문제의식, 사회주의 사상을 내면화하는 과정에서 겪었던 여성작가의 갈등을 주목했던 것은 그것이 새로운 여성작가의 생성 경로와 그 의미를 설명해준다고 보았기 때문이었다.

당대의 여성작가에게 있어서 사회주의 사상이란 새로운 경향에 대한 호사취미도 아니고, 주위 영향으로 맹목적으로 추수한 사상의 이입도 아니었다. 오히려 주목해야할 것은 그녀들이 사회주의 사상을 고민한다는 것의 의미이다. 그로 말미암아 여성이 사회적 맥락에서 자신의 위치를 고민하는 일이 가능해지기 때문이다. 여성작가들이 왜 사상성을 고민했는가. 사회주의 사상을 통해 식민지 현실을 고민하고, 그맥락 위에서 여성성을 정립하고자 했던 그 모색이 새로운 여성작가를 생성하게 한 기반이 되어준 것은 아닐까. 실제 <근우회>로 대표되는 사회주의 운동조직이 여성작가와 긴밀하게 연관되어 있는 사실도 이런 맥락에서 이해해야 할 것이다. 식민지에서 여성의 해방은 식민지 민족의 해방이란 대의명분에 매몰되거나 부차적인 것일 수 없지만 민족해방과 분리되어 획득될 수도 없는 것이다. 이때 민족의 해방을 가능하게 하는 통로로서 계급성 혹은 사회주의 사상이 이용된다. 계급성과 여성성의 관계를 고민하는 것이 당대 여성작가의 정체성 모색이었고 이를 통해 사회적 주체로 구성을 추구했던 것이다. 이 차이가 바로 새로운 여성작가의 지형도를 생성하는 지점이었다.

여성작가가 된다는 것, 그를 둘러싼 소문과의 쟁투
-송계월의 삶과 문학을 중심으로*

1. 여성작가가 말해지는 방식

선화공주니믄 / 놈 그스지 얼어두고 / 맛동바올 / 바믜 몰 안고 가다

-「서동요」 전문

우리나라 최초의 향가 「서동요」는 소문의 노래다. 음란한 소문이 노래가 되어 널리 알려졌다는 이유로(사실은 서동이 꾸며낸 노래이지만) 선화공주는 궁에서 쫓겨나고, 서동은 그녀와 결혼하는데 성공한다. 연구자들에 의하면 이것은 서동이라는 한 영웅이 시련을 극복하고 왕이 되기까지의 과정에서 벌어지는 하나의 사건일 뿐이다. 이른바 영웅의 일생담에서 나타나는 고난 극복의 모티프라는 것이다. 그러나 선화공주의 입장에서 본다면 이 소문은 전혀 예상치 못했던 결혼을 하게 하

* 이 글은 1장의 (1) 「여성, 소문으로 말해지다」와 2장의 (2) 「사회주의 사상과 여성작가의 탄생」에서 다루어진 '송계월'이라는 여성작가의 종합편이다. 당대 소문의 아이콘이자, 사회주의사상을 바탕으로 한 신세대여성작가의 면모들을 확인하면서, 그녀에 대한 관심이 깊어졌고, 결국 종합편을 구성하게 되었다.

는, 나아가 일생을 완전히 변화시킨 일대 사건이다.

소문에서 가장 흔한 대상은 예나 지금이나 '여성'이다. 근대문학 초기에 등장한 여성작가의 경우, 이른바 '신여성'이라는 사실만도 눈에 띄는데 거기다가 문학이라는 범주로 진입한 그야말로 희귀한 극소수였다. 그 새로움에 대해 많은 남성들은 호기심과 거부감이라는 상반된 감정을 드러낸다. 나혜석, 김명순, 김원주 등 이른바 여성작가 1세대의 경우, '여류'라는 사실하나만으로도 엄청난 관심을 받았음은 이미 널리 알려진 사실이다. 그 관심은 작가적 측면보다는 사생활, 특히 연애 – 결혼 – 이혼에 집중되었고 그를 둘러싼 소문은 겹겹으로 재생산되고 있었다. 심지어 유명인사에 대한 공개장, 인물평, 탐방기 등 사실 전달을 목적으로 하는 글에서도 그러했다. 특히 이들 글에서는 공론화할 수 없었던 이야기가 서술된다는 점에서 소문의 특징이 여실히 드러난다.

그런데 여기에서 주목할 만한 점은 소문이 유명 인사에 대한 세간의 관심이라는 범위를 넘어서고 있다는 사실이다. 그녀들에 대한 소문은 문학작품과 직접 관련지어진다. 사생활 혹은 개인사가 이러이러하니 작품이 이러이러하다는 일종의 전기 비평 방식으로 이어지고 있는 것이다. 당대 유명한 소설가이자 평론가였던 김기진은 다음과 같이 김명순의 작품을 해석하고 있다.

> 다시 요령만 짜라 간단히 말하면 그는 평안도 사람의 기질(썩 잘 이해하지는 못하나마)인 굿고도 자가 방호(防護)하는 성질이 만흔 천성에 여성 통유(通有)의 애상주의(哀傷主義)를 가미하야 갓고 그 우에다 연애 문학서류의 뼁키칠(페인트칠 – 인용자)을 더덕더덕 붓치여 놋코 어부자식(의붓자식 – 인용자)이라는 환경으로 말미암아 조곰은 꾸부정하게 휘여저 가지고 (이것이 우울하게 된 까닭이다) 처녀대에 강제로 남성에게 정벌을 밧덧다는 이유가 잇기 때문에 더 한층 히스테리가 되여가지고 문학중독으로 말미암아 방분(放奔)하야 젓다는 것이다. 그리고 이것들을 제 요소를 층층으

로 싸아논 그 중간을 줘여 뚤코 흘르는 것이 외가의 어머니편의 불순한 부정한 혈액이다. 이 혈액이 때로 잠자고 때로 구비치며 흐름을 딸하서 그 동정이 일관되지 못한다. 그리하야 이 동, 정이, 그의 시에, 소설에, 또한 그의 인격에 나타난다.[1]

김기진은 김명순에 대해 가족관계도 확실히 잘 모르고, "과거를 잘 모르지만"이라고 인정한다. 그러나 자신이 확인할 수는 없지만 어머니가 예전에 기생노릇을 했다는 소문, 의붓자식으로 자랐다는 소문, 연애에 실패했다는 소문이 있다는 것만이 중요하다. 아울러 그 소문은 단지 소문에 그치지 않고, 김명순의 성격을 규정하고 문학작품을 해석하는 중요한 기준이 된다. 가정환경, 혈통의 문제로 김명순은 멜랑콜리하고 퇴폐적이고 우울한 여성이며, 문학 작품에서도 그런 것들이 "히스테리"로 나타난다는 것이다. 이를 근거로 그는 김명순의 작품 「꿈」, 「긔도」에서는 "분내음새"가 나고 있다고 지적하며, "달빗가티7 파란 분 발르고서는"이라는 구절을 본다면 "맛치 얼골을 갸웃동하고서 '내가 입부지……?'하는 거나 무엇이 다르랴."라면서 조롱투의 해설을 늘어놓는다. 그래서 사실상 김명순이 "조선서 문인(?)으로 행세(?)하게 되엿다는 것도 무슨 문학적 수양을 만히 싸엇다는 것보다도 그 중요한 이유는 조선서 구경할래도 보기에 드무른 문학여성 중의 한 사람이라는 이유일 것이다"라고 결론짓는다.

사적(私的) 원한관계를 의심해볼 만큼 악의적인 김기진의 글은 그러나 그 당시 여성작가에 관한 글을 일독해본다면 평균적인 논조와 크게 다르지 않다. 실제로 정도의 차이는 있지만, 나혜석의 연애와 이혼, 김원주의 결혼·재혼·출가(出家), 작품 대필(代筆) 논란 등을 둘러싼 소문과 혹평은 끊임없이 등장하고 있었다. 여성작가를 둘러싼 무성한 소

1) 김기진, 「신여성 인물평 김명순씨에 대한 공개장」, 『신여성』, 1924. 11, p.50.

문. 이 과정을 통해 여성작가는 설명되어지기도 하고, 창조되어지기도 한다. 무엇을 소문화하고, 무엇을 만들어내는가. 이를 통해 소문 속에서 성별화된(gendered) 위계 질서를 지시하는, 어떤 지식-권력의 은밀한 작동을 의심해볼 수도 있겠다. 이를 설명해내기 위해, 이 글에서는 1930년대 문단과 여성계에 소문으로 떠들썩했던 여성작가 송계월을 살펴보고자 한다. 그녀의 삶과 문학, 그녀를 둘러싼 소문의 흔적들을 꼼꼼히 따라가 본다면 여성작가와 소문이 관련맺는 지점을 가늠해볼 수도 있을 것이다.

2. 송계월의 삶

송계월은 1911년 12월 10일 함경남도 북청군의 한 어촌마을에서 송치옥의 맏딸로 태어났다. 아버지의 영향으로 어릴 때부터 사상관계의 책을 좋아했다거나, 오래 살라고 계월이라는 천한 이름을 지었다는 어머니에 대한 회고는 그녀가 단란한 가정의 사랑받는 딸이었음을 짐작하게 해준다. 송계월은 고향에서 신창공보(보통학교)를 마치고 서울에 대한 동경심과 더 배우겠다는 향학열로 인해 도망치다시피 서울로 온다. 이후 1927년 4월 경성여자 상업학교에 입학한다.

학창시절에서 가장 주목할 만한 점은 이 시기에 송계월의 인생전반을 좌우하는 사상적 기반이 형성되기 시작했다는 것이다. 이 당시 송계월은 사회과학 서적과 문학 서적을 읽는 일에 거의 모든 시간을 허비했으며, 이후 재학시절 가장 유쾌한 일을 회고해보라는 질문에 스스로 동무들과 학생운동에 참여한 경험을 꼽을 정도로 그 자부심이 대단했다. 이런 사상적 열정은 서적 탐독이나 조선 현실에 대한 고민 등 개인적인 측면에서 비롯된 것이기도 하지만 사회주의 여성운동가들의 조직인 <근우회>와 깊숙이 관련되어서 형성된 것이기도 하다. 당시 <근우회>는 여학생운동에 깊은 관심을 가지고 학생들을 지도하고 있었는데, 송계월은 <근우회> 서무 부장인 허정숙과 선이 닿아 있었다고 알려져 있다. 송계월은 1928년 교내 동맹휴학을 주도하여 경찰의 요시찰 대상으로 주목받고, 1930년 1월 4일에는 자신의 하숙집에서 광주학생운동과 관련한 시위계획을 세우고, 1월15일 경성여자상업학교 학생들을 이끌고 시위에 참여하는 등 적극적으로 활동한다.

'경성부내 여학교 만세시위운동'이라 불리웠던 당시의 시위는 전년의 광주학생운동의 여파가 서울까지 확산된 결과였다. 당시 신문기사에는 광주학생운동에서 "일제가 민족적 차별정책을 사용한 데 분개하여 근우회의 허정숙을 고문(顧問)으로 삼고 각 학교 대표 16명"이 모여 구체적인 결의사항을 작성했었음을 알리고 있다.[2] 경성여자상업학교 대표로서 각 학교 대표들과 연락하고, 이후 모교의 전교생 만세운동을 주도하며 시위에 참여했던 경험은 송계월의 계급 사상을 확고하게 만든 계기가 된 듯하다. 특히 이 때의 시위는 광주학생 운동이 시작된 이래 가장 격렬하고 계급적 지향이 분명하게 드러나는 것이었다. 학생들은 적기(赤旗)를 들고, "제국주의 타도 만세" "약소민족 만세" "공산계급혁명 만세" 등이 적힌 '삐라'를 뿌리면서 계급의식을 노골적으로 드러내기도 했다. 시위가 있은 후 경찰은 허정숙과 여학생 7명을 보안법 위반으로 기소했으며, 1930년 3월 19일의 공판을 거쳐 26일의 "언도공판(言渡公判)"에서 허정숙은 1년, 최복순은 8개월, 이순옥은 7개월, 송계월과 나머지 여학생 4명은 6개월의 실형을 선고받는다. 이후 주동자로 취급된, 허정숙과 여학생 최복순을 제외한 6명의 여학생들은 3일

2) 『동아일보』, 1930. 2. 16.

만에 집행유예로 풀려난다. 그러나 송계월이 출옥했을 때 <근우회>의 간부들은 대대적인 검거선풍에 휘말려 산산히 흩어져버렸고 사회주의 여성운동은 중심을 잃은 채 흐지부지되어 있었다. 구심점을 잃어버린 격이 된 송계월은 곧 정자옥 백화점의 점원으로 취직한다.

백화점 점원은 직업으로서의 선택이라기보다는 부모의 도움없이 독립해야한다는 경제적 필요에 따른 것으로 알려져 있다. 그 때문에 개벽사에서 기자 제의가 왔을 때 송계월은 망설임없이 백화점에 사표를 내고 1931년 4월부터 개벽사 기자로 근무하기 시작한다. 개벽사에서는 여성잡지 『신여성』의 편집일을 하며 『신여성』 뿐만 아니라 『혜성』, 『동아일보』, 『신동아』, 『제일선』, 『별건곤』 등에 기사를 쓰는 활발한 활동을 펼친다. 한편 1931년 『신여성』의 특집 문예에 「여직공편 : 공장소식」을 창작, 1932년 실질적인 등단작으로 평가받는 「가두연락의 첫 날」을 발표하는 등 여성작가로서 두각을 나타내기 시작한다. 그러나 기자가 된 지 만 1년도 채 못되어, 작가로 활동한 지 두 달만인 1932년 2월에 폐병을 얻어 급기야는 고향으로 요양을 간다.

그해 가을, 병이 어느 정도 호전되어서 서울로 돌아온 송계월은 놀라운 소문을 들어야 했다. 서울을 떠난 것이 병 때문이 아니라 남몰래 출산(出産)하느라 귀향한 것으로 알려져 있었던 것이다. '처녀 몸으로……'라는 소문이 돌고 돌아 기사화될 정도였다. 9월 23일 원고청탁을 하러 갔다가 처음으로 소문을 알게 된 송계월은 분노하고, 자책하고, 절망하면서 급속도로 건강이 악화되기 시작한다. 결국 1933년 3월 폐병이 재발해 고향으로 되돌아가고, 5월 31일, 23살의 나이로 사망한다.

기자나 작가로서의 그녀의 사회적 활동은 2년이 채 안된다. 그 중에서도 1년은 병에 시달리며 고군분투한 때이기도 하다. 그럼에도 불구하고 그녀의 삶과 문학은 당대 신여성들의 갖가지 전형을 거의 다 압축하고 있다는 점에서 새롭게 읽을 필요가 있다. 신학문과 새로운 문물에의 동경, 식민지 조선 현실에 대한 고민, 사회주의 운동에로의 투사, 여성의 사회진출, 여성의 자기표현으로서의 창작행위, 여성을 둘러싼 소문, 여성에게 가해지는 가부장적인 편견 등등이 고스란히 그녀의 삶과 작품세계에 녹아있기 때문이다.

3. '처녀 출산' 소문과 그녀의 대응

송계월의 '처녀 출산' 소문은 당대 커다란 화젯거리였다. 그것은 작가, 평론가들은 물론 일반인들의 입에까지 오르내렸다고 한다. 게다가 미모의 신여성－결핵－요절로 이어지는 그녀의 짧은 생애는 드라마틱한 이야깃거리가 되기에 충분했다. 소문이 났던 당시 송계월은 스스로도 항의서를 두 번이나 쓰고,[3] 실제로 그것이 헛소문이라는 글도 실렸지만,[4] 결국 송계월이 죽고 나서 『신여성』과 『신가정』 등에 애도(哀悼) 특집이 마련되면서 그것이 소문이었음이 명백하게 밝혀진다.

우선그녀의 글을 토대로 사건을 정리해보면 우선 이갑기가 『여인』 잡지 「여인 쑈십」란에 송계월이 생남(生男)했다는 최××여사의[5] 말을

3) 송계월, 「데마에 항(抗)하야」, 『신여성』 6권 11호, 1932. 11 ; 송계월, 「역선전(逆宣傳)에 대한 일언(一言)」, 『제1선』, 1932. 11.

4) 사우춘, 「거리의 굴뚝새! 풍문제조업자」, 『신여성』 1932. 12.

5) 여기서 최××여사는 소설가 최정희로 추측된다. 처녀출산이라는 헛소문을 제일 먼저 말한 사람이 송계월의 친한 친구이자 같은 함남출신이라고 지적하는 글이 있고, 또 송계월의 사후(死後) 최정희는 자신과 송계월 사이에 오해가 있어 사이가 멀어졌는데, 오해를 풀 길도 없이 그녀가 죽어버렸다고 애도하는 글을 쓰기도 한다. 이런 정황으로 보아 최정희를 소문의 최초 발설자로 추측할 수 있지만 명확한 근거는 아직 없다.

옮겨 적었고 이후 소문은 엄청나게 퍼진다. 이에 대해 송계월은『신여성』을 통해 비판을 하는데 우선 이갑기의「여인 쏘십」글이 길가에서 여자들에게 "히야까시"하고는「いい氣になる」(우쭐하다)하는 것과 마찬가지라고 주장한다. 더구나 그가 "캅프" 일원이면서도 그러한 행동을 하는 것을 보면 "한층 더 큰 증오를 늣기지 아니할 수 업다"고 반박한다.

두 번째, 이갑기는 "나는 개인의 의사로 그리한 것이 아니라 최××의 말에 의하여 쓴 것이라고."라고 변명할 수 있겠지만 "군이 그러케 변명은 햇댓자, 최××와 결탁하야 그런 불량잡문을 썻다는 것은 그리 명예스러운 일도 아닐 것이요 그리 자랑거리가 되는 것도 아닐 것이다. 결국은 일개 녀성의「手さき」(앞잡이, 부하)가 되여서 주책업는 행동을 한 데 지나지 안는 것이다."이라 반박한다.

세 번째 이갑기는 "그러기에 나는 싀골서 서신으로서 그것을 취소해달라는 것을 여인편집부에 요구한 일이 잇지 안느냐?"고 변명할 수 있겠지만 "군은 어제 한 말을 하로가 못 되여 취소할 것을 웨? 주책업시 써버리고 다녓느냐. 군에게는 그러케도 할 일이 업는가라고." 비판한다는 내용을 조목조목 나열한다. 자신에 대해 나쁜 소문이 났다고 슬퍼하거나 화내는 게 아니라 조목조목 이유를 들어가며 비판하는 송계월의 태도는 적극적이고 당당하다. 그런 비판 이유 때문에 결론적으로 이갑기는 "「구두 쑷헤 몬지!」(이리잇치의 말) 이상으로 보지 아니할" 사람이며 "군은 몬저 이의를 제출하기 전에 이번 군 자신이 쓴 여인의 쏘십을 스스로 한 번 읽어보는 것이 조흘 것 갓다. 군에게로 조곰이라도 양심이 남아 잇짜고 하면 자기가 쓴 그것이 불량잡문이외에 아무것도 아니라는 것을 스스로 시인해야 할 것이"고 더 나아가 "군은 캅프원(員) 말석으로 남어잇는 것보다는 아주 불량청년으로 타락하는 것이 오-직 군의 갈 길이라고!"고 가혹하게 응징한다.

이후 송계월은 폐결핵이 악화되어서 죽지만 그의 지인(知人)들은 온갖 소문에 "한번도 굴한 일이 업고 한번도 뒤로 물너난 일이 업는 고집센 여자"[6]였음을 자랑스러워하고, "나는 속상한단 소리는 인제는 안 할 테야. 그저 이를 갈고라도 기어히 싸화볼 걸. 흥! 자기네들은 작난삼어 심심푸리로 하는 남의 '쏘십'이 그 당자에게는 얼마나 마음압흔 결과를 가저 오는 줄은 몰으고"라고 비분해서 이야기하던 송계월의 "되게 올은 눈자위와 빠르르 썰든 입술"을 떠올린다.[7] 이어서 스스로 여성 연대의 결심까지 되살리는 계기가 된다. "그러나 갈갈이 썰어지는 쏫입에서도 향기만은 퍼저나오듯이 시들어진 당신이 왼갓 약한 여성들에게 외치는 소리를 나는 듯소. '남성의 횡포와 여성들의 길을 막으려는 사회의 왼갓 데마를 뚤코 나가라'는 힘찬 소리를 듯소."[8]라고 말이다. 또 다같은 목소리로 그런 소문들이 얼마나 억울한 것이며 여성에게 상처를 주는지도 비판한다. 송계월을 두고 "호화로운 허영의 여성"으로 소문을 냈지만 그것이 "갑싼 명예욕에 주린 동무의 악착한 데마"였을 뿐 실제로는 약 한 첩, 먹고 싶은 음식도 못 먹고 아파도 인력거도 타지 못했으니 가난이 그녀를 죽였다고 슬퍼하기도하고,[9] 근거업는 소문때문에 "결백성이 풍부한 계월언니의 감정은 드듸어 심로(心勞)와 분노를 지나 병의 재발을 유인하얏고 드듸어 오날의 분극참극(憤極慘極)의 죽엄"을 맞앗다고 "분노에 전율"하기도 하는 것이다.[10]

---

6) 김자혜, 「느저진 편지답장」, 『신여성』 7권 7호, 1933. 7.
7) 김자혜, 위의 글, p.89.
8) 김자혜, 위의 글, p.90.
9) 윤성상, 「그 길이 그러케도 밧벗소」, 『신여성』 7권 7호, 1933. 7, p.92.
10) 송정덕, 「언니를 영원의 길로 보내며」, 『신여성』 7권 7호, 1933. 3, p.96.

4. “여류문사” 시비와 송계월의 작품 세계

지금까지 알려진 송계월의 작품은 5편의 소설이 전부다. 그 중 「강제귀농」(1931)은 『신여성』의 목차에만 있고 게재는 안 되었고, 실제 창작여부도 아직 밝혀지지 않은 실정이다. 또 「젊은 어머니」(1933)의 경우 박화성, 최정희, 강경애, 김자혜 등과 함께 쓴 연작소설이며, 「공장소식」(1931), 「바닷가」(1932)는 불과 3페이지 남짓 분량이거나, 이른바 “벽소설”(당대 용어)로 분류되는 짧은 소설이다. 따라서 그동안 실질적인 등단작이자 유일한 작품으로 「가두연락의 첫날」(1932)만이 거론되어 왔다. 그래서 당대에는 송계월이 “문사자격”이 없다는 시비가 끊이지 않았고 지금껏 송계월에 대한 연구성과가 거의 없는, 가장 큰 이유도 이 때문일 것이다.

이혜정,[11] 안함광,[12] 홍구,[13] 이무영,[14] 등은 송계월이 아직 습작 시대에 있으며 작가라고 부르기는 어렵다고 주장한다. 심지어 “송씨는 작가도 못되는 동시에 기자도 못되었다. 그는 도시 작품을 다룰 줄을 몰랐고 기사문과 작품과의 구별을 할 지능도 노력도 보이지 않엇다. 그는 오직 잡지사 기자라는 그 이름으로 만족한 사람이요 조잡한 기사문을 씀에서 자기도취한 사람”이라면서, “만약에 송씨가 지금까지 생존해있었다 하드라도 그는 ×사될 수는 잇었을지 모르나 작가되지는 못했을 것”이라는 혹평까지 가하기도 한다.[15] 이들은 대체로 송계월이 개벽사 기자였기 때문에 ‘여류문사’ 대접을 받았으며, 미모의 신여

---

11) 이혜정, 「지상논단 여성전선」, 『신여성』, 1932. 5.

12) 안함광, 「문예시평－두 가지 문제를 가지고」, 『비판』, 1932. 12.

13) 홍구, 「여류작가 군상」, 『삼천리』, 1933. 3.

14) 이무영, 「여류작가 개평(概評)」, 『신가정』, 1934. 2.

15) 위의 글, pp.54.

성인 그녀가 '처녀출산'의 소문으로 일종의 스포트라이트를 받았기 때문에 자주 거론되었을 뿐이라는 데에 은근한 공감을 드러내고 있다. 따라서 송계월은 소문이 무성한 신여성이지, 작가이기에는 함량미달이라는 것이다. 그러나 왜 함량미달인지에 대해서는 작품의 양과 질을 따지기보다는 그들 자신도 소문에 편승해서 인신공격성 발언까지 하는 면모를 보인다.

> 송계월씨는 아직 작가라 불으기가 앗갑다. 그리고 너무나 귀여웁다. 그러나 작가이다. 씨의 작 「가두연락에 첫날」이 취재에 잇서 퍽으나 새로운 맛을 주엇스며 열븐 충동까지 주엇스나 아무리 그 취재가 좃코 새롭다 하드라도 그 테-마를 충분히 충실히 구상화식히며 표현식히지 못하면 오히려 그대로 구수한 평범한 취재만도 못할 것이다. 이 작품은 ××적이면서도 아필(어필-인용자)할 가능성이 잇섯스나 씨의 수완으로 도저히 엇지도 못할 것 당연이상의 당연일 것이다. (…중략…)
> 요컨대 씨는 예술에 잇서서 기술적으로 보잘 것이 업는 것이다. 여기에 씨는 적지 안은 자기자신에 대한 환멸을 가젓슬 것이다. 만약에 이 작품을 가지고 훌륭한 작품이라고 잘 된 한 예술품이라고 할 것 갓흐면 이갑기씨가 누구에게 말하드시 정말 그 사람이야말노-한 걸 읽을 필요가 잇다.[16]

위 인용문에 따르면 송계월은 작가라 부르기에는 지극히 미숙한 문학소녀일 뿐이지만 「가두연락의 첫날」은 참신한 소재를 사용했기 때문에 주목받을 수 있었다는 것이다. 더구나 그녀의 능력이 부족하여 좋은 소재를 제대로 살리지도 못했으니, "이 작품은 하나도 된 대는 업다"고 평가한다. 당대에 비교적 호평을 받았던 「가두연락의 첫날」에 대해 신랄한 평가를 하고 있는 필자는 이것이 송계월의 "수완" 즉 능력문제이므로 어쩔 수 없는 일이라고 말하기까지 한다. 더구나 이갑기

16) 홍구, 「여류작가 군상」, 『삼천리』, 1933. 3, p.73.

의 말을 인용하는 데에 이르면 이 글이 과연 평문인지 의심스러울 지경이다. 필자의 주장은 송계월의 작품을 칭찬하는 사람은 이갑기의 글을 읽을 필요가 있다는 것인데 여기서 이갑기의 글은 앞에서 서술한 '처녀출산' 소문에 관한 것이다. 작품의 평가와 소문을 직결시키는 비논리성은 차치하고, 이 글은 결국 송계월의 인간됨됨이가 수준미달이므로 작품은 읽을 가치조차 없다는 저열한 공격을 은근슬쩍 가하고 있는 셈이다.

이에 비해 비교적 논리적인 비판을 하고 있는 안함광의 경우 당시 '여류문사'를 추켜 올리는 저널리즘의 태도를 정식으로 문제삼아 이후 민병철과 논쟁을 벌인다. 안함광은 주목받는 '여류문사'로 김원주(金元周), 최정희, 송계월, 김원주(金源珠)를 들고, 이들은 모두 작품 량이 미미한데도 불구하고 저널리즘과 관련있거나 문인들과 정실관계에 있기 때문에 주목받고 있다고 신랄하게 비판한다. 특히 그는 문학은 단순한 기록이나 논평이 아니라는 점에서 저널리즘과 관련있는 여성작가들을 더욱 비판해야 한다고 주장한다. 그러나 글의 말미에 이르러서는 원래 저널리즘과 문사는 거의 사촌관계이고, 이미 그녀들이 문사 호칭도 있으며, 문사 자격 운운하는 남성도 반성할 점이 있고, 지나치게 엄격·귀족적인 잣대를 들이댈 수 없다는 점에서 그녀들의 문사 존재 자체를 부인하지는 않겠다고 짐짓 너그러운 체하려는 태도를 취하기도 한다.

이에 대해 민병철은[17] 안함광이 제기한, 문사와 저널리즘의 관계에 대한 비판은 정당하지만 근본적으로 문사, 문단이란 정의와 구별은 부르조아적인 것이라고 비판한다. 또 성별(性別)에 따라 '여류문사'를 운

17) 민병철, 「여류문사에 대하야-동지 안함광군에게 보내는 일편서신」, 『비판』, 1933. 3.

운하는 것이 계급적 입장을 몰각한 것임을 지적한다. 더욱 중요한 주장은 '여류문사'로 주목받는 이들의 작품량이 미미하고, 너무나 쉽게 문사 칭호를 준다는 안함광의 비판에 대해 민병철이 남성작가의 경우도 그와 별로 다르지 않음을 지적하고 있다는 사실이다. 민병철은 "예를 들어 해외문학파에서 기관지 『월간문예』의 명록(名錄)을 보거나, 자신들이 발행하는 『시문학』에 시 한 편만 실으면 '문사'라고 칭했던 일을 기억하는가."라면서 "그럿커든 곰팡내나는 문사운동을 하고 잇스니 군에게 대하야 한갓 의문을 갓게 된다. 「맑시스트」의 비평적인 태도가 전혀 아니라고 나는 생각한다. 그리고 문사타령이 나니 구역질부터 압을 서는구나."라고 탄식한다. 이와 같은 지적은 결국 당대 여성작가에 대한 논란이 지극히 성차별적인 것으로부터 출발하고 있다는 사실을 반증하는 것에 다름아니다.

여성작가라는 것 자체에 대한 불만, 무시 등등이 당대 남성문학가들의 보편적인 인식이었고 안함광도 이를 크게 벗어나지 않았던 듯하다. 그런데 이무영, 홍구 등처럼 여성작가에 대한 거부감을 노골적으로 드러내는 방식 대신 안함광은 논리적인 설명을 하고자 애를 쓴다. 심정적인 거부를 논리적으로 풀어가려는 시도는 그 자체가 모순적이다. 객관적이지 못한 사실을 객관화시키는 모순인 셈이다. 이는 결국 카프 이론가인 안함광으로 하여금 엘리트적·부르주아적 문학관을 자기도 모르게 인정하는 자가당착에 빠트리고야 마는 것이다.[18]

그렇다면 이제 송계월의 작품 세계를 좀더 자세히 살펴보자. 현재

---

18) 한편 작품 자체만을 거론하고 있는 백철의 경우 오히려 균형잡힌 시각을 보여주고 있어 안함광의 평론과 좋은 대조를 이룬다. 그는 「창작계 총평」(『신동아』, 1932. 11)에서 「가두연락의 첫 날」이 구체적 표현과 심리 묘사, "××주의적 교양"이 있는 볼세비키 경향의 작품이라는 장점과 세련된 기술이 부족하다는 단점을 지적하며 그에 대한 노력을 당부하는, 비교적 객관적인 평가를 하고 있다.

남아있는 4편의 소설은 대부분 일제 강점기 계급문학으로 분류할 만한 작품들이다. 제사공장 여공들의 비참한 생활을 고발하고 투쟁을 당부하는 편지글 형식의 「공장소식」(1931), 제사공장 여공이 점심시간을 이용해 종로로 나와서 비밀임무를 완수하는 「가두연락의 첫날」(1932), 자본주의적 착취에 반발해 집단투쟁을 시도하는 뱃사공들을 그린 「바닷가」(1932), 사상운동을 하는 남편의 뜻을 이어받는 아내를 그린 「젊은 어머니」(1933)가 그러하다. 이들 작품들은 계급성이 뚜렷한 반면 서사적 구성이 치밀하지 못한 단점을 드러내고 있다. 이는 계급성의 도식적인 강조도 그 원인일 수 있지만 지나치게 짧은 분량으로 인해 충분히 서술할 여지가 없기 때문이기도 하다. 그럼에도 불구하고 계급성에 대한 고민, 아울러 여성의 특수한 위치를 놓치지 않고 있다는 점은 높은 평가를 받아야 마땅하다.

> 작년 정월에 지점장과 ×순이와의 사이에 ××관계가 잇슨 후부터는 감독들은 제각기 얼골이 어엽븐 동무들을 농락할려고 긔숙사로부터 어두컴컴한 복도나 으슥한 창고 속으로 불너내다가 순진한 우리 동모들의 정조를 빼앗는 것을 내가 알기에도 멧 번인지 모른답니다.
> 더욱이 위험한 것은 견습생들이랍니다. 이 동무들은 대개가 산골에서 제사 전습소 학생으로 뽑히여 오는 만큼 잣칫하면 이놈들의 감언리설에 속아서 타락하여 간 동무들이 만흠에 우리는 적지 아니 걱정에 잠기어 잇답니다.[19]

「공장 소식」의 주인공이자 S언니에게 편지를 쓰는 "나"는 ×차 제사공장 여직공으로 지금은 폐병에 걸려 입원 중인 처지다. 편지글에서 "나"는 아침 5시 반에 일어나서 저녁 7시 30분까지, 점심시간 30분을

19) 「여직공 편 : 공장소식」([특집문예 : 직업여성주제 단편집]), 『신여성』, 1931. 12, p.109.

제외한 13시간 30분을 "피와 땀을 짜내"는 노동에 시달리는 공장생활의 비참함을 호소한다. 화자가 말하는 장시간의 노동착취와 소화불량에서부터 각기병, 폐병에 이르는 괴로움이라든가, 철저한 분업시스템에 매여있는 고통 등은 노동현장의 일반적인 현상이기도 하다. 그러나 위 인용문에서처럼 여공들에 대한 성희롱, 성폭력이 빈번하게 일어나고 있음을 드러내고, 산골에서 오는 어린 견습생의 경우 쉽게 당할 수 있는 사실에 대한 지적은 여성의 특수성을 잘 드러내고 있다고 평가할만하다. 특히 화자인 "나"의 옆 병실에 있는 여공의 사연을 소개하는 부분에서는 구체적인 묘사가 뛰어나다. 그 여공은 작년에 공장에서 성폭력을 당한 후 아이가 생겼고, 책임지겠다는 남자의 말에 속아 아이를 낳고 보니 이미 그는 공장의 다른 여공과 관계를 맺고 오히려 자기를 모함하고 다닌다는 것을 알게 된다. 남자의 배신과 자신의 처지에 절망한 여공은 갓난 어린애를 안고 쥐약을 먹으려다 "나"에게 발견된다. "나"를 보고 놀란 여공이 떨어뜨린 쥐약 병이 방안을 굴러 다니는 풍경묘사와 함께 "빼빼 마른 엄마의 젖꼭지를 물고 젓 안난다고 우는 그 정상"을 서술하는 부분은 비참한 여공생활을 여실히 드러내주고 있다. 이 때문에 편지 말미에 자신은 비록 죽을지도 모르지만 "남은 내 뒷동무들의 참다운 동지가 되어주시기"를 바라는 화자의 부탁은 더욱 비장하게 느껴진다.

이에 비해 「가두연락의 첫날」은 역시 제사공장 여공이 주인공이긴 하지만, 여성적인 측면보다는 처음으로 계급운동에 가담하는 풍경을 사실적으로 그리고 있는 작품이다. 점심시간을 이용해 종로로 나와서 접선을 시도하고 임무를 완수한다는 내용이 중심 사건이고 이 과정에서 느낀 사명감과 두려움, 긴장 등을 실감나게 묘사하고 있다. 이와 함께 소략하긴 하지만 화려한 신여성과 자본주의적 문화를 대조적으로 배치하고 있다는 점도 주목할 만하다.

> 그러고 벅적찌근히 쩌드는 백화점의 아우성 소리에 내 귀와 눈은 한층 더-새로워젓다. 밤낫 — 잠자듯 하든 종로에도 불경긔를 모르는 듯이 떠들게 하는 백화점이 생기여 정자옥이나 삼월 오복정만 알든 조선 신식 녀성들의 굽놉흔 구두가 이곳에 멈추어 버리는 것도 오랫간만에 밧갓 구경을 하는 나에게 잇서서는 새로운 우에도 더-새로웁게 보이엿다. 더욱히 희귀한 풍경은 털옷에 뭉처진 귀부인과 신녀성들이 문을 들고 날고 하는 그 짬에서 "어서오십시오!" 하며 허리 굽히는 나어린 뽀-이의 간열흔(가녀린-인용자) 음성이 한칭 희귀하고도 남은 편이엿다.[20]

비장한 각오와 별의별 걱정을 다하면서 불안과 공포를 느끼는 여공이 머물러 있는 곳은 "굽놉흔 구두"를 신고 백화점을 드나드는 "조선 신식 녀성", "털옷에 뭉처진 귀부인"들이 "벅적찌근히 쩌드는" 번화가이다. 이와같은 대조는 상대적으로 계급운동의 정당성을 확보하는 구실을 하며, 결국 가두연락을 완수한 여성의 "자존심"을 더욱 긍정적으로 부각시킨다. 그러나 「공장소식」이 취하고 있는 편지글 형식, 「가두연락의 첫날」의 1인칭 주인공 시점은 심리 묘사의 사실성을 돋보이게 하는 한편 지나치게 직설적이고 설명적이라는 단점도 있다. 특히 「가두연락의 첫날」의 경우, "위대한 사명"에 대한 긍정적 인식, 각오 등이 화자의 목소리를 통해 단순하게 나열되고 있어 거칠고 생경한 느낌마저 주기도 한다.

이와같은 계급성의 직설적인 강조에 따른 단점은 「젊은 어머니」에서 극명하게 드러난다. 이 작품은 "녀류 련작소설"이라는 부제에 따라 박화성, 송계월, 최정희, 강경애, 김자혜 순으로 씌여진 것이다. 계급운

---

20) 송계월, 「가두연락의 첫날」, 『삼천리』, 1932. 3, p.111.

동을 위해 집을 떠나 죽은 남편 대신 요리집을 꾸려나가며 두 아이를 키우고 있는 현우희와 그녀를 둘러싼 채주사, 김, 민이라는 세 남성이 작품의 중심 인물이다. 세 사람의 남성 모두 우희에게 관심을 보이거나 직접 구혼을 한다는 연애관계가 이 작품의 한 축이고, 은행지배인으로 철저히 부르주아적인 인물인 채주사에 비해 계급운동가였던 남편, 그의 친구이자 지금도 은밀히 계급운동을 하고 있는 민, 역시 남편의 친구이지만 ○○사건으로 복역하고 나와서 변절해서 민을 감옥에 보내는데 결정적인 역할을 하는 김 등 계급사상이 작품의 또다른 한 축이다. 연애와 계급운동이 얽히는 가운데 결국 우희는 요리집을 그만 두고, 감옥에 간 민의 뒷바라지를 하는 동시에 무산 아동을 위한 야학을 열어 남편이 당부한 "굳센 어머니"를 몸소 실천한다는 결말로 작품은 끝이 난다.

등장인물과 전체 배경을 설명하는 첫 회를 쓴 박화성과 전체 마무리를 하는 마지막 회를 쓴 김자혜를 제외한 세 작가의 경우, 각각 작가적 특성이 뚜렷하게 비교된다. 다소 거칠게 대별하자면 송계월은 김과 민의 사상적 다툼, 우희의 번민에 초점을 맞추고 있고, 최정희는 우희를 둘러싼 갈등 특히 민의 충동적인 열정, 우희의 내적 갈등 묘사를 두드러지게 그리고 있다. 이에 비해 강경애는 연애, 사상의 실천에 따르는 어머니로서의 괴로움 즉 모성의 갈등을 드러내고 있다. 이에 대한 세세한 평가나 전체 작품에 대한 서술은 다음 기회로 미루고, 다시 송계월에게 주목하자면 계급의식의 강조가 지나치게 직설적으로 드러난다는 점에서 아쉬움이 있다.

변절한 인물인 김과 지금은 비록 우희의 요리집에서 일하는 요리사이지만 여전히 은밀하게 계급운동을 도모하고 있는 민이라는 두 인물의 비교는 단지 그들의 언쟁을 통해서만 이루어진다. 김은 "좌익적 언사를 함부로 롱하여 리론으로 가장 정당한 계급의식을 파악할 것처럼 뒤떠드는" "타락한"으로 규정되고, 그에 대한 비판은 민의 입을 통해 이루어진다. 친구의 누이동생에게 마음이 있다는 김에게 민은 "경박한 좌익소하병 환자", "뿌르조아적", "푸로레타리아의 적", "돈잇고 권세잇는 부자"라고 공격한다. 두 페이지가 넘는 분량에 달하는 김의 비판은 그러나 추상적인 수준에서 가해지는 것이다. 본래 성격이 그러하고, 부르주아의 아들이니 계급 운동에 열정이 없고, 친구 누이동생이나 넘본다는 것이 이유일 뿐이다. 이후 방으로 돌아온 민은 우희에 대한 애정으로 괴로워한다.

> 민상은 어느 사이에 현우희를 세상에 둘도 없는 여자로 생각하엿다. 그는 현우희를 세상에 둘도 없이 사랑하는 증거였다.-이러한 표상은 오히려 민상의 감정을 서글푸게만 하엿다.
>
> "나는 그를 사랑한다. 그러나 적극적으로 그에게 사랑을 구할 만한 경제적 능력이 없지 않는가?"21)

돈많은 부르주아 채주사가 우희에게 청혼한 것을 알아차린 민은 "우희는 경박한 남성과 정신적으로 정당한 물건을 파악한 남자를 구별할 줄 아는 여자"인지 걱정하는 한편 우희에 대한 자신의 사랑과 가난한 자기 신세에 대해 괴로워한다. 작가는 채주사의 사랑이 경박하고 부당한 것으로 서술하지만, 민이 왜 우희를 사랑하게 되었는지에 대해서도 구체적으로 언급하지 않는다. "세상에 둘도 없는 여자"로 생각하니까 "세상에 둘도 없이 사랑하는 증거"라는 민의 고백은 닭이 먼저냐 달걀이 먼저냐는 식의 순환논리일 뿐이다. 또 사랑의 전제조건으로 경제적 능력을 거론하고 사랑의 감정이 "쓸데없는 망상"이라고 스스

21) 송계월, 「젊은 어머니」, 『신가정』, 1933. 2, p.154.

로 “조소”하는 민의 서술은 관념적인 사고의 전개방식에 지나지 않는다. 따라서 그것이 부르주아적인 사랑에 비해 더 긍정적일 수 있는지는 설득력이 없어 보인다. 물론 민의 번민 이후 28행이 부득이 삭제되었다는 검열의 흔적이 있는 것으로 보아 소설구성의 허술함을 지나치게 평가절하할 수는 없을 것이다. 그럼에도 불구하고 민과 김의 언쟁을 통한 계급의식의 직접적인 토로, 민의 관념적인 사고 전개 방식 등은 소설 구성에서 단점으로 지적할 만한 부분이다.

결국 송계월의 작품은 모두 계급문학적인 성격이 뚜렷하며, 여성인물을 주인공으로 하는 경우 여성이기 때문에 받는 억압, 특수성들을 드러내고는 있지만 여성문제는 계급해방이 이루어져야 가능한 것으로 간주하는 인식을 전제로 하고 있다.[22] 2년에 지나지 않는 짧은 창작 경력, 서너 편이라는 작품 수, 단편소설에 채 미치지 못하는 짧은 분량 등은 송계월의 작품세계를 제대로 평가할 수 없게 만드는 요인임에는 분명하다. 그러나 그 속에서도 분명한 주제의식의 부각과 여공생활, 여성의 특수성에 대한 편린들은 쉽게 지나칠 수 없는 성과이기도 하다.

5. 여성작가가 된다는 것

1920년대 잡지 『신여성』의 한 기자는 이화, 배화, 숙명 등의 여학교를 방문해서 재원으로 소문난 여학생들을 인터뷰한다.[23] 취미가 무엇이냐고 묻는 기자에게 대부분의 여학생들은 ‘음악과 독서’라고 대답한

22) 송계월, 「여인문예가 크룹 문제」, 『신여성』, 1932. 3.
23) 「여학교 재원 순례기」, 『신여성』, 1931. 1.

다. 그중 "유일한 취미는 독서"라고 말하는 여학생도 적지 않다. 이때 독서란 단순히 책읽는 것 이상의 의미다. 그것은 극소수의 사람에게만 가능했던 문자 해독력, 근대적 지식의 소유를 의미하며 더 나아가 독서 그 자체는 문학행위와 동일시된다. 한편 독서가 취미인 여학생들에게 문학은 인생의 목표이기도 하다. 그녀들은 문학공부에 모든 것을 바치기도 하고, 자신의 남편이 "문사"이든지, 문학・예술 방면에 취미를 가진 남편을 만나기를 원한다.[24] 이쯤 되면 문학을 꿈꾸는 것, 작가를 동경하는 것은 유행을 넘어서 가히 여학생의 필수 존재조건처럼 여겨진다. 그러나 문학에 대한 열망이 여학생들에게만 있었던 것이라고 보기는 어렵다. 근대적 지식인으로 새롭게 부상한 남성, 남학생들에게도 '문학'은 중요한 취미이자 인생목표와도 통하는 것이었기 때문이다.[25]

그럼에도 불구하고 조선의 여학생들이 '문학'에 열광하는 현상은 그들만의 특별한, 결코 긍정적이지 못한 것으로 간주된다. 비판자들의 눈에는 여학생들이 '문학' 운운하는 것이나 양산 사는 것, 머리를 지지는 것, 핸드백 사는 것은 별반 달라 보이지 않는다. 그것들은 모두 자신을 치장하기 위해 '신(新)'이라는 표지에 어울리는 장신구를 갖추는 일에 불과하다는 것이다. 그렇기 때문에 "강연 좀 잘하는, 소설이

24) 「이동좌담 내가 이상하는 남편」, 『신여성』 5권 11호(31년 12월), p.38 ; 「여학생의 결혼관 경성 모(某)녀학교 교사담」, 『신여성』 제2권 5호(24년 5월), p.32.
심지어 당대 인기 가수, 인기 배우였던 이난영, 문예봉도 남편감으로 문사를 손꼽는 정도다. 화려한 연예인인 그녀들이 공상일지도 모르지만 "말씀하라면 시인이나 소설가가 그리워"진다고 고백하고 실제로 남편이 돈을 못 벌더라도 문사이니 그것을 감내할 것이라고 말하며 수줍어한다.(「내가 이상하는 남편」, 『삼천리』 (35년 8월) 중에서)

25) 실제로 수많은 남성들도 아내를 선택하는 기준에 반드시 "문학애호자"이든가 "취미 고상"할 것을 내세우고 있기도 했다. (이춘강, 「나는 이런 안해를 바람니다」, 『신여성』, 1924. 5, p.60.)

나 시 좀 쓰는 톄하는 사람에게 편지 몃 장쯤"[26]만 받아도 여학생들이 손쉽게 마음이 끌린다고 노골적으로 비난한다. 남성들이 보기에는 이런 지적 허영 때문에 여학생은 아무리 문학을 한다고 애를 써도 주체적인 존재가 될 수 없다. 그들의 눈에 그녀들은 그저 아기같은 미숙한 존재로 보일 뿐이다.

이런 문학소녀의 범주에서 송계월 또한 크게 벗어나 있지 않다. 궁벽한 어촌 마을의 소녀가 '문학'의 꿈때문에 경성으로 가출을 감행하고, 학생운동·백화점 점원·기자 생활을 두루 경험하면서도 그녀의 중심은 늘 '문학'이었다. 하지만 그녀는 살아생전 '여류 문사 시비'나 처녀 출산이라는 소문에 시달려야 했고, 결국 23살의 나이로 생애를 마감하고 말았다. 그녀의 짧은 생애에서, 4편 남짓 남아있는 소설 작품을 통해 웅숭깊은 메시지를 발견해내기는 사실상 어렵다. 그러나 지적 허영이라고 매도당했던 문학소녀들의 경우나 귀여운 '여류문사'로 규정당한 송계월에게서 우리는 '여성의 글쓰기'를 역으로 추론해볼 수 있을 것이다. 식민지의 지식인으로서 그러나 공적 영역에 발을 들어놓은 지 10년이 채 안되는 '신여성'. 그녀들이 가진 문학에 대한 꿈은 사실상 근대적 주체화에 대한 열망에 다름아니다. 송계월의 경우 계급사상을 통해 식민지 조선의 현실을 이겨나가고자 했고, 문학을 통해 주체적 삶을 살고자한 신여성이었던 것이다. 이런 그녀의 욕망은 갖가지 시비와 소문에 부딪쳐 결국 좌절하고 말았지만, 송계월의 삶과 문학을 통해 우리는 근대 여성작가의 의미를 새롭게 되새겨 볼 수 있을 것이다.

26) 편집인, 「미혼의 젊은 남녀들에게」, 『신여성』 2권 5호(24년 5월), p.5.

여성작가가 된다는 것, 이상적 여성상을 향하여
-한무숙의 『빛의 계단』을 중심으로

1. 『빛의 계단』을 바라보면서

『빛의 계단』(1960)은 해방 후 사회적 혼란 속에서 방황하던 남성 지식인이 참된 사랑을 통해 변화하는 모습[1]를 그리고 있는 장편 소설이다. 기존 평가에서 가장 많이 거론된 것은 빼어난 미모와 조용한 성품으로 삶의 고통을 자기 내부에서 감내하는, 이상적인 여인 <경전>을 통해 참다운 여성상과 사랑의 의미를 되새기게 한다는 긍정적인 의미이다. 작가 또한 <임형인(남자 주인공)같이 신념과 목표와 자기를 상실하고 방황하는 공허한 인간에게 영혼의 부활을 의도하게 한 운명의 여인>[2]을 그리는 것이 자신의 의도라고 직접 설명하기도 한다. 한편 이상적인 여성상은 페미니즘적 시각에서 비판하는 '천사 이미지'의 전형적인 경우에 해당한다. 이 때문에 여성을 '타자화'시키는 허위의식

---

1) 김시태, 「빛과 어둠의 형이상」, 『한무숙문학전집 2』, 을유문화사, 1992, p.332.
2) 한무숙, 「빛은 진리와 생명의 상징」, 『한무숙 문학전집 2』, 을유문화사, 1992, p.344.

이라는 비판[3]이 제기되었고, 이는 한무숙 소설에 전반적으로 적용되어 왔다. 이와 마찬가지로 타락한 남성을 구원하는 의미로써의 '사랑' 역시 여성이 '타자화'되는 과정일 따름이라고 비판받아왔다.

이처럼 작품에서 여성의 '타자화'가 두드러지는 이유는 작가가 여성임에도 불구하고 남성적 시각이 내재화되어 있기 때문이다. 이는 손소희, 강신재, 최정희, 한말숙 등 당대의 여성작가들에게도 거의 비슷하게 드러나는 사실이기도 하다.

한편 이와 같은 비판적인 평가를 수용하면서도 『빛의 계단』에서 새롭게 주목해야할 점은 작품의 중심에 위치하지 않은, 이른바 주변 여성 인물들이다. 지식인 여성의 전형적인 인물로 자각적이고 주체적인 성격을 나타내는 <정란>이나 <순임>의 방종, <난희>의 일탈적인 삶은 『빛의 계단』의 핵사건(Kernels)[4]이 아니다. 그럼에도 불구하고 이들의 형상화는 이상적인 여성상과는 달리 오히려 현실에 존재하는 여성의 삶 그 자체를 보여준다는 점에서 의미있다.

이 글에서는 한무숙의 장편 소설 『빛의 계단』에서 이상적인 여인상과 사랑의 의미를 비판적으로 살펴보는 한편, 주변 여성 인물을 통해 여성에게 욕망이 억압, 굴절, 투사되는 양상을 읽어내고자 한다. 성(性)과 욕망의 억압으로 인해 일탈된 여성의 삶은 『빛의 계단』에서 행간의 의미를 읽어내는 일이기도 하지만, 한무숙 문학세계의 중요한 해석고리라는 점에서 그 의의가 있을 것이다.

---

3) 강소연, 「1950년대 여성소설 연구」, 이화여자대학교 석사학위논문, 1998, p.22.

4) 롤랑 바르트의 핵(noyau)이라는 용어를 번역한 채트먼의 용어로서, 서사물에서 이야기의주요한 흐름을 이끌어가는 서사적 계기들을 일컫는다. 핵사건들은 한두 가지, 혹은 여러 가지의 가능한 방향 가운데 어느 한 쪽으로 서사적 흐름을 이끌어 나가는 분기점으로서 서사적 구조 안의 마디나 관절과도 같은 역할을 한다.

2. '빛의 계단'으로 이끄는, 구원자로서의 여성

『빛의 계단』의 여성 주인공은 <경전>이다. 그녀는 청순가련형의 빼어난 미모이며 삶의 고통을 조용히 인내하는, 자기희생적인 성격이다. 더구나 그녀의 외모와 성품은 모두 선천적이면서도 고정 불변의 것이며, 삶 그 자체의 특성이기도 하다. 선천적이라는 의미는 <경전>이 출생의 비밀[5]로부터 기인하는 원초적인 애련을 가지고 있기 때문이다. 또한 그녀는 항상 감상적인 분위기에 싸여 있으며, 병든 양어머니를 위해 20세나 연상인 남자와 결혼한다. 남편의 사업 실패, 남편의 죽음, 집안 몰락을 겪으면서도 <경전>은 자신을 구박하는, 병든 시어머니와 자기 또래의 전실 자식 <난희>를 위하여 모든 것을 희생하는 태도를 보이는 등 경전의 삶은 온통 비련이다.

<화장끼 없는> <투명>한 얼굴에 <새하얀 소복 치마를 휩싼 왼손이 치마 천에 놓여진 무늬인 양 희고 고>운 <경전>의 외모는 자기희생적인 성격과 함께 이상적인 여성상으로 규정된다. 이는 1950년대 여성 소설에서 종종 긍정적인 여인상으로 '완벽한 인내와 희생의 여인'을 묘사해왔던 것과 같은 맥락으로 이해할 수 있다.[6]

억압적 환경을 극복하려는 치열성보다는 그것을 묵묵히 수용하고 자기희생적인 태도로 현실을 참아내는 이상적 여성, 완벽한 여성상은 현실과 거리가 있을 뿐더러 여성의 삶에서 주체성과 현실성을 소거한

5) <경전>의 어머니 <연옥>은 여학교 때 남자와의 사랑에서 아이를 가진 후, 남자로부터 버림받는다. <연옥>은 약을 먹고 자살을 하려 하나 실패하고 <경전>을 낳은 지 사흘 만에 죽는다. 그후 아이는 외삼촌 부부의 호적에 올라 그들의 딸로 자란다. 외삼촌 부부와 그 친구인 <서병규>만이 이런 내막을 알 뿐 <경전>과 주위 사람들은 이 사실을 전혀 알지 못한다.

6) 강소연, 앞의 논문, p.23.

다는 데 문제가 있다. 이상적인 여성, 완벽한 여성은 '타자(The other)'로 대상화되면서 주체의 대타항로써만 위치 지어진다. 그녀들은 주체적인 남성적 특징과는 대비적으로 수동성, 감상성 등을 여성의 고유한 자질로 내면화하고, 미모나 인내 혹은 겸양 등이 '여성다움'을 상징하는 미덕으로 강조되는 것이다.[7]

> 무개성(無個性)의 개성(個性)이랄까, 경전의 성격에는 물처럼 윤곽이라는 게 없다. 딱한 일일 수도 있는 이런 점까지 정해는 좋았다. 거기에 불성(佛性) 같은 것까지 느끼는 것이다. (…중략…)
>
> 정해는 그 불안(佛眼－인용자)이 좋았다. 불안이 자비를 머금고 있어서가 아니다. 오히려 어쩌면 불안에는 표정이 없는 것이라고 생각하는 것이다.
>
> 어느 탁월한 솜씨가 이룬 것인지 관음 입 언저리에는 있을까 말까한 미소의 자국 같은 것이 감돈다. 주제(主題)가 없는 미소라고나 할까. 아픈 마음으로 볼 때 슬프게, 외로우면 고독하게, 우울하면 어둡게, 기쁜 마음으로 보면 기쁘게, 그것은 미소지었다. 말하자면 호응(呼應)의 정신, 그것이 서린 것이 미소로 승화(昇華)된 것이 아닐까 느껴지는 것이다.
>
> 경전이가 때로 보이는 투명한 표정에 이 관음상의 미소 같은 것을 느끼는 것은, 어디까지나 정해의 주관일지 모른다. 어쩌면 희망일지도 모른다. 괴어 있는 물……[8] (강조－인용자)

위 인용문은 <정해>[9]가 <경전>을 불상에 비교하는 부분이다. 조용하고 은은한 미소라는 외면적인 유사성 이외에 가장 큰 비교 근거는 <무개성(無個性)>이다. 이때의 <무개성(無個性)>은 보는 사람 즉 주체

---

7) Donovan, J., 「페미니즘과 실존주의」, 『페미니즘 이론』, 문예출판사, 1993.

8) 한무숙, 『빛의 계단』－한무숙 문학전집 2, 을유문화사, 1992, pp.74~75. (이하 인용문은 인용 페이지만 명시함)

9) <정해>는 <서병규>의 둘째 아들로 어릴 때부터 <경전>과 같이 자라왔다. 그는 소년 시절부터 <경전>을 좋아했지만, 그녀의 결혼과 몰락, 현재까지 자신의 감정을 제대로 드러내지 못해왔다. 그는 과부가 된 <경전>을 옆에서 보살피며, 여전히 그녀에 대한 사랑을 간직하고 있다.

의 시선에 따라 다르게 규정된다는 의미이다. 주체가 <아픈 마음으로 볼 때 슬프게, 외로우면 고독하게, 우울하면 어둡게, 기쁜 마음으로 보면 기쁘게> 보이는 <호응(呼應)의 정신>은 주체중심주의적인 시각에서 타자를 규정하는 일에 다름아니다. 이때 주체는 출발점인 동시에 회귀점이자 모든 사물을 평가하는 좌표계인 동시에 원점인, 이성 중심의 단일한 실체다. 따라서 모든 타자를 동일자에 환원시키고, '차이'는 생략·배제하고자 하는 '동일성의 논리'가 강력하게 발휘된다. 이와 같은 주체 중심적인 담론은 근대에 이르러 '남성/여성, 어른/아이, 과학 혹은 문명/자연, 근대적 주체(정상인)/빈민·광인·부랑자, 서구/비서구, 제국주의 민족 혹은 국가/피지배 민족 혹은 국가'의 이항대립을 만들었고 후자는 폐기되어야 할 것, 혹은 교정·개선되어야 할 요소로 취급되었다. <경전>이라는 이상적인 여인상은 바로 남성 주체 중심주의적인 시각에서 규정된 타자화된 존재이다. 이때 여성은 '이상적'이므로 폐기·교정·개선이 필요하지는 않지만, 남성을 '구원'한다는 의미에서만 존재의의를 인정받는다는 점에서 철저히 타자화·대상화되어 있다고 볼 수 있다.

이상적인 여성에 의해 남성이 '구원'되는 것, 그것이 『빛의 계단』에 나타나는 '사랑'이다. <임형인>은 해방 이전 학병 반대운동의 주모자로 갖은 고문과 핍박을 이겨내며 적극적으로 살아왔지만, 사모했던 여성이 미군 양공주가 되어 사랑에 배신당하는 아픔을 겪는다. 해방 이후 그는 냉철한 사업가로 변모하고 여성과의 육체적 쾌락만 탐닉하게 된다. 그는 세상 모든 사람과 사물에 대해 <철저한 무관심>만을 취하고, 모든 관계를 단절한 고독한 존재자로써의 삶을 영위할 따름이다. 그러나 비록 지금은 망각했지만, 예전에 꿈꾸었던 이상적인 여성상을 간직한 <경전>을 만나 <임형인>은 '사랑'의 의미를 새롭게 깨닫는다.

(가) "참 이상해. 나두 지금 그런 생각을 허구 있었거든. 천하룻밤을 이야기로 새웠다는 샤라자데를 생각허구 있었어. 그리구 그런 여성이 있을 수 있다는 걸 확신할 수 있다구, 삶을 허물어뜨린 사나이에게 인생을 긍정(肯定)시키게 하는 여성이 말야."

10여 년 전 같으면 모르되 오히려 당황한 말이었다. 정식은 애매한 표정이 되며 담배를 비벼껐다.

"하나의 삶을 산다는 건 하나의 회오(悔悟)를, 한(恨)을 남기는 거라구 생각했었는데."

임형인의 소리가 낮아졌다. 자기 내부를 들여다보는 것 같은 어조였다. (p.249, 강조－인용자)

(나) "그런데 지금 내 마음의 공백을 향하여 밀려드는 것들 중에, 두려움에 가까운 것이 섞여 있는 것 같군요. 마음이 한없이 겸손해 오는 거예요. 기도가 깃드는 것이라구 하면 웃으실까요?"

스스로 씹듯이 하는 거의 독백에 가까운 말들이었다.

"그리구 그런 감정이란 모두 인간의 것이구 보니 나는 지금 인간에 복귀하구 있는 것일 겁니다…… 당신 덕택이에요."

임형인은 발을 멈추고 경전의 옆얼굴에 눈을 주었다. 눈썹 언저리에 아직도 우수가 남아 있으면서 따뜻한 표정이었다. (p.254, 강조－인용자)

<임형인>에게 있어 이상적인 여성은 <삶을 허물어뜨린 사나이에게 인생을 긍정(肯定)시키게 하는 여성> 즉 학창시절부터 꿈꾸어 온 <영원의 여성(p.164.)>이다. 그 여성이 바로 <경전>이고, 그녀를 만났기 때문에 (나)에서처럼 자신이 변화하고 있는 것을 스스로가 느낀다. 그러나 두 사람의 관계는 남성이 관찰하고 바라다보는 여성→남성이 수용하는 여성의 관계에 지나지 않는다. 그것은 두 사람 사이에 실질적인 교류가 없기 때문이다. 이미 남성이 가지고 있던 이상적인 여성이라는 잣대에 상대 여성이 적합함을 인정하는 것 그것이 바로 『빛의 계단』에서 보여주는 '사랑'의 과정이다.

더우기 <임형인>과 <경전>이 사랑하게 되는 과정은 지극히 모호

하다. 두 사람이 왜 서로 호감을 가졌는지에 대한 설명이 거의 없고, 경주에 유적 발굴을 하러 간 현장에서 <임형인>이 <경전>을 향해 자신의 심경 변화를 고백하고, <경전> 또한 이미 그를 사모했음을 밝히는 정도일 뿐이다. 이는 작가가 설정한 사랑의 의미가 남다르기 때문에 그러하다. 『빛의 계단』에서 남녀의 사랑은 어떻게 두 사람의 관계가 변화하고 있느냐가 관건이 아니다. 어떻게 여성이 남성을 '빛의 계단'으로 인도하고, 그를 '구원'할 수 있는가가 한무숙이 드러내고자 하는 '사랑'이다. 이는 (가)의 <임형인>의 말에서처럼 '아라비안 나이트'의 <샤라자데>의 의미이기도 하다. 『빛의 계단』에서 <샤라자데>는 왕비에게 배신당한 후 사랑, 믿음 따위의 가치를 상실한 왕에게 천일 밤 동안 이야기를 들려주며 그를 감화시키는 구원의 여성이다. <경전> 또한 <임형인>에게 <샤라자데>의 역할을 하는 것, 그것이 작가가 말해주는 '사랑'의 의미이다.

'사랑'은 넘어설 수 없는 이원성이 두 존재자들 사이에 있음이 확인되는 관계[10]이다. 논리적 설득으로는 절대로 타자를 포섭할 수 없는 관계가 연애이며,[11] 항상 타자의 차이성을 받아들여 자신(주체)의 생각을 끊임없이 수정해나가야만 연애 관계가 유지될 수 있다. 그러나 (가)에서처럼 남성의 기준에 적합한 여성을 발견, 선택, 수용하는 과정이 연애 관계이고 (나)에서처럼 남성을 구원하는 것이 '사랑'이라면, 이것은 철저히 남성 주체 중심주의의 시각에서 그 의미를 규정한 것이다. 그런 '사랑'에서는 주체－타자의 관계가 성립될 수 없다. 주체의 영역으로 여성 타자가 완전히 흡수, 소멸되거나 여성 타자의 존재 근거인

---

10) Levines, E., 앞의 책, p.104.

11) Levines, E., 앞의 책, pp.103~111 ; 炳谷行人, 송태욱 역, 『탐구 1』, 새물결, 1998, pp.194~195. 참조

'차이'를 부정당한 채 철저히 타자화, 대상화될 수밖에 없기 때문이다. 따라서 『빛의 계단』에서 강조하는 참된 사랑이란 남성 주체 중심주의를 강조하는 의미의 또다른 표현에 지나지 않는다.

3. 욕망의 억압과 여성의 생존 전략

<경전>이라는 이상적인 여성상과 참된 사랑의 의미가 남성주체 중심주의 시각이 내재화된 것이라면, 『빛의 계단』에서 <경전> 주변의 여성들은 남성 주체라는 동일자로 결코 흡수되지 않는 '차이'를 가진 타자의 존재[12]를 드러내주는 인물들이다.

우선 <경전>과 각별한 사이에 있는 <서병규> 집안의 막내딸인 <정원>은 자각적이고 주체적인 '신여성'의 전형을 보여준다. 그녀는 의대생이라는 지적 능력과 함께 능동적이고 활발한 성격을 가지고 있다. 그녀는 외모 또한 <지나치게 벗어진 넓은 이마>조차 <이지적(理智的)>으로 보이고, 자기주장이 뚜렷하며 스스로 객관성과 합리성을 지향하는 여성 인물이다. 예를 들자면 <경전>의 전실 딸인 <난희>와는 친구이면서도 그녀에게 환경에 패배한 비겁자라고 서슴없이 비판한

12) 레비나스는 근대 이성중심주의 담론에서 타자는 폐기되고, 교정・개선되어 주체로 동일화되어야 할 요소였지만, 사실은 '나'라는 동일자로 결코 흡수되지 않는 '타자'가 있음을 드러내는데 주목한다. 그는 '존재 안에 머무르려는 경향'에 따라 욕구를 충족시키는 것이 주체성의 근본을 이루는 것이 아니라, 타자와의 관계를 통해 비로소 근본적으로 나의 주체성이 구성된다고 주장한다.(Levines, E., 강영안 역, 『시간과 타자』, 문예출판사, 1996 ; 서동욱, 『차이와 타자』, 문학과 지성사, 2000.) 이와같은 입장을 취하면 남성 주체와 '차이'를 드러내는 '타자'로서의 여성의 긍정적 의미와, 주체에 의한 수동적 '타자화'가 아니라 주체와 관계하는 타자의 능동적인 역할을 규정할 수 있다.

다. 또 <경전>에게도 오히려 <난희>를 동정하기보다 <자빠져두 제 힘으로 일어설 수 있는 의지를 길러 줘야>한다고 충고하기도 한다. 이처럼 <정원>은 자기희생적이고 비련의 여성상인 <경전>과는 대조를 이루는 여성 인물이다.

<정원>이 성격상 <경전>과 대조적이라면 <순임>과 <난희>는 '이상적인 여성'과는 대조되는 일탈적 여성 인물이라는 점에서 더욱 흥미롭다. <서병규>의 큰 며느리인 <순임>은 작품 내에서는 아주 미미하게 나타나는 여성인물이다. <순임>은 <좀 난한 성격>이어서 그녀가 만지는 음식에서 화장품 냄새가 날 정도로 짙은 화장에 화려한 차림새이며, <홀>에도 자주 드나든다. 이와같이 1960년대의 '자유부인'을 연상시키는 몇몇 단편적인 설명이 작품에서 드러나는 전부이다. 그럼에도 불구하고 <순임>의 이미지는 <경전>이 가지고 있는 이상적인 여성 이미지의 의의를 교란한다는 점에서 의미있다.

> 한 마디로 난잡하다. 그러나 화려하다. 호화로운 난잡(亂雜)－경대 앞에 어지러이 늘어져 있는 숱한 화장품들도 화려한 장식품들만 같다.
>
> 경전은 오랜만에 '여인의 방'을 본 것 같았다.
>
> 여인이 씀으로써 화려하고, 더럽혀지고 미소롭고, 약간 죄스럽기조차 한 그런 방. 그것은 확실히 살고 있는 모습이었다. 숨쉬고 허뜨리고 펼쳐 놓고…….
>
> 깔밋하기만 한 여태까지의 자기 방들이 어릿거린다. 장소가 어디든 간에 그녀가 거기 있음으로써 언제나 그렇게 되어 버리는 무엇인가가 고여 있는 것 같은 방들. 어느 때는 고요가, 또 다른 때는 예감(豫感)이, 또는 꽃다운 숨결이 그득히 고여 있었던 방들－그리고 지금은 절망과 슬픔과 고뇌가 넘을 듯 넘을 듯 고여 있는 가난한 자기 방.
>
> 그녀는 문득 자기가 생활하며 살고 있는 사람이 아니었고, 그러한 방들에 놓여 있었던 정물(靜物)이었던 것같이 느껴지는 것을 어찌할 수 없었다. (pp.44~45)

<경전>은 <서병규>의 집을 찾아가서 <순임>의 방에 들어갔을 때 <호화로운 난잡(亂雜)>을 발견한다. 그러나 <경전>은 '난잡'하고 더럽고, 심지어는 <죄스럽기조차>한 그녀의 방에서 '살아있는' <여인의 방>을 깨닫는다. <순임>이 보여주는 <여인>이란 생생히 살아있는 인간 그 자체다. 긍정적이든 부정적이든 간에 욕망을 추구하는 것은 인간의 자아본능 중 하나이다. 욕망하기를 멈추었을 때는 바로 존재의 죽음이 찾아든 순간이다. <경전>은 욕망을 멈춘 것이 아니라 욕망 자체가 없는 인물이다. 그녀에게 욕망이 부재하는 이유는 <경전>이 남성 주체의 시각에 의해 이상화된 여성 그래서 현실에서는 부재하는 여성이기 때문이다. 따라서 <자기가 생활하며 살고 있는 사람이 아니었고, 그러한 방들에 놓여 있었던 정물(靜物)>이라는 깨달음이 가능하다. 이 깨달음은 <경전>의 의식 속에서 잠시잠깐 일어났던 순간적인 것에 그치고 말 뿐 이후 <경전>의 생활이나 작품 전체에는 아무런 영향을 미치지 못한다.

<순임>에 비해 <난희>는『빛의 계단』에서 좀더 많은 비중을 차지하고 있는 여성 인물이다. <난희>는 의붓어머니 격인 <경전>에게 적대적이다. 그녀는 <경전>이 결혼하기 전에는 자매처럼 친하게 지냈지만, <경전>의 결혼 이후 <아버지의 사랑과 형같이 따랐던 사람의 사랑을 동시에 잃었다>는 느낌때문에 <경전>에게 거리를 두기 시작한다. 아버지가 죽고, 갑자기 집안이 몰락한 이후 <난희>는 <젊은 계모>와 대립적인 위치에서 <열등감>을 느끼며 적대적으로 변모한다. 그 <열등감>의 근원은 자신이 사모하는 <정해>가 <경전>에게만 사랑을 주고 있다는 사실이다.

<임형인>이 사랑을 고백했을 때, 자신의 감정은 무시한 채 스스로 자격이 없다며 물러나는 <경전>에 비하면 <난희>는 보다 적극적이

다. 그녀는 박물관 일을 하는 <정해를 이해하려는 노력에서> 그에게 <고고학에 관한 서적을 빌려 가나 하면, 어디서 얻어 왔는지 활촉이랑 와당 같은 걸 갖다 주기도> 한다. 또 <경전>이 <정해> 방에 있는 것을 보았을 때 <두 주먹을 쥐고>, <윗눈질로 정해를 쏘아> 볼 만큼 자신의 감정을 표출하기도 한다. 그러나 이와같은 <난희>의 감정과 욕망은 정상적으로 발산되지 못한다. <경전>과 비교해서 적극적일 뿐 <난희>는 단 한 번도 제대로 자신의 감정과 욕망을 표현하지 못하고 <정해> 주위를 맴돌 뿐이다. 현실화되지 못하는 여성 인물의 욕망은 결국 '정신병'이라는 일탈로 나타나고야 만다.

<경전>이 <정해> 방에서 다정하게 이야기를 나누고 있는 것을 보고 돌아온 후 <난희>는 고열에 들떠 심하게 앓기 시작한다. 열에 들떠서 <하는 말이 오히려 여느 때보다 조리가 서는> 그녀를 보고 <정원>은 <엑스타시>라고 정의한다. <병뿐이 아니구 어느 극한(極限)을 맛본다는 건, 산다는 걸 한번 더 확인해 보는 생명의 수단>임을 느꼈기 때문이다. 이때의 '병'과 '열'은 비정상적인 이질성의 침입에 주체가 대항하는 것이다.[13] <난희>의 사랑은 어머니와 맞서는 행위이자, 남성인물의 의지를 거스르는 것이다. 이를 표현하는 것은 현실에서 용납될 수 없는 일이다. <난희>의 '병'과 '열'은 여성의 욕망을 이질적인 세균의 침입으로 보고, 이에 대항하는 과정의 산물이다. 결국 <정원>의 느낌－생명의 수단－은 남성 주체 사회에서 적응하는 여성의 필사적인 노력이기도 하다. 그 필사적인 노력에도 불구하고 여성이 자신의 욕망을 감출 수 없다면, 남는 방법은 두 가지이다. 스스로 존재를 소멸시키거나 사회로부터 일탈하는 경우이다. <경전>의 친어머니

---

13) 조형근, 「근대 의료 속의 몸과 규율」, 서울사회과학연구소 편, 『근대성의 경계를 찾아서』, 새길, 1997.

는 바로 전자의 경우에 해당한다.

<경전>의 친어머니 <연옥>의 삶은 <서병규>의 회상을 통해 아주 간략히 언급된다. 그녀는 사랑하는 남자와의 사이에서 아이를 가졌으나, 이내 버림받는다. 한때 약을 먹고 자살을 기도했지만, 가까스로 살아남아 아이(경전)을 낳은 후 사흘만에 죽는다. 비극적인 삶의 편린을 보여주는 <연옥>의 삶은 금지된 혹은 억압된 사랑을 추구하다 스스로 소멸하는 여성을 보여준다. 작품 속에서 워낙 짧게 언급되고 있어 더 이상의 추론은 불가능하지만, 여성 욕망의 부정이 존재소멸로 이어지는 경우라 할 수 있다. 이에 비해 <난희>는 비정상적인 방법으로 자신의 욕망을 표출한다.

> (가) 난희는 열이 내리며부터 그렇게 완강하게 모든 것을 거부하고 있다는 것이다. (…중략…)
>
> 난희의 병 진단이 내렸다는 것이다. 병명은 거부증(拒否症)－정신착란이었다. 침을 질질 흘리는 것도, 오줌을 싼 것도, 그러한 생리 현상조차 거부하는 병 때문이었다는 것이다. (p.281.)
>
> (나) 사실 제 정신과 남의 정신이란 백지 한 장의 차이라고 문득 공포같은 것을 안게 되는 이즈음이었다. 의식을 조정하는 경첩 같은 것이 제대로 작용 못했을 때 착란이 오는 것일 거라고 느껴지는 것이었다. 미쳐 버릴 수 있는, 그러니깐 모든 심화에서 놓여날 수 있는 언턱거리는 얼마든지 있었다. 의사의 말대로 좁은 나라에서 복작거리는 단일 민족인 까닭에, 자기 핏속에도 멀고 가까운 어느 혈족의 그러한 요소가 섞여 있는 탓인가.
>
> 그렇다면 이렇게 정상(正常)이라고 불리우는 의식에 필사적으로 매달려 있는 것이 오히려 부자연한 노력일지 몰랐다.
>
> 경전은 아주 미쳐 버릴 수 있는 사람들이 부러울 때조차 있었다. 가능한 일이라면 인생에서 참기 어려운 일들을 그러한 방법으로라도 찢어 버리고 싶다고 느꼈던 것이다. (pp.282~283, 강조－인용자)

흔히 여성이 '남성이 아닌 존재'로 정의되어 온 것처럼 '광기'는 그 자체로 정의되지 못하고 '이성이 아닌 것', '합리성이 아닌 것'으로 정의되어 왔다.[14] 그러나 이성 중심의 서구 역사에 대한 의문과 회의가 일기 시작하면서 이성과 '광기'에 대한 재정의가 시작된다. 이성이 질서나 물리적·도덕적 제약과 집단으로부터의 익명성의 압력, 일치에 대한 요구를 의미하게 되었고,[15] 이러한 이성에 대한 부정을 의미하는 것이 '광기'라는 것이다. 페미니즘적 관점에서 여성의 '광기' 또한 이러한 맥락에서 적극적으로 재정의된다. 페미니즘 이론가들에 의하면, 표출되지 못한 성애의 본능은 여성 인물의 내면에서 억압, 굴절되어 광기와 히스테리, 정신 분열의 양상으로 드러난다. 따라서 텍스트들 속에서 광기, 식욕 감퇴, 광장 공포증, 그리고 마비 증세와 같은 징후를 보이는 여성 인물들에게서 그들의 금지된 욕망을 읽어낼 수 있다는 것이다.[16]

<난희>의 정신병은 모든 것을 거부하는 <거부증(拒否症)－정신착란>이다. 생리현상을 비롯한 모든 것을 거부하는 그녀의 정신병은 사실상 여성의 욕망이 통제되는 사회에 대한 거부라 할 수 있다. 여성인물의 억압된 욕망이 비정상적으로 표출되는 것은 한무숙의 다른 작품들에서도 특징적으로 나타난다. 「감정이 있는 심연」(1957)에서의 <전아>, 「월운」(1955)의 <홍여사>, 「축제와 운명의 장소」(1962)에서의 <전옥희 여사>나 <미연>과 같은 인물들은 모두 성적 욕망의 사회적 억압으로 정체감 혼란을 드러낸다. 특히 <전아>는 성적욕망은 곧 죄라

---

14) 이소영·정정호 공편, 『페미니즘과 포스트 모더니즘』, 한신문화사, 1993, pp.10~11.

15) 미셸 푸코, 『담론의 질서』, 새길, 1993, p.251.

16) 엘레인 쇼월터, 「황무지에 있는 페미니스트 비평」, 김열규 외 공역, 『페미니즘과 문학』, 문예출판사, 1988, pp.40~42 참조 ; 이러한 맥락에서 길버트와 구바는 『다락방의 미친 여자』(*The Madwomen in the Attic*, 1979)에서 미와 온순함 뒤에 광기와 분노의 괴물이 도사리고 있는 여성의 이중성을 분석하면서 여성의 광기와 히스테리를 여성문학의 새로운 가능성으로 설정하기도 했다.

는 의식을 심어주는 환경에서 성장한 이후 남성인물과 사랑을 경험하며, 비일상적인 형태의 광기로 표출한다. <전아>의 광기는 자신을 찾는 과정, 즉 타자의 생존방식이며 이를 통해 그녀의 내면적 진실을 공인받는점에서 인간적 진실을 드러내는 전략이라는 평가를 받는다.[17]

<난희> 또한 이와 같은 맥락에서 해석할 수 있다. 남성 주체의 사회에서 여성 타자가 자신의 욕망을 감추거나 스스로 존재를 소멸시킬 수도 없다면, 생존하기 위해서 그 사회를 일탈할 수밖에 없다. 사회적인 질서와 함께 생리적인 것까지 모든 것을 거부하고 사회의 정상성이라는 금밖으로 나가는 행위만이 <난희>가 할 수 있는 생존 방식이다. 한편 <난희>의 비정상적인 일탈을 통해 알려지는 인간적 진실은 무엇인가. 그것은 이상적인 여성상으로 규정된 <경전>에게 <정상(正常)이라고 불리우는 의식에 필사적으로 매달려 있는 것이 오히려 부자연한 노력>임을 깨우쳐 준다는 사실이다. <인생에서 참기 어려운 일>들을 참아내고, 자신을 희생하는 것은 동물과 구별되는 인간의 고귀한 덕목일 수도 있다. 그러나 그것이 성별(性別)과 상관없는 인간 존재의 특징이 아니라, 여성에게만 더욱이 남성 주체 중심의 기준에 따라 부과되는 것일 때 문제가 발생한다. <경전>에게 강요되고 있는 여성의 성품과 역할은 <임형인>이나 <정해>라는 남성의 시각으로 규정된 것이다. <순임>과 <난희>이 일탈적인 삶은 <경전>으로 형상화된 이상적인 모습이 실상은 여성이 타자화, 대상화된 것에 지나지 않음을 역으로 드러내 준다. 더 나아가 그녀들의 비정상적인 삶의 방식은 남성 주체 중심 사회에서 자신의 타자성을 지키고자 하는 여성의 생존전략이라는 점에서 그 의의가 있다.

---

17) 김현주, 「광기의 미학－진실을 드러내는 전략」, 이호규 외, 『한무숙 문학세계』, 새미, 2000.

4. 성숙한 남성과 타자화된 노인

『빛의 계단』이 남성 주체 중심의 질서를 내재화한 관점에서 이상적인 여성, 사랑의 의미를 되새기고 있음은 앞에서 밝힌 바 있다. 이때의 남성 주체는 건강한, 성인 남성 특히 중산층 백인 남성을 중심으로 한 근대 담론을 전제로 하고 있다. 이와 마찬가지로 『빛의 계단』에 나타나는 남성 원리는 '성숙한 남성'을 전제한 것이며, 다른 연령대는 비록 남성이라 할 지라도 여성과 마찬가지로 배제되어 있음이 드러나 새로운 주목을 요한다. <서병규>라는 노인이 타자화, 대상화된 존재의 대표적인 경우이다.

큰 아들을 만나러 명동으로 외출한 <서병규>는 <'늙은이가 명동엔!'>라는 멸시를 받는 자신을 발견한다. 그는 한때 은행가로 사회의 중심인물이었지만 노년에 이르러서는 성별 구분이 필요없는, 쓸모없는 노인일 뿐이다. 또한 <서병규>는 젊은 시절에 <경전>의 어머니 <연옥>을 사랑했었고, 지금은 어머니와 빼닮은 <경전>에게 묘한 감정을 느끼지만 그 자체는 스스로도 인정할 수 없는 욕망이다. 그것은 사회 윤리를 거스르는 일이기도 하지만 노인에게는 욕망이 없다는 사회 통념이 작용한 탓이기도 하다. 노년의 욕망은 부정되고, 노인의 존재의의도 찾기 어렵다. 성장한 자식들로부터 자신의 존재의의를 찾아보려 하지만 그 또한 미약하다. 부모의 무조건적인 보살핌이 필요하지 않을 만큼 성장한 자식들에게서는 푸념과 자긍심이 교차하는 <알쏭달쏭한 심정>밖에 들지 않기 때문이다. 더구나 시대적 배경 또한 한층 더 노인을 소외, 배제하고 있다.

또 선친 생각이 난다. 선친 같았으면 자기처럼 젊은 것들의 눈치를 보듯이 구질구질하게 굴지는 않았으리라. 단박에 불호령을 내리고 사유같은 것은 알려 들지도 않았을 것이다. 젊었을 때 무척 억울하다고 속으로 울었던 아버지의 그런 태도가 지금은 손에 닿지 않는 귀한 것으로 여겨지는 것이다.

골짜기의 주민－그렇다. 골짜기에 서 있는 것이다.

일찍이는 낡은 인습(因襲)의 준령이 앞을 막고 있었다. 그리고 옛날 같으면 언젠가는 시간이 자기를 그 높이에까지 올려다 주었으련만 눈을 들어보니 인습보다도 더 높은 새 시대의 준령이 가로막고 있는 것이다.

과도기(過渡期)라고 하기엔 너무 어휘가 순순하다. 평생 해가 들어본 일이 없는 골짜기의 세대－거기서 자기가 살아 왔고, 또 살고 있는 것이다.

서병규 씨는 반쯤밖에 타지 않은 담배를 빼어 창너머로 힘껏 던졌다. (p.143)

<선친>이 살고 있었던 시대는 전근대적 사회이다. 가부장적 질서와 함께 '장유유서'의 윤리가 견고하던 그 시대에는 노인－남성 노인은 권력의 중심이다. 그러나 <서병규>가 노인이 된 때에는 성인 남성으로 권력의 집중된, 근대 이성 중심의 사회이다. 근대에서 노인은 여성, 어린이와 마찬가지로 주변부로 밀려난 존재이다. 작가는 이런 시대적 변화를 <과도기>라 표현할 뿐 <서병규>의 감정상태와 유사하게 어정쩡한 태도를 취하고 있다. 단지 '노인'에 대한 각별한 묘사에만 집중하고 있다. 작가의 '노인'에 대한 관심은 <서병규> 뿐만 아니라 그의 큰 아들 <정해>를 통해서도 나타난다. 그는 노인 의학 전공의사로 노인들의 생존 욕망에 대해 단편적이지만 긍정적으로 설명한다. 또 「내일없는 사람들」(1949), 「심노인」(1952), 「집념」(1954)에서 한무숙은 지나온 세월의 온갖 희망과 노력의 대가가 무산되어 버린, 그리하여 고독과 허무감만이 남아 있는 모습으로 노년의 현실을 그려내기도 한다.

'노인'에 대한 강조는 한무숙 작품 세계의 특징으로 지적되고 있는

'전통'에 대한 관심에서 기인했다고 이해할 수 있다. 한무숙은 특히 전통과 근대의 갈등 국면에 초점을 맞추고 그것이 인간 내면에 끼치는 가치 혼란의 경험이나 심리적 변화를 치밀하게 묘파해 보인다고 평가되어 왔다.[18] 그 평가에 따르면 한무숙에게 전통과 근대는 애증의 복합적 대상으로, 그녀는 이성적으로는 근대 정신에 동의하면서 정서적으로는 관조적 사유 태도와 정적 아름다움을 지향하는 복합성을 지향한다는 것이다.

이런 복합성이 한무숙의 작가적 특징이라면 아울러 내재화된 남성중심적 시각과 은밀히 발현되는 여성성의 복합성 또한 한무숙의 특징으로 지적할 수 있을 것이다. 이에 따라 <서병규>로 형상화된 노인의 삶에서 보이는 혼란을 설명할 수 있다. 즉 성숙한 남성의 관점에서 노인이 배제되는 것은 당연하지만, 이면에서 발휘되는 여성성은 억압된 타자로서의 '노인'에 대해 작가적 관심을 기울이게끔 하는 것이다.

5. '광기'의 새로운 의미

이상적인 여성, 참된 사랑을 표면적인 주제로 삼고 있는 『빛의 계단』은 페미니즘적 관점에서 긍정성과 부정성을 함께 지적할 수 있는 작품이다. 특히 이런 양가적인 평가는 『빛의 계단』뿐만 아니라 한무숙 문학 전체에 공통적으로 적용된다는 점에서 중요하다.

우선 『빛의 계단』에서 나타나는 <인간의 행복과 구원>[19]이라는 긍

18) 변지연, 「한무숙 소설 연구」, 동국대 석사, 1993, p.64.
19) 김시태, 앞의 논문 ; 이인복, 「한국 여성의 생사관과 순결 의식－한무숙의 단편소설을 중심으로」, 『아세아 여성연구』 17집, 1978.

정적 가치는 '성숙한 남성'만을 전제로 했다는 데 문제가 있다. 이에 따라 여성을 비롯한 수많은 타자들은 배제되고 대상화된다. <경전>을 통해 두드러지는 이상적인 여성상과 사랑의 의미는 바로 남성적 가치의 구현인 것이다. 이처럼 작품에서 긍정적 가치로 강조되는 것이 사실은 비판받아 마땅할 부정성인데 비해 역설적이게도 작품에서 미약하게 드러나는, 주변 여성들의 '비정상적' 삶은 긍정적 의미를 부여할 수 있는 부분이다. 그녀들의 '비정상성'은 여성의 욕망이 허용되지 않는 사회에서 일탈하는 데서 비롯된다.

근대 이후 여성은 국민의 범주 안으로 편입하기 위해서는 무엇보다도 성적 주체로서의 욕망을 헌납한 채 탈성화(desexualising)된 의미로써만 그 존재 의의를 인정받을 수 있었다.[20] 이러한 사회에서 여성은 자신만의 고유한 표현수단이 없기에 억눌린 분노와 고통을 광기와 히스테리로 표현할 수밖에 없다. 때문에 여성작가들이 작품에서 광기와 히스테리를 드러내는 것은 남성의 권위와 권력에 대항하거나 사회적인 억압에 저항하는 긍정적인 의미로 평가받는다.

『빛의 계단』의 여성들의 일탈과 광기는 비록 대항이나 저항의 의미에까지는 이르지 못하지만, 여성의 생존 전략이라는 점에서 그 의의를 인정할 수 있다. 그들은 <경전>으로 형상화된 이상적인 여성상의 부정적인 의미를 역으로 드러내주고, 남성 주체 중심 사회에서 억압된 여성의 욕망을 표출하는 방법으로서 일탈, 광기를 선택하기 때문이다. 특히 여성 욕망의 억압과 그것이 표출되는 '비정상적인 방식'-'광기'는 한무숙 문학세계에서 읽어낼 수 있는 페미니즘적 의의 중 하나라는 점에서 주목을 요한다. 「감정이 있는 심연」을 비롯한 몇몇 작품들이 중요하게 다루어지는 이유도 바로 이 때문이다. 그러나 『빛의 계단』

20) 고미숙, 『한국의 근대성, 그 기원을 찾아서』, 책세상, 2001.

의 경우 페미니즘 관점에서 평가할 수 있는 긍정성과 부정성이 역설적으로 드러나고 있다는 데 또다른 특징을 지적할 수 있다. 작가가 강조하는 가치는 실상은 남성적 질서의 구현이며, 작가의 의도와는 달리 작품의 이면에 내재하는 것은 여성성의 확보이기 때문이다. 결국 『빛의 계단』은 여성작가가 내재한 남성적 시각과 함께 그럼에도 불구하고 여성적 질서(가치)가 구현되는 역설을 보여주는 작품이라 할 수 있다. 더 나아가 여성작가의 글쓰기에 내포된 이러한 이중성 혹은 중층성은 여성 정체성의 확보의 지난함을 또한 역설적으로 보여주고 있다.

낯선 여성의 등장, 신세대 여성작가

1. 낯선 여성을 주목하며

그로테스크, 야수적 광기, 비루한 것(abjection), 현란한 비유, 강렬한 이미지 등은 그동안 천운영의 작품을 따라 다니는 가장 익숙한 수사였다. 그녀의 작품 속 인물들 특히 여성은 "툭 튀어나온 광대뼈와 곱추를 연상케 할 정도로 둥그렇게 붙은 목과 등의 살덩이"를 달고 있거나 가발도 아니면서 "조금도 자라지 않는 머리카락"을 늘어뜨리고 있다. 이 음산한 여자들이 "쌀눈이 살짝 비치도록 말간 밥알에 약간 검어진 육류의 핏물이 스며"든 맛을 음미하고 "마른 행주로 핏기를 제거한 다음 얇은 막을 벗겨내지도 않"은 소골을 식탁에 올려놓고 두 손가락으로 집어 삼키는 모습은 가히 충격적이었다.

기괴한 몸과 형상뿐만 아니라 그녀들이 존재하는 방식도 특이했다. 많은 논자들이 지적했다시피 선천적 인간관계의 결락, 가족이 후벼 파놓은 트라우마, 낯선 이미지의 결합, 욕망의 환유적인 연쇄가 또렷했다. 이 덕분에 포스트 리얼리즘, 탈승화의 리얼리즘 또는 정신분석학적인 욕망의 차원에서 천운영이 즐겨 다루어진 것도 사실이다. 그래서 천운영의 새로운 성과는 "'거대한 기대'가 사라진 지금 같은 시대에는 어쩌면 감동의 다른 이름"[1]이라는 설레임을 가져다주었고, "혼미에 처한 기존의 리얼리즘적 서사의 한계를 넘어서서 이 작가가 이르고자 하는 새로운 영토를 암시"[2]하는 것으로 의미화되었다.

그렇다면 과연 '다른 이름의 감동'과 '새로운 영토'는 왜 새롭고 무엇이 다를 수 있는 것일까. 탈근대, 세계화가 우리의 현실이라고 이야기하는 시대. 그러나 여기는 여전히 근대적이고도 가부장적인 기획으로부터 벗어나려는 개인의 고투가 생생한 곳이기도 하다. 또 사이버적 주체가 노드(node)를 따라 링크(link)를 넘나든다는 닷컴 세대가 등장한 곳. 그와 똑같은 방식으로 자본주의도 안과 밖의 경계없이 넘나들며 보이지 않는 촉수를 도처에 휘감고 있는 게 또한 우리의 일상이다. 유희적·저항적인 주체를 꿈꾸면서도 여전히 노동의 족쇄에 사로잡힌 개인일 수밖에 없는 곳. 우주와 생명의 비밀을 눈앞에 펼쳐 보이면서도 막강한 자본의 규율에 여전히 지배당하는 곳. 천운영의 소설에서 여성존재의 좌표를 다시 읽어보아야 하는 것은 이때문이다. 골드만의 '타락'에서 한 발 더 나아가 아예 존재자체가 변한 '기괴한' 그래서 낯선 여성들. 하필 왜 여성 존재의 낯설음인가. 이를 통해 그녀의 소설이 무엇이 새롭고, 왜 다른지 지금-여기의 관점에서 되짚어 볼 수 있을 것이다.

1) 황종연, 「탈승화의 리얼리즘」, 문학동네, 2001 가을, p.419.
2) 남진우, 「늑대의 후예」, 『문학동네』, 2003 여름, p.254.

2. 가짜를 생산하는, 기괴한 어머니 : 여성

천운영의 소설에서 기괴한 인물들은 그들이 여성이기 때문에 또 어머니이기 때문에 더욱 낯설다. 그 어머니는 상실되었거나 훼손되었다. 그래서 개인적 정체성의 기원이자 존재 근거가 되는 모성, 피폐한 현실에서도 유일한 낙원이어야 할, 모든 향수의 근원이라는 여성의 의미는 폐기된다. 부재하는 어머니, 엄마를 대신한 마녀같은 할머니, 어머니가 될 수 없는 여성들이 줄줄이 등장하는가하면, 실재하는 어머니는 유령같거나 가난에 찌들려 자애로움을 잃어버렸다. 설령 어머니다운 인물이 등장하더라도 그녀는 아이가 감히 다가갈 수 없는 거리에 있다.[3] 물론 아버지도 이에 걸맞게 왜곡되어 있다. 부재하는 아버지, 열등하고 남루한 아버지가 기괴한 어머니의 짝이다.[4] 이처럼 일그러진 가족관계는 마땅히 트라우마의 근원이 되는 한편 여성이 사회화되는 통로가 단절되어 있음을 드러내는 표지이다.

여성에게 있어 어머니 되기란 세대 재생산을 통해 모성의 이름으로 사회에 편입되는 과정이다. 모성역할의 지나친 강조가 오히려 주체성

3) 「바늘」과 「눈보라콘」의 어머니를 보라. 여성스러움의 극치로 묘사된 어머니들이지만 그녀들은 아이가 범접할 수 없는 거리에 있다. 그래서 가질 수 없는 엄마에 대한 욕망이 이 작품들의 주요 의미망이다.

4) 그러나 아버지 혹은 남성들은 어머니나 여성들만큼 기괴하거나 이질적이지는 않다. 「숨」에서 소머리 가르는 일을 하는 남자, 「눈보라콘」에서 보조이발사였던 아버지, 「당신」에서 곰장어를 잡는 남편, 「등뼈」에서 공사장 인부인 남자, 「행복고물상」에서 고물상 주인인 남편, 「유령의 집」에서 밀렵꾼인 아버지, 「포옹」에서 싸움소 훈련꾼인 아버지, 「아버지의 엉덩이」에서 힘없는 아버지와 정수기 판매원인 아들, 「늑대가 왔다」에서 방랑하는 아버지, 「모퉁이」에서 공장을 다니는 아버지, 「입김」에서 건물관리인인 남자와 신용불량자로 내몰리는 회사원 남자, 「그림자 상자」에서 빈집 털이범인 남자에 이르기까지, 그들은 대부분 왜소하고 무능력하고 주변부로 밀려난 남성성을 보여주긴 하지만 여성인물들의 경우처럼 그로테스크하지는 않다.

을 제거하기도 하고, 모성에만 국한하여 국민화 프로젝트에 여성을 호명했던 역사적 경험의 부정성도 이런 연장선에 있다. 그러나 부정적이든 본능적인 방식이든 간에 모성은 여성이 사회화되는 가장 공식적인 기제였고 이는 근대 코기토적 주체와는 다르게 몸을 통해 생산을 경험하는 방식이기도 하다. 따라서 모성의 왜곡된 표상, 모성 부재, 상실된 모성은 사회화 방식이 원천적으로 봉쇄되어 있는 여성의 처지를 드러낸다.

미즈(Maria Mies)는 남성의 노동이 자기 신체 및 외부의 자연에 대해 도구적 경향을 지니고, 수렵·사냥 등의 행위를 통해 정복·살생·파괴에 집중되는 반면에 여성은 출산이나 채취·농경에 쓰이는 도구(광주리, 호미, 괭이)들을 이용한 노동을 통해 삶의 생산을 이루어낸다고 파악한다.[5] 그러나 이미 모성이 부정당한 것과 마찬가지로 여성이 노동을 통해 '생산'하는 일은 불가능하다는 것이 작가의 인식이다.

> 당신이 나타나기 전까지 나는 내가 만든 꽃이 자랑스러웠다. (…중략…) 하지만 그 우쭐함도 당신이 내 꽃에 손가락 끝을 살짝 갖다대는 순간 사라지고 말았다. 하얗고 가느다란 손가락이 닿자 건조한 오징어 꽃에 생기가 도는 것처럼 보였다. 당신의 손으로부터 피가 스미고 맥박이 번진 듯했다. 오징어 표면에 흰 분조차 잠시 앉았다 간 나비에서 떨어진 인분처럼 화사하게 빛났다. 나는 팔꿈치로 당신을 밀쳐 꽃에서 멀찍이 떼어내 버렸다. 그리고 다시는 내 꽃에 손을 대지 못하게 했다. 나는 알고 있었다. 내가 만든 꽃이 아무리 정교하고 아름답다 해도 그것은 향도 품지 못하는 오징어에 불과하다는 것을. 나는 다만 꽃을 흉내내고 있을 뿐이었다. 당신은 내 꽃에 손을 대어 그 사실을 확인시켜 주었다.
>
> –「멍게 뒷맛」

5) 이수자, 『후기 근대와 페미니즘 담론』, 여이연, 2004, pp.124~126 참조.

「멍게 뒷맛」에서 '나'는 오징어로 폐백용 장식 꽃을 만드는 여자다. 그녀는 서른 일곱이 넘도록 하루 종일 집에 틀어박혀 오징어를 만지며 추레하게 늙어간다. "나무등걸처럼 거칠고 투박한 손"을 가진 내게 "보드랍고 따뜻한" 손을 가진 옆집 여자가 다가온다. 그러나 내가 아무리 정교하게 "오징어 다리에 달린 빨판으로 수술을 얹은" 꽃의 외양까지 꾸며내더라도 그것은 꽃이 될 수 없다. 내가 생산해내는 것은 결국 '가짜' 매화에 불과하다. 옆집 여자가 나타나 오징어 꽃을 만지작거리는 순간 가짜라는 부끄러움을 나는 느낀다. "만개한 꽃"의 표상인 것 같은 옆집 여자와 매화꽃을 가장한 건조 오징어는 대조적이었기 때문이다.

그런데 옆집여자도 '진짜 꽃'이 아니다. 행복하고 사랑스럽게만 보였던 옆집 여자가 사실은 남편에게 매 맞는 아내였던 것이다. 매맞는 소리와 울음소리를 '나'에게 들려주던 옆집여자는 급기야 남편의 매를 피해 아파트 복도로 도망가다가 자살인지 타살인지 모를 추락사를 당하고 만다. 가짜를 만들어내는 나나 진짜처럼 보였던 그녀나 그리고 매화꽃으로 오려진 오징어나 모두 생산을 금지당한 여성의 현실을 보여줄 뿐이다.

오징어 꽃을 만드는 기괴한 여성이 자본주의 현실에 처한 여성성 일반을 보여준다면 매 맞는 옆집 여자는 실재하는 여성의 모습이다. 비혼 여성의 고립, 비정규직 노동 현실을 '나'라는 여성이 보여주고 있다면, 옆집 여자는 어릴 때 엄마로부터 버려진 여자아이, 일상적인 가정폭력에 시달리는 여성의 현실을 드러낸다. 그러나 그녀들의 구체적인 현재는 '멍게 뒷맛'이라는 상징으로 서술될 뿐이다. 옆집 여자는 한바탕 남편의 폭력에 시달리고 나서 멍게를 싸들고 내 집을 찾는다. "멍게를 먹으면 살고 싶어져요, 그것도 아주 잘 살고 싶다는 생각이

들어요"라면서.

무릇 현실이란 신 맛이고 '찬 물'로 입안을 가셔주어야 달게 느껴지는 '멍게 뒷맛'과 같다는 것이다. 단 맛을 끌어 낼 수 있는 과정은 결국 멍게라는 존재가 목구멍 안으로 송두리째 삼켜지고 난 다음 가능하다. 소멸을 통해 새로운 세계를 꿈꿀 수 있는 것이다. 그러나 현실 이면의 세계가 혀 끝에서만 감도는 감미라면 허망하기 짝이 없다. 지나치게 추상적일뿐더러 자칫 허무주의로까지 이어질 수 있는 위험성마저 느껴진다. 이는 천운영이 현실적 인과관계의 세목들은 여릿한(slender) 서사 속에 흩어 놓고 그보다는 일그러진 여성 형상자체를 보다 공들여 그려내고 있기 때문이다.

흩어져 있는 현실의 편린들 중 의미있는 하나를 엮어 본다면 여성 인물들의 노동 혹은 직업 양태를 들 수 있을 것이다. 여성들은 빈곤에 노출되어 있고 불안정한 노동에 종사하고 있다. 그나마 형편이 나아 보이는 식당이래야 한갓진 국도, 외진 유원지에서 오리백숙이나 닭을 파는 허름한 가게(「월경」, 「명랑」, 「잘 가라, 서커스」), 선술집 수준의 포장마차(「당신의 바다」)이고, 또다른 엄마들은 그나마도 가지지 못한 채 식당에서 설거지나 하는 허드레꾼일 따름이다.(「늑대가 왔다」, 「눈보라콘」) 화장품 판촉사원(「포옹」), 속옷 판배 매장 점원(「세 번째 유방」), 고궁・놀이 공원의 매표원(「포옹」, 「유령의 집」), 오징어로 폐백용 장식꽃을 만드는 일(「멍게 뒷맛」), 문신사(「바늘」) 등도 고용의 불안정성과 하찮은 보수라는 점에서는 오십보백보다.

그러나 기괴한 여성성을 창출한 현실의 세목들은 여전히 흐릿한 그림자로 드리워져 있고 그 흐릿함 때문에 여성성의 기괴함은 더욱 강렬한 이미지를 뿜어낸다. 물론 이는 자의든 타의든 집단과 중심부의 논리로부터 떨어져 나와 있는 여성의 현실적 처지 때문이기도 하고[6]

이미 세계 자체가 무한한 세목으로 쪼개어졌다는 현실로부터 연유한다. 그러나 작가는 왜 그것이 여성의 현실인지에는 별로 관심을 두지 않는 듯하다. 오히려 주목하는 것은 기괴한 여성들의 내면이다. 여성의 노동이 더 이상 생산을 할 수 없는 지경에 이르렀음에도 여전히 욕망을 버리지 못하는 여자들은 비정상적이다. 따라서 그녀들이 추하고 기괴한 외양과 황량한 내면을 가지는 것은 지극히 당연하다. 천운영이 가장 공들여 부각시키고 있는 대목은 바로 이러한 맥락에서 비롯된 여성성이다.[7]

3. 음습한 다락과 햇빛 찬란한 베란다와의 불화 : 존재와 욕망

길버트와 수전 구바의 『다락방의 미친 여자』(Mad Woman in the Attic)나 샬롯 퍼킨 길만의 「누런 벽지」(Yellow Wallpaper)는 여성의 글쓰기가 지배담론의 통제와 규율을 벗어나 자신의 욕망을 찾아가기 위해 '스스로' 미쳐가기까지 하는, 가혹한 과정임을 보여준다. 이를 두고 평자들은 히스테리적 글쓰기라고 일컬어 왔으며, 이때 소설은 그녀들이 몸으로 제기한 문제를 언어로 전환한, 광란의 서사에 비견된다.[8] 여기서

6) 김양선, 「빈곤의 여성화와 비천한 몸」, 『여성과 사회』 15호, 창비, 2004, p.165.

7) 당연히 이 여성성은 현실의 새로운 대안이 될 수 없다. 그래서 「바늘」, 「숨」, 「월경」과 같은 작품에서 대립적인 세계 인식 – 남성성/여성성, 동물성/식물성 – 이 드러난다 할지라도 작가가 어떤 한 세계에 귀착하지 않는 것은 지극히 당연하다. 이 때문에 천운영의 작품으로부터 '틈새', '경계 해체', '이분법 넘어서기'를 읽어내는 논의는 지극히 타당하다.

8) 이명호, 「히스테리적 육체, 몸으로 글쓰기」, 『여성과 사회』 15호, 창비, 2003, pp.42~44. (여기에서는 「누런 벽지」에 대해 자세한 분석이 이루어지고 있으며, 이외 히스테리적 글쓰기에 대한 논의는 임옥희의 「히스테리」(『페미니즘과 정신

'다락방'이나 '벽지'는 여성들이 묶여있는 감옥의 상징적인 언표이다. 유폐된 공간으로서의 다락방을 벗어나기 위한 분투나, 자신이 갇힌 방의 누런 벽지 속에 또 다른 여자가 갇혀 있다면서 벽지를 뜯어 발기는 행위는 일단 '갇혀있음'에 대한 명백한 인지가 있은 이후에 가능한 일이다. 그리고 이것이 여성적 글쓰기의 출발점임은 널리 알려진 사실이기도 하다.

천운영의 자전소설인 「모퉁이」에서는 다락을 오르내리던 여자아이의 성장을 통해 글쓰기의 출발점을 시사하고 있어 흥미롭다. 그런데 이 '다락'은 다소 복잡하게 읽힌다. 여자아이 집에 있는 다락은 가족들이 제각기 은밀히 이용하는 공간이다. 엄마, 아빠가 모두 나간 뒤 여자아이는 다락에서 이것저것 뒤지며 혼자만의 상상 놀이를 한다. 또 그곳은 아이가 잠든 후 부부가 성적 욕망을 은밀히 충족시킬 수 있는 공간이기도하다. 그러나 두 경우 모두 행복스러운 충족 대신 비극적인 결말을 맞는다. 아이는 우연히 주운 고양이를 다락에 감추고 고양이는 새끼까지 낳는다. 하지만 할머니에 의해 "채 눈을 뜨지 못한 새끼고양이들은 하나씩 하나씩 다락창문으로" 내던져지고, 어미고양이는 할머니가 던지는 돌멩이와 빗자루에 내쫓긴다. 다락에서 비밀스러운 밤을 보낸 대가로 임신한 엄마는 팔삭동이를 낳고, 아빠는 포대기에 아기를 싸서 다락으로 올려 보낸다. 아기 울음소리는 차차 잦아들고 식구들은 이사준비를 서두른다. 고양이와 아기의 죽음을 간직한 다락은 트럭에 짐을 싣고 새 집으로 이사가는 순간부터 여자아이에게 "필요하지 않았다"고 단언된다.

다락은 은밀하게 숨어드는 공간인 동시에 불미스러운 일들이 저질러지며 남들에게 내보일 수 없는 치부를 숨기는 곳이다. 온갖 잡동사

분석』, 여이연, 2003)에도 잘 드러나 있다.)

니들이 쌓여 있어 시간이 흐른 뒤엔 도대체 무엇이 들어있는 지조차 알 수 없는 공간. 그래서 다락은 무의식의 장소이면서 기억의 저장고이다. 과거와 현재를 잇는 이 장소는, 현재를 재구성하기 위한 소재들을 저장하고픈 곳이지만 막상 필요한 것들은 찾을 수 없다는 데 모순이 있다. 자애로운 어머니를 구성하고 싶지만, 기억의 창고에는 갓난 새끼고양이를 창문으로 내던지는 몰인정한 할머니나, 자신의 아이를 유기하는 부모만이 있을 뿐이다.

성장통을 겪는 '나'에 의해 떠올리고 싶지 않은 과거라는 다락은 폐기되지만, 성년이 된 나에게는 더 의미심장한 공간이 된다. '나'는 어두운 다락이 아닌 빛이 드는 베란다를 갖고 싶지만, 사랑하는 남자는 자신만의 공간이 되어줄 다락을 원한다. 그와의 결별은 여자로 하여금 가짜다락을 꾸미도록 한다. 그 가짜다락은 식탁에 천을 씌운 것이어서 언제든지 식탁보만 걷어내면 사라질 수 있다. 이는 상실의 고통으로 가득 찬, 진짜 다락에 가둬질 것을 알기 때문에 만들어진 대체공간이다. 어두운 기억 속에 묻혔다가 불현듯 자신을 괴롭힐 기억을 소멸시키는 방식은 가짜공간에서 한시적인 시간 안에 기억을 없애버리는 것이다. 그러나 그 방식은 전혀 논리적이지 않다. 기억은 조종할 수 없는 저장의 방식이기 때문이다.

다락을 둘러싼 혼란은 결국 <유년의 다락→죽음의 다락→(이사) 다락 폐기>와 <베란다 갈망→(결별) 가짜 다락 만들기→(개에게 넘겨줌) 다락 폐기>라는 두 과정으로 요약될 수 있다. 이것은 트라우마가 새겨진 다락과 자신만의 공간인 다락을 오가며 다락 폐기와 다락 소유의 욕망이 혼재된 여자의 성장 기록이라 할 것이다. 바로 19세기 서구 소설의 히스테리아들이 자신의 존재를 억누르는 다락을 벗어나고 싶어하는 것과는 상이한 대목이다. 『다락방의 미친 여자들』이나 「누런 벽지」에서처럼 단호하게 현실로부터 격리된 공간은 천운영에게 나타나지 않는다. 다락을 내려올 수 있고 또 다락을 원할 수도 있고, 그러나 어떤 것이 현실이고 욕망인지 모르는 곳, 다락일 수도 베란다일 수도 있는 곳이 작가가 처한 현실이다.[9] 그래서 천운영의 다락은 희미하고 불분명하다. 또 히스테리아들의 다락방처럼 감옥으로 인식되면서도 때로는 감옥보다 더 고통스러운 현실로부터 도피할 수 있는 공간이 '다락'이다. 이런 양가성이 혼재되어 있는 곳이 천운영이 파악한 지금의 존재론적 좌표이다.

어두운 내면(다락)으로부터 밝은 세계로(베란다) 손을 뻗치려 하지만 그 밝은 세계로부터 찾아든 것들이 또다시 어두운 내면을 더욱 짙게 만든다. 이때 부정하고픈 욕망과 가고자하는 세계에 대한 욕망은 일치한다. 동시에 실연이라는 소통단절의 고통을 치유할, 다른 장소에 대한 욕망은 그 장소가 병약한 개가 차지함으로써 나에 의해 대상화되고 또 부정된다. 그렇다고 의사공간의 대상화가 트라우마로 가득 찬, 진짜공간을 견디는 방식에 가까이 다가갈 수 있는 가능성을 만들어주지는 못한다. 여전히 안과 밖, 안을 대체하는 방식과 바깥으로 나가는 방식은 서로 엇갈려 있으며 또한 안쪽으로 치우쳐 있다. 그럼에도 불구하고 작가가 보여주는 바깥은 분명 있다. 안쪽을 벗어나 혹은 현실 이면의 세계로 존재하는 그곳을 이제 따라가 보자.

9) 이러한 욕망의 문제를 집중적으로 거론한 작품은 「눈보라콘」이다. 김영희의 지적처럼 라깡의 부재로서의 욕망론을 거의 '의도적으로' 환기하다시피 하는 이 작품은 한편으로는 작가가 그려내는 현실의 새로움을 보여주는 국면이기도 하다.

4. 현재를 넘어서서 : 세계

현실이 강팍할수록 더 열심히 살아가는 사람, 길은 끝났지만 여행을 시작하는 사람은 평범한 이가 아니다. 그들은 성공신화를 창조하는 자본주의의 영웅이 되거나 예술적 가치를 구현하는 문제적 인물이다. 전자는 주류적 질서로 편입했을 때 가능한 일이고 후자는 저항적 세계를 창조했을 때 가능하다. 그러나 식상한 말이지만 지금 현실은 정립-반정립의 경계선이 이미 무너져 내린 곳이다. 다락을 폐기했다고 생각하자마자, 햇빛 찬란한 베란다가 필요한지 새로운 다락이 필요한지 분간하기 힘든 곳에 천운영의 주인공들은 버티고 서있다. '하면 된다'식의 근대적 세계가 몰락한 지점에 그들이 살고 있기 때문이다.

'열심히' 살아가는 모습은 그래서 기괴하다. 그들은 살을 저미는 고통을 참아가며 문신을 새겨 넣거나(「바늘」의 남자들), 갖가지 내장과 송치까지 챙겨먹으며 자신의 몸을 보하는 "마귀같은 식충이 노인네"(「숨」의 할머니)다. 게다가 천운영은 강렬한 삶의 애착을 공공연하게 비난한다. 버드나무 꽃가루의 "강력한 생존 본능"에도 "넌덜머리"를 내는가 하면(「입김」) 할머니의 무덤에서 자신의 병(病)을 대신 가져가라며 "절규"하는 아버지는 "삶에 대한 터무니없는 집착"을 가진, 그래서 은혜도 모르는 "도둑고양이"라고 아들의 입을 통해 매도당한다(「아버지의 엉덩이」). 심한 당뇨로 발목 아래를 절단했고 시력도 점점 잃어가지만 철철이 피어날 꽃을 봐야 한다는 핑계로 목숨을 부지하는 엄마는 징그러운 욕심덩어리에 불과하다(「잘 가라, 서커스」).

변모한 현실에 대한 인식은 「입김」에서 '그'와 '바른생활맨'의 몰락을 통해 생생하게 드러난다. 성실하고 인간적인 '그'는 동네 슈퍼→구멍가게→땡처리 전문점까지 차례로 말아먹고 지금은 부도난 건물에 관리인을 자처하며 빌붙어 사는 처지다. 또 "법 없이도 사는" "바른 생활맨"은 친구를 위해 보증을 섰다가 신판 연좌제같은 신용불량자로 몰려 떠돌아다닌다. 바른 생활맨의 마지막은 '낫'을 구해 로터리 가운데 있는 바위-"바르게 살자"라는 글귀가 새겨져 있는-를 내리치는 것. 그래서 "고까짓 바위나 칠라구. 병신 같은 새끼"라는 욕을 듣는 게 고작이다. 바른 생활맨의 낫을 우연히 주워들고 그에 얽힌 사연을 알게 된 '그'는 고장난 승강기 틈에 낫을 끼워 넣고, 그 공간 아래로 몸을 던져 "영원히 건물 속에 머물" 수 있는 길을 택한다.

성실한 두 인간이 점점 사회 밖으로 밀려난다는 현실 인식은, 그 둘을 엮어주었던 소재 '낫'과 제목 '입김'을 통해서도 여실히 드러난다. 곡식 생산을 이끌어냈던 낫 때로는 불의를 응징하는 무기로 사용되었던 낫은 이미 용도 폐기된 존재다. '그'나 '바른생활맨'이 아무리 애를 써 봐도 낫으로 할 수 있는 일은 아무것도 없다. 또 훈훈한 입김을 손에 불어대도 따뜻함은 이내 사라지고, 입김으로 인한 습기 때문에 겨울바람이 더 매섭게 느껴지는 곳이 현실이다. 따라서 이 곳에서 문제는 해결될 수 없다. 지금-여기가 아닌 다른 세계가 필요하다.

이는 천운영의 초기작에서부터 간헐적으로 나타났던 세계 인식이기도 하다. 「당신의 바다」에서 수족관과 같은 세계에 살면서도 곰장어가 깊숙히 침잠한 바다를 떠올리는 '당신'이나 고통스러운 현실의 기억을 모두 지울 수 있다는 바다 속 청도를 떠올리는 「포옹」의 두 여자들, 지금은 차고 단단한 고철더미에 묻혀 살지만 횟집 주인이 되어 횟감을 통해서나마 "눈동자 속에 일렁이는 푸른 파도소리를 듣고 그들이 기억하는 바다와 비늘 끝에 남은 소금기를 파악" 하고 싶어하는 「행복고물상」의 '나'가 바로 그러하다. 또 「등뼈」에서 부각되는 '등뼈'의 의미도 이와 마찬가지다. 일상에서 제대로 만져지지 못하지만 나의 배후에 자리잡고, 결국 깊숙이 존재를 각인시킨 등뼈같은 여자의 존재가 바로 이면의 세계라 할 수 있다.

「늑대가 왔다」에서 야성적인 '늑대'를 갈구하는 남루한 소녀의 환상도 이런 맥락에 놓여있다. 이 작품은 얼핏 신화와 연결되어 있는 듯 느껴지지만 신화의 웅숭깊은 세계와는 거리가 멀다. 숯가마 부근 식당에서 허드렛일을 하는 어머니, 어른들이 시키는 잔일을 하며 구박이나 받는, 지저분한 소녀가 꿈꾸는 이면 세계에 대한 꿈은 결코 신화와 같은 위엄을 간직할 수 없기 때문이다.

남루한 소녀는 "늑대는 어디든지 나타나. 나는 양치기 소녀. 늑대는 내 눈에 살아."라며 혼자 노래를 하고 다닌다. 정작 늑대가 등장해서 구원해주는 것은 소녀가 현실을 벗어났을 때이다. 교통사고 이후에야 소녀는 늑대가 사는 에스키모의 세계로 가는 것이다. 이는 물론 환상이다. 그러나 이때 환상은 단순한 환각이 아니다. 차에 치인 소녀, 사냥 당한 순록의 죽음 이후에 늑대여인이 나타나 "뼈를 맞추고 숨을 불어 넣"는 주술을 통해 환생한다는 믿음이 늑대환상에는 있다. 이면의 세계를 전제하고 있는 것이기 때문에 환상으로밖에 나타날 수 없는 것이다.[10] 이와같이 환상을 통해 나타났던 이면 세계는 「그림자 상자」에 이르면 좀더 구체화된다.

---

10) 로즈메리 잭슨은 환상은 시각에 우위를 부여하는 근대 이성체계와 '나는 본다'를 '나는 이해한다'와 동의어로 만드는 인식론적이고 형이상학적인 체계에 대해 전복적인 기능을 가진다고 설명한다. 환상예술에서는 대상들이 보는 것으로 쉽사리 전유되지 않으며, 사물들은 그것들을 소유하려는 강력한 눈/나로부터 미끄러져 왜곡되거나 해체되고 균형을 잃거나 불가시성의 상태로 빠지게 된다. 결국 현실의 제반 문제점들을 회의하고 전복적으로 사유하려는 방식이 환상으로 드러나는 것이라 할 수 있다. (Jcakson, R., 『환상성－전복의 문학』, 서강여성문학연구회 역, 문학동네, 2001, pp.65~66 참조.)

> 칼은 형벌처럼 아무 때고 나타나 내 몸을 파고 들었다. 칼은 면죄부였다. 내 몸에 칼이 꽂히는 상상을 하는 순간 내 몸에 대한 혐오와 증오는 사라졌다. 모든 죄는 칼이 만들어내는 피로 씻어졌다. 칼은 배 깊숙한 곳으로 들어오기도 하고 등 뒤나 허벅지 어느 곳이든 들어왔다. 나는 죽고 싶은 것이 아니었다. 다만 칼이 내 몸 속으로 들어와 정화되는 그 순간을 맛보고 싶었다.
>
> –「그림자 상자」

현재는 다시 고쳐 살 수 없는, 직선적인 세계이다. 전국 아니 세계가 이미 그물망처럼 조직화되어 있고 전천후 감시가 일상이 되었다. "바른 생활맨"이 그러했듯이 한번 잘못되면 영원히 고쳐질 수 없는 게 현대의 삶이기도 하다. 그녀가 칼에 찔리고 싶어하는 것은 재생의 욕구 때문이다. 과거를 고쳐야만 지금의 현재가 바로잡히고, 다른 미래를 전망할 수 있다. 가족, 친구와의 관계 수정이 불가능한 현대적인 삶의 방식에서 벗어나는 길은 칼을 통한 정화의 순간을 통해 가능하다.

여자로부터 칼로 찔러달라는 제안을 받은 남자는 가족을 찾아 헤매는 사람이다. 빈집털이 좀도둑인 그는 어릴 때 상여를 따라갔다가 길을 잃고 가족과 단절되었다. 이 남자의 삶은 여자와 동질적인 구조로 나타난다. 일본에서 상여를 '그림자 상자'라고 지칭했다고 노골적으로 서술한 것처럼 과거 죽음의 방식은 실체가 남고 그림자(육체)만을 폐기시키는 방식이었다. 그러나 현실의 삶이 허상 그 자체일 때, 남자는 상여 꿈과 요령 소리의 환청을 갈구하며 상실한 유년시절에만 매달린다. 강렬한 재생의 욕구가 '칼', '그림자', '상여'를 통해 상징적으로 부각되고 있는 것이다. 그러나 이면의 세계에 대한 갈망은 작품 속에서는 쉽게 실현되지는 않는다. '칼'을 통해 재생을 약속한 날, 여자는 다른 퍽치기(강도)에게 둔기를 맞고 쓰러짐으로서 칼로 찔리는 일은 일어나지 않기 때문이다.

5. 여성으로서 사유하기 그리고 글쓰기

천운영은 2004~2005년 동안 첫 장편을 연재하기 시작했다. 「잘 가라, 서커스」 1, 2회에서 눈길을 끄는 것은 <한국-중국-발해>의 구도다. 자본주의 경제 논리의 우월성을 입증하는 한국에서 신부를 구하고자 연변으로 건너간 형제, 이미 자본주의에 침윤된 조선족의 처녀. 그들 뒤에 발해 유적이라는 정효 공주의 무덤이 자리잡고 있다. 이때 무덤은 「그림자 상자」에서 보여주었던 문제의식이 종합된 지점이다. 그곳은 상여보다 한 발 더 나아가 시원으로 존재하는 재생의 공간, 순환적 시간의 의미가 있다. 또 제목이 전달하는 메시지도 마찬가지다. 서커스나 마술은 인간 한계를 뛰어넘고자 하는 욕망을 환상적으로 보여주는 행위다. 그러나 지금-여기는 환상이 존재하지 않는 지점이다. 우주 곳곳에는 인간의 발자국이 찍혀졌고, 마술사의 지팡이로 눈속임을 했던 존재 분할이나 사라짐도 현실에서는 과학이란 이름으로 출현한다. 나와 똑같은 복제인간이 이미 가능하지 않은가. 서커스가 그나마 공연되고 있던 중국도 자본주의적 경쟁 논리 속에 들어온 지 오래다. 호텔 안마사로 돈벌기에 지쳤던 그래서 국제결혼까지 서슴지 않은 나 어린 조선족 처녀 해화가 의지하는 것은 마음 속에 품은 발해 공주의 무덤이다.

'결혼'이라는 제도를 통해 자본주의 현실 속으로 들어온 해화가 어떻게 살아갈까. 한국에 온 해화는 외관상 제법 잘 적응한 듯도 하다. 그러나 중국에서 발해 공주 무덤에 함께 갔던 첫사랑의 남자는 이미 한국에 와 있다. 또 해화에게 연정을 품은 시동생과 그를 눈치챈 남편의 묘하고도 위험한 관계가 벌어지기 시작한다. 이제 무덤의 세계와 정반대인 이곳에서 어떤 서커스 묘기가 아슬아슬하게 연출될는지 귀추가 주목된다. 덧붙이자면 해화의 남편이 된 형은 어린 시절 서커스 같은 재주를 부린 대가로 이미 목소리를 잃어버렸다.

어느 여름, 진보적인 문인들을 거론하는 한 좌담에서 "도대체 여성작가에게는 계급성이 존재하지 않는가"라는 불만이 터져 나왔다.[11] 불만이라기에는 너무나 뼈아픈, 이 질문은 천운영에게도 비켜갈 수 없다. 여성의 실존과 정체성, 여성의 욕망은 언제나 현실을 떠나서 작동하는 것인가. 이 글 서두에서 말했다시피 기괴한 여성인물의 존재방식과 그들의 욕망을 보여주었던 천운영의 새로움은 가히 눈부셨다.

오늘날의 세계는 '시간이 압축된 지구'라 불려진다. 인터넷 접속이나 실시간 위성 중계는 전지구를 통일시켰다. 비동시적인 사건들이 가상적인 동시성을 갖추고 이로 인해 인위적인 인과 연쇄들이 창조되기도 한다. 마치 모두가 평등한 문화와 가치를 나누는 듯한, 하나의 세계가 펼쳐진 것이다. 그러나 이것은 다양성과 타자성을 배제하고, 단 하나의 상품세계로 연결되는 삶의 방식을 강요하는 것이다. 이른바 '맥도날드화'로 상징되는 체제가 그러하다. 이때 여성은 대상화된 타자에서 벗어난 자유로운 소비주체로 상승한 듯하다. 그러나 자유로운 욕망을 구성하는 동시에 통제하는 자본주의적 질서는 엄연히 존재한다. 여성은 여전히 하위주체일 따름이다. 가부장제 이데올로기가 어느 다른 나라보다도 강력한 한국에서 여성의 현실은 더욱 열악하다. 이미 세계화라는 멋진 단어는 한국 여성노동자의 약 80%를 비정규직으로 만들었고, IMF라는 위기 이후 여성은 정리 해고 0순위가 되었다.[12] 더

11) 「1980년대 진보적 문인들의 최근 성취에 관한 좌담과 발언」, 『실천문학』 2004 여름호, p.160.

12) 실제로 IMF 이후 8개월만에 여성가장의 실업율은 2.5배나 증가했다고 한다. 특히 정현백은 많은 국가들에서는 더욱 혹독한 경쟁에 직면한 기업들이 값싼 여성 노동력을 찾는 데 비해 한국의 경우에는 여전히 남성을 생계부양자로 간주하는 성

구나 제 3세계이자 분단 국가라는 특수성을 가진 우리 현실에서 감추어진 통제는 더욱 복잡다단하다.

따라서 지금-여기에서의 여성의 존재 위치를 설명하기는 참으로 어렵다. 적이 누구인지 알 수 없고 억압의 실체를 분명히 찾을 수 없다. 여성일지라도 더 이상 생산과 창조에 관여할 수 없고 이 세계는 정화되어야 마땅하다. 예전과 같은 가로-세로의 정연한 좌표도 이미 사라졌다. 거미줄같은 그물망도 아니다. 전 방위적으로 경계를 넘나들고 다중적인 겹침이 생성되는 곳이 새로운 현실 좌표다. 기괴한 여성과 그들의 욕망은 이러한 여성존재의 현실적 좌표에서 비롯된 것이다. '다락 내려오기'라는 명제로 요약될 수 있는 근대적 기획, 주체적 개인에 대한 열망으로부터 이제 쉴 새 없이 다락을 오르내리는 것으로의 변화가 지금 여성의 처지이다. 그러나 그 오르내림은 여전히 타의에 의해 강요된 것이고, 그 속에서 진짜-가짜의 욕망이 넘나들고 있을 따름이다. 세계에 대해 저항하고 자신의 몫을 챙기는 것이 아니라 자신의 존재 자체가 공포스러운 타자로 변해버린 여성들의 모습은 기괴하기만 하다. 그래서 천운영 소설은 경계없는 지배에 대해 경계없는 글쓰기방식이라 할 수 있다. 경계를 무너뜨리고 넘나드는, 다중적 주체의 존재방식을 여성을 통해 드러내는 것이기 때문이다. 이는 근대성과 남성 주체에 대한 저항으로 '평등'을 내세웠던 여성성과는 맥락을 달리 하는 지점이기도 하다. 이것이 천운영이 보여주는 미덕이다. 그러나 그 미덕은 여릿한 서사에 머물고 있어 여전히 목마르다.

"어쩌면 당신도 남자의 발길질에 중독되어 있을지도 모른다는 생각이 들었다. 남자가 당신의 고통에 중독되어 있듯이, 내가 당신의 불행

역을 공고히 지키고 있는 특수함을 지적한다.(정현백, 『민족과 페미니즘』, 당대, 2003, pp.62~86 참조.)

에 중독되었듯이”(「멍게 뒷맛」) 매맞는 아내, 때리는 남편, 폭력을 묵인하는 비혼 여성 그들은 모두 같은 범주에 있다. 피해자와 가해자가 명확하게 구별되지 않는, 모두가 중독된 상태. 그래서 그 중독의 깊이와 쓰라린 상처를 드러내는 일이 천운영의 소설쓰기인 듯하다. 그러나 결핍과 결락으로 기괴한 여성을 창출하는 가족 트라우마 역시 근대 이데올로기적 구성물로서의 가족 제도가 발생시킨 것이다. 마찬가지로 여성적 정체성과 욕망이 분리되고 겹쳐지는 혼란은 전일적인 자본의 지배와 관계맺기 때문에 그러하다. 그러나 천운영의 작품에서는 상처와 혼란만이 지나치게 도드라진다. 여성 존재와 현실 관계에 대한 탐색이 깊이를 갖지 못한다면 애써 가로질러온 경계는 쉽사리 재영토화되고 말 것이다. 이 때문에 차이의 문화를 포기하지 않으면서도 위계를 거부할 수 있는 패러다임의 수립은 어렵고도 시급한 과제이다.

제 3 장

여성, 몸으로 말하다

식민지 근대 소설에 나타난 모성 담론

1. 민족의 메타포, 모성

여성에게 모성이란 개인의 경험을 통해 습득된 것이기도 하지만 이에 앞서 본능적으로 내재한 것이라는, 오래된 믿음의 뿌리는 실로 거대하다. 더구나 식민지, 전쟁, 분단 등의 특수한 역사적 경험이 있는 우리에게 모성은 사회구성원을 하나로 결집시켜주는 상징적 공간이다. 모성은 상실한 국가를 대신하는 민족의 메타포였으며, 훼손된 국가와 개인을 감싸안는 대모신(大母神)이기도 하다. 이런 모성의 의미 확장은 근대 민족 국가 기획에서 여성이 통합, 배제되는 방식을 보여주고 있다는 점에서 흥미롭다. 즉 모성의 의미가 적극적으로 생산·향유되는 방식에 의해서만 여성은 근대 민족 국가로 통합되었으며, 바로 그 때문에 여성은 주변화·배제될 수밖에 없었다는 것이다. 예를 들어, 아버지의 부재를 대신하는 강인한 어머니는 일제 강점 시기 소설에서 지속적으로 나타나는 모성이다. 이때 모성의 역할은 항상 임시방편적이다. 독립국가, 조국, 민족을 남성으로 설정하고, 주권을 상실한 패배한 조국을 여성으로 나타내는 한,[1)]모성은 찬미되지만 그 역할은 수동적이고 주변적일 수밖에 없기 때문이다. 더구나 여성이 국민국가와 결합하는 과정을 살펴 볼 때, 민족의 재생산, 민족적·인종적 정체성의 경계(혼혈문제), 민족의 이념적 재생산과 전통문화의 담지자 역할 등의 모든 방식은[2] 모성적 영역에 속한다. 결국 여성은 모성을 통해서만 근대 민족 국가와 관련하는 것이라 할 수 있다.

이를 감안한다면 식민지 근대라는 특수한 경험을 거치며 근대 민족국가를 열망한 시기에 당대 모성이 발현되는 지점을 살펴보는 일은 매우 중요하다. 앞서 언급했던 것과 마찬가지로 모성이 민족의 메타포였음은 부정할 수 없는 사실이지만, 문학이라는 특수성은 그럼에도 불구하고 여성 개인의 경험, 여성적 정체성과 갈등하며 교합하는 모성적 공간을 드러내고 있기 때문이다.

이 글에서 식민지 근대 소설에 나타난 모성 공간을 살펴보고자 하는 것은 바로 이와 같은 이유에서이다. 우리에게 근대적 여성성은 여성성의 다양한 국면을 사상하고 '모성'만을 부각시키는 담론 속에서만 존재해왔다. 근대적 여성성은 그 태생부터 조선의 유교적 가부장제가 일제하의 근대적 지식과 기이하게 결합하면서 만들어졌다. 여성의 교육은 자녀 양육이나 아내 역할을 효과적으로 수행하기 위한 것에 한정되면서 근대적 모성성, 근대적 양처현모론이 등장했다. 이에 따라 본질적이고 초월적인 모성애와 함께 자신이 습득한 근대적 지식을 활용해 합리적으로 자녀를 양육할 것을 강조해 왔다.[3] 이와 더불어 식

---

1) 제국주의 연구에 따르면 식민지는 여성, 제국주의 지배자는 남성, 제국주의적 정복은 성적 관계로 표현된 것이 거의 일반적이다. 남성으로서의 제국 지배자의 이미지는 국내적으로는 여성의 권리 주장에 대한 방어책으로, 그리고 식민지에서는 식민지 종속민에게 복종을 요구하는 수단으로 사용되었던 것이다. (박지향, 『제국주의 – 신화와 현실』, 서울대 출판부, 2000, pp.163~172. 참조)

2) 여성이 국민국가와 결합하는 방식은 정현백의 「민족주의와 페미니즘」(한국여성연구소, 『페미니즘 연구』 창간호, 동녘, 2001, pp.21~22)를 참조, 요약한 것이다.

민지라는 특수한 경험은 민족적 모성과 제국주의적 모성을 요구하기도 했고, 절대적 궁핍함은 모성의 빈곤을 야기하기도 했다. 이처럼 근대 국가 수립에서 비롯되는 여성의 타자화와 식민지 현실로 인한 민족의 타자화가 교차하는 지점에 식민지 근대 시기의 모성공간이 자리하고 있다. 이 글에서 분석대상으로 삼고 있는 이태준의 『성모』, 나혜석의 평론, 강경애의 「어머니와 딸」, 「소금」, 「지하촌」 등은 각각 이와 같은 식민지 근대 모성공간의 복잡한 양상을 다양한 방식으로 수렴하고 있는 경우이다. 이태준의 경우 근대 국가에서 여성이 모성을 통해 민족의 일원으로 포획되는 방식을 보여주고 있으며, 나혜석의 경우 근대적 개인으로서 여성 주체가 형성되는데 있어 어떻게 모성담론과 충돌하는지를, 강경애의 경우 식민지 경험에서 겹겹으로 타자화되는 현실적 모성과 여성의 정체성 확보를 문제삼고 있다. 이들이 그려내었던 모성공간을 통해 어떻게 식민지 근대라는 시기와 모성이 접합하고 있는지를 살펴보는 것이 이 글의 주된 목적이다.

2. 식민지 근대와 모성의 접합

1) 근대 국가로 포획되는 민족적 '모성' - 이태준의 경우

이태준의 『성모』(1935. 5. 26~1936. 1. 20)는 여성의 일대기를 통해 개인적 차원을 넘어서는 민족적 모성의 중요성을 강조하고 있는 작품이다. 안순모는 김상철, 박정현과의 사랑에서 차례로 실패하고 사생아를 낳는다. 순모가 아이를 낳아 기르는 과정은 곧 신여성에서 '성스러운 어

3) 김양선, 『1930년대 소설과 근대성의 지형학』, 소명, 2003, pp.227~228.

머니'로 존재 전이가 이루어지는 과정이다. 여기서 우선 주목할 만한 것은 순모의 모성이 드러나는 두 가지 방식이다. 그것은 근대적 모성과 민족적 모성이다.

순모의 어머니로 대표되는 구세대의 모성은 희생적이고 헌신적인 사랑이지만 그것은 개인적인 안위만을 추구하고 다소 무지하기도 한 본능으로 작품에 나타난다. 그에 비해 신여성인 순모는 철저하게 근대적인 시공간을 전경(前景)으로 하고 있다. 부모님과 오빠가 살고 있는 순모의 고향이 전근대적 공간이라면 순모가 살고 있는 경성은 이미 근대적인 공간이다. 순모는 근대 교육을 받고 있는 여학생 즉 신여성이고 자유연애의 결과로 사생아를 낳은 것이다.[4] 혼외 정사(박정현과는 동거 관계였을 따름이므로)의 주체가 여성일 때 가해지는 억압은 전근대 사회나 근대 사회나 거의 마찬가지일 것이다. 그러나 근대사회에서 그것은 객관적인 제도 차원에서 나타난다. 작품에 나타난 것처럼 광범위해진 '인구 조사'는 '민적'을 관리했고 국가의 사회 구성원 통제는 절대적이었기 때문이다.[5] 순모의 출산과 어린이 양육도 근대적 모성의 일면을 보여준다. 순모는 아이 아버지가 동경으로 떠난 후 혼자 아이를 낳을 것을 결심한 후 태교에 관한 공부를 시작한다. 전근대 사회에서도 물론 태교는 중요했다. 그러나 순모의 태교를 살펴보면, '생리적 안

4) 더욱 흥미로운 것은 순모가 여학생 때 '학교 부흥 주일' 행사에 참가하는 장면이다. 행사 장소에 모인 학생들을 교장과 목사가 차례대로 에워싸고 학생마다 '자복'(고백)을 강요한다. 이십 여명의 학생들은 모두 머리를 쥐어짜며, 자신의 죄를 고백해낸다. 늦잠을 잤다든지, 거짓말을 했다든지, 형제 간에 싸웠다든지, 갖은 기억을 다 떠올리며 '고백할 내용'을 만들어내는 장면 묘사에서 우리는 근대의 형식이 내용을 강제하는 기이한 전도를 떠올릴 수밖에 없다. 결국 이는 자생적이지 않은 근대에 이입당하고 있는 조선의 모습인 것이다.

5) 이를 감안한다면 순모라는 신여성이 사생아를 낳았지만, 심각한 경제적 · 사회적 어려움없이 아이가 고등학교에 이르기까지 훌륭하게 키울 수 있었다는 것은 현실과 다소 동떨어진 내용이라 할 수 있다.

산을 위해서 임부로서 필요한 위생만을 말해 노은' 책과 '태아를 본위로 하고 뱃속에 잇슬 때부터 그 어머니가 정신적으로 태아를 기르는 태교(胎敎)에 관한 책'을 공부한다. 즉 정신적인 측면뿐만 아니라 근대적 지식에 근거한 과학적 태교를 중시한다는 점에서 근대적 모습이라 할 만하다. 과학과 위생을 중시하는 근대적 모성은 여성의 임신·출산도 달리 보이게 한다. 순모는 임신 여부를 병원에서 확인받고, 산전 진찰을 거치며, 병원 출산을 계획한다. 출산 직전 어머니가 시골에서 올라옴으로서 순모는 집에서 아이를 낳게 되나 근대 과학과 위생의 강조는 여전히 확인된다. '어머니는 산파까지 반대하나 어머니 혼자서는 손도 모자랄 뿐 아니라 아모리 아이를 여럿을 바더본 경험이 잇다 하드라도 학리적이 아닌 경험을 그대로 안심하고 미들 수가 업섯다'는 이유로 산파를 불러서 출산하기 때문이다. 이후 양육과정에서도 아이의 신체 변화(이 나오는 것), 언어 습득 등을 꼬박꼬박 기록하는 육아일기를 쓰는 모습을 순모는 보여준다.

이와 같이 근대적 공간으로 옮겨진 여성의 새로운 변화를 작가가 곳곳에서 묘사하고 있으나, 그럼에도 불구하고 현실과 동떨어진 추상성은 『성모』의 모성이 보여주는 가장 큰 특징이다. 이는 순모가 다소 낭만적으로 사생아를 양육하는 것을 그린 때문이기도 하지만 근본적으로 개인적 경험의 영역을 배제한 민족 담론과 연결된 모성만을 추구하기 때문이다. 애초에 순모가 박정현이 떠난 후 아이를 가졌을 때 괴로움을 묘사한 장면을 살펴보면 아주 구체적이고 사실적이다.

> '내가 이리다 미치지 안흘가?'
> 신경은 바눌끗처럼 날카로워만 갓다.
> '아이면 그까짓 떼버릴테다? 모체부터 살구볼 일이다. 내가 이러케 정신상으로 파멸될 지경인데 그까짓 핏떵이 하내 뭐냐!'

하는 소리라도 지를 것처럼 홍분하엿다.

'병원에서도 아일 나타가 어머니가 죽을 지경이면 다돼서 나오는 아이도 발기발기 찌저서 꺼낸다드라, 모체부터 살리는게 도덕이라면 지금 내 처지에선 낙태가 죄될 리가 업지 안흐랴? 이아일 그냥 지니고는 내가 한달두 못가 밋처버릴거니까…….'

—『성모』

원하지 않는 아이를 가진 괴로움은 신경을 날카롭게 하고 나아가 '그까짓 핏떵이 하내 뭐냐'는 식으로 아이를 부정하게까지 만든다. 이는 순모에게 지극히 자연스러운 일이다. 처음 애인이었던 김상철의 불륜 현장을 보고 반발심에서 충동적으로 박정현과 동거를 시작했지만 남편은 이상적인 예술을 꿈꾸고 현실적으로 무능력할 따름이었다. 충동적이다시피 한 '경솔한 결혼', 가난한 결혼 생활의 괴로움은 순모를 지치게 만들었고, 급기야는 미술 공부를 핑계삼아 다른 여자와 동경으로 몰래 남편이 떠난 후 순모는 자신의 임신을 알게 되었던 것이다. 그 남편의 아이를 '그냥 지니고는 내가 한달두 못가 밋처버릴'거라는 순모의 괴로움은 그래서 자연스럽다. 이 괴로움이 현실적인 고통인데 비해 이 고통이 해소되고 새로운 어머니로서 자신을 정립하는 과정은 지극히 비현실적이다.

미칠 만큼 괴롭고, 아이를 부정하고, 낙태를 당연히 여기는 극단적인 고통은 전차에서 사랑스러운 모자(母子)의 모습을 보고 난 후, 아이란 존재에 대해 자문자답(自問自答)하기 시작하면서 일순간 사라진다. 처음 두어 번은 자문자답에 어울릴 만치 의심과 괴로움을 보이지만 곧이어 나타나는 '자기 마음의 연설'은 일방적으로 순모에게 엄격한 자기반성, 교화를 요구한다.

순모는 눈을 꼭 감고 자기 마음의 연설을 듯기만 하엿다.

'네 아이가 장래 이 민중을 위해 끼침이 크다면 오늘 너의 의로운 노력이 어째서 한낫 노예의 것이 되고 만단 말이냐?'

'…….'

순모는 꼭 감은 눈속에 눈물을 먹음엇다.

'어떤 위인이던지 그의 뒤에는 반듯이 위대한 어머니가 잇단 말이 잇다. 오늘 우리에게 위대한 인물이 업는건 오늘 우리에게 위대한 어머니가 업섯기 때문이다. 못생긴 어머니들이 못생긴 자식들만 남겨 노은 때문이다! 순모야? 그러치 안흐면 아니라고 해보아라'

'…….'

'위대한 자식은 위대한 어머니에게서…… 그러타 얼마던지 위대한 힘을 이 세상에 펼처볼 수 잇는건 남성이기 전에 녀성이다. 너는 그 큰, 그 거룩한 야심이 업단 말이냐?'

-『성모』

이때 '자기 마음의 연설'은 사실상 순모의 것이라 할 수 없다. 자문자답을 하던 회의하는 신여성 순모는 연설을 듣는 무지몽매한 청중으로 변화하고, 급기야는 민족을 구원할 위대한 어머니로서 교화될 따름이다. 연설은 이미 서술자의 목소리로 변모해있고, 그것은 신소설에서 주로 나타났던 남성 교사자(敎師者)보다 그 교화 강도가 훨씬 높다.

이와 같이 모성의 역할에 대한 절대적인 긍정은 나아가 모성이란 여성의 본질이자 존재 조건, 존재 의의로까지 규정된다. '사람만이 귀한 사람을 나되 남녀가 누구나 다 나을 수 잇는 것이 아니요 녀자된 사람만이 나을 수 잇는 것이다. 사람이 만일 정말 귀한 것이라면 그 귀한 것을 낫는 어머니란 얼마나 더 귀한 존재이냐. 그런데 사람이란 확실히 잘만 나으면, 또 잘만 기르면, 잘만 출세하면 게서 더 놉고 게서 더 귀한 것이 무엇이냐?'는 결론에 이르면 모성의 절대성은 극에 달한다.

한편 이런 모성은 근대 민족 국가 수립을 열망하는 민족담론과 연결됨으로서 절대적 당위성을 확보한다. 순모는 아이를 낳아서 '조선에서 대포처럼 비행기처럼 기관차처럼 행동하는 사람이 필요하다'는 생각에서 철진(鐵進)이라고 작명을 한다. 전근대적 사회에는 세례명(서구중세)이나 항렬에 따른 이름, 혹은 단순한 호칭(아명)이 있었을 뿐이지만 그것도 부정확했다. 개인적 의미를 내재한 이름 붙이기가 이데올로기적으로 개인의 주체 형성에 얼마나 중요한지는 알튀세의 '호명(呼名)'테제에서 이미 확인된 바 있다. 누구를 무엇이라고 부르는 것은 개인의 주체 형성에서 결정적인 의미를 갖는 크나큰 사건이다. 따라서 근대에서처럼 아이에게 성과 이름을 주는 것은 아이를 가족의 역사와 연결시키고 또 그에게 사회적으로 하나의 정체성을 부여하는 등 아이를 사회와 역사(이 두 가지 모두 근대적 개념이다)와 결합시키는 일이다.[6] 그런데 『성모』의 아이는 사생아이기 때문에 어머니의 성을 따르고 있어 가족의 역사와는 단절된다.[7] 반면 민족성만이 강조되는 작명은 아이에게 개인주체로서의 정체성보다는 사회적 정체성만을 강요하는 결과가 되고 만다. 아이가 철진으로 '호명'됨으로써 민족 구성원이 되는 것은 궁극적으로 순모의 양육으로써만 가능하다. 따라서 철진의 호명은 순모가 민족의 어머니로 호명되는 일이다. 더구나 작품에서는 전적으로 남성 부재의 상황을 설정하고 희생적인 어머니의 힘만이 이 국가적 위기를 극복할 수 있는 유일한 대안이라 제시된다. '자기 마음의 연설'에서 강하게 드러났던 서술자의 목소리는 어려운 현실을 이겨나가는 것은 전적으로 여성의 희생에 달렸다는 당위성을 순모에게 계속

6) 조형준, 「포스트모던 이후에는 무엇이 오는가」, 『세계의 문학』, 2002 봄, p.198.
7) 더구나 외할아버지(순모의 아버지)의 극심한 반대로 형식상 '안씨'일 뿐이지, 철진은 모계쪽으로도 편입하지 못했다.

교화시킨다. 이때 모성은 근대 국가를 기획하는 민족적 측면에만 존재하고, 실생활에서 그것이 추상성을 띨 수밖에 없는 것은 지극히 당연하다.

물론 『성모』에서 모성의 현실적 국면이 완전히 배제된 것은 아니다. 출산의 고통이 아주 생생하게 그려져 있는 가하면, 아이와 어머니의 관계 분리에서 오는 불안이나 이타적 사랑을 베풀기만 해야 하는 모성에 대한 회의가 묘사되기도 한다. 그러나 민족적 모성이 강조되는 것에 비하면 이들은 극히 미미한 정도이며 그야말로 징후적으로 나타날 뿐이다. 더구나 모성 회의의 경우 원하지 않았던 사생아를 기르는 여성에게 상당한 비중으로 나타나는 것이 당연하지만 작품에서 그것은 오히려 극복되어야 할 장애물 역할을 할 따름이다. 예를 들어 '순모도 인간이라, 인간의 감정이라' 당연히 철진이에 대한 원망이 생기고, 생계를 책임지는 고달픈 생활 중에 아이의 장난을 참지 못하고 화를 내고 때리는 일이 벌어진다. 그러나 이것은 벼락맞아 죽을 어미, 죽어도 싼 어미라는 자책으로 귀결된다. 더 나아가 '널 다 길르구는 이 죄루 독사한테 물려 죽어두 내 달게 바드마…….'라며 극단적인 자학으로 순모는 자신을 반성한다. 결국 모성회의라는 장애물은 그 극복과 함께 강력한 '반성'을 유발하고 교화된 모성은 더욱더 절대적인 민족 모성으로 추동되는 것이다.

더구나 남·녀 역할의 분리를 은연중 드러내는 작품 결말에 이르면 모성이 근대 민족 국가로 여성을 포획하는 방식으로 사용되었음이 더욱 확연해진다. 순모의 아들 철진과 사랑하는 사이인 옥경은 철진이 민족운동을 위해 중국으로 떠난 후 순모의 집으로 거처를 옮긴다. 그녀는 철진을 기다리며 조선여성의 새로운 삶을 위해 일하겠다는 결심을 하지만, 무엇을 어떻게 할지는 막연하다. 오히려 옥경에게 강조되는 것은 떠난 남성을 기다리는 여성, 모성으로 현실적 어려움을 타개해나가는 여성의 덕목이다. 순모 곁에서 순모를 본받아 살겠다는 옥경의 태도를 비판할 수 있는 것도 이 때문이다. 이런 모성이 좀더 극단화되거나 민족국가수립 전망이 불투명해지면 민족적 모성은 곧바로 제국주의적 모성담론과 연결될 가능성이 있다. 실제로 희생적 어머니에 대한 찬미 내지 미화는 2차 대전 당시 독일의 나치즘과 일본의 군국주의가 표방하였던 제국주의 모성론에서 대표적으로 드러난다. 여성의 역할이란 아들을 구국의 전사로 키워 전장에 내보냄으로써 국난극복에 기여하는데 있음을 강조하고, 훌륭한 전사를 키워낸 어머니를 찬양화함으로써 여성의 희생을 사회적으로 보상해준다는 것이다.[8] 『성모』의 경우 순모가 끊임없이 우리말·글을 강조하고, 철진이 민족 독립 운동을 하는 것으로 나타나 있어 제국주의 담론과 연결되지는 않는다. 그러나 제국주의 모성론이나 민족주의 모성론 둘 다 모성을 국가 기획을 위해 호명하고 있다는 점에서 유사하다. 일제 강점 하라는 식민지 시기를 극복하는 출구로 이태준이 모성을 동원하고 있다는 사실도 이런 맥락에서 이해된다.

2) 근대적 개인주체와 '모성'의 갈등－나혜석의 경우

민족적 모성이 근대 국가 수립을 위한 것이라 할지라도 그것은 엄

---

8) 1940년대 친일소설에서 이러한 면모는 곳곳에서 확인된다. 날카로운 현실묘사로 일제 강점시기를 풍자했던 채만식의 경우도 아들을 훌륭하게 키움으로써만 자신의 정체성을 찾는다는 모성을 강조했을 때 제국주의적 담론에 매몰되고 말았다. 『여인전기(女人戰紀)』(1944~1945)에서는 '내지의 어머니'(일본 어머니)와 '조선 어머니'를 직접 비교하며 희생하는 어머니를 강조한다. 내지의 어머니는 아들을 나라에 바치는 것을 자랑스러워하는 반면, 조선의 어머니는 자아본위, 가정 본위, 가족 중심의 관념에 빠져 있어 국가, 나라에 대한 충성심이 빈약하다는 것이다.

밀한 의미에서 근대적인 것과는 충돌한다. 민족적 모성은 근대적 개인 주체 대신 민족의 일원으로써만 여성의 영역을 인정하기 때문이다. 물론 이는 근대성이 남성과 여성에게 달리 적용되어왔다는 경험적 역사에서 기인하기도 한다.[9] 따라서 『성모』의 모성적 공간이 근대 민족 국가를 기획하기 위한 필요조건이었음에도 불구하고 결과적으로는 근대로부터 여성을 배제하는 모순은 필연적일 수밖에 없다.

나혜석(1896~1948)은 근대가 여성을 배제하는데서 빚어지는 충돌을 적실하게 경험한 사례를 보여준다. 그녀의 굴곡많은 삶과 문학·미술 작품은 근대적 개인주체를 갈망한 신여성과 현실에서 경험한 모성의 갈등을 드러낸다. 이태준과 같은 남성 작가가 모성에 대한 회의나 어머니 역할의 어려움을 공적 담론으로 추동하기 위한 장애모티프처럼 사용하는 데 비해 나혜석은 자신의 갈등과 혼란을 고스란히 보여준다. 그녀의 경우 근대 초기에 활동했고 미술과 문학을 함께 했기 때문에 비교적 문학작품이 소략하다. 그러나 일제 강점기의 대부분의 여성작가들이 남성 작가들에 비해 활발하게 문학활동을 하지 못했던 것을 감안한다면 여성작가 1세대라 할 나혜석의 경우 이런 사실들이 특이한 것은 아니다. 「경희」(1918)를 비롯한 몇몇 소설들이 신·구여성의 갈등을 충실하게 보여주는 수작으로 평가받고 있지만 모성과는 거리가 있다. 오히려 평론이나 자신의 삶을 회고록 형식으로 발표한 일련의 글들에 모성 경험과 그 갈등이 여실히 드러난다. 이 글에서 이들을 분

9) 이런 입장에서 리타 펠스키의 근대성 논의는 시사하는 바가 크다. 그에 따르면 근대성의 성별은 남성이라 규정되어 왔으며, 근대적인 것과 공적인 것을 동일시하는 경향은 대개 여성이 역사나 사회변화와는 무관하며, 가정과 가족 관계와 같은 사사로운 관계망 속에 존재한다고 믿어져 왔다는 것이다. 따라서 여성을 무시간적인 대상, 항수의 대상으로만 고정짓는 것도 이런 맥락에서 나타났다는 것이다.(리타 펠스키, 김영찬·심진경 역, 『근대성과 페미니즘』, 거름, 1998)

석 대상으로 하는 것도 이런 이유에서이다. 한편 회고록 형식의 글은 여성의 자전적 글쓰기라는 의미에서 새롭게 평가될 가능성도 있다.[10)]

근대 초기 여성교육의 목표는 '양처현모'를 기르는 것이었다.[11)] 이는 1905년 러일전쟁 이후 일본에 국가주의적 분위기가 팽배했던 것과 깊은 관련이 있다. 당시 일본 여성교육의 중심인물이었던 일본여자대학교의 교장 나루세 진조는 '양처현모'와 '국민'을 길러내는 어머니로서의 여성교육을 강조하고 나서며, 여성 교육의 목표는 '양처현모'로 고정되기 시작했다. 국권회복이라는 대의명분 앞에서, 근대적 국민의식의 자각이 요구되는 시대의 중압감 아래서, 여성도 국민의 일원이며 국권회복에 여성의 힘을 보태는 길을 찾던 조선에서 양처현모론은 시기적절했다. 그러나 양처현모론은 여성 개인 주체를 배제한 민족적 모성을 강조하는 것이었고, 근대적 개인주체를 추구하는 신여성의 욕망과는 충돌할 수밖에 없었다. 나혜석은 「이상적 부인」(『학지광』, 1914. 12)에서 관념적이기는 하지만 '양처현모'론을 비판하고[12)] 여성 개인주체를 강조하고 나선다. 그녀가 주장한 '일정한 목적으로 유의의(有意義)하게 자기 개성을 발휘코자 하는 자각을 가진 부인'이란 근대적 개인 주체를 염두에 둔 것이며 이후 이것은 모든 논의의 출발점이 된다.

---

10) 여성의 자전적 글쓰기에 대한 의미는 다음 글에 자세히 나타나 있다.
김성례, 「여성의 자기 진술의 양식과 문체의 발견을 위하여」, 『또하나의문화』 제9호, 1994 ; 김연숙·이정희, 「여성의 자기발견의 서사, '자전적 글쓰기'」, 『여성과사회』 8호, 1997.

11) 나혜석이 살았던 시대적 배경과 전기적 사실들은 이상경이 쓴 나혜석 평전에서 발췌, 재구성한 것이다.(이상경, 『인간으로 살고 싶다』-영원한 신여성 나혜석, 한길사, 2000)

12) 그 비판 방식은 아주 흥미롭다. 평등이라는 근대적 이념를 근거로 '남자는 부(夫)요, 부(父)라. 양부현부(良夫賢父)의 교육법은 아직도 듣지 못하였으니, 다만 여자에 한하여 부속물된 교육주의라.'고 비판하는 나혜석의 주장은 고정관념을 깨는 기발한 발상이다.

이처럼 자유롭고 평등한 개인주체를 꿈꾸는 나혜석에게 아이의 출산과 양육은 커다란 장애물로 다가온다. 이상과 현실에서 느끼는 갈등, 낯선 세계로서 모성에 대한 경험은 그녀에게 새로운 인식을 가져다 준다. 이후 그녀는 「모(母)된 감상기(感想記)」(『동명』, 1923. 1. 11~21)를 통해 출산의 고통과 모성에 대한 깊은 성찰을 드러낸다. 많은 논자들이 지적했듯이 우선 「모된 감상기」에서 주목할 점은 여성의 출산이 생생하게 표현되었다는 것이다.[13] 이 글은 여성이 여성으로서의 체험을 말하기 시작한 첫 글로서 의미가 있으며 또한 여성의 육체에 대한 논의를 기피하는 금기를 깨뜨렸다는 점에서 큰 의의가 있다.[14]

한편 「모된 감상기」에서는 근대적 개인 주체와 모성의 갈등, 경험으로서의 모성, 관계로서의 모성에 대한 인식이 뚜렷하게 나타난다. 나혜석은 아이를 낳기 전에는 '몇 자식이 주렁주렁 매달릴수록 그 중에서 남 못하는 일을 하는 것이 자기 말의 본의가 아닌가'라며 스스로 다짐한다. 그러나 점점 출산이 다가올수록 근대적 개인주체라는 열망이 좌절될 것이라는 두려움은 커지고 급기야는 낙태까지 생각할 정도로 그 정도가 심각해진다. 출산에 대한 두려움과 낙태에 대한 갈등이 '내 자신을 모멸(侮蔑)하고 양인에게 모욕(侮辱)을 줄 뿐인 것을 알고 통곡'하며 괴로워하는 나혜석의 심리적 갈등은 개인적이라기보다는 당대 신여성에게 보편적인, 아니 현대에 이르기까지 여전히 유효한 것이

13) 예를 들면 아이를 낳는 고통은 '박박 뼈를 긁는 듯/쫙쫙 살을 찢는 듯/빠짝빠짝 힘줄을 옥죄는 듯/쪽쪽 핏줄을 뽑아내는 듯/살금살금 살점을 저미는 듯/오장이 뒤집혀 쏟아지는 듯/도끼로 머리를 바수는 듯/이렇게 아프다나 할까/아니라 이도 또한 아니라'라고 표현하며, 출산 과정을 '무어라 그다지/10분 간에 한 번/5분 간에 한 번/금새 목숨이 끊일 듯이나/그렇게 이상히 아프다가/흐리던 날 햇빛 나듯/반짝 정신 상쾌하며/언제나 아팠는 듯'이라고 상세히 묘사한다. 특히 이 시는 아이를 낳고 병원 침상에서 스케치 북에 쓴 것이라고 나혜석 스스로 밝히고 있다.

14) 이상경, 앞의 책, pp.212~240. 참조.

다. 더구나 아이를 낳고 난 후 육아에서 겪는 갖가지 어려움은 그녀에게 '내가 전에 희망하고 소원이던 모든 것보다 오직 아침부터 저녁까지 잠 좀 실컷 자 보았으면 당장 죽어도 원이 없을 것 같았다.'는 절절한 토로를 하게끔 만든다. 이처럼 임신과 출산, 육아의 구체적인 과정에서 느낀 육체적 고통과 심리적 갈등에 대한 여성 경험은 나혜석으로 하여금 모성에 대한 새로운 인식으로 나아갈 수 있게 만들어준다.

> 세인들은 항용, 모친의 애라는 것은 처음부터 모된 자 마음 속에 구비하여 있는 것같이 말하나 나는 도무지 그렇게 생각이 들지 않는다. 혹 있다 하면 제2차부터 모될 때에야 있을 수 있다. 즉 <u>경험과 시간을 경(經)하여야만 있는 듯</u> 싶다.(…중략…) 최초부터 구비하여 있는 것이 아니라 적어도 5, 6삭간(朔間)의 장시간을 두고 포육(哺育)할 동안 영아의 심신에는 기묘한 변천이 생기어 <u>그 천사의 평화한 웃음으로 모심(母心)을 자아낼 때</u>, 비로소 짜릿짜릿한 모(母)된 처음 사랑을 느끼지 않을 수 없다.(내 경험상으로 보아 대동소이한 통성(通性)으로) 모심에 이런 싹이 나서 점점 넓고 커갈 가능성이 생긴다. 그러므로 '솟는 정'이라는 것은 순결성 즉 자연성이 아니요, 가연성(煆煉性(假煉性의 오타인 듯-인용자))이라 할 수 있다. (강조-인용자)
>
> -「모된 감상기」

임신 중 심리적 불안은 낙태를 생각할 만큼 심각한 것이었고, 출산 후 육체적·심리적 고통은 '자식이란 모체의 살점을 떼어가는 악마'라고 정의할 정도였지만 아이와의 관계는 어머니를 새로운 인식으로 나아가게 한다. 그것은 모성이란 일방적으로 베푸는 심지어 자신의 존재를 소멸시킬 만큼 헌신적인 것이 아니라는 것, 신비화된 모성관념을 깨트리는 것에서 시작한다. 나혜석이 임신기간에 겪었던 심리적 갈등, 출산 후 괴로움은 이기적인 여성이라서 겪는 특별한 것이 아니다. 그것은 전근대적 공간과 근대적 공간이 혼융된 시기에 여성이라면 필연적으로 경험하는 갈등이었고, 이후 아이를 낳아 기르는 과정에서 새로운 사랑 즉 모성을 습득하게 된다. 나혜석이 새롭게 발견한 모성이 의미있는 것도 이 때문이다. 그녀는 아이를 낳은 후 5, 6개월이 지나면서 아이와 관계 맺는 가운데 '솟는 정'을 느낀다. 더구나 그것은 단지 내 자식이라는 소유감, 시간이 경과하며 순차적으로 생긴 감정 때문만은 아니다. '천사의 평화한 웃음'을 보낸다고 표현된 것처럼 어머니와 아이와의 교감에서 관계맺는 애정이 '솟는 정'의 '싹'이라고 나혜석은 주장한다. 이런 점에서 모성을 객관적으로 바라보고, 강요된 모성이 아닌 인간에 대한 애정의 한가지로서 모성을 긍정하며, 여성도 사람으로서 자기 긍정성을 가져야 한다는 것이 나혜석의 의도이며 성과라는 평가는 정당하다.[15)]

당시 「모된 감상기」를 비판했던 백결생의 「관념의 남루(襤褸)를 벗은 비애」(－나혜석 여사의 「모(母)된 감상기(感想記)」를 보고, 『동명』, 1923. 2. 4)에 나타난 모성에 대한 개념규정을 살펴보면 나혜석의 의의는 더욱 분명해진다. 백결생은 진정한 사랑이란 '절대적 희생을 바치는 것, 보복이나 보수를 예상치 않는 무타산적 자아몰입의 경지가 애(愛)의 극치'이고 그것이 바로 모성이라고 규정한다. 더 나아가 '아(我)를 몰각하고 애(愛)를 피차에 바치는' 모성을 요구한다. 사랑, 모성에 대한 규정이 관념적일 뿐 아니라 개인을 말살하는 헌신적 사랑의 요구에 이르면 '모성신화'나 제국주의적 모성론과도 맥을 같이 함을 쉽게 알 수 있다.

이에 대해 다시금 나혜석이 반론을 편 것을 살펴보면 아주 중요한 대목이 새롭게 나타난다. 나혜석은 「모된 감상기」는 무엇보다도 자신의 솔직한 고백이었음을 강조하면서 이것이 여성들에게 공통된 것임을 전제한다.

---

15) 이상경, 앞의 책, p.249.

나는 꼭 믿는다. 내 「모(母)된 감상기(感想記)」가 일부의 모(母) 중에 공명할 자가 있는 줄 믿는다. 만일 이것을 부인하는 모가 있다 하면 불원간(不遠間) 그의 마음의 눈이 떠지는 동시에 불가피할 필연적 동감이 있을 줄 믿는다. 그리고 나는 꼭 있기를 바란다. 조금 있는 것보다 많이 있기를 바란다. 이런 경험이 있어야만 우리는 꼭 단단히 살아갈 길이 나설 줄안다. 부디 있기를 바란다.

―「백결생(百結生)에게 답(答)함」, 『동명』, 1923. 3. 18.

자신의 경험을 공적 담론으로 끌어올리고, 그것을 여성일반의 차원으로 다시금 확대해나가는 나혜석의 시도는 분명 당대에서 혁신적이었으며 현재까지도 유의미한 가치가 있다. 더구나 그녀는 여성들 중 '공명할' 사람이 있음을 믿을 뿐만 아니라 전체 여성이 자각해서 '우리는 꼭 단단히 살아갈 길'을 찾아갈 것을 은연중 내비친다. 이는 여성개인의 경험을 통해 여성 연대를 추구하는 일이기도 하다. 이를 통해 비로소 절대적이고 본능적이라는 모성의 신화를 벗어날 가능성을 모색할 수 있다. 그것은 한편으로는 근대적 개인 주체에 대한 나혜석의 열망을 새로운 방식으로 드러내는 일이기도 하다. 규정된 보편적이고 추상적인 '동일성'으로서의 모성을 벗어나 '차이'로서 사고하는 것은 근대적인 개성의 자각과 맥을 같이 하기 때문이다. 이를 모성을 통해 해결하고자 한 시도는 그래서 더욱 의미있다.

그러나 이 시도는 아쉽게도 선언적 글쓰기에 그쳤을 뿐 현실적인 삶이나 다른 영역으로 확장되지 못한다. 자유연애와 정조논란을 일으킨 사건을 겪고 난 후 나혜석은 1930년 11월 이혼하고 불행한 삶을 살아가게 된 것이다. 전기적인 사실들의 의미는 여기서 일일이 살펴볼 수 없지만 이혼한 후 발표한 「이혼고백장」(『삼천리』, 1934. 8~9)에는 모성에 대해 주목할 부분이 다시 나타난다. 역시 여성의 자전적 글쓰기라 할 이 글을 통해 나혜석은 그동안 여성의 역사를 살펴보건대 '모성애'

란 많은 여성에게 '최고 행복인 동시에 최고 불행한 것'이라는 양면성이 있었고, 자신도 그것을 경험하였다고 서술한다. 출산과 육아가 미술가이자 작가였던 나혜석에게 엄청난 부담이었지만, 아이들을 낳아 기르는 동안 '지금까지의 애인에게서나 친구에게서 맛보지 못하는 애정을 느끼게 되었'다는 그녀의 고백은 모성의 현실적 공간을 그대로 보여준다. 더구나 이혼 후 남편에게 개인 주체의 삶과 어머니로서의 삶이 왜 양립되어야만 하는지를 되묻는 태도는 나혜석이 겪은 갈등이 얼마나 심각한 것이었으며 또 한편으로는 여성 보편의 것이었는지를 짐작케 한다.[16] 더구나 이혼 후 아이들을 볼 수 없게 된 절박한 상황에서 나혜석은 거의 본능처럼 되어버린 모성애를 절실하게 고백하는 등 모성과 신여성의 갈등을 고스란히 보여주는 비극으로 귀결되고 만다. 결국 근대적 개인주체와 모성의 갈등을 고스란히 보여주는 나혜석의 삶과 글은 경험으로서의 모성, 관계로서의 모성에 대한 신여성의 탐색과 좌절이라 할 것이다.

3) 여성의 경험과 주변부 공간으로서의 '모성' – 강경애의 경우

제국주의에 의해 강제 이입된 식민지 근대이긴 하지만 분명 모성공간에 있어서도 근대적 변모는 뚜렷하게 드러난다. 특히 '근대적 모성술'(mothercraft)이라 할 만한 서구적 양육법은 1920년대에 이르면 유행

16) 「이혼 고백장」에서 나혜석은 남편 김우영을 향해 다음과 같이 이야기한다. '그러나 여보세요, 아직까지도 나는 내게 적당한 행복된 길이 어디 있는지를 찾지 못하였어요. 씨(남편을 가리킴)와 동거하면서 때때로 의사(意思) 충돌을 하며 아이들과 살림살이에 엄벙덤벙 시일을 보내는 것이 행복스러웠을는지, 또는 방랑생활로 나서 스케치 박스를 메고 캔버스에 그림 그리고 다니는 이 생활이 행복스러울지 모르겠소. 그러나 인생은 가정만도 인생이 아니요, 예술만도 인생이 아니외다. 이것저것 합한 것이 인생이외다.'

풍조처럼 번져나간다. 『성모』의 순모나 나혜석이 단편적으로 보여주는 새로운 산전산후 관리, 육아법 등도 바로 그러한 예이다. 뿐만 아니라 당대 여성지(女性誌)를 살펴보면 과학적 육아법, 모자 보건 등이 꾸준히 공론화되고 있기도 했다. 이에 따라 여성은 자신의 가장 중요한 본분으로 규정되어 오던 며느리의 역할보다는 아이의 어머니로서의 새로운 정체성과 권리를 가지게 되고, 생물학적 모성은 '전문적 모성'으로 역할이 상승한다.[17] 부부 중심, 아이 중심의 근대적 가족이 편성되는 것도 바로 이즈음이다. 그러나 여기서 간과할 수 없는 것은 이와 같은 근대적 변모가 상층 가정에 국한된 것이라는 점이다. 일제 강점이라는 피폐한 식민지 현실에서 대다수의 가정은 아이 양육의 질과 형식을 따지기는커녕 아이의 육체적 생존 자체가 절박한 문제였기 때문이다.[18] 강경애의 소설에 나타난 모성공간은 바로 이런 식민지적 현실을 출발점으로 삼는다. 근대적 개인주체를 갈망했던 나혜석의 문제제기는 이제 강경애에 이르러 식민지 현실이라는 구체적인 장(場)으로 옮겨진다. 그곳에서 옥이라는 여성의 자기 주체화 과정을 그리고 있는 작품이 「어머니와 딸」(『혜성』, 1931. 8~1932. 12)이다. 「어머니와 딸」은 궁핍한 농촌 현실과 여성의 매매·축첩·매춘·조혼 문제가 심각한 전근대적 공간과 지식인의 허위의식, 구여성과 신여성 간의 갈등이 산재하는 서구식 근대가 이입된 공간을 착종시킨 '비동시성의 동시성'을 전경(前景)으로 하고 있다.[19]

---

17) 김혜경, 「일제 하 자녀양육과 어린이기의 형성」, 『근대주체와 식민지 규율권력』, 김진균·정근식 편저, 문화과학사, 2000.

18) 김혜경, 위의 논문 참조. 특히 이 논문은 1931년 경성에서 1세 미만의 유아 사망률이 21%였다는 통계를 인용하고 있다. 식민지 조선에서 그래도 경제적·문화적 사정이 가장 나은 경성이 이 정도였으니 지방 사정은 더욱 열악하였으리라 추정할 수 있다.

19) 김양선, 「젠더의 프리즘으로 형상화한 식민지 현실」, 앞의 책, p.254.

우선 옥이의 출생과 성장과정은 식민지 현실에서 참혹한 삶을 견디는 여성의 역사 그 자체이다. 옥이의 어머니 예쁜이는 그녀를 좋아하는 총각(돌째)이 있었지만 가난한 소작농인 그녀의 아버지는 지주 이춘식의 소실로 딸을 팔 수밖에 없었다. 팔려간 예쁜이가 옥이를 낳고 나서 본처의 구박을 견디다 못해 쫓겨나고, 딸의 복수를 하러 간 아버지, 그 뒤를 따라간 어머니와 남동생이 모두 죽임을 당한다. 옥이를 데리고 살아가기 위해 예쁜이는 술장사를 하며, 몸도 파는 신세로 전락하고 만다. 이런 상황에서 예쁜이의 정상적인 어머니 노릇(mothering)은 불가능하다. 그녀는 '이년의 계집애! 네 아비 때문에'라며 옥이를 구박하기도 하고, 절망·체념과 자신의 욕망 탐닉이 뒤범벅되어 일탈적으로 살아가는 '나쁜 엄마'이기를 주저하지 않는다.

> 아기(옥이 – 인용자)는 눈만 뜨면 봉준 어머니가 보고 싶었다. 언제나 고요히 웃는 눈, 항상 쓰다듬어 주는 그의 흰 손, 그리고 가늘고도 부드러운 그의 음성이었다. 더구나 봉준의 고운 옷감을 끊어다 손수 만드는 것이 무엇보다도 아기의 눈에 띄었던 것이다.
>
> 아기는 가만히 자기 어머니를 생각해 보았다. 구석구석이 때묻은 옷을 내버려 두는 것, 그리고 술이나 마시고 마시고, 해종일 마시고는 사내놈들의 무릎과 무릎 사이로 옮아 다니는 꼴이었다. 그는 울고 싶었다. 아니 남몰래 우는 적이 많았다.
>
> –「어머니와 딸」

고요히 웃는 눈, 항상 쓰다듬어 주는 흰 손, 가늘고도 부드러운 음성을 가진 봉준의 어머니는 예쁜이에 의해 방치되다시피 한 옥이를 데려와 양육하는 산호주이다. 여러 가지 면에서 예쁜이와 대비되는 '좋은 엄마'인 그녀는 그러나 또다른 측면에서 식민지 현실을 감내하는 여성의 삶을 보여준다. 고고한 기생이었던 산호주는 고학생 강수를 사랑하고 그의 일본 유학을 적극 후원했지만 버림받고 만다. 이후 그녀는 아들 봉준을 낳아 혼자 키우다가 옥이까지 데려다 기른다. 기생-미혼모라는 그녀의 내력은 남성 중심적 성문화에 의해 희생된 여성의 삶을 보여준다. 이후 산호주는 옥이에게 봉준의 장래를 부탁하며 죽고, 옥이가 산호주의 삶을 본받아 좋은 아내가 되는 반면 봉준은 마치 그의 아버지 강수처럼 옥이를 저버린다.

'나쁜 엄마'인 예쁜이와 '좋은 엄마'인 산호주, 이 두 어머니와 옥이의 관계는 옥이의 주체화과정에서 아주 중요하다. '나쁜 엄마'에 대한 거부와 부정, '좋은 엄마'에 대한 동일시는 옥이로 하여금 남편을 '기른다'는 표현처럼 봉준과 허위적인 관계에 묶여 있게 한다. 사랑이라기보다는 산호주를 대신한 모성의 일방적인 수혜가 옥이와 봉준의 부부생활이었기 때문이다. 따라서 봉준으로부터 분리되고자 하는 옥이의 갈등은 모성이 무조건적인 헌신이며 더구나 남녀관계에서조차 여성은 모성적 사랑을 베풀어야 한다는 고정 관념에 대한 회의라 할 수 있다. 이 강박된 허위적 모성관계를 끊어버렸을 때에야 비로소 옥이는 새로운 주체 형성을 탐색할 수 있게 된다. 이 때문에 '어머님의 딸은 나다! 어머님께서 생전에 실행치 못한 것을 나는 실행할 것이다!'는 옥이의 '새로운 각오'가 가능해진다. 이와 더불어 강경애는 영실 오빠로 대표되는 식민지 현실을 새로운 인식의 계기의 한 축으로 놓음으로써 모성의 현실적 공간을 더욱 확장시킨다. 물론 여러 논자들이 지적한 것처럼 작품 내에서 옥이가 각성하게 되는 과정이 너무 급작스럽고 도식적인 한계가 있지만, 식민지 현실과 모성의 관계 속에서 여성 정체성을 탐색했다는 의의는 높이 평가되어야 할 것이다.

한편 예쁜이와 산호주가 보여주었던 식민지 현실에서의 여성의 삶은 「소금」(1934), 「지하촌」(1936)의 더욱 심화되어 다양한 모성공간으로 나타난다. 특히 궁핍한 농촌 현실이나 삶의 터전에서 밀려나 주변부 공간(간도)으로 이주한 피폐한 빈궁 현실은 강경애 문학의 전반적인 특징이기도 하다. 극도로 굶주린 상태, 자기 생존마저 위협받는 절대 빈곤 상황에서 여성에게 모성은 현란한 말치레에 지나지 않을는지도 모른다. 어머니들은 '자식! 흥 자식이 다 뭐야!'(「소금」)라고 체념하거나 '…없는 놈에게 글세 자식이 뭐냐, 웬 자식이냐.'(「지하촌」)며 절규하기도 한다. 생존 위기의 절박한 심정은 말로만 아이를 부정하는 것이 아니라 실제로 아이를 없애려는 상황으로 몰고 가기도 한다.

> 어머니는 봉염이를 밀치며 "응응"하고 힘을 썼다. 한참 후에 "으악!"하는 애기 울음소리가 들렸다. 봉염이는 어머니 곁으로 다가붙으며,
> "애기?"
> 하고 부르짖었다.
> 어머니는 얼른 애기를 더듬어 그의 목을 꽉 쥐려 하였다.
> 그순간 두 눈이 화끈 달며 파란 불꽃이 쌍으로 내달았다.
> 그리고 전신을 통하여 짜르르 흐르는 모성애! 그는 자기의 숨이 턱 막히며 쥐려는 손 끝에 맥이 탁 풀리는 것을 느꼈다.
> 그는 땀을 낙수처럼 흘리며 비켜 누워버렸다. 그리고
> "아이구!"
> 하고 소리쳐 울었다.
>
> –「소금」

서구에서도 중세 이래 18세기 말까지 영아살해가 가장 흔한 범죄였다는 기록처럼 그것은 역사적이고 전세계적인 관행이기도 했다. 그러나 그 역사는 늘 특이한 몇몇 비정상적인 사례로 왜곡되어 왔으며, 여성에게는 모성에 대한 작은 회의도 용납치 않는 엄격한 도덕심만을 요구해왔다. 공적 담론에서는 앞서 논의했던 「성모」의 순모가 보여주었던 자학이 오히려 일반적인 것이라고 애써 주장되어왔던 것이다. 이

런 맥락을 고려한다면 강경애 소설에서 나타나는 자식 부정, 영아살해에 대한 묘사는 보다 현실적인 의의가 있다. 더구나 아이를 목졸라 죽이려다 맥이 풀려 울고 마는 어머니의 모습은 현실적인 모성을 적나라하게 보여준다고 해도 과언이 아닐 것이다. 강경애가 그려내는 현실적인 모성은 그뿐만이 아니다. 그녀는 자식을 부정하고, 자식을 낳고 육체적으로 괴로워하고,[20] 자식을 죽이려 들고, 그래도 또 희생적으로 아이를 품어 기르고, 아이를 생존의 동기로까지 인정하는 등 다각도로 모성을 생생하게 조명한다. 또 모성이란 습득된 것이 아니라 경험된다는 점, 경험된 모성이 보여주는 허여(許與)의 특질을 긍정적으로 살피기도 한다.

> 하늘에 달이 둥실 높이 떴고 별들이 종종 반짝인다. 빛나는 별. 어떤 것은 봉염의 눈 같고 봉희의 눈 같다. 그리고 명수의 맑은 눈 같다. 젖을 주무르며 쳐다보면 명수의 그 눈. "에이 이놈, 저리 가라!" 그는 또다시 이렇게 중얼거렸다. 그리고 봉희, 봉염의 눈을 생각하였다. 엄마가 그리워서 퉁퉁 붓도록 울던 그 눈들, 아아 이세상에서야 어찌 다시 대하랴! (…중략…)

20) 특히 「지하촌」에서는 절대적 궁핍에 내몰림에도 불구하고 아이를 무조건적으로 받아들이는 어머니의 모습을(어머니는 '눈물이 젖으로 흘러서 영애의 타는 목을 축여 줬으면 가슴이 이다지도 쓰리지 않으련만'라며 운다)을 보여주기도 하고, 아이를 낳고 나서 산후조리를 제대로 못해 자궁이 빠져나와 괴로워하는 어머니의 모습을 다음과 같이 생생하게 그려내고 있다. '아래서는 무엇이 뭉클뭉클 나오다가 나중엔 무엇이 묵직하게 매어달리는 듯해서 좀 만져 보려 했으나, 사이도 없고 또 남들이 볼까 꺼리어 그냥 참고 있다가 소변보면서 보니 허벅다리엔 피가 흥건했고 또 주먹 같은 살덩이가 축 늘어져 있었다. 겁이 더럭 났지만 누구보고 물어보기도 부끄럽고 해서 그냥 내버려 두었더니, 그 살덩이가 오늘까지 늘어져서 들어갈 줄 모르고 또 무슨 물을 줄줄 흘리고 있다. 그것 때문에 여름에는 더 덥고 또 고약스런 악취가 나고, 겨울엔 더 춥고 항상 몸살이 오는 듯 오삭오삭 추웠다. 먼 길이나 걸으면 그 살덩이가 불이 붙는 듯 쓰라리고 또 염증을 일으켜 퉁퉁 부어서 걸음 걸을 수가 없으며 나중엔 주위로 수없는 종기가 나서 그것이 곪아 터지느라 기막히게 아팠다. 이리 아파도 누구에게 아프다는 말도 할 수 없는 그런 종류의 병이었다.'

앞집 처마끝 그림자와 이 집 처마끝 그림자 사이로 눈송이같이 까리어 나간 달빛은 지금 명수가 자지 않고 자기를 부르며 누워 있을 부드러운 흰 포단과 같았던 것이다. 그러나 그것은 그의 볼을 사정없이 후려치는 듯한 달빛이엇다. 그는 두 손으로 볼을 쥐고 그 달빛을 밟고 섰다. 그리고 "명수야!"하고 쏟아져 나오는 것을 숨이 막히게 참으며 조금도 이지러짐이 없는 저 달을 쳐다보았다. 그의 눈에는 어느덧 눈물이 술술 흐른다. 그리고 '정이란 치사한 것이다!'라고 생각하였다.

–「소금」

「소금」의 어머니는 남편이 죽고 난 후 중국인 지주 팡둥의 집에 얹혀살다 그에게 강간당한다. 그후 팡둥의 자식 봉희를 낳고 쫓겨나서 생존을 위해 남의 집 젖어미로 들어간다. 살기 위해 한 일이었지만 막상 어머니의 보살핌을 제대로 받지 못한 봉염, 봉희는 병으로 죽고, 결국 어머니는 "남의 새끼 키우느라 제 새끼를 죽인단 말이냐"고 울부짖는다. 어머니는 제 자식을 죽이게 된 원인이 명수(자신의 젖을 준 주인집 아이)라고 생각하지만, 하늘을 보면 봉희, 봉염, 명수의 눈이 함께 떠오른다. 스스로 '저리 가라'고 울며 애써 명수 생각을 부정하지만 기른 자식에게까지 확대되는 모성을 막을 수는 없다. 결국 작가는 모성이 생물학적으로 본래 주어진 것이라는 통념에 저항하면서 여성의 사회화 과정에서 습득된 것임을 보여준다. 아울러 경험된 모성은 통합, 주변부에 대한 따뜻한 시선, 관계 지향성, 허여성(許與性) 등의 여성적 특질을 고스란히 보여준다. 이처럼 빈곤한 현실에서 보여지는 모성의 다각적인 면모는 그것이 여성을 억압하는 기제이면서 동시에 여성성을 이루는 주요한 국면임을 입증하는 것이다.[21] 더구나 강경애에게 있어 모성은 여성의 실제적 경험을 바탕으로 생생한 현실로 재현되고

21) 김양선, 앞의 논문, p.262.

있으며, 특히 식민지 농촌이나 간도처럼 주변부 공간으로 밀려난 여성의 모성이라는 점에서 더욱 가치 있다.

3. 모성 : 여성의 경험과 여성의 공간

식민지 근대와 관련하여 가장 많이 논의되는 것 중 하나는 민족의 문제이다. 제국주의의 수탈이 민족의 존재 근거를 위협했던 현실, 근대 민족 국가 수립에 대한 열망을 감안한다면 그 중심이 민족인 것은 당연한 일이기도 하다. 현재까지도 식민 잔재의 청산과 통일 민족국가의 수립이 중요한 과제인 이상 우리에게 민족은 수많은 함의를 품고 있는 단어일 수밖에 없다. 프란츠 파농의 경우 제국주의적 세계 질서 아래 불균등 발전으로 인한 억압을 받는 한, 민족이란 존재는 제국주의와의 투쟁에서 소수자의 위치를 점하게 되며 그런 맥락에서 민족주의가 상대적인 진보성을 지닌다는 점을 강조하기도 한다.[22] 그러나 파농의 맥락에서 선험적인 문화 및 그에 근거한 민족은 존재하지 않으며, '민족'이란 사실상 투쟁하는 민중이고, 인민과 거의 동일시됨을 많은 연구자들은 지적한다.

이런 점에서 페미니즘이 제기했던, 근대 민족주의 기획에서 여성이 배제되거나 남성과는 다른, 차별적인 방식으로 통합되었다는 문제는 유의미하다. 더구나 단선적인 의미에서의 역사 관통성, 또 보편적인 의미에서의 '근대' 혹은 '근대성'이란 것은 존재하지 않으며, 존재하는 것은 각 지역, 각 민족, 각 계층 등에 의해 규정되는 '개별적・역사적'

22) 프란츠 파농, 박종렬 역, 『대지의 저주받은 자들』, 광민사, 1979.

인 '근대'이자 '근대성'일 뿐이다.[23] 따라서 '상상의 공동체'로서의 민족이나 '국민'이 만들어지는 방식을 문제삼는 등 무엇보다도 근대성의 의미를 심화하고 그 모순적 상황을 드러내기 위해서는 젠더의 관점으로 식민지 근대를 다시 사유하는 작업이 요구된다. 이를 통해 서로 배타적이고 소극적으로 이해되어온 식민성, 근대성, 여성성은 단일한 체계가 아닌 복잡성의 관점에서, 언제나 균열되어 있는 전체 현실에서 역동적인 계기들로 읽혀지고 그것들 사이의 상호작용 관계가 드러날 수 있을 것이다.

'모성'을 중심으로 식민지 근대소설을 살펴보는 이 글의 작업도 이런 연장선에 놓여 있다. 식민지 지배를 벗어난 독립국가, 전근대를 극복한 근대 민족 국가를 도모하던 그 시기에 모성은 여성이 근대성, 식민성과 관련하는 방식이었다. 여기에서 살펴보았던 이태준·나혜석·강경애는 각각 다양한 방식으로 식민지 근대라는 시기와 모성이 접합하는 지점을 보여주고 있었다. 민족주의는 제국주의와 투쟁하는 만큼이나 내부 헤게모니 장악을 위한 민족 동원 전략을 동시에 구사한다.[24] 이태준의 『성모』를 관통하고 있는 민족적 모성이 바로 그런 전략의 일환이다. 근대 국가 기획에서 여성은 모성으로만 호명되었으며, 그 곳에서 여성 개인의 경험이나 정체성은 대부분 사라진다. 이에 비해 이태준보다 앞선 시기에 이미 여성이 국민화되는 방식을 문제 삼았던 것이 나혜석이었다. 양처현모론을 통해서만 여성은 국민의 일원이 될 수 있었고, 더 나아가 그것만이 여성의 존재 근거라는 주장에 나혜석은 자신의 경험을 통해서 여성 개인의 정체성이 모성과 완벽하

23) 윤건차, 「근대 기획과 탈근대론, 그리고 탈식민주의」, 『문화과학』, 2002 가을, p.37.

24) 강내희, 「한국의 식민지 근대성과 충격의 번역」, 『문화과학』, 2002 가을, p.97.

게 합치되지 않음을 보여주었던 것이다. 비록 그것이 선언적이고 단편적인 글쓰기에서 드러날 뿐이었고 또 자신의 삶에서조차 스스로 좌절하고 말았지만, 나혜석이 보여준 모성 경험의 표현과 개인 정체성을 확립하고자 한 시도는 소중하기 짝이 없다. 강경애는 여기서 한 발 더 나아가 일제강점 현실 속에서 여성의 개인 정체성과 모성을 고민한, 소중한 탐색을 보여준다. 그의 소설에서는 선험적 본능이라는 허위적 모성을 벗어나는 여성의 자기 정체성 확보의 노력이나, 빈곤한 현실에서 피폐화된 모성, 허여와 관용을 보여주는 모성의 긍정적 자질 등 다각도의 모성이 조명되었다. 때로는 그것이 계급의식과 작위적으로 조우하기도 하고, 원체험만이 생경하게 두드러지는 등의 한계를 보여주기도 하지만, 여성의 경험에 기초해서 식민지 현실에서 겹겹으로 타자화된 모성 공간을 드러낸다는 점에서 그 의의가 있었다.

결국 이들의 소설을 통해 우리는 여성의 경험과 개인 정체성을 확립하는 지점과 근대 국가 구성원으로서 여성을 포획하는 지점이 교차되고 있는 곳이 식민지 근대 시기의 모성이 자리잡은 지점임을 확인할 수 있다. 이처럼 식민성, 근대성과 복잡하게 얽힌 모성은 근대 공간 속에서 여성의 현실적 좌표를 보여준다. 근대 공간으로 이동한 모성은 여성의 근대적 변화를 선도적으로 이끄는 표지이기도 했고, 식민지 현실 공간은 모성이 가장 피폐하고 부정될 수밖에 없는 공간임을 보여주었기 때문이다. 한편 모성 공간에서 아이와 아이의 원초적 사랑의 대상인 어머니와의 관계 또한 중요하다. 식민지 근대라는 시기와 모성의 접합에서 좀 더 나아가 아동과 모성의 관계 맺음을 고찰할 필요가 있기 때문이다. 따라서 어떻게 당시 아동이 '발견'되었는지 그에 따라 모성 의미가 새롭게 생성되는지를 다음 연구과제로 남긴다.

근대 민족국가의 형성과 성과학 담론

1. 식민지 조선에 등장한 성과학 담론

1920~30년대에 이르면 조선의 잡지와 신문에서는 출산과 산아제한을 비롯한 각종 성과학 담론의 언설이 넘쳐난다. 물론 이러한 현상이 식민지 조선에서 자체발생한 일은 아니다. 19세기 말 독일어권에서 정신의학의 인접과학으로 시작한 성과학은 이후 다윈주의 생물학 및 우생학의 발달과 함께 성과 생식에 관한 새로운 담론으로 자리 잡는다. 이 새로운 담론은 이전까지 성과 생식에 관해 절대적인 영향력을 행사하던 기독교적 세계관을 대신하게 되고, 성과 생식의 분리, 성애의 인정, 성욕과 모성 기능을 가진 여성관, 피임과 낙태, 출산조절에 대한 갖가지 논의로 확장된다. 이 논의들이 1910년대 이후 일본으로 유입되었고, 이런 흐름 속에서 식민지 조선의 성과학 담론이 등장하기 시작한 것이다.

원래 성과학 담론의 역사는 근대 국가 형성과정과 깊은 관련이 있다. 혈족을 중심으로 한 농경사회가 산업사회로 바뀌고, 근대 국민 국가가 성립됨에 따라 어떻게 국가차원에서 인구를 재생산하고, 조절할 것인가가 문제시된 것이다. 서양과 일본의 성과학 담론은 그래서 국민을 재생산하는 여성의 역할과 관련된 이른바 '여성의 국민화' 담론이기도 하다. 한편 여성의 재생산 논의, 모성에 대한 논의는 여성의 정체성에 대해 새로운 장을 열어주기도 했다. 낳을 권리와 낳지 않을 권리를 거론하는 <자유로운 모성>, 여성의 몸에 대한 <자기 결정권>이 주창되기 시작한 것이다. 마가릿 생어나 엘렌 케이같은 이들에 의해 성과학 담론은 여성의 권리로 바뀌기도 했고, 여성의 몸과 국가가 쟁투하는 과정에서 혹자는 보수화되기도 하고, 혹자는 새로운 성찰을 드러내기도 했다. 또 성과학 담론은 인구 정책, 국가 정책과 길항하면서 여러 가지 궤도로 확장되어간다.

그렇다면 식민지 조선에서의 성과학 담론의 등장과 발전은 어떻게 해석해야할 것인가. 서양과 일본이 성과학 담론을 통해 국민국가 형성을 도모하고자 했다면 이미 국가를 상실한 우리에게 성과학 담론은 과연 무엇이었을까. 사실상 식민지 시스템에서 인구증가나 생산의 문제 즉 양적인 인구문제는 별 주목받지 못하는 주제였다. 국민의 생산은 식민 본국에서나 거론할 문제였고, 조선에서는 식민지인을 국민화하는 것 – 저항하지 않는 식민지인, 순응하는 노동자, 군인으로의 개조가 더 중요한 문제였기 때문이다.[1] 따라서 조선인에게는 유순한 황국

1) 기존연구에서 1930년대 후반 이른바 전시체제를 놓고 볼 때는 다른 주장들이 엇갈리고 있는 듯하다. 일반적으로 식민지인력의 원활한 공급을 위해 일본 당국이 식민지배 초기부터 다산을 장려했고, 전시체제로 재편되고 나면, 다산가정 표창 등 적극적으로 인력 재생산에 힘썼다고 주장하는 것이 대부분이다. 반면 가와 가오루(「총력전 아래의 조선여성」, 『실천문학』, 2002년 가을)나 권명아(『역사적 파시즘』, 책세상, 2005, pp.157~204) 등은 그 주장들은 일본의 이데올로기적 선전에 불과할 뿐, 실제로 조선 여성들은 '아이를 낳는 어머니'의 역할보다는 노동력의 원천과 창부의 위치에서 동원되었다고 주장하고 있다. 그러나 양 쪽 모두 식민지 시스템에서 가장 중요한 문제가 식민지인의 국민화였다는 데에는 별 이견이 없다.

민화, 식민지인으로서의 내면화 교육이 가장 중요했고, 조선에서의 성과학 담론과 인구정책, 국민생산에 대한 논의는 별 관계가 없다. 그렇다면 출산장려－출산조절과 별 상관이 없이도 성과학 담론이 한 시대의 주류를 형성했다면 이는 무엇을 의미하는 것일까.

2. '문명한' 민족과 성과학 담론

1924년 경성에서 "산아제한 가부(可否)의 남녀합동토론회"가 열렸다는 기록[2]으로 보아 조선에서도 1920년대 후반에 이미 산아제한이나 성과학 담론이 지식인 사이에서는 알려져 있었다고 판단된다. 이후 이 토론회의 의미를 다시 평가한 김명희는[3] 산아제한의 근거를 "불생산적 로동(어린아이를 많이 낳는 것)"으로부터 여성자신이 해방되어야 하고, 조선 민중이 경제적으로 빈궁하다는 데서 찾고 있다. 산아제한을 여성자신의 문제로 인식한 이 주장은 당시 조선에서는 다소 예외적이다. 조선에서는 여성운동가였던 마가렛 생어를 신맬더스주의자로 간주할 정도였으며, 출산(산아)조절을 '제한'의 의미로만 이해하고 있었다.[4] 또 산아제한의 이유로는 경제적 빈곤이나 우생학적 필요성을 가장 중요하게 생각하고 있었다.

서구나 일본에서는 주로 여성운동가들이 출산 조절을 여성의 문제로 인식하여 '적게 낳을 권리'가 아니라 '낳을 권리, 낳지 않을 권리'로서 산아조절권을 옹호했다. 물론 출산조절의 역사를 살펴보면 국가

2) 「경성잡화」, 『개벽』 52호, 1924. 10. 1.
3) 김명희, 「시평」, 『신여성』 3권 1호, 1925. 1.
4) 소현숙, 앞의 논문, 1999, p.8.

에 의한 인구조절과 우생학적 선택이 가장 중요한 문제라 할 수 있다.[5] 정신의학의 인접과학으로 등장한 성과학과 모든 사회악의 원인을 숙명적 과잉인구로 파악한 신맬서스주의는 19세기 말에 '신흥과학'으로 등장해 악질 유전 보유자의 산아제한을 주창한 우생학과 결합하면서 국가에 의한 생식통제와 인구의 양질관리를 추구한다. 신맬더스주의자에 의해 시작된 서구의 산아제한 운동은 독신생활과 금욕 등의 방법으로 인구를 억제하고자 했던 맬더스와 달리 인위적인 피임을 통해 출산을 제한하고자 했다. 그와 더불어 우생학은 다윈의 자연도태이론을 인간사회에 적용해 문명이 가져온 '역도태' 현상을 비판하고, '열악한 인종'의 번식 억제와 '우량 인종'의 번식 장려에 따른 '사회 진화'를 제창한다. 이른바 사회다윈주의라 불리는 이와같은 흐름은 독일의 민족 위생학, 나치즘의 '인종 청소'의 이론적 근거가 되며, 1930년대 후반 나치 독일의 '우생정책' 때문에 미국의 우생학 전문가들은 '인구학' 쪽으로 전업하기도 한다.

사회다윈주의가 부르주아 계급의 환영을 받으며 제국주의와 밀접한 관계를 갖고 전개되는 한편, 프롤레타리아 계급의 입장에서 성윤리의 쇄신과 혁명을 제창하는 사람들도 등장한다. 러시아의 알렉산드라 콜론타이는 여성해방을 체제변혁과 결부해서 추구하지 않는 부르주아 여권확장운동을 비판하며, 사적 소유가 폐지되고 가족이 소멸하는 공산주의 사회만이 여성을 해방시킨다고 하면서 사회주의 혁명의 실현을 지향했다. 낙태, 피임의 자유가 1922년 6월 1일 소련 형법에 채택

---

5) 이하 출산조절의 역사적 사실에 대해서는 『여성의 역사』 하권 (즈느비에브 프레스 · 미셸 페로 편, 권기돈 · 정나원 역, pp.523~615), 『사생활의 역사』 4권 (알랭 코르뱅, 「내밀한 관계 또는 주고받는 즐거움」, 미셸 페로 편, 전수연 역, 『사생활의 역사 4』, 새물결, 2002, pp.724~728.), 『섹슈얼리티와 과학의 역사』(로이 포터 · 미쿨라시 테이흐 편, 이현정 · 우종민 역, 한울, 2001, pp.10~20)을 참고했다.

되면서 프롤레타리아 산아조절 운동은 급속도로 퍼져 나간다. 이는 독일 사회민주당과 독일·영국·일본 공산당 운동에 큰 영향을 끼친다. 이와같이 출산조절(산아제한) 속에는 맬서스주의·우생사상·여성해방사상·사회주의가 뒤섞여 있었고, 이들은 병존하고 융합하며 대립했다.

이러한 사정은 일본에서도 마찬가지였지만, 일본의 경우 식민지경영과 대동아공영권이라는 시대적 배경으로 인해 성과학 담론에서 국가의 영향이 아주 중요했다. 1922년 3월 마가렛 생어가 일본을 방문했을 때, 그 방문을 저지하려 했던 일본 정부의 태도에서처럼 무엇보다도 일본 당국은 산아제한에 대한 옹호를 인구증강이라는 국책에 위배되는 것으로 간주하여 위험시하고 있었다.[6] 물론 국가 권력의 통제에도 불구하고 『세이토(靑鞜)』에서 벌렸던 이른바 '정조논쟁'이나 야마카와 기쿠에(山川菊榮)가 주창했던 '자발적 모성'[7]에서처럼 여성들 자신의 목소리 또한 분명했다. 이에 따라 성병과 정조 관념과 같은 성문제가 종래의 금기를 깨고 논쟁을 일으키기도 했다. 그러나 오오코시 아이코(大越愛子)가 비판했던 것처럼 여성들의 목소리는 국가로 통합되어가며, 자발적 모성 또한 우생학과 결합, 계급적 이익에 복무한 측면이 있다.

---

6) 소현숙, 「일제 식민지기 조선의 출산통제 담론의 연구」, 한양대학교 석사학위논문, 1999, p.13.

7) '자발적 모성(voluntary motherhood)'은 미국 여성 운동여성에서 활발했던 개념으로, 본인의 의사로 출산을 결정한다는 것이다. 여성이 자기 몸의 결정권을 가진다는 맥락에서 '자발적 모성'의 중요성은 인정되었지만, 당대 출산조절 운동에서도 이것이 여성 고유의 불가침 권리로서 인정된 것이 아니라, 우생학에 근거해서 '종의 어머니'로 우량한 자손을 남기는 사명을 다해야 할 의무를 가진 존재로서 인정한다는 쪽이 압도적이었다. 결국 '자발적 모성'은 계급적 이해관계에서 자유롭지 못한 채, 여성에게 '민족(인종)의 어머니'다운 여성을 강조하면서 자국의 이익과 자신이 속한 계급에 그녀들의 이익을 중첩시켜 왔다는 문제점이 있다. (후지메 유키, 김경자·윤경원 역, 『성의 역사학』, 삼인, 2004, pp.20~22)

오오코시 아이코의 주장에 따르면,[8] 『세이토』의 신여성들은 그 투쟁에도 불구하고 국가의 성관리 시스템을 여성이 '자발적'으로 수용해가는 길을 열고 그 선도적 역할을 담당했으며, 한편 그것은 다이쇼 후기 도시의 신중간층을 중심으로 보급된 근대적 결혼관과 '근대 가족'상을 산출하는 이론적 배경이 된다.

이후 1931년 '만주사변' 발발에 따라 사회운동에 대한 탄압과 함께 '대동아공영권' 건설을 뒷받침할 병력과 노동력을 확보하기 위해 인구의 질적·양적 증강이 추구되면서 조혼과 다산이 체계적으로 장려되어 갔다.[9] 전시 하에서는 산파에게 '낳자 늘리자'는 '국가의 사명을 짊어진 전사'로서 업무에 전념하도록 독려했다. 산아조절은 '국가의 사명'에 반역하는 것이 되었고, 성과학 담론은 인구재생산의 영역으로만 한정될 수밖에 없었다.

이상의 논의에서 보다시피 서양과 일본에서 국가와 여성, 그리고 계급의 관계 속에서 출산조절/산아제한/인구조절의 쟁투가 벌어져 왔다면 조선에서는 무엇보다도 식민지 현실이 가장 큰 관건이었다. 그 당시 지식인들이 지적하는 빈곤자의 다산이 낳는 사회적 해악을 살펴보면, 주로 생활난으로 인해 낳은 아이를 남의 집 문간에 버리거나, 어린 자녀를 '청루의 창녀' 혹은 남의 집 '머슴아희'로 보내는 일,[10] 건강치 못한 농촌 여성들의 다산이 "병적 상태 인간"의 "생산과잉"을 초래하여 민족의 발전을 가로막을지도 모른다는 것이다.[11] 그래서

8) 吉川豊子, 「『戀愛と結婚』とセクソロジ－」, 新・フェミニジム批評の編, 『『青鞜』お讀む』, 學藝書林, 1998, pp.260~261.

9) 후지메 유키, 김경자·윤경원 역, 『성의 역사학』, 삼인, 2004, pp.125~145.

10) 「산아문제와 빈곤 : 당면한 큰 문제」, 『동아일보』, 1925. 1. 14.

11) 이성환, 「긴급동의합니다－농촌여성문제에 대하야」, 『신여성』 3권 1호, 1925. 1, pp.4~9.

"양임(釀姙)의 회피를 가장 절실히 요구하는 계급은 저 성적지식이 부족하고 생활고에 신음하는 무산부인일 것"[12]이라고 단언하는 데까지 이른다. 그러나 식민지조선의 빈궁을 해결하는데 '산아제한'이 얼마만큼 효과가 있는 것일까.

> 실로 나는 산파의 직업을 가지고 잇는 관계로 임부도 만히 취급하여 보고 또 영아도 만히 취급하여 보앗는데 사산과 생후사망의 영아율이 놀납게 만흔데는 경해를 지나서 엇더케든지 이 폐해을 제거할 방책을 생각하여 나지안을 수 업섯습니다. 물론 우리가 지금 문제삼으려하는 산아제한이 우리 처지로 보아 사회대중 물히 무산모와 영아들을 완전히 구제하는 수단이 되리라고는 밋으려고도 아니하고 또 불가능한 일이겟지만 그려터래도 이만한 정도의 유익한 일에로도 지금 처지에 잇서서 실행하는 것이 필요할 줄 암니다.[13] (강조-인용자)

위 인용문에서 정종명이 주장한 것처럼 인구제한으로 빈곤을 해결한다는 방식은 지극히 개인적이면서 임시 해결책일 뿐이다. 개인에게 부양가족 수가 줄어드는 것이 경제적으로 도움이 될 수는 있지만 그렇다고 해서 그 개인의 경제상황이나 전체 실업률, 사회적 빈곤상태가 해결될 수는 없기 때문이다. 그 문제점을 정종명이 적절히 지적하고 있지만, 그녀가 말한 "완전히 구제하는 수단"은 사회주의 혁명을 염두에 둔 것이었다. 조선여성동우회 발기인이었고, 이후 근우회 집행위원을 지냈던 정종명에게 무산계급의 해방과 식민지 해방은 사회주의 혁명을 통해서만 이루어질 수 있는 것이다. 이런 사회주의 사상과는 별개로 하더라도 식민지시스템의 작동을 고려하지 않은 채 단지 인구수를 줄이는 것만으로 경제문제가 해결될 수 없다는 것은 분명한 사

12) 배성룡, 「산아제한의 실현성」, 『삼천리』 제5호, 1930. 4. 1, p.31.
13) 정종명, 「법률상 고려가 선결」, 『삼천리』 제5호, 1930. 4. 1, p.39.

실이다. 그럼에도 불구하고 1920년대 후반부터 경제적인 이유때문에 산아제한을 해야 한다는 각종 언설들이 곳곳에서 흘러넘친다. 이런 사실이 바로 서양-일본으로부터 도입된 출산조절담론이 식민지 조선과 접합되는, 한 단면을 보여주는 것이라 할 것이다. 현실적 가난이 긴급한 문제고 그 배후에는 식민지배체제가 가로놓여 있지만, 거대한 식민지 통치 시스템을 꿰뚫어 볼 능력을 갖출 수 없었던 식민지의 지식인 혹은 식민지배가 작동하는 방식을 간파하고 있었다할 지라도 그것을 담론화할 수 없었던 상황, 즉 조선이라는 식민지 상황에서 성과학 담론이 논의되고 있었던 것이다. 이 점이 바로 우리가 1920년대 이후 조선의 성과학 담론을 어떻게 해석해야할 지에 대해 하나의 실마리가 될 것이다.

조선의 산아제한 담론에서 경제학적 이유와 함께 가장 중요했던 것은 우생학적 필요성이었다. 1920~30년대 조선에서 우생학적 논의는 영국, 스파르타, 미국, 독일 등 해외의 상황을 소개하고-그 내용은 우생학적 필요성 때문에 각 나라에서 산아제한을 하고 있다는 것-미혼여성에게 결혼할 때 유전적인 면이나 혈통 등 우생학적인 조건에 대해 소홀히 하지 말고 살펴보라는 상식전달의 차원에서 시작되지만, 우생학이 가장 영향을 미친 것은 민족 이념과의 관계에서였다.

> 예전 무한히 강부(强富)하엿든 저-라마(羅馬)제국의 멸망한 원인에 대하여 어썬 사가(史家)는 말하기를 라마의 인구가 감소된 관계가 아니라 사람다운 사람이 감소한 관계라고 하엿다. 이것은 비단 라마제국뿐 아니라 어느 나라 어느 민족을 물론하고 그 나라 그 민족의 성쇠 흥망이 그 나라의 인구가 증가되고 감소되는데 잇지 아니하고 우생학적으로 보아서 우량한 국민의 증감에 잇다고 할 수 잇는 것이다. 그럼으로 이 우생학에 대한 운동이 얼마나 필요타는 것을 우리는 알게 되는 것이다.[14]

"민족의 성쇠흥망"이 "우량한 국민의 증감"에 있다고 주장한 이갑수는 식민지 조선의 대표적인 우생학찬성론자였고, 이후 1933년 9월 14일에 조선 우생학회 창립을 주도한 독일의학박사 출신 의사다. 로마제국(羅馬帝國)의 멸망원인을 분석한 그의 주장을 발전시켜보자면, 지금의 어려운 민족적 상황도 우수한 인재를 길러내지 못했기 때문이라고 진단할 수 있다. 이 논리를 더 밀고 나가면 결국 식민지배의 인정으로 이어질 수 있는 위험까지 가지고 있다. '민족적 소질'을 개선하기 위해 '열등한 자'를 강제적 수단을 동원해서라도 배제해야 한다는 논리는 단순한 배제의 차원을 넘어서는 극단적인 전체주의적 논리에 다름 아니고,[15] 이 전체주의적 논리는 제국주의논리와 동일한 구조를 가지고 있기 때문이다. 물론 이러한 우생학적 논리는 이갑수라는 개인적인 의견으로 주창된 것은 아니다. 그가 유학했던 독일은 민족 위생학이 적극적으로 주장되고 있던 곳이었고, 1930년대에 이르러 조선에서도 전시체제의 영향으로 민족위생, 민족건강에 대한 전체주의적 논리가 유행하고 있었다. 당시 조선에서는 "민족적 건강"을 위해 일반 민중의 보건 위생을 강화하는 주장이 자주 제기되었고[16] 각 개인의 건강을 증진함으로써 민족적 건강을 도모하는 운동을 "보건운동", 민족적 건강을 기대하는 운동을 "우생운동"이라 불렀다.[17]

14) 이갑수, 「우생학적 산아제한론」, 『신여성』, 제7권 8호, 1933. 8, p.76.

15) 소현숙, 앞의 논문, p.33 ; 한편 소현숙은 '열등'하다고 인식된 조선인들의 모습은 일제의 식민지 지배로부터 파생된 불완전한 환경의 문제라기보다는 '그러한' 조선인들이 태어날 때부터 갖고 있었던 유전적 열등성에서 비롯한 문제로 해석된다는 점을 지적하는데(p.41), 이또한 식민지배체제의 인정이라는 맥락에서 해석될 수 있는 사실이라고 판단된다.

16) 이용설, 「보건운동의 필요」, 『동광』, 1931. 11 ; 양본근, 「조선민중운동의 방략」, 『삼천리』, 1932. 3.

17) 이인규, 「보건운동과 우생운동을 일으키자!」, 『보건운동』 창간호, 1932.

이러한 상황에서 우생학적 관심은 사회 전반적으로 고조되었고, 점차 우생학과 유전학이 긴밀히 연결되어가며, 그것들은 자명한 '과학적 진리'로서 거부할 수 없고 거부해서도 안 되는 것으로 받아들여졌다. 산아제한론도 인구의 양적 제한이라기보다는 질적 제한(무산계급, 우생학적 열등)으로 귀결되었고, 더구나 국가나 국민의 범주를 설정할 근거가 없기 때문에 인구론으로 확장될 여지도 없었다.

3. 과학으로 증명되는 여성

그렇다면 산아제한 담론 외의 당대 성과학 논의 수준과 양은 어떠했을까. 이를 통해 식민지 조선에서 여성을 규정하는 방식, 즉 여성의 정체성을 논하는 수준을 가늠할 수 있을 것이다. 물론 여성 정체성을 규명하기 위해서는 그 시대, 공적영역에 새롭게 등장한 신여성과 갖가지 신여성담론도 중요하겠지만, 성과학 담론은 여성에 대한 규정을 '객관적인 과학(문명)'을 통해 정의하는 적극성을 보여주고 있다는 점에서 의미있다.

근대 이전 성과학적 담론이 임신과 출산에 관련된 섭생에 관련되어 있었다면, 근대적인 성과학지식의 영역도 이와 별반 다르지 않다. 초기 성과학 담론은 주로 '월경'과 관련이 있다.[18] 월경 자체가 가임을 결정짓는 중요한 요소이기 때문이다. 그래서 월경현상을 정의, 설명하기도 하지만 그보다는 월경 이상증세를 설명, 교정하는 것이 주목적이

18) 우곡생, 「월경론」, 『여자계』 제3호, 1918. 9, pp.43~49 ; 연구생, 「월경과 부인」, 『장한』 창간호, 1927. 1, pp.78~81 ; 길정희, 「월경과 위생」, 『주부지우』 제1권 제2호, 1929. 2, pp.56~57 등이 있다.

다. 그 외 남녀의 생리적 차이, 생식기관, 성욕, 성병, 정조, 임신 등에 대한 성과학 담론이 주로 1920년대 이후 폭발적으로 등장한다. 그러나 담론의 이론적 객관성에도 불구하고, 이 논의들은 전적으로 '모성=여성'으로 규정하는 역할을 한다. 예를 들면 '난소'를 "부인의 생명선(生命線)"[19]으로 규정한다든가, 부인의 일생을 오로지 생식유무를 기준으로 파악하는 논의[20]가 그러하다. 그래서 "자연적으로 부인이 부과하고 잇는 생식현상" 다시 말해 '어머니'란 이름 아래에서 여성의 생식현상이 "무엇으로부터 시작하여 어듸서 끗난다고 하는 것"을 알아두는 "상식"은 "적게 보면 한 개인의 일이라 할수 잇스나 사회적 문화적 관련이 잇서서 한 큰 중대한 각 개인의 임무"여야 했기의 여성의 몸은 "난소, 나팔관, 자궁, 질, 외음부-음문, 음모, 젓(유방)"이라는 생리기관으로 해부되고 있었다.[21] 또 여성의 일생은 <유아기, 소아기, 파과기(破瓜期), 성성숙기, 갱년기, 폐경기, 노년기>로 나누어지는데 "이러한 구별이 생기는 것은 생식선인 난소기능에 좌우되는 바이요, 남자에 있서서는 이러한 구별을 볼 수가 없다."고 설명된다.[22] 그 중에서는 성성숙기가 가장 중요할 뿐만 아니라 부인병도 가장 많은 시기이고, 그 다음으로 신체 정신상의 변화가 큰 파과기와 갱년기가 중요한 시기로 손꼽힌다.

그 외 생식현상-성욕, 성병 등-에 대한 성과학적 담론도 활발한데 이것도 임신-출산이 여성 고유의 임무이므로 이에 대한 것은 기초적 상식을 알 필요가 있기 때문이라고 설명한다. 특히 생식현상이 여성의 고유임무라는 것은 "생식기의 구조"로서도 증명되는 것이라고 주장한

19) 허신, 「성의 신비」, 『신여성』 7권 9호, 1933. 9, pp.152~156.
20) 정근양, 「성심리학 (2)」, 『여성』 제1권 제7호, 1936. 10, pp.36~37.
21) 허신, 위의 글.
22) 정근양, 위의 글.

다. 임신이라는 현상이 일어나면, 자궁내막이 복잡한 구조로 변화해서 태아를 성장케할 의무를 가지고 외부로부터 방어하는 능력이 있다는 것이다.[23] 이 과학적 사실 설명은 생물학적 여성성의 '특징'이라기보다는 여성성 그 자체를 규정하는 의미가 있다. 따라서 여성에게는 성교육이 반드시 필요한 일이다. 성교육은 어렸을 때부터 여성에게 실시해야 하며[24] 성과학적 지식이 남녀 모두에게 필요한 것이기는 하지만, 특히 여자가 주의해야할 점이 많은 것은 결혼으로 인해 여자의 생활이 더 많이 변화하기 때문이라고 주장한다.[25] 이와같이 생식－임신과 출산이 여성의 고유임무이자 여성을 규정하는 과학적 근거라면, 그 다음 논의는 여성의 고유한 특성이 민족의 차원에서 발휘되어야함을 주장하고 있다. 한 걸음 더 나아가 여성의 정조논쟁에서조차 민족(사회)은 여성의 정조를 요구하는 중요한 근거가 된다.

> 왜 그러냐하면 여자는 성교에 의하야 그 혈액에 일종화학물질 즉 방어류 효소를 생(生)하는 까닭이다. (…중략…) 이러한 신물질이 생하며 또 그 영향으로 혹 남편 이외의 남자와 성교가 잇스면 그 태아는 간부의 씨가 안이라 할 지라도 혼혈이 태아에 영향하여 순전한 본부의 아희가 안이라고 할 수 잇다.[26]

> 한 번이라도 교접을 한 여성의 혈액 중에는 반다시 일종의 남성정충의 생물학적 반응이 생긴다고 한다. 즉 남성의 정충은 자궁과 배란관의 점막을 지나서 혈관으로 들어가 여성에 혈액 중에는 일종 정충의 분효소가 생긴다는 것이다. 이 방법으로 혈액을 검사하면 처녀의 빙옥정절을 알 수가 잇다는 것이나 앗가운 일은 우리 조선에는 이 새로운 방법이 아즉 못 들어

23) 허신, 앞의 글.
24) 장문향, 「성교육은 어렷을 때부터」, 『중앙』 제2권 제5호, 1934. 5.
25) 정석태, 「결혼과 건강증명」, 『중앙』 제2권 제5호, 1934. 5.
26) LS생, 「남성이 여성에게 정조를 강요하는 이유」, 『별건곤』, 1929. 2, p.76.

온 것이다.[27]

결혼은 생물학적이고 사회적으로 종족을 보존하고 영속하기 위한 것인데, 이때 순결한 혈통을 유지하기 위해서는 여성의 정조를 보존하고, 일부일처제를 엄중히 관리해야한다. 정조를 잃음으로써 혈통의 순결성을 잃는 것은 과학적으로도 증명되는 바이기 때문이다. “생물학적 반응”으로 “효소”가 생겨 “혼혈”의 아이를 낳을 수밖에 없다는 ‘과학적 증명’은 여성의 성을 규제할 수 있는 가장 확실한 근거가 되었다. 실제로 ‘처녀감별법’ 혹은 ‘나쁜 피’ 구별법은 조선뿐 아니라 세계 곳곳에서 유용한 과학담론으로 쓰이고 있었다.

그 외 임신여부 판단(임신의 정의, 생리적인 변화 서술), 임산부의 건강관리(태교, 초임부의 주의, 섭생법, 위생관리), 산후 위생(산실, 산의(産衣), 목욕, 조명, 음식물, 대소변), 해산과정, 불임증, 불임을 유발하는 요소(예를 들면 월경의 이상증세, 성병), 부인병 등 갖가지 병의 사례에 대해 의학적 상식을 근거로 자세히 설명한다.

> 그러나 아무리 생리적 현상이라고 하지마는 임신에서 출산까지의 경로는 그 생리적 현상 자체가 대단히 힘드는 현상이기 때문에 이로 인하야 여러 가지 다른 병에 걸리기 쉬운즉 임신한 부인으로서는 세심주의하여 가급적으로 과학적 혹은 위생적 상식을 알아 태모(胎母)의 건강과 태아의 조흔 발육을 도모함이 문명한 민족의 할 일입니다.[28]

임신과 출산에 관한 상세한 설명은 한편으로는 근대적인 지식전달이지만, 궁극적으로는 전문가의 도움, 병원진단, 병원치료를 주장하기

27) 신필호, 「세계 진기 이혼 소송－처녀 비처녀의 감별 문제」, 『별건곤』, 1929. 2, p.75.

28) 이용겸, 「임부의 섭생법」, 『우리가정』 제7호, 1936. 10, p.58.

위한 것이다. "임신 중에는 반듯이 매월 한 번식 전문의사의 진찰을 받어 지시하는 대로 순종하는 것이 안전한 방법"[29]이고, 부인병은 대체로 출산과 관련한 경우가 많으므로 반드시 산파나 의사를 쓰고, 병원에서 해산하는 것이 안전하다는 것이다. 이는 여성자신을 위한 것이기도 하지만 출산이 민족의 재생산과 관련된 일이기 때문에 그러하다.

성과 생식에 관한 성과학 담론은 여성이 주체인 경우(임신, 출산)에조차 명백하게 여성을 대상으로 위치시킨다. 그 담론은 의사와 같은 지식권력에 의해 관리되고 그 뒤에는 민족주의라는 거대담론이 작동하고 있다.[30] 그에 따라 여성의 몸은 개별 주체의 훈육이라는 근대적 의미와 함께 사회적 조절(민족의 번식)의 차원에서 대상화된다. 마찬가지로 성과학 담론의 주요 내용들-성기의 해부학적 구조, 성교와 수태 등에 관한 생리학적이고 생물학적인 개념이나 임신과 불임에 대한 의학지식, 피임기술과 방법에 관한 의학적 개념, 임산부나 태아의 건강을 다루는 보건 위생학적 개념들-은 모두 민족(사회)이라는 거대담론을 바탕으로 하고 있다. 결국 민족주의는 성을 관리하는 데 도움을 주며, 게다가 변모하는 성적 태도를 기존 규범에 흡수시키고 길들이는 데 있어서 수단들을 제공하고 있었던 것이다.[31]

---

29) 김봉윤, 「초임부의 주의」, 『여성』 제1권 제3호, 1936. 6, pp. 40~41.

30) 이진경(「'가족계획 사업'과 가족주의 : '가족계획' 담론의 생체정치학」, 『문화과학』 33호, 2003 봄)은 1960년대 이후 가족계획을 대상으로 어떻게 가족계획의 담론적 배치가 주체와 대상을 좌우하고 있는지를 설명하고 있는데, 이 구도에서 국가의 자리에 민족이 대신하고 있는 것이 식민지 조선의 상황이라 할 것이다.

31) 조지 모스, 서강여성문학연구회 역, 『내셔널리즘과 섹슈얼리티』, 소명출판, 2004, p.10.

4. 성(性)을 통한 새로운 욕망의 배치

근대 이후 전세계적으로 유행했던 '성과학 담론'은 문자 그대로 객관적 사실을 설명하는 과학에 기반하고 있지만, '문명'과 '과학'은 계급과 분리되어서 존재하는 것이 아니라 누구의 입장에 서느냐에 따라 의미가 달라진다는 사실[32] 또한 여전히 유효하다. 성과학 담론의 출발은 자본주의의 발전, 그에 따른 공/사영역의 분리, 부르주아계급의 탄생과 밀접한 관련을 맺고 있다. 1890년대 성과 생식을 둘러싼 '새로운 윤리'가 가장 대담하게 제창된 곳이 당시 영국을 능가하는 공업발전을 이룩한 독일이었다는 사실 또한 이를 증명한다.

이와 더불어 성과학 담론은 "성과 생식에 관한 건강/권리"라는 개인주체의 차원에서 작동하는 것처럼 보이지만, 그 속에는 지식의 권력화가 명백하게 드러나며 개인이라기보다는 국가(사회) 권력의 메커니즘에 따라 작동한다는 사실 또한 명백하다. 식민지 조선에서 성과학 담론도 의사(서양의학)를 중심으로 한 권력구도를 뚜렷이 보여준다. 성과학 담론의 대표적인 논자들은 경성의전교수 유상규, 독일의학박사 이갑수, 의학박사 정석태, 여의사 길정희, 성대산부인과 윤태권, 의사 신필호, 의사 허신(산과부인과 허신의원) 의학박사 박창훈, 성대부속병원 산부인과학교실 김석환, 여의사 장문향, 산파 김봉윤, 산파 정종명 등이었다. 그들의 언설을 통해 여성 개별 신체의 훈육과 함께 민족(사회) 차원의 좌표가 만들어진 것이다.

한편 여성적 정체성 확립이라는 차원에서 성과학 담론은 여성의 권리로 인식될 측면이 있다. 그러나 여성적 영역의 확보가 성별역할분업

---

32) 후지메 유키, 앞의 책, p.150.

을 강화하는 이데올로기가 되기도 한다는 것 또한 확인한 바 있다. 성과학의 해석으로부터 출산(모성)을 여성의 역할(정체성)로 고정되고, 남녀의 성차의 '차별'은 객관성을 획득했기 때문이다. 특히 1920년대 이후, 일본과 조선에서 성과학 담론이 '양처현모/현모양처' 교육을 강화하는데 있어 "선구적 이론"이었다는 것은 널리 알려진 사실이기도 하다. 이렇게 본다면 결국 성과학 담론은 과학적 지식의 보급이자 젠더 이데올로기의 보급이었던 셈이다. 그러나 그 권력적 지시방향이 일방적인 것만은 아니다. '식민지' 조선의 상황은 '민족'이라는 이념아래 여성을 동원했고, 또 여성적 영역 확보와 민족해방이라는 묘한 맞물림은 여성들로 하여금 자발적인 내면화의 길로 나아가게 만들기도 했던 것이다. 들뢰즈/가타리가 지적했듯이 권력이란 그것이 사람들에 의해 욕망되는 한에서, 다시 말해 사람들의 욕망이 되는 한에서 비로소 유효하게 작동하기 때문이다. 이런 의미에서 본다면 성과학 담론은 민족-가족-여성과 관련된 사람들의 새로운 욕망의 배치를 서술하는 것에 다름아니다.[33]

33) 이런 의미에서 성과학 담론은 근대문학담론과 같은 궤도에 놓여있다고 할 것이다. 기존의 많은 국문학논자들이 한국근대문학을 대상으로 논의했던, 여성 섹슈얼리티의 타자화 방식이나 식민주의의 내면화 방식은 성과학 담론이 작동하는 방식과 거의 맞물린다. (이와 관련된 대표적인 국문학논의로는 권명아, 「여성수난사 이야기와 파시즘의 젠더 정치학」, 『문학 속의 파시즘』, 삼인, 2001 ; 김양선, 「식민주의 담론과 여성주체의 구성」, 『여성문학연구』 제3호, 한국여성문학학회, 2000 ; 심진경, 『1930년대 후반 장편소설의 여성섹슈얼리티 연구』, 서강대 박사, 2002 ; 이혜령, 「식민주의의 내면화와 내부식민지」, 상허학회 편, 『희귀잡지로 본 문학사』, 깊은 샘, 2002 등이 있다. 이 글에서도 많은 부분을 이 논문들의 논리전개에 기대고 있음을 밝혀둔다.)

1930년대 소설에 나타난 여성육체의 재현양상

1. 햄릿과 역사적 신경과민

1921년 염상섭이 「표본실(標本室)의 청(靑)개고리」를 발표했을 때, 김동인은 소설 속 주인공을 두고 <햄릿의 출현>이라며 흥분한 찬사를 아끼지 않았다. 이제까지 <조선 사람은 생활이나 생에 대한 번민을 그다지 느끼지> 않은 채, 단지 <모든 탓을 팔자라 하는 무형물에 넘겨 버리고 명일의 조반(朝飯)을 준비>했었으므로, <이러한 조선 사람의 산출한 소설이 햄릿식 다민다한이 있을 리 없었다>, 따라서 이 작품이 보여주는 <침울과 다민(多悶)>(강조-인용자)에 <선망과 경이의 눈을 던>짐과 함께, <새로운 햄릿의 출현에 통쾌감을 금할 수 없었다>는 것이었다.[1]

고민과 우울이 쌓이고 쌓여 신경과민·신경쇠약이 체질인 양 내면화된 인간, 그런 이가 김동인이 지칭한 '햄릿'형 인간이다. 이와 같은 조선의 '햄릿'은 그러나 염상섭만이 그려냈던 독특한 인물은 아니었

1) 김동인, 「조선근대소설고」, 『김동인전집 16』, 조선일보사, 1988, p.25.

다. 낭만적 열정과 계몽적 신념이 근대문학 계몽기로 일컬어지는 1910년대의 특징이었다면 1920년대 즈음부터 고민 많고 우울한 지식인의 신경과민은 당대의 보편적인 정서였다. 그 새로운 정서의 소설적 시도가 「표본실의 청개고리」였던 바, 은연중 개개인을 엄습하고 있던 분위기가 작품에 적확하게 표출된 것에 대해 김동인이 그토록 흥분한 것도 무리는 아니다. 김동인을 비롯한 당대 문인들에게 '새로운 햄릿'은 거울 속 자신을 보는 듯한 정서적 공감을 자아내기에 충분했었을 것이기 때문이다.

「표본실의 청개고리」에서 <나>의 신경과민은 단지 개인적인 정서나 시대의 유행 풍조에 국한되는 것은 아니다. 그것은 고도로 세계사적이고 사회적인 의미를 함축하고 있다는 것이 일반적인 해석이다. <나>의 신경과민은 실험실 유리판 위에 사지를 뻗고 있는 개구리에게 조선현실을 투사시켜서 발생하는 것이기 때문이다. 약육강식과 적자생존의 서구적 근대 속에 식민지인으로 살아가야 하는 <나>의 고민은 신경과민을 일으키고 더 나아가 '광기'로 발산된다. 「표본실의 청게고리」에서 <나>가 만난 또다른 인물 <김창억>은 어릴 때부터 총명했던 인재였지만, 가정사적인 불행과 함께 사상사건에 연루되어 4개월간 감옥살이를 하는 괴로움을 겪는다. 출옥 후 부인의 배신을 알고 급기야는 번득이는 광기로 세상을 살아가게 된다. 김창억의 광기는 그것은 비록 파국적이나마 온갖 문명적이고 세계사적 내포를 동반한 <나>의 신경과민과 대비되는 '신념'에 필적하는 무게를 지닌다. 이 때문에 그는 광기를 통해 <나> 또는 그 친구들에게 나타나는 류의 역사적 신경과민을 극복한 사람[2]이라는 평가를 받을 수 있다. 결국 그의 광기는 개인의 질병이 아니라 '감옥'이라는 사회적 사건에 의해 촉

2) 이경훈, 「미친 삼층집」, 『어떤 백년, 즐거운 신생』, 하늘연못, 1999, p.221.

발된, 개인이 사회화되지 못하는 폐쇄적 시대 상황에서의 초월적 의미로 읽혀질 수 있는 것이다. 이처럼 거시적인 역사·사회적 좌표를 펼쳐 놓고 그 위에서 신경과민이나 광기를 읽어내는 관점은 일제 강점기 문학 연구에서 흔히 나타난다. 더구나 신경과민이나 광기보다 병적 증후가 미약한 정서에서도 이런 관점은 유효하다. 피로나 우울같은 지극히 사적이고 주관적인 심리상태조차 식민지 현실을 살아가는 지식인의 정서로서 설명되고 있는 것이다.[3] 동경 유학생 이인화의 식민지 조선은 무덤이요, 구더기가 들끓는 무덤이라는 신경질적인 외침과 그의 우울, 소설가 구보씨의 만성적인 피로와 그로 인한 권태는 식민지 남성지식인을 사로잡고 있는 보편정서로 해석된다. 심지어 피로와 우울은 여성의 시선을 사로잡을 수 있는 매혹적인 남성적 자질로까지 표현되기도 한다.[4] 여기에 이르면 피로와 우울은 이미지로 소비되는 문화코드의 역할까지 수행하고 있음을 알 수 있다.

논의를 조금 더 확대해 본다면 우리는 이른바 '은유로서의 질병'이라는 맥락에 식민지 조선의 지식인 남성이 재현되고 있음을 알 수 있다. 특히 이상, 박태원, 최명익 등 통상 1930년대의 모더니즘적인 작가로 분류되곤 하는 작가들의 작품에서 폐결핵이나 성병 등의 질병이 촘촘하고도 깊게 드리운 의미망을 형성한다는 것은 널리 알려진 사실

3) 이른바 1930년대 모더니즘 소설에서 자주 등장하는 '산책자' 개념은 이런 피로한 남성 지식인이, 우울한 남성 지식인이 도시를 방황하는 구도에서 읽혀지는 것이기 때문이다.

4) 이선희의 「처의 설계」(1940)에서 남성인물의 '피로'와 '우울'은 아주 매력적인 요소이다.
<려순옥은 청재의 그 텁수염이 써머케 난 속에 아름다운 눈이라든지 코라든지 하는 남성적 미모가 조왓고 더구나 그 세련된 피로(疲勞)와 우울과 교만이 늘 자기를 무시하는 것가튼 데 매력을 느끼엇다.>(『한국근대단편소설대계』, 태학사, 1988, p.156.)

이다.[5] 예를 들어 김윤식이 <이상문학의 본질을 이루고 있는 것은 각혈과 관련된 자살과 죽음의 등가사상>, <그가 본질적·결정적으로 앓았던 결핵을 공적인 자리에 이끌어 올려, 공적으로 논의하는 일>이 중요하다고 주장하는 것도 그러하다.[6] 이에 따르자면 질병은 단순히 소재의 차원 또는 지극히 개인적이고 사적인 경험의 신변잡기적 서술로 파악되기보다는, 하나의 의미있는 문학적 담론으로 생각될 것이다. 즉 고민, 우울, 피로, 신경쇠약, 신경과민, 질병 등등은 사회적·역사적 성격을 가진 하나의 문학사적 의미망을 형성하고 있다는 것이 기존 논의의 공통된 입장이다.[7]

이처럼 사회와 시대의 병리성을 드러내는 알레고리로서 질병과 병적 징후가 쓰여지고 있다면[8] 왜 '햄릿'의 출현만 거론하고 '오필리어'는 나타나지 않는지 물어보지 않을 수 없다. 1930년대 문학에서는 시대의 우울과 고민으로 피로한 여성이 아니라 신경질적인, 히스테리를 부리는 여성이 등장한다. 역사적 신경과민을 극복한 광기가 아니라 자기 성질을, 제 분을 못 이겨 머리를 풀어 헤친 채 동네를 헤매고 다니

5) 이경훈, 「모더니즘 소설과 질병」, 『어떤 백년, 즐거운 신생』, 하늘연못, 1999, p.133. 그 외 김한식의 「30년대 후반 소설에서 질병의 상징성 연구」(『현대소설과 일상성』, 월인, 2002), 이재복의 「이상소설의 몸과 근대성에 관한 연구」(한양대 박사, 2001)에서도 이와 비슷한 해석을 찾아볼 수 있다.

6) 김윤식, 『이상연구』, 문학사상사, 1988, p.68, pp.133~138 참조.

7) 한편 김양선은 1930년대 중반 이후 모더니즘 소설에서 병든 육체의 은유적 의미뿐만 아니라 여성적인 것으로 기호화된 몸, 신경증이나 우울증을 앓는 남성의 몸이 재현되고 있다는 점을 지적하고 그것이 근대적 삶에 포획되면서도 동시에 저항하는 남성 주체의 불안한 내면을 기호화하고 있다고 결론내린다.(「1930년대 모더니즘 소설과 몸의 서사」, 『여성문학연구』 제8호, 예림기획, 2002.) 이런 관점은 병든 육체에 대한 현상 해석에서 원인을 분석하려한 시도로 보인다. 본고에서 여성 육체가 재현되는 현상을 읽어내고자 하는 관점도 이와 유사하다.

8) 질병을 은유적으로 사회적으로 읽어내고자 하는 시도는 수잔 손탁(『은유로서의 질병』), 가라타니 고진(『일본근대문학의 기원』)의 글에서 전형적인 모습을 찾을 수 있다.

는 미친 여자의 광기가 등장한다. 여성의 신경질, 히스테리, 광기는 그렇다면 역사적·사회적 맥락 너머 또다른 장소에서 놓여 있는 것인가. 그렇다면 작품 속에서 남성과 다르게 재현되는 여성 육체의 의미는 과연 무엇인지, 왜 다른지를 질문해 보아야 할 것이다. 이 질문에 답을 찾기 위해 이제 1930년대 소설 작품에서 여성의 육체가 재현되는 양상을 살펴보고자 한다.

2. 신경증의 사유화(私有化)

채만식의 「태평천하」(1938)에 등장하는 <고씨부인>은 열 여섯 살에 시집와 지금 47세가 된 중년부인이다. 그녀는 만석꾼 부잣집의 맏며느리이지만 지독한 구두쇠 시아버지 윤직원의 살림살이 때문에 기본적인 의식(衣食) 요구도 충족시키지 못한 채 살아간다. 게다가 그녀의 시어머니 <오씨>가 죽은 걸 <압제 밑에서 해방>이라거나 <남의 집 종으로 치면 속량이 난 셈>이라고 과장되게 표현하는 것으로 미루어 짐작컨대 <고씨부인>은 다른 여성 가족 구성원들(윤직원의 손주 며느리들이나 딸)보다 훨씬 더 험난한 삶을 살아왔을 것이다. 시어머니가 죽고 난 후 그녀에게는 변화가 있는 듯했지만 <기만 조금 펴고 지내게 되었을 뿐이지, 실상 아무 실속도 없>다. 마땅히 맏며느리가 차지해야 할 집안의 안방은 <윤직원>이 조석 식사를 한다는 핑계로 빼앗아 <서울아씨>(딸)와 <태식>(아들)에게 주어버렸고, 가장 중요한 <살림살이 전권(全權)> 또한 <윤직원>의 <처결>에 따라 <고씨 부인>을 건너뛰어 맏손자 며느리에게 주어졌기 때문이다. 결국 <고씨부인>은 권력을 획득할 수 있는 기회를 강제적으로 박탈당한 셈이다. <개밥의 도토리>

같은 그런 처지에서 더구나 <둘째 아들 종학을 낳은 뒤로부터 스물네 해 이짝, 남편 창식과 금슬이 뚝 끊겨, 생과부로 좋은 청춘을 늙혀버렸>으니 그녀는 「태평천하」에 나오는 여성인물들 중에서도 가장 소외된 존재라 할 수 있다. 이와같은 <고씨 부인>이 할 수 있는 유일한 일은 '히스테리', '심술', '악', '오두'이다.

> (가) 그러니 고씨로 앉아서 당하고 보면 심술에다가 악밖에 날 게 더 있겠읍니까.
>
> 그래도 작년 정월 시어머니 오씨가 살아 있을 때까지는 30년 눌려서 살아온 타성으로, 고양이 앞에 쥐같이 찍소리도 못하고 마음으로만 앓고 살았지만, 이제는 그 폭군이 하루 아침에 없고 보매 기는 탁 펴지는데, 그러나 세상은 여전히 뜻과 같지 않으니, 불평은 할 수 없이 악으로 변해버리게만 되었던 것입니다.[9] (강조－인용자)

> (나) 시방 오늘 저녁만 하더라도, 아까 쪽대문을 열어놓았다고 윤직원 영감이 군욕질을 했대서 그 원혐으로다가 기어코 한바탕 화룡도를 내고라야 말 작정으로 그렇게 벼르고 있는 참입니다.
>
> 하기야 쪽대문을 열어놓은 것도 실상 알고 보면, 우정 그런 것이지요. 윤직원 영감이 보고서 속 좀 상하라고. 그리고 그 끝에 무어라고 욕이나 하게 되면 싸움거리나 장만할 양으로…… 용 못된 이무기 심술만 남더라고, 앉아서 심술이나 부려야 속이나 시원하지요. (p.62, 강조－인용자)

> (다) 고씨는 영영 시아버지와 싸움거리가 생기지를 않으니까, 아무고 걸리는 대로 붙잡고 큰 소리를 내서 시아버지의 비위를 건드려서, 그래서 욕이 나오면 언덕이야 트집을 잡아 가지고 싸움을 하잿던 것인데, 고놈 경손이놈이 하는 양이 우선 비위에 거슬리고 본즉, 가뜩이나 부아가 더 치밀고, 그렇지만 이판에 부아를 돋구어주는 거리면 차라리 해롭잖을 판속입니다. (p.64, 강조－인용자)

---

9) 채만식, 「태평천하」, 『채만식전집』 3, 창작과 비평사, 1989, p.62.(이하 인용문은 페이지 표시만 명기함)

<고씨부인>의 '히스테리'는 어떤 심리적 이상이나 신체적 징후보다는 '심술'과 '악'이라고 표현된다. <윤직원>은 이를 '오두발광'이라 표현하기도 하지만 히스테리적 증상으로 간주할만한 것은 작품에서 찾아보기 어렵다.[10] '히스테리'는 '비정상성'의 표상을 거의 대부분 함축하고 있기 때문에 그 양상은 백과사전적이라 불릴 만큼 매우 다양하긴 하나 대체로 신체반응이 큰 것과 작은 것 두 가지로 분류되어왔다. 전자에 속하는 것은 예컨대 간질 및 그와 유사한 발작들, 경련, 호흡곤란, 두통, 메스꺼움, 졸도, 상상 임신 등이며 후자는 불감증이나 촉각마비와 같은 감각능력의 상실, 시각, 청각, 후각의 전체 혹은 부분적 상실 등이 속한다. 또한 신체의 전체 혹은 부분에 나타나는 마비 현상들, 시각상실, 보행불능, 불안정한 걷기나 서기, 쓰러질 것 같은 신체적 상태, 생리불순, 거식증이나 폭식증 등을 들 수 있다. 이를 감안한다면 <고씨부인>의 경우는 엄밀히 말해 '히스테리'인지 아닌지도 판단하기도 어려운 상태다.

더구나 이성이 제어할 수 없는 그 무엇이 표출되는 현상이라기보다

10) 히스테리는 역사적 시기와 문화적 배경에 따라 다양한 방식으로 적용되어 왔기 때문에 그것을 한 마디로 이러이러한 것이라 정의하기는 어렵다. 그러나 '이리저리 헤매' 다니는 자궁, 혹은 자궁의 질병이라는 초기 정의처럼 히스테리는 남성보다는 여성이 가지고 있는 비정상적인 병리현상으로 규정되어 왔다. 그후 신체적 증상을 동반한 정신적 억압 특히 성적인 억압의 징후로 히스테리를 분석했고, 더 나아가 히스테리는 사회적 상황에 대한 개인의 저항과 도전 행위로 이해할 수 있게 되었다. 특히 자신의 운명에 대한 여성의 불만족과 히스테리와의 관련성은 19세기 후반에서 20세기 초반에 이목을 끌게 되었다. 예를 들어, 한편에서는 히스테리를 들먹이면서 여성 참정권론자들의 평판을 떨어뜨리려는 전단이 유포되었다. 다른 한편에서, 프로이트와 브로이어의 사례연구들은 그들의 환자들이 모두 자신의 지적 능력을 펼치는 것이 좌절된 총명한 여성들이라는 점을 지적하고 있다.(엘리자베스 라이트 편, 박찬부 · 정정호 외 역, 『페미니즘과 정신분석학 사전』, 한신문화사, 1997 ; 줄리아 보로사 저, 홍수현 역, 『히스테리』, 이제이북스, 2002 ; 프로이트 저, 김미리혜 역, 『히스테리 연구』, 열린책들, 1998 참조)

는 (나), (다)에서 보듯 <고씨부인>이 스스로 싸움을 시작하는, 다분히 의도적이라는 점에서 '히스테리'라 규정하기가 더욱 난감하다. 히스테리 연구에서 안나 O로 잘 알려진 베르타 파펜하임의 사례는 히스테리가 가부장제의 감시의 시선을 피해 자신의 욕망을 은밀하게 전시하는 한 방법임을 보여준다. 파펜하임은 백일몽을 통한 '개인극장'을 만들어 히스테리에 빠짐으로써 자신의 억압을 벗어나는 출구를 마련한다. 즉 무의식적인 자아의 분열이 사실은 여성이 존재하기 위한 마지막 방법이었다는 것이다. 이런 점에서 히스테리는 가부장제의 억압과 타협하는 여성적인 전략이라는 진술도 가능하다. (나)에서처럼 쪽대문을 고의로 열어놓는 행위는 평소 <윤직원> 영감이 엄금하는 일이다. <집안엣 것이 형적없이 자꾸만 대문으로 해서 빠져나가는 것만 같고> <거지 등속의 반갑잖은 손님이 들어올 위험이 다분히 있>기 때문이다. 온 집안이 다 지켜야 마땅할 <윤직원> 영감의 논리이자 명령을 <고씨부인>은 정면으로 거스른다. <윤직원 영감이 속 좀 상하라고> <우정> 쪽대문을 열어 놓으며 그로 인해 '싸움거리'를 마련하고자 하는 <고씨 부인>의 생각은 계획된 반란이나 다름없다. 그래도 싸움이 시작되지 않자 급기야는 (다)에서처럼 손자 <경손>에게 <생트집을 잡>아 큰 소리를 내서 <윤직원> 영감이 대응하기를 유도해낸다. 결국에는 <기다리고 있던 판> 즉 시아버지와 며느리의 욕설이 왔다갔다하는 맹렬한 싸움이 벌어지고야 만다.

이처럼 의도된 반란의 성격이 뚜렷함에도 불구하고 작가에 의해 '히스테리'라는 명백한 서술이 반복되고 있는 것을 본다면 여기서 주목해야 할 점은 오히려 그 명백한 규정이 함의하는 바일 것이다. <고씨부인>의 반란은 더 이상 내몰릴 데 없이 끝까지 갔다고 판단한 며느리가 될 대로 되라는 심정으로 발악하는 그런 것이다. 그 발악은 구체적으로 <윤직원>에게 대어드는 행위이며, 나아가 여성을 타자화시키는 가부장제 권력에 포섭되기를 거부하는 행위이다. 이런 점에서 <고씨부인>의 행위는 반항 또는 저항이라 할 수 있다. 그러나 채만식의 경우 그것을 '히스테리'라는 '비정상성'의 영역에 속하는 것으로 의미화시켜 놓는다. 그녀의 저항은 있어서는 안될 불온한 여성 타자의 욕망이기 때문이다. 가부장제 질서를 거스르는 그 불온성 때문에 작가는 그것을 애써 '히스테리'임을 즉 비정상적인 것임을 강조할 수밖에 없다. 이는 서구의 사유가 존재해서는 안 되는 표현 불가능의 상태를 어떻게든 달리 바꿔 쓰기 위해, 정상성의 범주에 속할 수 없는 예외적인 그 모든 것을 '히스테리'로 개념화했다는 역사적 사실과 일맥상통한다.[11] 세계에 대한 정당한, 자연스러운 대응방법을 찾지 못한 여성의 이질성 발현이나 남성 주체에 대한 저항은 모두 있어서는 안 될 불온한 것들이기 때문이다.[12]

한편 이때의 '히스테리'는 지극히 사적(私的)인 정서로 치부되고 있다. 신경질, 짜증, 초조, 불안, 질투, 변덕스러움 등은 모두 개인의 기질 탓일 뿐이라고 설명하고 있는 것이다. 그래서 특히 여성들 중에서

---

11) 크리스티나 폰 브라운, 엄양선 · 윤명숙 역, 『히스테리』, 여이연, 2003, 1부 참조.

12) 작가의 명백한 히스테리 규정은 여성의 이질적인 타자성을 증명해내는 역설을 가능하게 한다. 마치 프로이트의 히스테리 연구에서처럼 「태평천하」에서도 분석가/피분석가의 위상이 전복된다. 고씨부인의 '오두발광' 혹은 '히스테리'와 '윤직원' 영감의 정상성은 말싸움을 통해서 '논리/허위, 합리/강압'으로 역전된다. 작가는 '고씨부인'을 비정상으로 애써 규정하나 작품을 통해 결국 '고씨부인'의 언어를 반복하고 있는 셈이다. 마치 프로이트가 도라의 언어를 반복하고, 정신분석은 히스테리의 언어를 이론으로 번역한 것처럼 말이다. 「태평천하」의 역설적인 힘은 바로 여기에서 도출된다. 채만식은 드러나 있는 '태평천하'를 사는 사람들이 아니라, 억압된, 히스테리를 부리는 타자들의 언어를 문학작품으로 번역해낸 것이다. 이 때문에 '윤직원' 소리높여 찬양하는 '태평천하'의 허위성이 드러나고, 그것은 결국 전복되기에 이른다.(졸고, 「태평천하에 나타난 여성 타자의 근대체험과 대응방식」, 『한국근대문학연구』 8호, 태학사, 2003)

도 노처녀, 소박맞은 아내, 과부, 폐경기 이후 여성, 홀시어머니 등은 우리 문학에서 히스테리의 전형적 인물로 그려져 왔다. 그녀들은 자의든 타의든 가부장제 구도 속에 편입되지 못한 이들이다. 따라서 그들의 자아나 욕망의 표현은 남성의 시선에서는 지극히 낯설고 불온한 것일 뿐이다. 남성의 시선은 이질적인 그녀들의 목소리에 '히스테리'라는 병리적 해석을 덧씌운다. 이로써 여성의 욕망이나 목소리는 사적(私的) 신경증에 가려져 효과적으로 봉쇄될 수 있는 것이다.

채만식의 다른 작품인 『탁류』(1937~1938)에서 <초봉>이나 <윤희>가 남성 인물에 대해 반발하는 것이나 「여자의 일생」(1943)에서 여장부요 여걸이었던 <박씨부인>을 히스테리에 빠진 과부로 치부하는 것도 이와 비슷한 맥락이다. 물론 <박씨부인>의 경우 과대망상, 변덕스러움이라는 히스테리적 징후를 보이기는 하지만 그녀가 과부이기 때문에 당연히 히스테리라는 병에 걸린다는 진술은 그 함의를 다시금 따져볼 필요가 있다. 특히 「여자의 일생」에서 <박씨부인>과는 대조적으로 히스테리와 거리가 먼, 이상적인 여인인 며느리 <진주>가 속편 「어머니」에서 친일적인 모성 담론으로 매몰된 것은 시사하는 바가 크다. 이는 여성 타자의 욕망과 이질성이 제거됨으로써 제국주의에 포획되는 과정을 보여준다고 할 수 있다.

3. 도착적(倒錯的)인 여성 육체

남성의 시선이 여성의 자기표출, 욕망표현을 사적(私的)인 신경증으로 애써 감추어 놓았다면 여성이 응시하는 여성 육체는 이와는 다르다. 강경애나 백신애는 우선 임신-출산이라는 여성의 경험을 전면으로 드러내놓는다.[13] 어머니가 된다는 것은 이상적인 의식의 차원에서는 충족·발전·해방을 의미하지만, 현실적인 경험의 차원에서는 결핍·생존·억압을 의미하기에 여성들에게 커다란 고통을 줄 수도 있다. 이런 이유로 모성은 여성 억압을 가장 총체적이고 집약적으로 보여주는 체험이자 가장 배타적이면서도 순수한 여성적 체험이라고 할 수 있다.[14] 그러나 여성적 체험의 이런 의미는 일제 강점기라는 식민지 현실에서 사실상 무용지물이나 다름없다. 절대 빈곤 상황에서 자신의 몸에서 또다른 생명이 분할되는 출산은 어머니와 자식 둘 다 존재위기에 몰고 가는 일이기도 하다.

작품 속에서 어머니는 아이를 낳기 위해 혹은 낳고 난 후 먹을 것을 구하나 아무 것도 없다. 결국 주인 몰래 밭에서 무를 뽑아 꽁지, 잎사귀까지 씹지도 못하고 목구멍으로 삼키며(백신애, 「빈곤」) 애를 낳거나, 장을 푼 뜨거운 물 두어 숟가락 먹고 <샛빨간 고깃덩어리>를 <떨어>뜨리거나(백신애, 「적빈」), 아이를 낳은 후 주인 몰래 파뿌리를 우쩍 씹다가 <이가 시끔하며 딱 맞질>려 <혀끝으로 우물우물하여 목으로> 차고 빳빳한 파를 넘겨대는(강경애, 「소금」) 어머니가 여성작가들이 그려내는 모습이다. 그런 어머니로부터 태어나는 아이의 사정도 별반 나을 게 없다. 갓 태어난 아이들은 비에 젖은 헛간 흙바닥(「소금」), 맨 흙바닥(「적빈」)에서 혹은 <배추고랑에 엎드러진 그(어머니–인용자)의 속옷 가랑이에 끼인 채>(「빈곤」) <팔과 다리를 고물락거>린다. 이와 같은 상황에서 어머니의 몸은 비체화(卑體化, abject)되고 아이라는 새로운 생명은 거부된다.[15]

---

13) 강경애의 「어머니와 딸」(1931), 「소금」(1934), 「지하촌」(1936), 백신애의 「적빈」, 「빈곤」 등이 특히 그러하다.

14) 김미현, 「태초에 어머니가 있었다」, 『여성문학을 넘어서』, 민음사, 2002, p.254.

15) 어머니들은 '자식! 흥 자식이 다 뭐야!'(「소금」)라고 체념하거나 '…없는 놈에게

영애를 낳아 놓고 그 다음날로 보리마당질 하던, 그 지긋지긋하던 때가 떠오른다. 하늘이 노랗고, 핑핑 돌고, 보리 이삭이 작았다 커 보이고, 도리깨를 들 때, 내릴 때, 아래서는 무엇이 뭉클뭉클 나오다가 나중엔 무엇이 묵직하게 매어달리는 듯해서 좀 만져 보려 했으나, 사이도 없고 또 남들이 볼까 꺼리어 그냥 참고 있다가 소변보면서 보니 허벅다리엔 피가 흥건했고 또 주먹 같은 살덩이가 축 늘어져 있었다. 겁이 더럭 났지만 누구보고 물어보기도 부끄럽고 해서 그냥 내버려 두었더니, 그 살덩이가 오늘까지 늘어져서 들어갈 줄 모르고 또 무슨 물을 줄줄 흘리고 있다. 그것 때문에 여름에는 더 덥고 또 고약스런 악취가 나고, 겨울엔 더 춥고 항상 몸살이 오는 듯 오삭오삭 추웠다. 먼 길이나 걸으면 그 살덩이가 불이 붙는 듯 쓰라리고 또 염증을 일으켜 퉁퉁 부어서 걸음 걸을 수가 없으며 나중엔 주위로 수없는 종기가 나서 그것이 곪아 터지느라 기막히게 아팠다. 이리 아파도 누구에게 아프다는 말도 할 수 없는 그런 종류의 병이었다.[16]

「지하촌」(강경애, 1936)의 어머니는 아이를 낳고 나서 산후조리를 제대로 못해 자궁이 빠져나와 괴로워한다. 아이를 품어 키워 생명탄생을 일으키는 공간으로서의 자궁은 그러나 어머니에게는 <고약스러운 악취가 나고> <염증을 일으>키고 <수없는 종기가 나>는, 축 늘어진 살덩이가 되고 말았다. 비천한 존재로 추락한 자궁은 어머니의 몸이 처한 현실을 상징적으로 보여준다. 더구나 몸 내부에 있던 자궁이 외부로 나왔지만 그것은 축 늘어진 채 매달려 <들어갈 줄 모르고> 그렇다고 해서 제거해버릴 수도 없는 그런 것이다. 이제 자궁은 안에도 밖에도 속하지 않는 것이며 고통과 추함을 의미하는 더러운 존재가 되어버렸다. 이런 자궁은 어머니의 몸을 상징적으로 드러내준다.[17] 어머

글세 자식이 뭐냐, 웬 자식이냐.'(「지하촌」)며 아이의 존재를 인정하지 않는다. 생존 위기의 절박한 심정은 말로만 아이를 부정하는 것이 아니라 실제로 영아 살해를 시도하기도 한다.(「소금」) 심지어 「빈곤」(백신애)에서는 아버지가 임신한 아내의 배를 걷어차 세 번이나 유산이 되었고, 네 번째 아이는 태어난 지 삼일 만에 아버지 발길에 걷어 채여 죽고 만다.

16) 강경애, 「지하촌」(1936), 『강경애전집』, 소명, 2002, p.613

니의 몸은 더 이상 생명과 의미를 생성하는 풍요로운 공간이 아니다. 자궁은 폐기되어야 마땅할 더러운 오염물이 되어버렸지만 그러나 현실에서 부정할 수 없는 그것이다. 또 비체화된 어머니의 몸은 어머니 노릇(mothering)을 제대로 수행하지도 못하지만 그렇다고 해서 그만두지도 못한다. 정상/비정상, 도덕/비도덕, 선/악 등 모든 상식적인 기준의 경계를 흐려놓는 도착적인 몸이다.

비체화된 어머니의 몸은 언어화된 목소리를 내어놓지 못한다. 그녀들은 극한적인 심리를 발산할 따름이다. 그러나 그것은 신경증이라기보다는 순간순간 이성으로 제어하지 못할 만큼 극단적인 상태에 놓여 있는 자의 자연스러운 반응이다. 「소금」의 어머니는 가난 때문에 남의 집 젖어미로 간다. 어머니와 헤어진 두 딸은 병으로 차례차례 죽고 자식을 제대로 보살피지 못했다는 후회와 자식 곁을 떠나게 만든 가난한 상황에 대한 원망은 '분'으로 표출된다.

> 이제도 그는 주인 마누라와 한참이나 싸웠다. 만일 주인 마누라가 좀더 야단을 쳤다면 그는 칼이라도 가지고 달라붙고 싶었다. (…중략…) 그리고 좀더 싸우지 않고 들어가는 주인 마누라가 어쩐지 부족한 듯하였다. 그는 지금 땅이라도 몇십 길 파고야 견딜 듯한 분이 우쩍우쩍 올라왔던 것이다. (강조 – 인용자)
>
> –「소금」, 522쪽

17) 백신애의 「적빈」에 등장하는 매촌댁 또한 비체화된 여성의 몸을 보여준다. 그녀는 출산과는 관련이 없지만 지독한 가난 때문에 밖으로 내보내야 할, 배출되려하는 똥을 억지로 끌어들여야 하는 <코끼리 껍질 같은> 몸을 보여준다.
매촌댁은 길을 가다 뒤가 마려웠지만 똥을 눌 수가 없다. <이제 집으로 돌아간들 밥 한 술 남겨 두었을 리가 없음에 반드시 내일 아침까지 굶고 자야 할 처지이므로 똥을 누어 버리면 당장에 앞으로 거꾸러지고 말 것 같았던 까닭이다. 그는 흘러내리는 옷을 연방 움켜잡아 올리며 코끼리 껍질 같은 몸뚱이를 벌름거리는 그대로 뒤가 마려운 것을 무시하려고 입을 꼭 다문 채 아물거리는 어두운 길을 줄달음치는 것이다.>(백신애, 『한국문학전집』 7, 학원출판사, 1996, p.245.)

어머니 노릇을 제대로 할 수 없게 만드는 것, 남편과 자식의 죽음, 굶주림, 빈곤 등의 원인을 <그>(「소금」의 어머니)가 찾아낼 수는 없다. 어머니는 별 상관도 없는 <주인마누라>에게 <칼이라도 가지고 달라붙고> 싶고 <주인마누라>마저 상대해주지 않자 <땅이라도> 파고 싶은 '분'을 삭일 수 없다. 누구를 대상으로 어디에 자신의 분노를 풀어야 할 지 찾을 수 없다. 분노의 원인은 개인적인 것이라기보다는 당대의 사회·역사적인 차원에서 설명되어져야 할 것이기 때문이다. 대상을 찾지 못하는 분노는 언어화될 수 없고 따라서 설명되어질 수 없다. 말 그대로 발작적으로 솟아나는 '분'일 수밖에 없다. 그것이 광기라는 차원으로 진전된다면 과연 설명되어질 수 있을까.

김말봉의 「망명녀」(1932. 1)에서 <산호주>라는 기생은 술자리에서 손님들과 다투게 된다. 밤 열두 시가 훨씬 넘은 시간 <산호주>는 몸이 아파 손님방에 들어가지도 못하고 누워있었다. 그녀는 오늘만 참고 손님 접대를 해주면 보름을 쉬게 해주겠다는 주인의 약속에 간신히 술자리에 나가보니 <오주사>라는 손님이 제멋대로 굴고 있다. 그는 어지럼증이 나서 제대로 대답을 못하는 <산호주>에게 사람을 무시하는 처사라며 흥분하며 화를 낸다. 그는 몸이 아프다는 <산호주>의 사정따위는 아랑곳하지 않는다. <이 좌석 여러 사람을 다 기쁘게 하기 위하여 일부러 돈을 주고> 너를 불렀다는 <오주사>의 말은 <산호주>를 인간으로 대접하지 않는 것이다. 그것은 돈을 지불하면 상품을 소유하거나 권리를 주장할 수 있다는 논리요 이때 <산호주>는 상품과 같은 존재로 취급될 뿐이다. 또 <오주사>는 방을 나가버리려는 <산호주>를 억지로 잡아끌며 욕설을 퍼붓는다.

나는 이 때 내 귀에서 급시로 폭포가 내려 쏟아지는 듯 귀가 울고 내 눈

앞에서는 바닷물이 산을 삼키고 큰 나무가 바람에 불려 가지가 꺾어지고 뿌리가 뽑히며 산 꼭대기에서 바윗돌이 굴러 떨어지는 것 같습니다.

나는 호흡이 막히고 사지가 굿굿하여지는 것을 느꼈습니다. 아마 그것이 지독한 히스테리인 모양이에요. 나는 이를 부드득 갈면서

"무엇이 어째? 이 건방진 자식아, 누구에게다 주정을 하는 거야?"

하고 오른 손을 들어 오 주사의 빰을 힘껏 갈겼습니다. 그러나 그 손은 오 주사의 억센 주먹 안에 들고 말았습니다. 그 대신 내 얼굴에는 오 주사의 거센 손바닥이 두 세 번 지나갔습니다. 나는 힘을 다하여 내 한 손을 빼어가지고 곁에 있는 술주전자를 들고서 힘껏 오 주사의 머리를 내려쳤습니다. 이때 여러 사람들이 나를 말리는 모양입니다.

나는 귓전에 "산호주가 미쳤구나." 하는 친구의 목소리를 들었습니다. 나는 그 순간 말할 수 없는 쾌감을 느꼈습니다. 과연 나는 미치고 말았으면 하는 생각을 하루에도 몇 십번이나 하였는지요. 스스로 내 목숨을 잘라버릴 용기가 없는 나는 차라리 내 감정과 관계없는 생활을 하고 싶었습니다. 미쳐가지고 모든 고통을 잊었으면, 또 미쳐가지고 하고 싶은 말과 가슴에 서린 분풀이를 실컷 하고 말았으며 하는 공상에 몇 번이나 취하였던지요. 나는 오늘 그러한 내 욕망을 이루는구나 하는 생각이 몹시도 나를 유쾌하게 만들었습니다. (강조 - 인용자)

– 김말봉, 「망명녀」, 1932

<오주사>의 욕설과 거친 행동에 거의 대응하지 않다가 <산호주>는 급기야 <호흡이 막히>는 <지독한 히스테리>를 느낀다. <오주사>의 폭언과 억지논리에 몸이 먼저 발화(發話)하는 것이다. 이후 그녀는 <오주사>의 빰을 때리고 술주전자로 <오주사>의 머리를 내리치는 행동과 '말'로 대항한다. 주위 모든 사람들은 그녀를 미쳤다고 간주하지만 자신은 오히려 <미쳐가지고 하고 싶은 말>을 실컷 하고 싶다는 평소 '욕망'이 실현된다는 데 쾌감을 느낀다. 기생은 매춘여성이라는 점에서 여성 중에서도 더 억압받는 존재다. 자신의 감정을 솔직히 토로하거나 자기 의사를 표현하기는커녕 '돈'을 매개로 감정과 육체를

모두 남성에게 맞추어 나가야 하는 것이 기생이다. 이를 벗어나 <산호주>가 스스로 발화(發話)하는 순간 이것은 '광기'라고 규정된다. 상식이나 사회통념이 제시하는 기준을 벗어나 함부로 날뛰는 행동이 '광기'이다. 그러나 그 상식과 사회통념이 온전히 남성 중심의 사회질서라면 그것을 일탈하는 여성의 '광기'는 새롭게 해석될 필요가 있다.

더구나 「망명녀」의 경우 <산호주>의 '광기'는 엄밀히 말하면 이성이 제어할 수 없는 감정의 폭발 상태일 따름이다. 그녀는 격앙된 상태에서 평소 내면화되어 있던 기준의 규율이나 금기를 깨트리고 <하고 싶은 말과 가슴에 서린 분풀이>를 하는 것이다. 그 상황에서도 그녀는 주위에서 '미쳤다'고 하는 목소리를 듣기도 하고 자신의 말과 행동에 대해 스스로 평가(욕망을 이루어 유쾌하다는)를 내리기도 한다. 온전히 '미쳤다'고 여기기는 힘들다. 오히려 '광기'라는 틀을 빌려, 자신을 '광기'로 위장하는 것이라 판단할 여지가 더 많다. 마치 '페펜하임'이 '히스테리'라는 고도의 연극을 연출해내듯이 말이다.

백신애의 「광인수기」(1938)는 여성의 '광기'에 대해 한층 더 교묘하고 복잡한 위장술을 보여준다. 남편의 외도에 충격을 받아 미쳐버린 <나>는 비 오는 날, 자신의 삶을 하느님께 하소연하며 다리 밑을 돌아다닌다. 자전적 고백의 형식을 취한 이 작품에서 <나>는 남편과 첫 만남－혼인－고된 시집살이－남편의 사상활동－안정된 생활－남편의 외도에 이르는 자신의 내력을 이야기한다. 우선 여기서 주목할 만한 것은 <나>와는 다른 남편의 세계이다. 일본 유학생 출신인 남편은 근대 지식인의 특성을 고스란히 드러낸다. 지식과 과학으로 세계를 이해하고, 합리와 논리로 자신의 행동을 설명해내는 남편은 그러나 <나>에게는 이해하기 어려운, 참기 어려운 존재다.

<나>의 남편은 중매로 결혼했지만 비교적 부인을 만족스럽게 생각

한다. 첫날 밤, 부끄러움에 어쩔 줄 몰라하는 아내에게 남편은 사랑에 대한 확답을 받기를 재촉한다. <당신은 나를 사랑합니까>라는 질문을 연거푸 하면서 명증한 대답을 요구하는 남편의 태도는 회의(懷疑)→질문→대답의 과정을 통해 진리를 인식하는 이성적 활동을 그대로 보여주고 있다. 이는 과학의 이름으로 존재를 규정하고 스스로 진리로 입증하려는 근대적인 사고방식이다. 그러나 아내는 <그러나 그때는 그이가 왜 그런 말을 물을까, 그런 말을 물어서 무엇하려는가, 결혼한 이제는 할 수 없는데, 나는 당신을 사랑하지 않고서 되는 일인가.>라는 생각에 남편의 질문을 <기막힌 일>로 여길 뿐이다. 이후 여러 난관을 거쳐 어느정도 결혼 생활에 안정을 찾을 즈음 남편은 외도를 하기 시작한다. 남편은 새로 생긴 여자에게 자신이 조혼의 피해자임을 강변하고, 노모와 그 여편네가 가여워서 자신의 삶을 희생했다고 주장한다. 결혼 첫날밤부터 <우리 색시 이쁘다고 물고 빨고> 하던 행동이나 자식을 셋이나 낳도록 살아온 과거는 모두 부정하고 스스로 피해자임을 자처하는 기만적인 남편의 말은 자기 합리화를 위해 모든 것을 다 끌어들이는 이기적인, 주체중심주의적인 태도일 뿐이다. 그러나 남편의 이중생활을 알게 된 직후에도 아내는 참는다. <하도 많이 참고 보아서 이제는 습관이 되었나 보다>며 집으로 돌아와 아이들과 시어머니를 보살피고 나니 남편이 돌아와 전과 다름없이 살갑게 군다.

"여보, 이리 오… 왜 노했소. 그러지 말고 이리 와요."

하며 자꾸 웃습니다.

아이고 맙소사… 남자란 게 이런 건가? 나는 모르겠다 몰라…어찌 된 셈인가요 글쎄. (…중략…)

이윽고 그는 잠이 들다 말고 소스라치듯 미소하며 다시 한번 꼭 껴안겠지요.

" 왜 새삼스레 이러는 거요? 20년이나 꼭 한가지로 변함없이 이러는 우리 사이건마는 그리 내가 사랑스러운 가요?"

하고 한번 시치미를 떼 보았지요.

"암…내게 너만치 충실한 사람이 없고 미더운 사람이 없으니까."

라고 그가 대답합니다. 나는 벌떡 일어나 앉았지요. 하도 놀라와서요. 하하하…

– 백신애, 「광인수기」, 1938

남편은 자신의 외도를 정당화할 때는 아내가 너무 무지하므로 <지적(知的)으로 목말랐>다는 이유를 내세우고, 아내에게는 <너만치 충실한 사람이 없고 미더운 사람이 없>기 때문에 너를 사랑한다고 설명한다. '원인–결과'를 설명해내는 방식은 근대적이지만 그것은 형식일 뿐 내용에 있어서는 전혀 객관적이거나 논리적이지 않다. 그럼에도 남편이 자신의 이론에 자족하고 스스로 정당화할 때 아내는 그에 반박할 말을 찾아내지 못한다. 지금 미친 여자가 되어 비를 맞으며 돌아다닐 때에야 남편의 그것들이 <온갖 거짓말과 괴로운 이론을 끌어다 붙이려고 애쓰는 그 꼴 / 용하게 꾸며내는 혓바닥의 장난 / 공부를 잘못하면 제 행동이 옳든 그르든 간에 아무리 틀린 말이라도 교묘하게 이론만 갖다 붙여서 그저 합리화하려고 하는 재주>라고 하느님께 고자질하지만, 그 당시의 아내에게 '말하기'는 불가능하다.

남편의 뻔뻔스러움을 참으며 밤을 새고 난 후 아내는 심한 고열에 시달린다. 반박할, 저항할 말을 찾아내지 못한 아내는 열이라는 병적 증후로 자신을 표현하기 시작하는 것이다. 그러나 병은 몸의 공모이자 저항이며 때로는 몸이 하는 말의 번역이자 침묵이 되기도 한다. 아내가 온전히 자신을 발화(發話)할 수 있는 길은 광기를 통해서이다. 그러나 그 광기는 「망명녀」의 <산호주>에서처럼 명백히 병적인 상태인지 가늠하기가 어렵다. 머리가 쑤시고 <가슴이 쏵쏵 소리를 지르>는 몸의 반란을 억누르다 못해 아내는 그 여자(남편의 외도 상대)의 집으로 달려간다. 그 집 댓돌 위에 있는 남편의 구두를 집어들고 <그년의 창문을 향해 던>지고나서 남편과 그녀, <나>는 정면으로 마주친다. 그녀가 친정쪽 친척뻘 여자임을 알아보았을 때 <나>는 꽁꽁 묶여서 방안에 가두어지고 <의사란 놈이 별의별 짓을 다 하>는 과정을 겪는다. 광인으로 만들어지는 것이다.

> (가) 우선 나 하나를 돌아 보더라도 세상에 제 한 몸만을 위하고 제 마음의 자유와 기쁨을 위한다면 이렇게 미치광이가 되어야 하지 않나요. 이렇게 세상을 다 떨치고 내 맘대로 살고 있는 나이지만 불만이 많기가 끝이 없어요.
>
> (나) 에에라, 집으로 가야겠다…. 누가 너희들을(아들, 딸－인용자) 보호할까… 비는 왜 이리도 많이 오노… 비를 노다지 맞고 가면 모두 나를 미쳤다고 하지 않을까.
>
> －백신애, 「광인일기」, 1938

<나>는 열이 나고 몸의 이상징후를 느끼고, 견디다 못해 남편을 향해 정면으로 반발한 순간 정신이상 취급을 받게 된 것이다. 이는 자신을 세계에 표현한 후 광인으로 규정되는 과정에 다름아니다. 여성이 자기를 표출하는 순간 그녀는 가부장적 질서를 벗어나게 된다. 질서를 벗어나는 것은 곧 비정상－광인이다. 근대적 지식인인 남편은 의학이라는 근대과학의 도움을 받아 아내를 진단, 광인으로 규정해낸다. 그러나 아내의 광기는 불분명하다. 인용문 (가)에서처럼 <미치광이>가 된다는 것은 <제 한 몸만을 위하고 제 마음의 자유와 기쁨을 위한다>는 것이요 <세상을 떨치고 내 맘대로 살>아가는 것이다. 이것이 <미치광이>로 규정된 <나>의 생각이고 더구나 인용문 (나)에서처럼 집

에 있는 자식을 걱정하고 남들의 시선을 의식하는 것으로 본다면 아내의 광기는 사실여부를 판단하기가 어렵다. 또 한편으로 <나>는 하느님께 하소연을 하다가 춥고 배고프다고, 냇물에서 고기 잡아먹으려 한다. 냇물을 마셔버리면 고기를 잡아먹을 수 있으리라는 <나>의 기괴한 행동은 비정상으로 여겨지기도 한다.

이처럼 <나>의 광기는 실제로 미친 것인지 아닌 지 불분명한 상태이다. 그러나 중요한 것을 그것을 판단하는 일이 아니다. 정상인지 비정상인지가 아니라 <광기>의 형식을 빌어야만 <나>는 이야기를 토로할 수 있다는 점에 주목해야 한다. 더구나 자신의 과거를 이야기하며 사이사이에 '하하하, 히히히'라는 광인의 웃음을 섞어 넣는 맥락은 의미심장하다. 예를 들어 <연놈(남편과 그녀-인용자)에게 죄가 있을 리 있나요, 다 내 팔자지요>라며 수용하는 자세를 보이는 듯하다 곧장 광기의 형식을 빌어 <하하하! 웃기는구나. 우스워 죽겠네>라며, 기존 질서 자체를 무화시켜버린다. 종종 광인들이 그러하듯 웃음은 기본적으로 언어적 상징의 금지에 대한 욕망의 침입인 경우가 없지 않다. 웃음이 지적하는 것은 인간 속에 깃들인 항구적인 이중성이다. 웃을 수 있는 자는 자기와 타자를 동시에 보는 자다.[18] 결국 여기서 광기란 여성이 발화하는 형식이다. 그것도 몸으로 말하는 발화이다.

4. 오필리어와 몸의 언어

영화 <JFK>에서 주인공 격인 개리슨 검사(케빈 코스트너)는 케네디 대

18) 신수정, 「비명과 언어」, 『푸줏간에 걸린 고기』, 문학동네, 2003, p.45.

통령의 죽음은 음모였다고 주장하면서 이렇게 외친다.

"우리는 모두 햄릿이요, 아버지를 죽인 자가 왕권을 뺏고 케네디의 유령은 우리에게 묻소. 법이란 무엇인가? 인간의 가치는? 민주주의는? 대통령이 죽었는데 법은 뭐했소?"

역사적 상황과 개인의 실존을 고민하는 것이 햄릿의 고뇌다. 정의가 사라진 시대에, 아버지의 질서가 사라진 시대에서 인간적 삶이 영위될 수 없다고 보기 때문이다. 이에 비해 오필리어는 아버지의 죽음과 애인의 추방에 미쳐 돌아다닌다. 그녀의 광기의 원인은 거시적 차원의 것이 아니다. 그녀는 사적(私的)인 내밀한 사랑의 감정이라는 테두리에 묶여 있다고 보인다. 그러나 그녀가 미쳐 버린 후 왕과 왕비 앞에서 평소에 하지 못했던 원망과 갖가지 말을 쏟아 놓는 것은 분명하다.

무당의 언어와 광기의 언어는 상징질서 내의 언어로 말해질 수 없는 것을 발화하는 것이다. 페미니스트들이 히스테리나 광기, 몸에 대해 주목해왔던 이유도 그와 같다. 여성의 존재 자체가 말해지지 않는, 부재의 존재이기 때문이다. 이런 맥락에서 1930년대라는 특정한 시기에 소설화된 여성의 육체는 의미심장하다. 같은 신경증도 남성과 여성에 따라 신경과민과 히스테리로 분리된다. 이때의 히스테리는 일종의 짜증, 결핍, 질투, 고부간의 갈등과 같은 주관적이고 사적인 감정의 표출이다. 남성의 신경증은 이에 비해 예술 창작 동기이기도 하고 사회적이고 역사적인 차원의 고민의 메타포이다. 이들 신경증을 바라보는 시선의 주체는 남성이고 그들의 응시는 여성의 것을 개인적인 신경증으로 치부하고 만다. 남성의 언어와 남성의 국가에서 여성작가들은 오히려 여성의 육체를 도착시킨다. 그들이 그려낸 도착적인 여성 육체는 특히 어머니의 몸이다. 여성의 임신과 출산이라는 고유한 경험은 육체가 세계로 의미를 발화하는 것이기도 하다. 그 의미 발화가 코라(chora)

의 풍부한 근원이 아니라 비체화된 어머니의 몸으로 전락하고, 여성의 목소리는 히스테리와 광기로 위장된다. 일제 강점기라는 특수성은 보다 강력한 아버지의 질서를 희구했고 부재하는 여성의 목소리는 더욱더 가려질 수밖에 없었기 때문이다. 그러나 부재가 근원적인 없음을 의미하는 것은 아니다. 비체화된 몸은 끊임없이 어머니의 몸을 통째로 드러내 보이고, 히스테리와 광기로 위장된 여성의 목소리는 그 낯선 이질성을 틈새로 끼워넣는 데 성공한다. 여성작가의 목소리가 낮고 음산하지만 그것의 울림이 이어지는 한, 여성은 발화(發話)되고 우리는 그것을 읽어낼 수 있을 것이다.

국가의 경계에 서있는 여성의 섹슈얼리티*

1. '친밀한 적'과 '양공주'의 등장

우리 문학 속에 나타나는 '양공주'[1]는 물적 토대를 전제로 외래 문화의 유입이라는 맥락 위에서 여성의 몸이 재현되는 지점이다. 그동안 '양공주'를 바라보는 절대다수의 시각은 '6·25동란(動亂)'[2]을 겪으며

* 이 글은 창비에서 2005년에 출판한 『여성의 몸 : 시각·쟁점·역사』에 실렸던 「국가의 경계에 서있는 여성의 섹슈얼리티」를 재수록한 것입니다.

1) '양공주'는 외국군인(특히 미군)을 대상으로 매춘을 하는 한국인 여성을 지칭하는 용어다. '양공주'는 특정 여성들을 비하하는 용어로 '양키 창녀', '양키 마누라', '유엔 레이디' 그리고 '서양 공주'라는 뜻이다. 이 용어는 외국인 남성을 상대로 군대 매춘에 종사하는 한국인 여성을 매춘이라는 위계에서도 최하위로 전락시키고 있음을 나타낸다. 한국 전쟁이 끝난 후에는 미국 군인과 결혼한 한국인 여성들(GI 신부라고 경멸적으로 불렀다)까지도 포괄하게 되었다. 전후 한국에서 '양공주'라는 용어는 'GI 신부'와 동의어가 되었으며, 그래서 인종간 결혼을 한 한국 여성들 또한 '양공주'로 간주되었다. (김현숙, 「민족의 상징, '양공주'」, 일레인 김·최정무 편, 박은미 역, 『위험한 여성』, 삼인, 2002, p.221.)

2) '6·25 동란', '6·25 사변', '동족상잔의 비극' 등의 용어는 '한국 전쟁'을 천재지변과 같은 재난으로 파악하는 관점을 단적으로 보여준다. 이처럼 전쟁을 불가항력적인 폭력으로 규정하는 시각은 일반적으로 어린이와 여자를 피해자로 내세워 재난의 공포와 위기감을 극대화시키는 태도와 맞물린다고 볼 수 있다.

강간당하고 짓밟히는 여성 수난을 강조하는 것이다.[3] 그것은 어떻게 외래 문화가 우리의 주체성과 정체성을 훼손시켰는가를 살펴보는 데 궁극적인 목적이 있다. 이는 단일 민족이라는 정체성이 곧 국가의 정체성으로 환치되고, 그것이 개인의 존재 근거가 된다는 민족주의적 관점을 전제로 하고 있다. 이때 '양공주'라는 여성의 몸은 희생자, 피억압자, 피착취자라는 공적 재현 속에서만 또 식민화된 국가와 민족의 은유로서만 존재한다.

물론 몸이 재현되는 방식은 자연 그대로의 날 것일 수 없다. 푸코가 말했듯이 몸은 권력과 정체성간의 관계를 나타내는 지도이기 때문이다. 그러나 '양공주'를 희생자의 코드로만 계속해서 재해석하는 것은 '양공주'의 몸이 보여주는 다양한 정체성의 알력 관계와 상관없이 특정 시선만이 작용한 결과이다. 남성 주체라는 특정 시선의 응시를 통해 '양공주'는 보여지기도 감추어지기도 하는 것이다. 권명아의 지적처럼[4] 한국 전쟁 이후 대부분의 소설은 여성의 표상을 통해 순수와 타락, 이상적인 것과 훼손된 현실을 서사화하는 동일한 구조를 보여준다. 이때 창녀, 미친 여자, 모자라는 여자들은 타락한 현실에 대한 유비적인 의미이다. 그녀들이 지속적으로 등장하면서 여성 주체는 스스로는 아무것도 해명할 수 없고 말할 수 없는 존재로 각인되는 결과를 낳는다. 여성 표상 각자의 개별적이고 구체적인 의미가 지워지고 그것이 상징과 비유로 대체되는 한 여성은 스스로 말할 수 없는 존재일 뿐

3) 여성 수난사가 민족주의적 관점에서 전개되어왔음을 살펴보고 이것이 결국에는 파시즘의 정치학으로 연결되고 있음을 비판한 논문으로는 「수난사 이야기로 다시 만들어진 민족 이야기-분단 이후 한국 사회에서의 민족·민중 개념의 개조와 젠더 정치」(권명아 ; 김철·신형기 외, 『문학 속의 파시즘』, 삼인, 2001), 「여성 수난사 이야기와 파시즘의 젠더 정치학」(권명아, 위의 책)이 대표적이다.

4) 권명아, 「여성 수난사 이야기와 파시즘의 젠더 정치학」, 위의 책, p.306.

이다. 결국 여성에 대해 말할수록 여성이라는 존재의 의미는 지워지는 의미 삭제의 역설이 되풀이되는 것이다.[5] 마찬가지로 '양공주'의 표상도 남성 주체의 시선에 따라 여성이 재현되는 장(場)이 되고야 만다.

이와 같은 시각의 위험성과 함께 주목할 것은 '양공주'가 가부장제의 타자, 민족의 알레고리이자 근대적 모순에 대한 은유로 재현된 존재라는 미묘함이다. 주지하다시피 한국전쟁 이후 미국에 의한 근대 전개는 일제 강점기에 일본 제국주의에 의해 '근대성'이 이입된 것만큼이나 전격적이고 이질적이다. 미국식 제도와 사고방식은 1950년대 이후 사회의 전 부분에 파급되었고[6] 한국 전쟁 직후 미국의 군사원조와 경제원조로부터 시작된 대미의존은 거의 절대적이다시피 했다.[7] 따라서 이질적인 선진 문화에 대한 강렬한 충격과 매혹, 그 속에서 어떻게 자기 정체성을 지킬 것인가가 당대 남성 주체의 딜레마였다. 이는 일제 강점기에 이른바 '현해탄 콤플렉스'라고 명명했던 근대성에 대한 동경과 좌절, 거부가 혼효된 양가적 감정(이중성)과 유사하다. 그러나 일본 제국주의와는 달리 미국이라는 외래 문화는 우리에게 해방군, 원조국의 모습으로 친밀하게 다가왔다. 든든한 지원자인 한편 자신의 정

5) 이런 점에서 여성적인 것의 의미 삭제로 이어지는 여성 수난사의 이야기는 민족으로 상징되는 순결한 주체에 대한 욕망이 그 이면에 타자를 전유하고 정복하고자 하는 파시즘적 욕망을 내포하고 있음을 역설적으로 보여준다는 비판이 가능하다.(권명아, 앞의 논문 참조)

6) 정성호, 「한국전쟁과 인구사회학적 변화」, 한국정신문화연구원 편, 『한국전쟁과 사회구조의 변화』, 백산서당, 2002, p.127.

7) 구체적인 연구에 따르면, 전쟁기간중인 1950년부터 1953년까지 미국이 우리에게 제공한 경제 원조는 약 5억 2천만 달러에 달했으며, 휴전 후인 1954년부터 1961년까지 미국이 우리에게 공여한 경제 원조는 약 21억 달러에 달했다. 한국전쟁 직후 춘궁기에 먹을 것이 없을 때 미국의 구호물자인 우유가루와 밀가루로 기아를 간신히 면했을 만큼 미국의 원조는 절대적이었다. 그 외 문화, 교육 분야에서도 해방 직후 미군정기에도 대미 의존 경향이 있었지만 한국전쟁 이후의 그 의존도는 거의 압도적이었음을 보고하고 있다.(정성호, 앞의 글, pp.39~40)

체성을 송두리째 뒤흔들어 놓는 혼란을 동시에 야기하는, 그야말로 '친밀한 적'은 1950년대 이후 한국 근대성의 이면이기도 하다.

문학 작품 속에서 '양공주'는 이와 같은 맥락을 함축하고 있는 기표라는 점에서 의미있다. 자발적이든 아니든 외국 군대에 의한 여성의 성적 지배라는 점에서 비롯되는 동정론, 거부론과 함께 외래 문화의 이입과 순응의 기호로 표상된 것이 '양공주'이다. 그 속에는 외래문화의 이질성을 부인하면서 순응하는, 저항하면서 공모하는 양가적 의미가 미묘하게 얽혀있다. 따라서 '양공주'는 성애화된 대상으로서의 여성의 몸이 재현되는 방식을 보여주는 한편 1950년대 이후 가부장제 이데올로기와 근대성의 경험, 그리고 자본주의의 원리가 맞물린 지배적인 담론이 어떤 방식으로 여성의 몸을 의미화하는지를 보여준다. 사회적 의미망이 각인된 '양공주'의 몸은 그러나 권력의 현실적인 작용점으로서의 몸과 저항의 시발점으로서의 몸을 함께 보여준다. 여성의 몸은 억압받는 현실의 가장 가시적인 형태이자, 권력의 지배에 저항하여 현실을 비판하는 역할을 담당할 수 있다는 주장이[8] 구체적으로 드러나는 형태가 '양공주'의 몸이 재현되는 방식이라 할 수 있다.

2. 수난과 훼손, 복원의 열망이 투사된 '양공주'의 몸

한국 전쟁은 한국의 경제·정치구조뿐만 아니라 일상과 문화에도 큰 변화를 가져왔다. 특히 당시 여성들에게 두드러진 변화는 사회진출이 눈에 띄게 늘어났다는 것이다. 이는 전쟁으로 인해 가족이 여성을

8) 김미현, 『여성문학을 넘어서』, 민음사, 2002, pp.97~100 참조.

중심으로 재편성되었기 때문이다. 남성 구성원들은 군인·노역자 등 전쟁에 필요한 인적 자원으로 징발되거나 사망·부상당함으로써 소외되었고 가족을 통합하고 실질적으로 가정 경제를 책임지는 것은 여성의 몫으로 남겨졌다. 절박한 생존 욕구는 사적 영역에 한정되어있던 여성들을 어떤 방식으로든 공적 영역으로 편입할 것을 요구했다. 구멍가게나 음식장사, 귀금속류 판매 등의 상업이나 미용업, 다방 일 등에 종사하는 것이 여성의 사회진출 방식[9]의 하나였다면 또 다른 방식은 매춘이었다. 그중 '유엔 마담', '유엔 사모님'이란 신조어를 형성할 만큼 '양공주'는 눈에 띄게 증가했다.[10]

이와 같은 사회적 배경은 문학 작품에서 남성 주체가 '양공주'를 그나마 용인할 수 있는 이유이다. 가난하고 불쌍한 누이·어머니가 자신의 몸을 팔아서라도 가족을 먹여 살린다는 희생정신은 매춘 여성이라는 치욕스러움을 덮기에 충분한 대의명분이기 때문이다. '양공주'의 희생정신은 소박한 가족주의 담론에서부터 가난한 민족과 나라를 위한다는 애국주의로까지 확대되어 '매춘=애국'이라는 기이한 명제를 낳기도 한다. 가족과 국가의 이익을 위해 개별 자아를 희생해야 한다

9) 정성호, 앞의 글, p.51.

10) 이효재는 전쟁으로 인해 전국적으로 수십만의 미망인이 생겨났고 그들은 평균 2명 이상의 부양자녀를 갖고 있었지만, 이들을 돌보는 보호시설의 수용한계는 약 5~6천 명 정도에 불과했음을 지적한다. 따라서 나머지 대부분의 모자 가정은 생활대책이 절박한 상태였고, 이들을 포함한 수많은 부녀자들이 생활난으로 일반 '양공주'나 매춘행위자로 전락하여 전국적으로 사창이 확대되어 갔다. 1957년의 통계는 전국적으로 이들의 수를 약 4만으로 추계했다.(이효재, 「분단시대의 여성운동」, 변형윤 외, 『분단시대와 한국사회』, 까치, 1995, pp.283~284.)
또 다른 자료를 살펴보면 유엔마담이란 기지촌을 중심으로 접대부를 거느리고 미군을 상대로 술집을 경영하는 이른바 술집과 포주를 겸한 주인들을 일컫는 말로, 1952년 5월 30일 현재의 조사에 의하면 유엔 마담의 수가 무려 25,479명에 이르고 있고, 서울 및 경기지역 뿐 아니라 강원, 제주 등 전국적으로 퍼져 있음을 알 수 있다.(엄효섭, 「한국사회 10년사」, 『사상계』, 사상계사, 1955. 10, pp.209~210)

는 유교적 가치는 국가의 발전과 안보를 증진하는 데 여성의 역할을 기대했던 박정희 정부의 계획에 부합했고, 가족과 나라를 위해 자신의 노동력, 삶, 몸 그리고 개인적 욕구까지도 희생하는 소녀와 여성들이야말로 영웅이요 순교자요 애국자로 칭송되었기 때문이다.[11]

'양공주'에게 주어진 희생정신, 애국심이라는 대의명분은 그러나 사실상 여성의 자존을 위해 필요한 것이라기보다는 나의 누이가, 나의 어머니가 더럽혀진 존재라는 수치심으로부터 벗어나고자 하는 남성 주체에게 필요한 논리다. 물론 희생이 기본적으로 희생하는 자의 자의식일 수도 있다. 그러나 '양공주'가 몸을 팔아야 하는 것은 자신의 생존을 위해서도 절대적으로 요구되는 일이다. 이때 매춘 여성의 자의식은 논외로 하고 가족의 생존만을 고려할 때 희생이라는 개념이 생겨날 수 있다. 따라서 희생이라는 명분으로 '양공주'를 인정하는 일은 여성을 대상화·타자화하는 남성 주체의 인식이다. 희생이라는 대의명분이 '양공주'를 바라보는 남성 주체의 1차적 인식이라면 그럼에도 불구하고 누이와 어머니를 '양공주'로 내몰 만큼 무능력한 자신에 대한 자책감과 타민족에게 내 것을 침범 당했다는 분노는 보다 광범위하게 나타난다.

『깃발 없는 기수』(선우휘, 1959)는 해방 이후 이념적 대립과 사회 혼란상을 비판적으로 그리고 있는 작품이다. 여기에서 남성 인물인 <이형운>과 <윤>의 시선을 통해 보여지는 '양공주'는 사회 혼란과 마찬가

11) 캐서린 H.S. 문, 「한·미 관계에 있어서 기지촌 여성의 몸과 젠더화된 국가」, 『위험한 여성』, 삼인, 2002.
한편 소설 속에서는 다음과 같다. '양공주'가 일으킨 사건 때문에 경찰서를 찾아온 포주에게 경찰은 이렇게 말한다. "나라를 위해 외화를 벌어들이는 사람인데 잘 봐줘야죠." 이에 질세라 포주는 "정말이에요. 애들이 큰 일 하는 거예요"라고 맞장구치며 '양공주=외화벌이=애국자'라는 등식을 힘주어 강조한다. (강석경, 「밤과 요람」, 1983)

지로 신랄한 비판의 대상이 된다. 특히 <윤>의 비판은 한층 구체적이고 복잡하다. 그는 '양공주'에 대해 부끄러움과 분노가 혼합된 증오를 느낀다. 그의 증오는 사실상 내 것이어야 마땅할, <쓸 만한 처녀>는 모두 뺏기고 <찌꺼기 차지나> 할지도 모른다는 위기감 때문이다. 여기에 이르면 '양공주'는 남성 주체에 의해 타자화된 대상일 뿐이며 여성의 섹슈얼리티는 남성에 의해 관리되어야 하는 소유물로 전락한다. <엽전의 진가>를 알게끔 자신의 성적 능력을 과시하고 싶은 남성 주체에게 이미 '양공주'의 몸은 한갓 사물과 다를 바 없다. 침략으로 토지와 재산을 빼앗기듯 가난하고 힘이 없기 때문에 외국군에게 자민족 여성의 몸을 빼앗겼을 따름이다. 『황선지대』(오상원, 1960)에서 미군에 대해 적개심을 드러내는 남성 주체의 인식도 이와 마찬가지이다. 미군 주둔지 변두리 술집에서 술을 마시던 사나이는 <체, 제깟 놈들이 뭐 잘난 것 있어. 나나 매한가지지. 다만 다르다면, 다르다면 말야. 저놈들은 '달러'를 쓰고 우리는 휴짓장이나 다를 배 없는 걸 돈이라 쓰고 있다는 게 다를 뿐이지, 뭐냐 말야. 제기랄! 고 고놈의 자식을……>(『황선지대』, p.183.)이라며 탄식한다.

미군에 대한 분노는 한편으로는 '양공주'에게 똑같이 투사된다. 「낮과 꿈」(강석경, 1989)에서는 '양공주' <미라>가 기둥서방 격인 한국남성에게 살해된 사건이 일화로 그려져 있다.

> 극장 기도는 미라를 죽인 이유를 순순히 말했다는데 <찌꺼기를 주었기 때문>이 그 이유였다.
>
> "미군하고 실컷 놀다가 섹스도 찌꺼기로 주었다. 미군들 입던 옷이며 달러를 잘 주었지만 그것도 찌꺼기다, 그년은 양놈 찌꺼기만 내게 갖다 주었다, 이랬대"
>
> "나쁜 새끼, 기둥서방인 주제에 힘없는 여자 기둥 뽑으려 했어. 찌꺼기 먹은 게 어디 저 하나야? 대한민국 전체가 남의 나라 찌꺼기 먹고 살았는데"

"죄는 밉지만 자존심은 있네"

-강석경, 「낮과 꿈」, 1989. 277쪽

자신의 소유물격인 '양공주'를 뺏긴 분노와 자신의 무능력함에 대한 부끄러움을 적극적으로 드러낸 '살인' 사건은 남성주체에게는 <자존심>이란 측면에서 정당화된다. 제국주의 담론에서 식민주의자들은 식민지 종속민을 타자로 규정하면서 스스로를 남성으로, 그리고 타자를 여성으로 규정하였다.[12] 한편 피식민지국 여성들은 지배국에 의해, 또 같은 종족의 남성들에 의해 이중으로 식민화되는 과정을 경험한다. 피식민지 남성들이 자신의 남성성을 회복하기 위해 식민 지배자의 입장을 취하기 때문이다.[13] 논란의 여지가 있지만 일본의 식민지에서 벗어난 이후 미군정기를 거친 한국 사회는 신식민지화했다는 비판으로부터 전적으로 자유로울 수 없었고, '양공주'가 처한 현실 상황은 더욱 그러하다. 『깃발 없는 기수』나 『황선지대』, 「낮과 꿈」에서 '양공주'는 이중으로 식민화되는 과정을 거치고 있으며 그 과정에서 빼앗긴 소유권을 주장하는 남성주체는 미군과 '양공주'에게 거의 동등한 적대감을 드러낸다. '양공주'는 더 이상 희생자가 아니라 미군과 결탁

12) 영국 제국주의 연구에 따르면 인도를 식민지로 지배하는 주체는 남성이다. 이런 성적 메타포는 키플링의 경우 여성적 인도의 이미지로 나타나고, 제국주의적 정복을 성적 관계로 표현한다. 문학에서뿐만 아니라 실제 상황에서도 백인남성은 백인 여성, 인도 남성, 인도 여성을 타자로서 상정하고 자신의 통제력을 유지한다. 즉 남성으로서의 제국 지배자의 이미지는 국내적으로는 여성의 권리 주장에 대한 방어책으로, 그리고 식민지에서는 식민지 종속민에게 복종을 요구하는 수단으로 사용되었던 것이다. (박지향, 『제국주의-신화와 현실』, 서울대 출판부, 2000, pp.163~172.)

13) Bell hooks, "The Imperialism of Patriarchy", *in Ain't I a Woman*, Boston : South End Press, 1981."(최정무, 「한국의 민족주의와 성(차)별 구조」, 일레인 김 · 최정무 편, 앞의 책, p.30에서 재인용)

한 그래서 남성주체를 소외시키는 악마적인 존재이며, 민족과 국가의 순수성을 훼손하는 부정성이다. 더구나 '양공주'는 정신적인 훼손뿐만 아니라 혼혈아를 낳아서 단일민족을 흠집 내는 장본인이기도 하다.[14]

이처럼 남성주체에 의한 '양공주'의 타자화는 타민족에게 여성 소유권을 박탈당했다는 것과도 관련되는 한편 경제적 박탈감때문이기도 하다. 강신재의 「해방촌 가는 길」(1957)에서 '양공주' <기애>의 어머니 <장씨>는 딸의 도움으로 살림을 꾸려나간다. <장씨>는 <기애>가 '양공주'가 되었다는 사실을 어렴풋이 눈치채고 있지만 딸의 경제적 지원을 거부할 수는 없다. 그것은 <장씨> 가족의 유일하고도 절대적인 생계수단이기 때문이다. 그만큼 딸이 기특하고 고마우면서도 <장씨>는 뭔가 꺼려지고 왠지 떳떳치 못하고 더 나아가서는 비굴함을 떨칠 수가 없다. 이때 <장씨>는 가부장제의 논리를 체득하고 있는, 남성적 시각을 수용한 여성 인물이다. 더럽혀진 존재인 '양공주'가 건네주는 더러운 돈을 받아야만 하는 <장씨>가 자존심을 지키는 방법은 고의적인 부인(否認)이다. 그녀는 매순간마다 자문자답을 하며 <우리 아이가 그럴 리가 없지>하고 단정하기를 거듭한다. <장씨>는 '양공주'에게 돈을 받음으로서 타락한 여성과 동궤에 놓이는 차원을 벗어나야만 하기 때문이다. 이런 논리는 강신재가 파악하듯 <기애로 보면 자기의 실태가 끊임없이 그리고 전면적으로 모욕>당하는 결과를 낳는

14) 해방 직후 채만식이 '양공주'에게서 제일 먼저 발견한 것이 혼혈의 문제다. '양공주'의 몸은 <뱃속에서 시방 눈 새파랗고 머리터럭 노랗고 코 오뚝하고 한 것이 수만리 태평양 저편짝을 향수(鄕愁)하면서 꼼틀거리>는 <견딜 수 없는 혐오와 추악감(醜惡感)이 솟아오르고, 하마 구역이 넘어오려고 하>는 제거되어야 할 무엇이다. '양공주'의 잔뜩 부풀은 배를 보며 남성 주체는 <차라리 죽어버리구 말지>라는 말을 무심코 내뱉는다. 혼잣말에 가까운 이 말은 그러나 타자에 대한 전면적인 부정이라는 점에서 폭력적이다. (채만식, 「낙조」, 1948 ; 졸고, 「채만식 문학의 근대체험과 주체구성 양상 연구, 경희대학교 박사학위논문, 2002, pp.98~102 참조.)

다. '양공주'의 경제력에 기생해야만 하는 남성 주체의 자기 비하감과 모멸감이 여성을 타자화하고 그 존재 자체를 부정하게 되는 것이다.

이처럼 '양공주'를 타락의 상징으로, 그녀들의 존재가 비극적 현실의 근원이라고 인식하는 남성주체는 그와 상반된 온전한 이상향을 추구한다. 이상향과 관련된 남성 주체의 모습은 대체로 두 가지 경우로 드러난다. 이상향이 좌절된 비극적 현실을 상기하는, 은밀한 욕망을 드러내거나, 문제점을 개선하고 교정함으로써 이상향에 다다르고자 하는 강렬한 욕망을 보여준다.

전자의 경우 '양공주'를 다룬 작품에서 소년 화자를 내세워 '고향'으로 대표되는 이상향을 그리워하는 모습이 대표적이다.(송병수, 「쑈리 킴」(1957), 오상원, 『황선지대』, 1960) <누나의 웃음>을 소망하는 소년의 애틋함(『황선지대』)과 <'저 산 너머 해님'을 부르며 마음놓고 살>기를 원하는 소년(「쑈리 킴」)의 기원은 모두 타락한 현실 저 너머를 꿈꾸는 것이다. 그러나 '양공주'는 타락한 현실을 만드는 데 일조하고 있고 그 때문에 헌병대에 잡혀가거나(「쑈리 킴」) 같은 동족 남성으로부터 학대(『황선지대』) 받을 수밖에 없다. 소년은 그녀들은 교화시킬만한 힘이 없고, 소년들의 순수한 소망은 좌절된다. 순수의 상징인 소년과 타락의 상징인 '양공주'의 대비는 현실의 비극성을 더욱 강조한다.[15)]

한편 성숙한 남성 주체의 시선은 비극성을 보다 현실적으로 파악하기 시작한다. 타락한 현실때문에 비극을 느끼는 것이 아니라 이상향이

---

15) 소년 화자처럼 현실에서 힘없는 존재인 노인이 '양공주'를 바라보는 「해벽」(이문구, 1972)도 이와 같은 맥락에서 해석된다. 조용한 바닷가 마을이 양공주촌으로 변하는 과정을 바라보는 노인은 <자라나는 자식들 보기가 민망스러웠고 바다를 대하기에 부끄러움을 감출 수 없었다. 바다에서 낚아온 꼴뚜기나 뻘탕에서 끌어올린 쭈꾸미 새끼, 갈밭에 기어 다니는 황바리며 능쟁이한테도 미안스러움을 느끼>며 괴로워한다.

이미 사라져 버린 곳이 지금의 현실이기 때문에 비극적이라는 것이다. 「엘리제 초(抄)」(박순녀, 1965)에서 남성 주체 <영배>는 한국 전쟁 중에 <탱크와 대포가 마구 쏟아졌을 그 지역에 삼십호가량의 초가집들이 다치지 않고 곱게 남아> 있는 마을을 발견한다. 더구나 그곳에는 <텃밭에 콩을 심고 콩김을 매고 있는 처녀가 있>다. 침략에 훼손되지 않은 땅, 더구나 순결한 처녀가 그 땅을 보살피는 마을은 이상향 그 자체이다. <영배>는 전쟁이 끝난 후에 그 이상향을 다시 찾아오지만 그곳은 미군 기갑부대가 주둔하는 곳이자 기지촌으로 변했다. 콩밭을 매던 처녀도 풍만한 몸을 팔아 혼혈 자식을 먹여 살리는 양공주가 되었다. 그러나 <영배>는 또다른 처녀를 찾아가거나 그것을 꿈꾸지 않는다. 그는 <콩밭에 앉은 이슬방울이 아침 햇살에 반짝이는 광경을 반드시 다시 와서 보리라고 발버둥치던 기억이 지금엔 그저 우스웠>고, <그것은 다만 네온싸인과 소음으로 가득찬 거리일 따름>을 알고 있기 때문이다. <영배>의 현실인식은 일견 무력하고 현실 순응적으로 보이나 현실적인 비극을 제대로 파악한 결과물이라는 점에서 소중하다.

그러나 이상향을 열망하는 남성 주체는 오히려 비현실적이며 폭력적이다. 이상향을 열망하는 남성주체의 현실인식을 발전시켜보면 권명아가 지적했던 민족주의적 파시즘이 한층 더 극명하게 발휘된다.16) 타락한 여성을 교화하고자 하는 계몽적 남성 지식인의 태도는 여성타자를 자기 동일화하려는 욕망의 표출이다. 주체의 강렬한 자기 동일성은 정신적·물리적 폭력을 수반하고 이때 민족주의적 파시즘이라 지칭할 폭압이 가해진다. 「낙조」의 '나', 「해방촌 가는 길」의 '장씨'처럼 '양공주' 존재 자체를 부정하는 데서 한 걸음 더 나아가 훼손을 치유

16) 권명아, 「수난사 이야기로 다시 만들어진 민족 이야기」, 앞의 책 참조.

하고자하는 적극적인 노력이 가해지기 때문이다.

외세에 침탈 당한 누이를 위해 백인 여자를 강간하고 난 후 <태극(太極)의 무늬로 아롱진 이 런닝샤쓰를 찢어 한 폭의 찬란한 깃발을 만들>어 <위대한 대륙에 누워있는 우유빛 피부의 그 윤이 자르르 흐르는 여인들의 배꼽 위에 제가 만든 이 한 폭의 황홀한 깃발을 성심껏 꽂아놓을 결심>을 다지거나(남정현, 「분지」, 1965), '양공주'를 반성시켜 고향으로 돌려보내기 위해 폭언을 거침없이 퍼붓는(천승세, 「황구의 비명」, 1974) 남성 주체에 이르면 파시즘이라는 말이 무색하지 않다. 이런 논리는 민족주의론을 중심으로 90년대까지 꾸준히 확대 재생산된다. 특히 50, 60년대 소설에서 이런 점이 감정적인 언술로 채워졌다면, 70, 80년대에 이르러서는 사회과학적 인식에 힘입어, 민족주의적 시각과 결탁해서 논리적으로 이루어진다.

안정효의 『은마는 오지 않는다』(1990)는 미군에 의해 강간당한 <언례>라는 여성인물의 수난사를 중심으로 한 장편소설이다. <언례>는 미군에게 강간당한 후 훼손된 어머니, 타락한 어머니가 되어버렸고 결국 그녀는 자신과 아이들의 생존을 위해서는 '양공주'가 될 수밖에 없다. 그러나 마을의 가부장격인 <황노인>은 가해자인 미군을 비난하는 대신 <언례>의 <불결>함을 탓한다. 마을 사람들은 오히려 <언례>가 강간 당시 그것을 즐겼으리라는 상상을 은밀히 나누기도 한다. <언례>의 경험은 여성의 몸을 정조와 타락의 이분법으로 기술하는 가부장적 담론으로 재기술된다. 성적인 쾌락의 대상으로서 <언례>를 바라보는 남성적 시선은 <언례>의 몸을 제국주의적 남성 주체와 이에 대항하는 피식민지 남성 주체 사이에 교환가능한 대상으로서 물신화한다. 따라서 <언례>가 '어머니' 역할에 집중하는 순간 피식민지 남성 주체의 소유로 복귀하는 '정상'적인 범주로 들어오게 되는 것이다. <언례>의 수난사를 통한 어머니로의 복귀 과정은 타락한 '양공주'가 교화 · 재생되는 과정이라 할 수 있다. 「고삐」(윤정모, 1988)에서 남성주체는 여성의 순결을 남성이 지켜야 한다는 논리와 외세 / 민족이라는 이분법 구도 위에서 '양공주'를 바라본다. 외세의 지배 하에 있는 한 아무도 '양공주'를 비난할 수 없다는 것이다. 이후 '양공주' 출신이었던 <정인>은 <미제국주의>의 <음험한 음모>를 깨닫고 투쟁을 결심하면서 그동안 자신을 얽어매어왔던 <고삐>를 끊고 주체로 재탄생한다. 그러나 이것은 <정인>이 남편과 아버지로 대표되는 남성적 주체에 흡수되는, 위험한 주체성 확보이다.

3. 근대성의 기표로 재현되는 '양공주'의 몸

전후 세대의 많은 남성작가들은 한국전쟁 후 아이들에게 미국 정부가 보낸 분유의 맛과 지나가는 미군들이 던져 준 초콜릿의 매혹적인 맛을 고통스럽게 회상하곤 한다. 그들이 가지고 있는 기억의 편린은 "기브 미 쪼코렡, 기브 미 ○○"을 외치며 이방인들을 따라다녔던 유년의 모습이다. 하얀 우유가루의 달착지근한 맛과 초콜릿의 씁쓸한 듯 달콤한 맛은 분명 이전에는 없었던 미각의 이질적인 체험이었다. 그것들이 '단 맛'으로 혀를 사로잡고 허기진 배를 채우는 풍요를 가져다주었다면, 우유가루를 먹고 내쏟은 설사와 거지처럼 이방인을 따라다녔던 수치심 · 굴욕감은 그 이면의 모습이다. 1950년대 이후 한국인이 근대성을 경험하는 방식은 이런 양가감정으로부터 시작한다.

초콜릿은 식민지 정복사에서 각별한 의미를 지니고 있다. 원래 코코아는 중남미 마야 원주민들이 신들에게 바치던 귀한 음식이다. 그것을 신대륙 정복자들이 유럽으로 가져가 최고 인기 상품인 초콜릿 바(bar)로 변형시킨 것이다.[17] 초콜릿에 담긴 권력은 원주민의 미각이 달콤함에 익숙해지는 속도에 비례해서 그들을 피식민지인으로 길들인다. 마찬가지로 미군이 한국인에게 건네 준 초콜릿도 신이 흠향하던 귀한 음식이 아니다. 그것은 일종의 식민주의를 표상하는 감각적 기표이다. '양공주'는 미군문화의 매개통로 구실을 한다는 점에서 초콜릿과 동일한 의미를 띤다. 선진 문화를 흡수한 '양공주'의 새로움은 참을 수 없는 유혹의 근원이었다. 남성 주체는 단지 '양공주'의 콧노래를 듣는 것만으로도 <온 몸을 재릿재릿하게 마비시키는 듯>한 쾌감을 느낄 만큼(한말숙, 「별빛 속의 계절」, 1956) '양공주'가 던지는 유혹은 강렬하다.

한편 매끈하게 흰 팔과 날씬한 몸집(한말숙, 「별빛 속의 계절」, 1956), 물결치는 탐스러운 검은 퍼머 머리와 젖어있는 눈(선우 휘, 『깃발 없는 기수』, 1959), 입으나마나 살이 다 뵈는 옷을 걸친 뇌쇄적인 모습(송병수, 「쑈리 킴」, 1957), 금발의 서양여자와 견주어 조금도 손색이 없는 풍만한 육체를 가슴과 배꼽 아래만 살짝 가린 유혹적인 차림(박순녀, 「엘리제 초」, 1965), 탐스러운 한 송이의 꽃 같은 모습－곱고 부드러운 피부, 아기자기한 둔부의 곡선, 보기만 해도 절로 황홀한 쾌감을 자아내는 아름다운 육체(남정현, 「분지」, 1965) 등의 표현을 통해 '양공주'의 몸은 구체적으로 형상화된다. 그러나 이 구체성은 '양공주'의 몸을 실재에 가깝게 재구성해주는 게 아니라 오히려 성애화된 대상으로 국한시켜 그녀를 재현한다. 이런 점은 '양공주'의 정형화된 묘사에서 더욱 두드러진다. 새빨간 입술과 새빨간 매니큐어는 '양공주'의 상징물이며, 빨간 블라

17) 최정무, 「한국의 민족주의와 성(차)별 구조」, 일레인 김·최정무 편, 앞의 책, pp.25~26.

우스, 뾰족한 구두, 미니 스커트 등 자극적인 옷차림이 '양공주' 묘사에서 공통적으로 나타난다.[18] 원색을 강조하는 선명함과 부분의 극대화를 통해 '양공주'는 성애화되어진 기표로 재현된다. 이렇게 재현된 여성의 몸은 남성의 성적 욕망이 투영됨으로서만 존재하며 그 실재는 완벽하게 부정된다. 존재가 부재를 증명한다는 역설은 이로써 성립한다. 이것은 매혹적인 '양공주'의 존재를 부정하고자하는 남성 주체의 의도적 소산이라 할 것이다.

> "주책바가지, 쯧."
> 영식은 핥고 있던 초콜릿을 입에서 잠시 빼물며, 여느 때처럼 뇌까렸다. 그는 이영희(英姬)를 미워했었다. 그녀가 걸을 때마다 수선스레 흔들리는 허리통에서부터 흡사히 쇠고깃간에 걸린 고기덩이 같은 엉덩이가 흐느적거리는 것이, 질색이었다. 한때는 멋진 걸음걸이라고 무척 신기하게 여긴 적이 없는 것은 아니지만. 그보다도 말할 때마다, 생각을 품은 듯이 꿈적이는 젖은 듯한 커다란 눈을 아름답게 여긴 일도 있기는 있다. 그러나 경자의 머리채를 휘어잡고 난리를 핀 후로는 영식은 도무지 그 눈이 구정물에

---

18) 작품 속에서 그 표현을 직접 살펴보면 다음과 같다.
빨간 블라우스, 입술을 새빨갛게 칠한 여자(한말숙, 「귀뚜라미 우는 무렵」, 1958)
샛파란 스카아트, 빩안 윗도리, 머리도 덥수룩하게 지저 올려서 위선 스트리-트 껄의 외양(강신재, 「관용」, 1951)
손끝을 새빨갛게 매니큐어 / 굽이 세 인치나 되는 금빛 구두 (강신재, 「해방촌 가는 길」, 1957)
시뻘겋게 칠한 얄팍한 입술(한말숙, 「별빛 속의 계절」, 1956)
눈에는 온통 검은 아이라인이 칠해져 있고 눈만 강조한 화장 때문에 괭이처럼 보였다. /검고 긴 머리에 붉은 띠를 매고 같은 색의 한복, 번질거리는 다홍색 양단이 불빛에 타들어갈 듯 하다. (강석경, 「밤과 요람」, 1983)
시뻘건 루주(남정현, 「경고구역」)
뒷굽이 호미날처럼 뾰족한 빽닥구두, 허연 종아리가 드러나는 곤색 스커트, 퍼머넨트, 빨강과 보라색 블라우스 (안정효, 『은마는 오지 않는다』, 1991)
아름다운 다리와 색채를 아끼지 않은 속박을 벗어난 옷맵시와 화장술(조해일, 『아메리카』, 1972)

젖은 유리알같이만 보였고, 더구나 뒤흔드는 엉덩이를 보면 구역이 나올 것 같았다.

그 시뻘겋게 칠한 얄팍한 입술사이로 쏟아지는 욕설 또한 정 떨어지는 것이었다.

–한말숙, 「별빛 속의 계절」, 1956

초콜릿을 빨고 있는 남성 주체가 '양공주'에 대해 느끼는 연모와 거부의 구역질은 순차적으로 이루어진 것이다. 아름다웠던 <영희>는 다른 '양공주' <경자>와 육탄전을 벌이는 추악함을 드러냈고 그 이후 <영식>은 <영희>의 외면과 내면을 동시에 간파한다. '양공주'의 아름다운 외면은 사실은 낯설고 위험한 내면을 가리고 있었던 것임이 드러나면서 '양공주'를 주변화하거나 배제하고자 하는 시도는 성공한다. 이는 <멋진 걸음걸이>가 정육점 <고기덩이 같은 엉덩이>의 <흐느적거>림으로, <젖은 듯한 커다란 눈>이 <구정물에 젖은 유리알>로 바뀜으로써 가능한 일이다.

이처럼 아름다움을 추악함으로 인식하는 변화는 남성주체가 '양공주'를 이질문화(미군문화)에 투항한 존재로 파악하기 때문이다. '양공주'의 출현 자체가 경제적인 것과 관련이 있는 만큼 그녀에게 미치는 자본의 힘은 절대적이다. 그 힘의 근원지는 풍부한 물적 자원을 가진 미군이다. 이에 포섭당하고 마침내 소비주의적 주체로 전환하는 것이 '양공주'의 또다른 이면이기도 하다.

「천 딸라 이야기」(정연희, 1960)에서 '양공주'들은 모든 인간적 가치가 돈으로 환원된 모습으로 나타난다. 작가는 이들을 아예 익명화시켜 호명함으로서 사물화된 모습을 보여준다. 남성인물이 <찬수>라고 불리는 데 비해 '양공주'들은 작품 전체에서 <절구통>, <고양이 우장 / 산토끼> 등으로만 불려진다. 「천 딸라 이야기」의 '양공주'들은 매춘을 통해 천 달러의 돈을 모으는 것이 절대 목표이다. 그러나 이 목표달성은 그리 순조롭지 않다. <절구통>은 결국 달러를 차지하기 위해 사촌동생인 <산토끼>를 죽인다. 살인이라는 극적 사건보다도 사람들의 주목을 끄는 것은 두 '양공주'가 어딘가에 숨겨두었을 것이라는 <천 딸라>의 실체다. 온 산 곳곳을 파헤치고 구석구석을 샅샅이 뒤지지만 그러나 달러는 아무 데에도 없다. 천 달러를 모으려는 '양공주'의 열망은 결코 이루어지지 않은 채로 끊임없이 지연되는 충족일 뿐이다. 이는 사람들에게 '천 딸라 이야기'가 계속해서 회자되는 방식이기도 하다. 이처럼 물신주의에 사로잡힌 '양공주'의 모습은 매혹적인 미군문화에 완전 투항한 형국이 되고 만다. '양공주'가 상대하는 미군 장교들도 오로지 '딸라'의 가치밖에는 아무것도 아니다.[19]

이를 바라보는 한국 남성은 상대적인 경제적 박탈감을 느낄 수밖에 없다. 「별빛 속의 계절」(한말숙, 1956)에서 미군 부대 하우스 보이 <영식>이 '양공주'에게 적대감을 갖는 이유는 돈 문제이다. 그는 '양공주'들은 자신의 <월급의 갑절이나 넘는 부수입>을 벌고 있다고 생각한다. 비단 하우스 보이가 아니라 할 지라도 전후 궁핍한 경제 상황에서 쉽게(남들이 보기에) 돈 그것도 달러를 벌고 화려한 몸차림과 질 좋은 미제 물품을 사용하는 '양공주'의 존재는 남성주체에게 경제적 박탈감과 적대감을 느끼게 한다. 양공주 스스로도 <사는 것도 남들하고 비하면 구질구질하>지 않고, <나만큼 (전쟁통에 돈을 - 인용자) 잘 버는 사람 어디 있나>고 자부하기도 한다.[20] 이렇게 서양 문물의 풍요와 화려함에 스스로 투항한 것이 양공주의 또다른 이면이기도 하다.

---

19) 「별빛 속의 계절」(한말숙, 1956)에서는 양공주들이 미군 장교를 달러의 가치로 환원하고 <그 '딸라'를 뺏느냐 뺏기느냐 하는 것이 싸움>을 추악하게 벌이는 장면을 묘사하는 것도 같은 맥락에서 해석할 수 있다.

20) 안정효, 『은마는 오지 않는다』, 고려원, 1991.

나는 미군과 함께 있는 누나들을 볼 때마다 그 누나들이 아버지 심 봉사의 눈을 뜨게 해주기 위해서 공양미 3백 석에 소금장수에게 팔려가는 심청이처럼 참 불쌍하다는 생각이 들었다. 인당수보다 더 깊고 어두운 곳이 미군의 털북숭이 가슴이라고 생각했었다. 그런 심청이들이 밤마다 흐느끼는 곳이 바로 쑥고개라는 생각을 했었다.

그러나 부질없는 짓이었다.

끝끝내 피어나지 않는 연꽃을 기다리면서 나의 생각은 차츰 바뀌어졌다. 누나들이 누이동생처럼 바뀔 때까지 기다리고 또 나이를 먹어도 그들은 결코 심청이가 될 수 없었다. 아니 그들은 결국 심청이가 아니었다.

그들은 또다른 미국인, 제 2의 양키였다. 의식주에서부터 말하고 생각하고 행동하는 것 모두와, 침대 패턴까지 그들은 완전히 미군화되어 가고 있었다.

–박석수, 「동거인」, 1987

가족과 민족, 국가를 위해서 어쩔 수 없이 몸을 팔아야 하는 '양공주'는 자신의 몸을 던져 아버지의 눈을 뜨게 하는 '심청이'와 동일시될 때 그나마 존재 근거를 인정받을 수 있다. 순진한 소년이 꿈꾸는 이상향이 현실에서는 이루어질 수 없는 것처럼 소년이 자라나 성인 남성이 되었을 때 '양공주'는 결코 '심청이'가 아님을 깨닫게 된다. 그녀들은 한국 남성 주체를 타자화시키는 외래 세력과 결탁했기 때문에 동정의 대상이 될 수 없다. 더구나 해방 직후 염상섭이 순수한 처녀 '보배'가 초콜릿과 드롭스에 순간적으로 이끌리는 마음을 묘사했던 것처럼[21] '양공주'는 일반 여성까지 오염시킬 위험이 있다. 따라서 타락한 방법으로 그러나 풍요로운 생활을 누리는 '양공주'는 징벌해야 마땅할 악마적 존재다. 거리로 나가 미군을 상대하는 '양공주'가 되었다가 감호소에 갇히는 딸은 가족으로부터는 외면의 대상이 되고 국가로

21) 염상섭, 「양과자갑」, 『해방문학선집』, 종로서원, 1948.

부터는 감시의 대상이 되는 것이 지극히 당연하다.(이범선, 「오발탄」, 1959) 정신병자, 결핵 환자, 전염병 환자를 격리 수용하듯이 '양공주'는 건강한 사회를 위해 감시해야할 병균적 존재이기 때문이다.

그러나 물신주의로 요약할 수 있는 미군 문화의 강력함으로부터 남성 주체도 사실상 자유롭지는 못하다. '양공주' 주변의 남성 주체들은 PX로부터 흘러나오는 <양키물건>을 장사하는데 온통 신경이 곤두서 있는 모습을 보여준다. 『황선지대』(오상원, 1960)에서 <짜리>는 PX 물건을 제대로 빼내주지 않는다고 '양공주'를 폭행하면서까지 <양키 물건> 장사에 집착하고, 「분지」(남정현, 1965)의 <분이 오빠>는 <우유와 버터와 쵸코렛과 껌 등이 자아내는 향기 속에서> <양키 물건> 장사에 몰두한다. 그러나 그들이 계속해서 훔쳐내는 PX 물품은 사용가치에서 소외된 채로 추상화되거나 신비화되는 교환가치로만 환원된다는 점에서 마르크스가 말한 물신의 지위를 지닌다.[22] 미군에게 몸과 웃음을 팔고 달러를 추구하는 '양공주'의 욕망이나 PX 물건을 팔며 달러를 추구하는 남성 주체의 욕망은 둘 다 끊임없는 순환과 전치의 과정을 밟게 된다. 결국 그 과정은 매혹적인 이질성에 자신을 전적으로 투항하는 결과일 뿐이다.

4. '양공주'의 타자성과 근대적 섹슈얼리티의 새로운 가능성

수난과 훼손으로서의 몸, 물신화된 대상으로서의 몸, 서양여성의 모

22) 주유신, 「<자유부인>과 <지옥화>」, 주유신 외, 『한국영화와 근대성』, 소도, 2001, p.38.

방으로서의 몸은 '양공주'의 몸에서 읽을 수 있는 부정적 언술이다. 이 부정적 언술은 남성 주체의 시선이 투사되어 있거나 '양공주' 자신이 물신주의로 요약되는 미군문화에 포섭되었음을 나타내는 것이다. '양공주'들은 서구식 의상 · 머리 · 화장 스타일을 모방하고 시끄러운 콩글리시 발음, 과도한 음주와 흡연, '양놈'들과 친밀한 성적 관계를 통해 서구(미국)식 생활을 모방한다. 그러나 이 때문에 '양공주'들은 현실에서 새로운 문화(미국문화의 무분별한 모방이라는 부정성을 가지고 있지만)를 주도하며 당당함까지 드러낸다. 이는 외면적으로나마 근대적 섹슈얼리티를 확보한 여성의 자신감이라 할 것이다. 그녀들은 '오리궁뎅이' 같은 외양이지만 자신이 가장 아름답다고 생각하는 자세로 당당히 걸어 다니거나(강신재, 「관용」, 1951) 자신의 풍만한 육체를 자랑스러워하며 감정표현에 솔직한 모습(박순녀, 「엘리제 초」, 1965), 햇빛을 받아 밝음으로 빛나는 얼굴과 싱싱한 나무처럼 윤기 흐르는 몸(정연희, 「천 딸라 이야기」, 1960)을 보여준다.

또 「해방촌 가는 길」(강신재, 1957)의 <기애>나 『은마는 오지 않는다』(안정효, 1991)의 <언례>는 '양공주'가 된 후 오히려 당당하게 변화한다. <기애>는 한 벌밖에 없는 남색 옷만 입고 다녀 <미스 제비>라 불리고, 낡은 천장에서 떨어지는 물을 피해 여기저기로 옮겨가며 잠을 자야하는 가난 속에서 위축된 모습으로 살아간다. 따라서 '양공주'가 된 후 자신과 가족 모두를 구원할 만큼 경제력을 확보한 것이 <기애>의 자신감의 근원이다. 미군에게 강간당한 후 마을로부터 철저히 배제되었던 <언례>는 '양공주'가 되고 나서 엄청난 변화를 겪는다. <언례>는 '양공주'는 먹고 살기 위한 자신의 행동이라며 <죽을 때까지 이곳에 남아서, 이 마을 사람들을 두고두고 미워할 결심을 했>다고 또박또박 말한다. 물론 그녀의 항의는 생존을 위한 필사적인 몸부림이기도 하며 자신을 부정한 여자로 규정하고 내쫓으려 한 <황노인>과 마을 사람들에 대한 복수심 때문이기도 하다. 그러나 마을 어른인 <황노인>에게 난생처음 <당돌한 반발>을 하는 모습은 이전의 <언례>에 비한다면 놀랍기 짝이 없는 변화이다. 물론 '양공주'가 보여주는 이런 당당함을 전적으로 긍정할 수는 없다. 경제적 주체라는 자신감과 자신의 '경쟁력 있는' 몸을 자산으로 자기 존재를 확인하는 것은 사실상 백인 남성 주체와 관계 맺음으로서 강력한 남성 주체의 장에 편입한다는, 즉 대등한 주체 관계가 성립한다는 환상에 사로잡히는 착각일 수도 있기 때문이다.

사실상 이보다 더 우리가 주목해야할 것은 '양공주'의 타자성이 드러나는 부분이다. 우선 남성 주체의 경우 자신의 무능력함과 허약함을 되돌아보는 자기반성 과정을 통해 주체가 재구성되는 모습을 보여준다. 『캠프 세네카의 기지촌』(복거일, 1994)은 '양공주'들과 기지촌 주민들이 화해로운 공동생활을 하는 모습을 그리고 있다. 이것은 <기지촌은 일테면 보호 구역이다. 바깥세상에서 살아갈 힘이 읎는 사람들이 모여들어서 가까스루 살아가는 곳이다>라는 인식이 있기 때문에 가능한 일이다. 이는 '양공주'와 기지촌 주민들은 모두 타자화되어 있다는 전제를 받아들인 것이다. 때문에 소년에서 어른으로 성장한 화자는 미군과 팔짱을 끼고 몸을 팔러 가면서도 <틉틉하고 밝은 웃음소리>를 내는 '양공주'를 발견할 수 있다. 이는 '양공주'를 수난・훼손당한 존재가 아니라 공동체 일원으로 인정할 때 가능한 일이다.

「아메리카」(조해일, 1972)에서 보여주는 남성주체의 반성적 자의식은 『캠프 세네카의 기지촌』보다 훨씬 구체적이고 풍부하게 드러난다. 군대를 제대하고 당숙을 찾아 <얄루・클럽>에 온 <나>는 기지촌과 '양공주'들 속에서 살아간다. <나>라는 화자는 기지촌과 '양공주'들을 관찰하고 논리적으로 이해하려 하지만 번번이 실패한다. 그것은 지식 부족과 감정적 판단이 아니다. 근본적인 원인은 <나>라는 한국 남성은 관찰대상과 분리된 위치에 있을 수 없는 존재라는 사실 때문이다. 기지촌과 '양공주'가 중심으로부터 소외·배제되어 있는 것처럼 '나' 또한 그런 존재다. 따라서 결코 관찰자의 위치에 올라설 수 없다.

이후 미군에 의해 '양공주' <기옥>이 살해되고 '양공주'들이 힘을 모아 장례식을 치르는 과정에 참가하고 나서 <나>는 극심한 고열에 시달린다. 고열의 혼미 속에서 <내 가족의 참혹한 주검들과 군대의 유격훈련 조교가 되는 과정에서 겪었던 가축같은 몸의 혹사와 벌거벗은 여자들의 머리채를 휘어잡고 칼날을 휘두르던 흑인 병사의 광포한 눈빛과 그리고 흰옷입은 여자들의 끝없이 긴 장례행렬이 내 홈빡 젖은 몸 위를 밟고 지나가는> 혼란을 겪는다.[23] 그 혼란은 근대화과정에서 그 누구도 타자화된 위치에서 벗어날 수 없다는 남성 주체의 반성적 자의식 확보 과정이다. 이 과정을 거친 후 비로소 <나>는 맑고 건강한 '양공주'의 모습, 기지촌 사람들의 공동체를 보게 된다.

포주는 아니지만 클럽 주인이라는 지배적 위치에 있는 <당숙모>는 자신의 안방을 고참 '양공주'들의 사랑방으로 내놓고, 자신도 그녀들의 <늙수그레하고 마음 놓이는 친구> 역할을 즐기고 있다. 또 갑작스런 성병 검사 후 격리 수용되었다가 풀려난 '양공주'들은 천진난만하기 짝이 없다.

> "아휴! 말두 마. 감옥살이가 바루 그런거더군. 맨날 꽁보리밥에 담배 한

23) <나>의 가족은 화자가 군대에 있을 때 아파트 붕괴 사고로 어이없는 떼죽음을 당한 것으로 나타나 있다. 1970년대 와우 아파트 붕괴 사건을 연상케 하는 이 내용에서 우리는 양적인 근대화를 마구잡이로 이끌었던 당대 현실의 모순에 희생당한 가족이라는 의미를 읽어낼 수 있다.

대 필 수가 있나, 아휴 씨팔, 욕 한번 맘 놓구 할 수가 있나. 맨날 궁뎅이 까구 주사, 입 벌리구 알약, 겨드랑이 벌리구 진찰, 참말로 시껍했네 잉."

끝의 호남 사투리 흉내는 그녀의 호들갑을 한층 무사기(無邪氣)한 그것으로 만들었고 그녀 주위로 모여 든 여자들은 그녀의 천진한 익살에 모두 까르르대며 웃었다. 저런 낙천성(樂天性)은 그녀의 저 가냘픈 몸매의 어디에서 우러나는 것일까, 하고 의아해 하며 그녀의 호들갑에 빙그레 따라 웃고있는 나를 발견하자 그녀는 쪼르르 내게로 달려와서 말하였다.

(…중략…)

"나 지금 아주 처녀처럼 깨끗해요. 이따 내 방으루 오세요. 알았어요?"

나는 순간 알 수 없게도 귀밑이 화끈 달아오르는 듯한 소년같은 부끄러움을 느끼며 그러나 재빨리 하하, 하고 웃고 말았다.

－조해일, 『아메리카』, 고려원, 1980, 342~343쪽

우월감과 동정심 / 자학과 피해의식이 없는 남성 주체는 비로소 '양공주'를 있는 그대로 볼 수 있다. 그것은 타자의 차이를 인식하는 일이다. 그때야 '나'의 이해여부와는 상관없이 <무사기(無邪氣)>, <천진한 익살>, <낙천성>이 '양공주'에게 있다는 사실을 인정하며, 그녀의 성적 요구에 <소년같은 부끄러움>으로 반응할 수 있는 것이다. 이는 주체와 타자가 원활하게 소통되는 긍정적인 방식이라 할 것이다.

이와 같은 남성 주체의 자기 반성적 과정에서 한 걸음 더 나아간다면, '양공주'의 타자성이 스스로(주체적으로) 발화되는 방식을 찾아볼 수 있다. 강석경의 「밤과 요람」(1983), 「낮과 꿈」(1989)은 기지촌 양공주들의 욕망, 절망을 여성 그 자체의 것으로 그대로 보여주고 있어 흥미롭다.

'양공주' <미라>는 빚을 지면서도 예쁜 꽃무늬 접시를 줄기차게 사들이고(「밤과 요람」), '양공주' <순자언니>는 성병 창녀를 격리하는 수용소에서조차 <보기만 해도 몸살>나는 뜨개질을 계속한다(「낮과 꿈」). <순자언니>는 이미 식탁보, 커튼, 방석덮개를 다 짜두고 지금은 침대보를

짜며 <결혼하면 다 쓰이잖아>라고 말한다. '양공주'에게 살림살이란 가당치 않은 일이다. 몸을 팔아 먹고 살며, TV 드라마나 잡지 화보에 나오는 안온한 식탁에 대한 꿈을 꾸는 일조차 허망하다. '양공주'에게 제거되지 않는 욕망이 있음을 보여주는 이 일화는 그녀들도 똑같은 여성이라는, 너무나도 당연한 그러나 항상 그것이 배제되는 현실을 일깨워준다. 한편 성병에 걸려 격리 수용되어서조차 결혼의 꿈을 꾸는 <순자언니>의 욕망은 그녀가 짜는 레이스가 <물거품처럼 흘러>내렸다는 묘사처럼 한순간에 스러질 것임을 작가는 지적한다. 그녀는 <깜둥이 아니라 깜둥이 할아버지하고라도> '결혼'을 할 것이라 다짐하고, 그것만이 그녀를 구원해줄 유일한 출구라 믿고 있다. 자신의 힘으로는 도저히 어쩔 수 없는 상태, 결혼이라는 제도를 통해, 구원자로서의 남성의 힘을 빌려서만이 이제까지 살아왔던 기구한 인생의 연장으로서의 양공주 생활을 청산할 수 있기 때문이다. 그러나 그 꿈은 미국행 직전에 <순자언니>가 층계에서 굴러 떨어져 뇌파열로 죽음으로써 현실에서 불가능한 것으로 끝이 난다.

'양공주'가 자신의 목소리로 존재를 드러내기 시작할 때 비로소 그녀들은 온갖 물신으로 치장된 여성의 육체와 더더욱 비천한 여성 섹슈얼리티라는 함의를 벗어날 수 있다. 그제야 <미라>나 <순자언니>처럼 그녀들의 삶과 욕망이 발화되기 시작한다. 한편 <미라>가 한국 남성과의 사랑에 실패하고 한국 남성에 의해 살해되고, <순자언니>의 삶이 죽음으로 끝나는 것을 통하는 비극은 '양공주'의 위치를 재확인시킨다.[24] 그녀들은 제국주의적인 군사 매춘과 이에 공모하는 신식

24) 특히 <순자언니>는 '양공주'를 하기 전에 가난 때문에 식모살이를 하던 중 주인에게 강간당해 두 아이를 낳고 노예처럼 살았었다. 이런 <순자언니>의 과거는 민족, 성, 계급 모순이라는 복합적인 관계에 '양공주'가 위치하고 있음을 단적으로 보여준다.

민지의 가부장적 질서에 의해 여성들이 이중으로 착취받고 재식민화되는 존재[25]라는 것이다. 이는 '양공주'가 여성 타자 중에서도 가장 타자화된 존재라는 사실 확인이기도 하다. 그러나 이 때문에 역설적으로 '양공주'는 새로운 가능성을 보여줄 수 있다.

「해결책」(강신재, 1956)의 <김미라>는 '양공주'가 가진 타자성의 의미를 여성의 삶이라는 차원으로 그 폭을 넓혀놓는다. <김미라>는 전근대적 가부장제 속에 갇혀 있는 가정 부인 <덕순>과 대비되어 주체적이고 긍정적인 삶으로 묘사된다. <김미라>의 모습은 핏빛같이 붉게 타오르는 칸나 꽃의 싱싱한 이미지에 비유되고 이는 <덕순>이에게 도저히 이해할 수 없는 일이다. 첩을 두고도 당당한 남편 아래에서 숨죽여 살아야만 하는 <덕순>의 입장에서 <김미라>는 특이하기만 하다. '양공주'다운 외양이고 그래서 <정상치 않고 세우차>보이지만 그녀의 삶보다 자신이 더 옳다고 말할 자신이 <덕순>에게는 없다. <덕순>이 의아해하는 <김미라>의 당당함은 오히려 '양공주'이기 때문에 가능한 것이다. 정확하게 표현하자면 '양공주'는 가부장제적인 한국사회의 경계 밖으로 밀려난 존재다. 성애의 상품화를 보여주는 결정적인 상징임에도 불구하고 금(경계) 밖에 있다는 '양공주'의 위치는 그녀를 전근대적, 가부장제적 속박으로부터 벗어날 수 있게 해준다. 리타 펠스키가 지적한 것처럼 창녀가 재현하는 섹슈얼리티는 한편으로는 인공적이고 상품화된 형태의 근대적인 여성 섹슈얼리티의 극단적 예이지만, 다른 한편으로는 도시적 익명성의 한 형태로서 가족적, 공동체적 속박으로부터 해방된 섹슈얼리티다.[26] 여기에 덧붙여 '양공주'는 급속한 근대화가 야기한 전통적 가치의 붕괴, 전통과 근대 간의 충돌

25) 주유신, 앞의 책, p.37.

26) 리타 펠스키, 김영찬·심진경 역, 『근대성과 페미니즘』, 거름, 1998, p.47 참조.

과 갈등을 야기하는 상징과도 같은 역할을 한다. 근대적 섹슈얼리티라 할만한 이 새로움은 「해결책」에서 <김미라>의 주체적 성격으로 구체화된다.

엄격한 가부장의 전형인 <관오>(덕순의 남편)가 자신에게 덤벼드는 아내를 폭행하는 상황에서 <김미라>의 새로움은 더욱 두드러진다. 그녀는 임신한 아내를 때리는 야만스러움을 비판하며 중재에 나섰다가 <관오가 더욱 기승해 날뛰니까 자기도 손을 들어 관오의 빰을 짤깍 때>리는 대담한 행동을 한다. 사실 구식 여성의 전형적인 인물인 <덕순>이 남편에게 저항한 것도 <김미라>의 영향이다.

> 김미라 같으면 이런 원통함을 애당초 당치도 아니하리라. 이 무슨 터무니 없는 구렁창에까지 자기는 오고야 말았는가.
>
> 김미라와 비교를 해본 일은 덕순이의 내부에 용기를 북돋아 주었다. 차의 남바-를 입속으로 뇌이면서 덕순이는 어떤 결의를 한 것이었다.
>
> -강신재, 「해결책」, 1956

마음속으로만 남편의 첩과 수없이 싸우던 어느 날 <덕순>은 실제로 남편의 첩을 찾아간다. 두렵고 떨리는 와중에 그녀는 <김미라>를 떠올리며 용기를 얻는다. 이는 예전의 <덕순>이 같으면 감히 상상도 하지 못할 일이다. 자신의 생활과는 다른 '양공주'의 삶, 즉 '차이'에 대한 인식이 일으킨 균열이 <덕순>의 순종성을 깨뜨리고 그녀를 변화시킨 것이다. 그 '차이'는 '양공주'가 보여주는 근대적 섹슈얼리티의 새로움이다. 한편 <덕순>과 <김미라>의 유대는 사회적 타자인 여성끼리의 공유라는 점에서 또한 의미있다. 여성끼리의 공유감은 이후 소설에 본격적인 자매애에 대한 인식으로 발전하기도 한다.

강석경의 「낮과 꿈」(1989)에서는 흑인 여병사와 '양공주'의 동성애,

'양공주'끼리의 결속감을 통해 자매애적 요소를 드러내고 있다. 우선 여기서는 남성 주체의 시선을 벗어나 '양공주'의 일상과 내면이 발화된다. '양공주'들은 <몸 하나를 밑천으로 세상을 부딪쳐가지만 이런 재미도 없이 어찌 살랴. 잡초는 잡초의 생명과 자유를 터득하고 있는 법이다. 우리들이 모두 한마음이 되어 담배를 나눠 피우는> 단결력을 과시한다. 그것은 성병 치료 수용소에서 자신이 겪었던 일들에 대해 여성끼리의 수다를 떨며 서로를 공유했기 때문에 가능하다. 그래서 <남자한테 맺힌 데가 많아서 그래. 남자들한테 많이 당해봐. 여자의 한이 오뉴월에 서리 내리게 한다는데 그까짓 레즈비언 되는 건 양반이>라는 차원에서 동성애도 그녀들은 긍정한다. '양공주'에게 동성애 관계를 제의한 흑인 여병사 <바바라>도 이와 비슷하다. <나는 결코 너를 배반하지 않는다, 같은 여자끼리니까 믿으라>는 그녀의 제의는 흑인으로서 여성으로서 타자화된 위치에 있기 때문에 가능하다. 백인/유색인, 남성/여성, 이성애/동성애 등의 위계적 이분법 속에서 타자화된 하위 주체들의 존재가 파악되는 것이다. 물론 앞서 언급했듯이 이것이 <순자언니>의 죽음으로써 현실화되지는 못하지만 '양공주'를 통해 여성연대를 꿈꾸는 것까지 나갔다는 점에서 그 의의를 평가할 만하다.

5. 경계를 넘나드는 '위험한 여성'

피터 브룩스(Peter Brooks)에 따르면 몸은 생물학적 개체, 정신적・성적 구성물, 문화적 산물 등의 여러 의미를 포함한다.[27] 특히 여성에게 몸은 주체성을 주조하고 억압의 체험을 각인하는 곳일 뿐만 아니라,

여성성의 역할을 선택함으로써 욕망을 현시하며 감성을 내장하는 곳이어서 주체의 근본적인 물질성을 나타낸다.[28]

'양공주'란 남성적 권력이 미치는 범위 내에서만, 그것이 진행하는 방향에 순응해서만 존재하는 사회적·역사적 산물임을 부정할 수는 없다. 이런 의미에서 분명 '양공주'의 몸은 남성 권력에게 순응하고 공모한다는 전제 하에 존재할 수 있다. '양공주'가 순응하고 공모하는 남성 권력은 그러나 외부에서 유입된, 강력한 힘이다. 외래 남성 권력(주체)은 기존 남성 권력(주체)을 배제하고 소외시킨다. 이로부터 '외래 남성 권력(주체)－타자화된 남성 권력(주체)－타자화된 여성'이라는 구도가 성립한다. 그런데 여기서 타자화된 여성 중 일부가 '양공주'라는 특이한 위치를 부여받음으로서 외래 남성 권력(주체)과 타자화된 남성 권력(주체)사이에 놓여진다. 이른바 경계에 놓인 기표로서 끊임없이 유동하는 불안하고도 위험스러운 몸짓을 보여주는 것이다. 따라서 외래 남성 권력(주체)과 결탁해 주체화되었을 때의 환상을, 또 타자화되었을 때의 저항의 힘을 함께 내포하게 된다.

한편 '양공주'는 성애의 상품화라는 창녀라는 점에서 그것도 외국 군인을 상대한다는 점에서 겹겹이 타자화된 존재이다. 문학 작품에서 남성 주체의 우월한 시선만이 비춰질 경우 '양공주'는 이질적이고 훼손된 상처로 드러난다는 것을 알 수 있었다. 그것은 흉측해서 감추고 싶은 상처이거나 치료함으로써 회복해야 할 상처 혹은 아예 도려내 버려야 할 상처였다. 이질적인 외래 문화에 맹목적으로 순응하고 공모하는데 이르는 '양공주'의 부정적 측면이 상처를 더욱 깊게 만들어 버

27) 피터 브룩스, 이봉지·한애경 역, 『육체와 예술』, 문학과 지성사, 2000, 4장 참조.
28) 태혜숙, 「성적 주체와 제 3세계 여성문제」, 『여/성이론』 제1호, 도서출판 여이연, 1998, pp.99~100.

리기도 하지만, 상처를 만든 최초의 원인 제공자는 남성 주체이다. 외래 문화가 이입시킨 근대성 속에서 남성성(주체성)을 보존하기 위해 안간힘을 다하는 남성 주체에게 '양공주'는 위험스러운 존재다. 민족의 단일성을 해치고 남성 주체를 분열시키는 부정성의 코드가 '양공주'의 몸에 각인된다.

이처럼 '위험한 여성'을 응시하는 남성 주체의 시선은 이 글에서 논의했던 것처럼 상실한 남성 주체성을 회복하는 서사구도에 타자로서 '양공주'를 배치시킨다. 이렇게 본다면, '양공주'가 우리 문학 작품 속에서 드러나는 갖가지 방식은 한국 사회에서 전쟁 체험 이후 개인의 주체성이 형성되어가는 경로라 할 것이다. 해방 직후부터 오늘날에 이르기까지 민족 국가, 근대 국가가 완성되어가는 과정에서 '양공주'는 그 복잡다단한 모순과 의미 관계를 함축한 표상이라는 점에서 의미있다. 그녀들은 전통과 근대, 서구와 우리, 자아와 타자가 갈등하는 한국 사회 속에서 '민족 주체성'을 수호하는 남성 주체에 의해 희생자 역할을 해야 했으며, 한편으로 근대화 프로젝트를 수행해해 나가야 할 남성주체의 의무감은 그녀들을 매혹의 대상이자 물신주의에 사로잡힌 경계 대상으로 투사해냈다.

그럼에도 그 시선에 포획되지 않는 양공주 자체의 발화, 특히 '자기에 대한 감각'에 기초한 쾌락과 개인적 욕망을 인정하는 '양공주'의 근대적 섹슈얼리티는 가부장제를 거스르는 여성주체성의 모습을 보여주는 데까지 나아가기도 한다. 물론 이 주체성을 전적으로 인정할 수 없음을, 그것이 가진 위험한 부정성은 이미 지적한 바 있다. 그럼에도 불구하고 이것은 남성 주체에 의한 '발전, 확장, 안정'으로서의 근대성 이해를 벗어나게 해준다. '양공주'가 보여주는 경계적(liminal) 의미의 복잡한 관계는 근대의 또다른 이면을 보여준다. '양공주'의 몸은 한국 남성의 것도 미군 남성의 것도 아니며 한국 사회에도 미군 사회에도 궁극적으로 귀속되지 않는 지점에 '양공주'는 존재한다. 그것은 작품에서 '양공주'들이 스스로 인식하고 있는 것처럼 <이쪽도 아니고 저쪽도 못되>는 <도마 위의 생선처럼 여기 저기 치이면서, 살자니 고달프고 죽자는 억울>한 서글픔이기도 하다.[29] 범주 밖으로 내던져진 '양공주'의 기표는 오히려 이질적인 자유로움을 확보한다. 경제적인 자립과 더불어 이방 문화와 접목하며 전근대적 문화의 반역이 이루어지는 곳에 위치한 '양공주'의 근대적 섹슈얼리티는 새로운 가능성을 보여줄 수 있다. 그녀의 몸은 경계 밖에서 균열로 일어난 틈새를 확보하고, 타자의 저항까지도 유발할 수 있는, 그러나 아직까지는 불안정하게 유동하는 기표이다. 그 기표는 여성의 몸에 얽힌 권력에 대한 순응과 저항, 주체와의 공모, 이중 타자화의 의미를 끊임없이 발산한다.

29) 강석경, 「낮과 꿈」, 1989, p.280.

남성의 눈으로 보는 여성타자의 근대체험

1. 근대성과 여성성

만해와 페미니즘의 조합은 다소 어색하다. 그러나 『님의 침묵』과 여성을 연관시킨다고 하면 그 누구라도 쉽게 고개를 끄덕일 것이다. 1920년대 소월의 『진달래꽃』과 만해의 『님의 침묵』은 일제 강점기 식민지에서 최고의 서정시이자, 당대의 여성적 경향을 대표하는 시들이다. 실제로 만해의 시집 『님의 침묵』에서는 여성화자가 등장하는 경우가 대부분이고, 여성적 어조나 여성 이미지의 사용도 빈번하다. 이미 기존의 연구도 이에 대한 연구를 상당량 축적해놓은 단계이다. 김재홍은 '여성주의'가 『님의 침묵』의 특징을 드러내는 중요한 성격이라고 지적하고, 여성운과 존칭보조어간, 여성적 상관물, 여성적 감정, 여성적 태도, 마조히즘 등을 중요한 자질로 거론한다.[1] 이명재는 한용운의 시에 나타난 여성적인 분위기와 어조를 '여성편향(female complex)'라고 지적하고[2] 오세영과 마광수 또한 여성편향과 마조히즘적 사랑을 중요

1) 김재홍, 「만해의 정서의 형질에 관한 분석」, 『국어국문학』, 1977.

2) 이명재, 「만해문학의 여성편향 고」, 『아카데미논총』, 1977. 12.

하게 거론한다.[3] 같은 맥락에서 신달자, 석지현, 신동욱 등은 아니마적 특성, 여성화자의 중요성, 여성감정 등을 분석하고 있다.[4]

이와 같은 연구들은 1970년대 이후 우리나라에서 본격적으로 전개되기 시작했던 여성문학비평의 맥락과 상통하는 것이며, 최근 한용운 문학 연구에도 큰 영향을 미치고 있다. 예를 들어 맹문재는 그동안 한용운 시에 나타난 '님'을 민족이나 부처라는 상징으로, 지나치게 추상화시켰음을 비판하고, '님'이란 욕망의 기표로서, 사랑하는 '님'에 대한 지칠 줄 모르는 욕망을 바탕으로 사회적이고 역사적인 '님'도 기꺼이 껴안은 것이라고 평가한다.[5] 또 김혜니는 페미니즘 입장에서 한용운 시를 탐색할 가능성을 주장하면서, 남성작가인 한용운 텍스트에 있어 여성의 실체는 시 「수의 비밀」, 「포도주」, 「오셔요」 등을 통해 조용하고 침착하며, 보편적 진리를 획득한 여성상으로 드러나고 있으며, 또한 시 「슬픔의 삼매(三昧)」, 「전명(全命)」, 「낙원은 가시덤불에서」 등을 통해서는 불굴의 의지로 모든 부정과 긍정의 속성을 통일하고 재생한 대모(the great mother) 원형의 여인상으로 조명된다고 주장한다.[6] 김점

---

3) 오세영, 「마쏘히즘과 사랑의 실체」, 『한용운연구』, 새문사, 1982.

4) 신달자, 「소월과 한용운 시의 여성 지향 연구」, 숙대 박사, 1992 ; 석지현, 「한용운의 '님'－그 순수와 서정」, 『현대시학』 62호, 1974 ; 신동욱, 「알 수 업서요의 심상」, 『한용운연구』, 새문사, 1982.
그 외 한용운 시의 여성적 특징에 주목한 연구는 다음과 같다.
김윤식, 「한국시의 여성적 편향」, 1969 ; 김현, 「여성주의의 승리」, 『현대문학』 178호, 1969 ; 조창환, 「한국 시의 여성 편향적 성격」, 1980 ; 윤재근, 「한용운 시 님의 침묵 연구」, 1985 ; 이해진, 「한용운의 님의 침묵에 관한 일 고찰－여성주의 중심으로」, 인하대, 1985 ; 황윤길, 「한국 근대시의 여성편향성에 관한 연구」, 대구대 석사, 1986 ; 현명선, 「한용운이 님의 침묵 연구－억압 심리 해소를 중심으로」, 연대 석사, 1987.

5) 맹문재, 「한용운 시에 나타난 '님'의 이성성(異性性) 연구」, 『어문연구』 31권 4호, 한국어문교육연구회, 2003.

6) 김혜니, 「한용운 시의 대모(大母) 여성원형」, 이화어문논집 14권, 1996.

태는 70년대를 전후해서 한용운시에 나타난 여성편향성을 언급하기 시작했다는 점을 정리하고, 그동안의 논의를 종합해서 형태적 특성, 내용적 특성, 소극적 저항의 세 측면으로 나누어서 한용운시의 여성적 경향을 논한다. 그에 따르면, 형태적 특성으로는 민요조 리듬, 여성음보(민요조의 3음보), 여성적 어조의 운, 여성화자, 여성 화법, 여성의 객관적 대상물을 들 수 있으며, 내용적 특성으로는 이별, 슬픔, 그리움, 복종, 체념 등의 여성편향적 성격, 한(恨)을 소극적 저항으로는 내재적, 암시적, 여성적 저항을 들 수 있다.[7]

이들의 연구가 대체로 한용운 문학과 여성성의 관련을 텍스트 중심으로 천착한 것이라면, 최근 여성성의 의미에 대해 탈식민주의나 생태비평과 같은 이론적 관점에서 조망하는 연구가 눈에 띈다. 비교적 최근에 한용운, 소월, 미당의 서정시를 '탈식민주의 페미니즘'의 관점에서 분석한 연구에 따르면, 이들의 시 텍스트에 구체화되는 여성적 삶과 섹슈얼리티, 나아가 여성성이 시적 원천을 이루고 있다고 분석한다.[8] 여기에서 페미니즘과 탈식민주의를 연결시키는 연구자의 시도는, 기본적으로 제국주의를 남성성으로, 그에 의해서 타자화되어 배제되는 여성성의 회복을 페미니즘으로 파악하는 관점에서 비롯된다. 따라서 일제 강점기라는 특수한 상황은 시인들을 여성 화자의 입장으로 자연스럽게 위치지웠다는 것이다. 이러한 사실들은 한용운, 소월, 미당에게서 공통적으로 드러나는 특징이지만, 한용운 시에 나타나는 여성은 '재생산'의 임무에 얽매여 있는 모성과는 거리가 멀고, '친밀성의 문제를 제기'하고 정신적 커뮤니케이션, 즉 부족한 부분을 메워주는 성격을 띠는 영혼의 만남을 가정하는 낭만적 사랑이자, 여성의 해방적

7) 김점태, 「님지향성과 여성편향성」, 건국대학교 교육대학원 석사학위 논문, 2002.
8) 김경란, 「현대시의 탈식민주의 페미니즘」, 동국대학교 박사학위 논문, 2005, p.4.

리비도를 분출하는 열정적 사랑을 가지고 있다고 설명한다.[9] 따라서 한용운의 시는 여성적 섹슈얼리티와 몸, 그리고 여성과 자연에 대한 근원적인 통찰로 헤게모니의 각인과 권력의 도착성을 폭로하는 탈식민주의적 특성을 가지고 있다고 평가한다.[10] 이선이 또한 탈식민주의적 관점에서 한용운 문학이 근대성과 제국주의에 대한 적극적인 대응이라고 평가하고 있다.[11] 황수남은 한용운의 소설 『박명』에서 '타자수용'의 측면에서 다원적인 사고가 나타나고 있다고 지적한다.[12] 이 논문은 궁극적으로 생태비평의 관점에서 한용운의 소설을 살펴보고 있는 것이기는 하지만, 이 논의의 근본적인 틀을 생각해본다면, 페미니즘의 '타자성'과 궁극적으로 상통하는 것이라 할 수 있다. 즉 황수남이 지적한 것처럼 "자기 부정을 통해 실현되는 사랑, 있는 그대로의 타자성 긍정"[13]이란 결국 타자와의 관계를 어떻게 설정하고 있는가에 관련되는 문제이기 때문이다.

한편 고미숙은 소월과 한용운 시에 나타난 여성성에 주목하면서도, 사랑이나 섬세한 내면의 자의식 등을 '여성적인 것'으로 규정하는 기존의 연구 경향에 의문을 제기한다.[14] 한용운의 시들이 한결같이 사랑을 노래하고 있는 점은 인정하지만, 이 사랑은 남성이 여성에게 하듯 위험에서 구해주고 보호해주는 형태의 사랑이 아니라 간절히 기다

9) 김경란, 앞의 논문, p.63.

10) 김경란, 앞의 논문, p.232.

11) 이선이, 「한용운 문학에 나타난 탈식민주의적 인식」, 『어문연구』 31권 2호, 한국어문교육연구회, 2003.

12) 황수남, 「1930년대 신문연재소설 『박명』의 생태비평적 고찰」, 『인문학연구』 30권 1호, 충남대 인문과학연구소, 2003.

13) 황수남, 위 논문, p.47.

14) 고미숙, 「소월과 한용운, '여성－되기'의 두 가지 스펙트럼」, 『나비와 전사』, 휴머니스트, 2006, p.252.

리고 추구하고, 나아가 온몸을 알뜰히 바치는 지순한 사랑이라고 파악한다. 따라서 한용운의 시는 남성성의 대칭개념으로서의 여성성이 아니라 '여성－되기'에서 기인한 것이라고 주장한다. 즉 한용운의 시에서 보여주는 사랑은 "존재의 에로틱한 열정이 우주적 사랑으로 나아간 극한을 보여준다. 그것은 우주의 모든 현상에 편재하기 때문에 오히려 지각할 수 없는 '무엇'"[15]이 되어버린 불멸의 사랑을 보여주는 것이다. 따라서 이 사랑은 남성과 여성 즉 주체와 타자를 나누는 근대적인 이항대립의 사고방식을 뛰어넘는, 근대의 외부 또는 탈근대의 좌표에 자리잡은 것이다.

근대성이란 결국 보편적인 개인 주체의 성립과 관련되는 것이며, 이때 개인 주체의 단일성이 폭력적으로 타자의 정체성을 전유할 때 제국주의적 담론으로 확장되는 것이라 할 수 있다. 이렇게 본다면, 한용운 문학을 탈식민주의적 관점으로 사유한다는 것 자체가 이미 타자성과의 관계를 적극적으로 고려하는, 즉 페미니즘의 범주에 관련되는 일이라 할 수 있겠다. 페미니즘이란 무엇보다도 보편적 개인 주체의 타자를 설정하는 일이다. "철학의 역사는 여성성이 출현함으로 말미암아 처음 시작되는 것이다."[16]라는 한 철학자의 언급도 있지만, 비단 철학뿐만이 아니라 학문의 역사 더 나아가 지식, 인식의 문제도 여성성과의 관계로부터 출발한다. 그것은 어떻게 외부의 것을 나의 사고범주로 끌어들이는가의 문제다. 이때 여성은 바로 외부의 그 <대상>이다. 남성이 여성을 선택·쟁취·소유하기를 원하듯 이성적 주체는 지식에 목말라하고, 게걸스럽게 지식을 먹어치우고, 자기화－소유하

15) 고미숙, 앞의 글, p.282.
16) 김상환, 「새로운 해석학의 탄생 2」, 김상환 외 , 『니체가 뒤흔든 철학 100년』, 민음사, 2004, p.349.

고 싶어 한다. 타자를 전유하고픈 주체의 지배욕. 이런 지식애적 충동(epistemophilic impulse) 앞에서 모든 존재는 대상화된 타자일 뿐이다. 특히 여성은 주체와 동일한 종적 존재이면서도 차이를 드러내는 대상으로서의 타자이다. 따라서 여성을 거론한다는 것은 이질성·타자성을 사유하는 것이며, 성적 차이는 타자의 실존을 의미한다. 폭력적이리만치 일방적인 이 과정이 근대 이성의 역사라 해도 과언이 아닐 것이다.

한편 근대 이성은 타자의 환원되지 않는 특이성을 견딜 수 없어 '차이'를 새롭게 생산하는 방식을 만들어내기도 한다. 타자의 부재 속에 '차이'라는 보편적 타자를 내세우는 것이다. 차이의 무차별적인 인정, 차이의 절대화는 그야말로 히스테릭하게 타자를 단순한 '차이'로 만들어놓고 자기 동일성을 보존, 강화, 재생산하는 방식이다.

기존 여성운동의 역사는 이와 같은 타자인 여성을 복원시키기 위해 비롯되었다. 그 다양한 방식은 현실적인 권리다툼부터 인식론적인 문제까지 걸쳐져 있지만, 그 속에서 성차에 대응하는 다양한 사유를 엿볼 수 있다. 이를 개략적으로 구분해보면[17] 하나는 평등권을 주장한 제 1세대 페미니스트들이고, 다음은 남성과의 성차이를 강조하면서 여성을 역사와 성차를 지배하는 '단선적 시간'의 흐름 밖에 존재시키고자하는 제 2세대 페미니스트들이다. 제 1세대가 평등권을 주장하며 역사로의 진입을 강조했다면, 제 2세대는 차이를 강조함으로써 "역사적 시간에 의해 부과되는 주관적 한계를 거부"하는 움직임을 보인다. 2세대에 속하는 뤼스 이리가레의 경우 여성적 차이를 생산하는 작업을 가장 중요시하고, 그로부터 상징질서를 지배하는 상상세계의 변화를 꾀할 수 있다고 주장한다. 기존의 남근형태적인 상징체계는 남근형

17) 이하 여성운동의 역사와 분류는 크리스테바의 <여성의 시간(women's Time)>을 요약, 정리했다.

태적인 상상계를 만들어내며, 그 남근형태적인 상상계는 다시 기존의 남근 형태적 상징 질서를 굳건히 하는데 이용되기 때문이다. 그러나 이리가레처럼 여성적 차이를 강조하는 일은 자칫 본질론에 빠지거나, 생물학적 근본주의로 귀결될 우려가 있다. 이에 비해 크리스테바의 경우는 여성이든 남성이든 이미 진입한 상징체계를 벗어날 수 없다는 이유로 기존의 상징질서를 그대로 수용하는 입장이다. 따라서 그에게 거세 위협이나 분리도 없는 어머니와의 원래적이고 충만한 일체감의 세계를 강조하는 것은 현실성없는 유토피아적 사고이다. 특히 크리스테바는 제1세대와 제2세대의 페미니즘 운동이 사회주의나 프로이트주의 가운데 하나에 편중되는 경향을 지적하면서, 제3세대 페미니스트들은 양쪽을 아우르는 접근을 해야한다고 역설한다.

물론 성차를 고려하기 이전에 여성성/남성성의 정의 자체를 문제시하는 일도 만만찮다. 그것이 생물학적인 차이에 따른 것이라면 과도한 생물학적 결정론이라는 한계를 피해갈 수 없을 터이고, 그렇다고 사회·문화적인 젠더(gender)의 차이로만 설명하자면 정의의 모호함을 감수해야 할 터이기 때문이다. 그러나 어떻게 규정하든, 동일시될 수 없는 그래서 하나의 범주로 묶이기에는 곤란한 성차가 존재한다면(생물학적으로든 젠더적으로든) 보다 중요한 것은 그 차이를 어떻게 다루는가의 문제이다. 그래서 성적 '차이'를 동일한 수준으로 교정할 것인지, 성차의 고유성을 강조할 것인지, 제 3의 방식을 택할 것인지에 따라 인식론이나 그 운동방향이 달라지기 때문이다.

이상과 같은 페미니즘의 역사를 감안한다면, 앞서 언급한 바와 같이 한용운 문학에서 여성성을 거론하는 것, 탈식민주의적 독해를 시도하는 것은 타자성과의 관계를 적극적으로 고려하는, 즉 페미니즘의 범주에 관련되는 일이다. 이때 어떻게 성차를 사유할 것인가란 페미니즘의 오래된 고민은 한용운에게 이렇게 되물어져야 할 것이다. 제국주의의 타자로서 식민지라는 사회 역사적 상황과제국의 남성－식민지의 남성－식민지의 여성이라는 타자화 과정이 어떻게 그의 문학 속에 나타나고 있는가. 이는 그동안 『님의 침묵』에서 여성성이 해석되어 왔다면, 이를 기반으로 그 여성성과 근대성의 관계를 고찰하는 것이다. 이와 같은 문제 의식으로부터 본고에서는 소설텍스트를 중심으로 한용운 문학에 나타난 페미니즘의 의미를 살펴보고자 한다. 그동안 별 주목을 받지 못했던 소설 텍스트에서도 여성인물과 여성적 주제가 중심에 놓인다는 것을 감안한다면 이들의 의미는 『님의 침묵』의 여성성으로부터 근대성과의 관계로 확장하는 작업이기 때문일 것이다.

2. 새로운 관계를 생성하는 여성성－「흑풍」의 경우

한용운은 1925년 『님의 침묵』이 나오기 1년 전에 첫 소설을 쓴다. 이때 나온 작품이 사랑을 위해 죽음을 선택하는 여성의 삶을 그린 「죽음」(1924)이다. 이 작품이 비록 미발표작이긴 하나, 한용운의 첫 문학적 생산물이라는 의미와 함께 『님의 침묵』을 비롯한 전체 문학세계를 관통하는 여성관의 몇몇 단초를 보여주고 있다는 점에서 중요하다. 이후 『님의 침묵』을 간행한 지 10년이 지나서 한용운은 다시 소설을 창작하기 시작하는데, 조선일보에 연재한 「흑풍(黑風)」(1935~1936), 「박명」(1938~1939)이 대표적인 작품이다. 그 외 미완작으로 「후회」(1936, 조선중앙일보 연재), 「철혈미인(鐵血美人)」(1937, 3~4월, 「불교」 신(新) 제1집, 2집 연재)가 있다. 「죽음」의 경우 사랑에 배신당하는 '영옥'의 삶이 중심이고, 「흑풍」은 중국 혁명을 배경으로 왕한이라는 남자 인물이 형식적인 주인공이기는 하나, 그와 관계된 여성인물 '창순', '봉숙', '콜난'이 비중있게 다루어지며, 당대 여성해방운동에 대해서도 자세하게 언급한다. 「후회」는 구여성 '경순'의 삶이, 「철혈미인」은 중국 군벌 손전방 암살 사건의 범인인 30세의 미인을, 「박명」은 기구한 삶을 살았던 '순영'을 주인공으로 하고 있다. 또 여성인물뿐만 아니라 당대 여성 운동이나 여성교육 등 신여성이 등장한 이후에 변화한 시대상황을 자세하게 묘사하고 있다.

이 글에서는 한용운의 전체 소설 작품을 대상으로 하겠지만 특히 「흑풍」과 「박명」을 중심으로 한용운 문학의 여성성을 고찰해보고자 한다. 사실상 그동안의 연구에서는 한용운의 소설이 신문연재소설의 특성상 대중성 혹은 통속성이 강하다는 이유로 주목받지 못했다. 「박명」이 평면적인 구성, 단순한 선악대결, 해피엔딩 등의 기법으로 당대 수준에도 미치지 못한다는 비판 등이 그러하다.[18] 따라서 한용운 문학의 여성성을 논하는 자리에서도 늘 『님의 침묵』이 중심이었지, 그의 소설작품은 연구 대상에서 제외되다시피 한 실정이었다. 그러나 한용운의 작가적 생애를 살펴보면 소설창작으로 시작해서 소설창작으로 끝났으며, 이 소설들과 유일한 시집 『님의 침묵』이 모두 여성을 중요하게 다루고 있다. 이 공통적인 사실의 의미를 밝히는 것이야말로 한용운의 문학세계에서 여성성과의 관련양상을 제대로 읽어내는 작업일 것이다.

한용운은 「흑풍」(1935~1936)의 연재를 조선일보에 시작하면서 다음과 같이 말한다.[19]

---

18) 한점돌, 「한용운 소설에 나타난 사랑의 양상과 그 의미」, 『국어교육』 99호, 한국국어교육연구회, 1999, p.231.

19) 「죽음」(1924)이 한용운에게 소설적 시도로서 첫 번째이고, 『님의 침묵』이 발간되기 한 해전에 나왔다는 점에서 중요하지만, 「흑풍」은 실질적인 독자가 전제된 첫

> 나의 이 소설에는 문장이 유창한 것도 아니오, 묘사가 훌륭한 것도 아니오, 또는 그 이외에라도 다른 무슨 특장이 있을 것도 아닙니다. 오직 나로서 평소부터 여러분께 대하여 한번 알리었으면 하던 그것을 알리게 된 데 지나지 않습니다.[20] (강조 – 인용자)

한용운이 「흑풍」을 쓰기 시작한 때는, 이미 『님의 침묵』으로 조선 문단의 주목을 받은 후 종교계뿐만 아니라 당대 사회사상계에서 유명 인사로 대접받으며 여러 언설을 각종 잡지에 자유자재로 기고할 수 있는 위치에 이르러 있었다.[21] 자신의 생각을 표현하는 통로가 비교적 자유로웠음에도 불구하고, 굳이 소설을 창작함으로써 "한 번 알리었으면 하던 그것"을 전한다는 것은 독자에게 이런 방식으로 소설을 읽어달라는 주문이다. 따라서 한용운의 소설을 읽는 작업은 그의 창작 의도를 분석하고, 특히 여성과 관련된 견해를 파악하는 일이어야 할 것이다.

「흑풍」(1935~1936)에서는 다양한 여성의 삶이 드러난다. 중국 청조 말엽의 혁명기를 배경으로 한 이 소설은 농촌 소작인의 아들 왕한이 혁명가로 성장하는 과정을 주된 사건으로 다루고 있다. 이와 더불어 왕한의 여동생 영애가 돈 때문에 가족을 위해서 자신을 희생시키는 일, 혁명과 사랑을 위해 죽음을 선택하는 창순이 중요하게 다루어진

작품이라는 의미가 있다.

20) 한용운, 「작자의 말」, 『조선일보』 1935. 4. 8.

21) 일례로 『님의 침묵』이 간행된 이후 4~5년간 『별건곤』이란 대중 종합 잡지에 게재된 글만 대충 살펴보아도 다양한 내용의 많은 글을 발표하고 있음을 알 수 있다. 구체적으로 살펴보면, 「통쾌!! 가장 통쾌하엿든 일」(1927. 8), 「나에게 만일 청춘이 다시 온다면 – 이런일을 하겟다 – 전문지식연구」(1929. 6) 등의 가벼운 수필에서부터 「남모르는 나의 아들」(1930. 1) 등의 신변잡기 글, 「현하 문제 명사의견 <생활개선안제의> – 질소간결(質素簡潔)」(1928. 12), 「새로운 세계적 불안 풍운 점급(漸急) 제2세계대전쟁?! – 계급전쟁으로」(1930. 9) 등의 사회 정치적인 논설류 등이 있다.

다. 영애의 희생은 그야말로 가족을 위해 자신을 소멸시키는 행태이지만, 창순의 경우는 좀더 복잡하다. 창순은 왕한이 미국으로 유학가는 배에서 만난 여성이다. 여러 가지 우여곡절을 겪고 나서 다시 만나게 된 두 사람은 혁명 동지의 길을 같이 걸어가게 된다.

이때 창순은 여성해방회가 주최한 모임에 우연히 참가하는데, 이 과정을 통해 한용운은 당대 사회적 이슈였던 여성해방을 자세하게 묘사하고 있다. 남성에 의한 여성의 압제, 여자에게만 가해지는 정조의 의무, 남편의 횡포 등등에 대한 여성들의 활발한 주장을 표출하는 가운데, 창순은 다소 특이하게 자신의 입장을 정리한다. "제 일 여자의 품격을 향상할 사, 제 이 결혼과 이혼을 자유로 할 사, 제 삼 남녀가 한 가지로 정조를 지킬 사, 제 사 경제권과 참정권의 획득을 기도할 사"[22]라는 네 가지 강령을 내세우고, 압박받은 이유를 모두 남자에게만 돌릴 수는 없다, 남자에게 압박받는 여자를 스스로 책망해야 한다고 주장한다. <여성해방회>의 소위 신여성들이 급진적인 강령을 채택하고 여성억압적인 현실에 대해 직접적인 분노를 드러내는 데에 비해 창순은 비교적 현실과 타협하는 태도를 취하고 있는 것이다. 창순은 여성을 억압하는 사회 제도나 남성적인 권력에도 문제가 있지만, 그에 대한 여성의 태도에도 문제가 있다고 주장한다. 예를 들어 참정권 문제를 거론하면서 자격없이 막연히 참여만 한다면 그 자신은 물론 정치 운동에도 폐가 되니, 여자가 참정권을 얻기 위해서는 먼저 자격을 갖추기 위해 노력하자고 말한다. 또 경제권 문제에서도 여성의 "의뢰성(의존성)"을 비판하고, 스스로 자기가 벌거나 생산하는 경제적

22) 「흑풍」, 『한용운 전집』 5, 신구문화사, 1974, p.213.(이 글에서 다루고 있는 한용운의 작품은 모두 신구문화사에서 나온 『한용운 전집』을 텍스트로 삼는다. 이하 작품과 페이지만 표기하기로 한다)

독립을 중요하게 내세운다. 이러한 창순의 태도는 사실상 한용운의 당대 여성인식을 엿볼 수 있게 한다. 그러나 여기에서 우리가 좀더 깊이 생각해야 할 것은 여성인식이 얼마나 정당한가 혹은 어느 정도로 철저한가를 평가하는 것이 아니라 어떤 차원에서 여성인식을 제기하고 있는가이다.

한용운은 당대 여성운동 즉 근대적 페미니즘의 여성권리 획득 과정을 그다지 중요하게 다루지 않는다. 작품 속의 당대 여성운동이나, 신여성들은 피상적이거나 부정적으로 서술되어 있다. 그와는 별개의 문제로 자신부터 수양을 쌓아야 한다는 창순의 인식은 다른 관점에서 해석할 필요가 있다. 당대 신여성을 비롯한 여성운동론자들이 여성의 결여를 문제삼고, 권리획득에 노력을 기울였다면, 창순을 내세운 한용운의 입장은 남/여 대립구도를 무화시킨 혼성적 주체의 입장에 서있는 것이라 할 수 있다. 이때 전자와 후자의 입장이 어떤 것이 더 올바른가를 따지는 것은 사실상 무의미하다. '당대 현실상황에 관심을 기울이고 있는가, 현실적 범주를 넘어서서 다른 가능성에 주목하고 있는가'라는 논의의 차원이 다른 문제이기 때문이다. 따라서 이는 어떤 상황에 주목하고, 무엇을 내세우는가를 각기 파악해야할 것이다.

그렇다면 현실적인 차원과는 다른 구도에서 내세웠다는 혼성적 주체의 관점을 다시 검토해보기로 하자. 여성운동에 대해 이러저러한 주장을 폈던 창순은 우여곡절 끝에 왕한과 부부의 연을 맺게 된다. 이들의 부부관계는 남녀간의 결합이면서 혁명을 위한 동지적 결합이다. 그러나 혁명당 탄압 과정에서 조직원들은 뿔뿔이 흩어지고 왕한과 창순은 시골에 숨어살게 되면서 변해버린다. 왕한은 혁명을 같이 도모하자며 찾아온 사람들에게 아직은 혁명의 시기가 아니라는 핑계를 내세우면서 사실상 사랑하는 여자와 안온한 일상을 즐기려고만 한다. 이에 비해 창순은 "사람이 일을 하면 언제든지 시기라는 게 오는 것이고, 일을 하지 아니하면 시기라는 것은 영원히 오지 않는 것이어요." "사람으로 시기를 만들지 왜 시기를 기다리고 있습니까?"[23]라며 적극적인 면모를 보여준다. 그러나 왕한은 사랑의 절대적인 예찬론을 펴면서 창순은 나에게 모든 것이고, 혁명보다 사랑이 중요하다고 주장하면서 시골 생활에 머무를 뿐이다. 이를 고민하며 괴로워하는 창순은 자신의 사랑에 대해 "왕한의 정신을 사랑하는 것", "나라를 위하는 정신과 혁명에 대한 소질이 있는 것을 사모하는 것"[24]이라고 스스로 생각을 정리한다. 그 후 왕한이 자신에 대한 미련을 끊고 혁명으로 나가게 하기 위해 스스로 죽음을 택한다. 그런데 창순의 죽음이 표면적으로는 왕한을 위한 희생이지만, 남녀의 차원을 넘어선 사랑의 실현이라는 점에서 중요하다.

> 나는 당신을 사랑하기 위해서 죽어요. (…중략…)
> 내가 당신을 사랑함은 내가 당신의 사랑을 받기 위해서가 아니고, 당신을 사랑하기 위하여 내가 당신의 사랑을 받는 것입니다. 다시 말하면, 내가 당신을 사랑한 것은 나를 위해서가 아니고 당신을 위해서입니다. 또는 내가 당신을 이성으로만 사랑할 뿐만 아니라 국가를 위하여서 사랑하였습니다.[25]

위 인용문은 창순이 남긴 유서의 일부이다. '사랑' 때문에 죽는다면서 창순은 이 '사랑'에 대해서 구체적인 설명을 남긴다. 창순의 사랑은 남/녀간의 애정에 한정되는 것이 아니라, 그 관계를 통해 변화하는 삶을 의미한다. 그래서 내가 당신의 사랑을 받는다는 것 즉 내가 이렇

23) 「흑풍」, p.287.
24) 「흑풍」, p.288.
25) 「흑풍」, pp.306~307.

게 희생 혹은 헌신했다는 결과에 머무르지 않고, 새로운 관계를 만들어내는 것이 창순의 죽음이다. 따라서 창순의 죽음은 왕한을 위한 희생이면서도, 한 발 더 나아가 남/녀간의 폐쇄적인 사랑의 고리를 끊은 것이다. 그래서 그녀의 죽음은 어떤 한이나 결여도 남기지 않을 뿐만 아니라 새로운 사랑을 생산해내는 원동력이 된다. 이처럼 남녀 관계를 넘어선 새로운 가능성이 「흑풍」에서 나타나 있다면, 「박명」에 이르러서는 이것이 궁극적으로 완성되는 모습을 보여주고 있다.

3. 성차를 넘어선 혼성적 주체 –「박명」의 경우

「박명(薄命)」(1938~1939)은 한용운이 60세 때 조선일보에 연재했던 작품으로 그가 완성한 마지막 장편소설이다. 작품의 중심 사건은 '순영'이라는 여성의 기구한 삶이다. 그녀는 조실부모하고 계모 밑에서 갖은 고생을 하다가, 유혹에 빠져 서울 유흥가로 흘러든다. 색주가, 술집을 전전하지만 순영은 <정조, 품행>을 중시하며 자신을 지켜나간다. 그러던 어느 날 예전에 자신의 목숨을 구해준 남자(대철)을 만나, 우여곡절 끝에 가정을 꾸린다. 잠깐 행복한 결혼생활을 했으나 허영에 들뜬 남편은 자신을 버리고 떠난다. 남겨진 아이와 함께 어렵게 살다 결국 병으로 아이가 죽고 난 후에야 순영은 아편장이로 타락해버린 남편을 다시 만나게 된다. 이때 순영은 남편에 대한 미움보다도 자기 목숨을 구해주었던 은인임을 되새긴다. 그래서 거지생활을 감내하면서도 지극정성으로 남편 뒷바라지를 하고, 결국 남편이 죽고 난 후 순영은 불교에 귀의한다. 이상과 같은 이야기는 박명(薄命)이라는 제목 그대로 한 여인의 기구한 운명적인 일생에 다름아니다. 이것이 어떻게 남/녀 관계를 넘는 새로운 가능성을 보여줄 수 있는 것일까.

우선 순영이 기생 수업을 받는 장면을 살펴보자. 원래 기생은 전통적인 미인상을 보여주는 인물 가운데 하나다. 고소설에 나타난 기생은 전형적인 미인으로 형상화되어 있다. 그녀들은 구름처럼 숱이 많고, 검은 머리카락에, 별 같은 눈, 아미(蛾眉), 오월 앵도 같은 입술, 박 속 같은 치아, 도화(桃花) 같은 뺨, 섬섬옥수의 손, 세류(細柳) 같은 허리를 가지고 화려한 녹의 홍상을 차려입은 모습이다.[26] 그녀들은 노류장화라 천시받기도 했지만 지성미를 갖춘 명기는 긍정적인 평가를 받아왔다. 그러나 1930년대 근대적 문화 형성기에 이르러 기생은 봉건적인 유물로 배척해야 할 대상이거나 도시문화의 새로운 향수자 이른바 '모던 걸'로 불리는 직업여성(카페나 바, 다방에 근무하던 여성)과 유행가 가수, 영화배우 등으로 변모하게 된다.[27] 이러한 여건에서 순영에게는 창녀와 같은 신분으로 전락하거나 모던 걸 같은 새로운 문물의 주인공으로 편입될 가능성만 있을 뿐 조선적인 기생으로 성장할 여지는 없다. 비록 기생수업을 받기 전, 분홍 적삼감과 남빛 치마감을 끊어와 제대로 옷을 갖추어 입고 제대로 된 조선 소리를 배우려 하지만, 이 모든 것은 그저 형식에 지나지 않는다. 순영의 수양어미이자 퇴기인 송씨는 그 몰락과정을 대표하는 인물이다. 그녀는 한때 제대로 된 평양 기생의 격조 있는 생활을 했다. 변화한 시대 풍조에 발맞춰 레코드 녹음도 하는 등 화류계의 중심에도 섰었지만, 여러 남자를 전전하며 술·담배·아편에 빠져 결국 "뚜장이" 신세로 전락해버린 처지이다.[28]

---

26) 김광형, 「고소설에 나타난 조선조 여인상」, 『여성문제 연구』 제17집, 효성여자대학교 부설 한국여성문제연구소, 1989.

27) 김진송, 『서울에 딴스홀을 허(許)하라』, 현실문화연구, 1999, 5장 참조

28) 작품 내에서 송씨의 직접적인 몰락 원인으로 들고 있는 것은 그녀의 못된 성격이다. 남자를 농락해서 망쳐야 직성이 풀리는 나쁜 여자였기 때문에 인심을 잃

또 술장사하는 노파와 송씨가 나누는 대화에서 요즘은 기생노릇으로 돈 벌기는 어렵다, 또 기생 노릇을 제대로 배우려면 비용과 시간이 만만찮게 드는데, 정작 기생이 활동할 요리집은 불황이라는 시대 상황이 상세하게 드러난다. 결국 기생노릇을 하며 사는 일이 현실적으로 불가능한 시기가 되었다는 것이다.

이런 상황에도 불구하고 순영의 기생 수업은 조선 소리를 배우는 것으로 시작한다. 게다가 소리 선생은 순영에게 제일 먼저 "제대로 노래를 배우는 격식"에 맞춰 시조를 가르친다.

> "이것은 우리 조선의 유명하신 정포은 선생이 지으신 시조다. (…중략…) 하니까 나중에는 별별 잡소리를 다 할지라도 처음에는 그러한 좋은 소리를 배우는 것이다."
>
> 하고 다시 그 사설의 뜻을 설명하는데, 특별히 <임>이라는 말에 대하여 자세히 말하였다.
>
> 임이라는 말은 무식한 사람들은 서방님이나 정든 임이나 그러한 데만 쓰는 말인 줄 알지마는 그런 것이 아니라 흔히는 임금님을 임이라고 써왔고, 그 외에도 부모라든지 부부든지 나라든지 어디든지 자기의 생각하는 바를 임이라고 쓴다는 것을 말하였다.[29]

순영의 소리선생은 시대의 변화를 부정적으로 생각하지만, 어찌할 도리가 없다면서 그저 묵인하다시피 살아가는 인물이다. 그렇다할 지

고, 화류계 생활을 제대로 못했다는 것이다. 송씨의 성격이 몰락의 직접적인 이유이긴 하지만, 여기에서 주목하고 싶은 것은 송씨가 화류계의 중심을 차지하고 있었다고 할지라도, 애초의 출발에서처럼 평양기생의 격조있는 생활을 영위하지는 못한다는 것이다. 이미 그 시대는 레코드에 창가를 녹음하거나, 귀족이나 부자들의 연회 자리에 참가해서 돈을 많이 벌어야 한다는 것으로 기생을 변화시켜 놓았기 때문이다. 따라서 송씨의 몰락은 개인적인 이유와 함께 시대적인 변화에서도 원인을 찾아야 할 것이다.

29) 「박명」, 『한용운 전집』 6, pp.69~70.

라도 처음에는 반드시 좋은 소리를 배워야한다며 「단심가」를 가르친다. 이는 단지 시조라는 조선음악의 장르를 배우고 가르친다는 의미 이상의 무엇을 담고 있는 것이다. 실제로 소리 수업을 마치고 돌아온 순영이 시조 중에서 「단심가」를 배웠다는 말에 송씨는 "허다한 시조에 왜 하필 죽네 사네 하는 시조를 가르쳤을까?"하고 의아해할 정도다.

소리선생이 「단심가」를 통해 강조하고 있는 것은 시조라는 음악적 특성보다 내용 특히 <임>의 의미다. 위 인용문에서처럼 소리 선생의 <임>에 대한 설명은 흥미롭게도 후대의 연구자들이 한용운의 대표시 「님의 침묵」에서 '님'을 조국과 민족, 부처와 불교적 진리, 자연, 중생, 시적 대상, 연인 등 복합적으로 해석해왔던 논의와 맥을 같이 하고 있다. 따라서 '나와 임'의 관계는 남/녀라는 근대적인 이항대립의 구도를 넘어선 단계라 할 수 있다.

더구나 <군사부일체, 품행, 정조, 보은, 일편단심>과 같은 전근대적인 덕목은 작품 전체에서 중요한 가치로 설정되어 있다. 그러나 이 용어들이 의미화되는 맥락은 전근대적인 가치 수호에 있지 않다. 즉 전근대적인 신분질서의 위계화에 따른 것이 아니라, 자신의 존재의의를 확보할 수 있는 즉 나의 신념과 관련된 문제다. 이 문제가 더 구체화되는 것은 작품의 결말에서 순영이 <보은>이라는 용어를 내세워 남편 뒷바라지에 전심전력하는 부분이다. 작품 후반부에 설정된 순영의 <보은>을 두고, 당대 신여성들은 구시대적인 유물, 신시대의 방해물인 열녀라고 비판을 가한다.

> "우리는 저런 것을 보면 곧 죽이고 싶은 생각이 나요." (…중략…)
> "(…전략…) 여권확장이라는 것은 바꾸어 말하면 개성을 발휘하는 것이거든. 개성이 없어야 무엇이 되겠어요. 구도덕으로는 여자는 남자에게 복

종만 하는 것이요, 손톱만한 권리도 없거든. 개성을 말살하고 남편만을 위하는 것은 현모양처라고 하고, 남편을 위하여 수절을 한다든지 죽기라도 하는 것을 열녀라고 하는 것이 아니오? 그렇게 되면 여자라는 것은 남자를 위해서 생긴 한 물건에 지나지 못하는 것이요. 인격을 가지는 것은 아니거든. 그러한 구도덕을 파괴하고 정당한 신도덕을 건설하기 위하여 우리가 여성운동을 하는 것이 아니냔 말이지. 그런데 저러한 썩은 물건들이 구도덕의 노예가 되어 가지고 저의 개성은 한 푼어치도 없이 다 죽어가는 아편장이를 좇아다니면서 가장 열녀인 체하고서 저 지경을 하니, 조선의 여성운동이 될 수 있겠느냐 말이요. 그런데 썩은 사내녀석들은 그것이 좋다고 찬성을 하면서 돈까지 거둬서 도와주니 기가 막힐 일이 아니오? 우리는 성미가 편벽되다고 할까 철저하다고 할까, 우리 운동에 방해가 되는 저 따위 인간을 보면 곧 죽이고 싶어서 못 견디겠어."[30]

비록 동냥일지라도 밥과 반찬을 얻어다 대철(예전 남편)을 먹이면서 잠시라도 옆을 떠나지 않고 "하다못해 이(虱)라도 잡아 주는 것"을 "직무"로 아는 순영은 그 부근에서 유명해진다. 구경꾼들은 아편장이 부부를 보며 "저런 게 정말 연애"라면서, 음식을 챙겨주고 돈을 거둬주며 <열녀>라는 칭찬을 아끼지 않는다. 그러나 이 광경을 보고 신여성들은 적의에 가득차서 비판한다. 심지어 열녀라는 순영을 죽이고 싶다는 말까지 서슴지 않는다. 그녀들(신여성)의 논리는 순영은 청산해야할 구도덕의 상징이고, 그 때문에 다른 사람들에게까지 나쁜 영향을 미친다는 것이다. 여성운동을 확산시켜야 하는데, 오히려 열녀라는 순영이 대다수의 공감을 얻고 있으니 "운동에 대한 좀이요 장애물"을 없애고 싶은 적대감이 솟아오른다.

이때 신여성은 여성의 권리 획득을 내세우는 인물이다. 이들은 교육권, 경제권, 자유연애와 결혼 등을 주장하고, 남성과 동등한 권리를

30) 「박명」, 『한용운 전집』 6, pp.268~269.

요구한다. 가부장제로 대표되는 남성적 권력은 주된 공격대상이다. 이는 여성에게 갖가지 제약이 가해졌던 당대 상황에서 지극히 당연하고 현실적인 일이다. 그러나 이는 남/녀의 대립구도를 전제한 근대적 이항대립의 구도에 서 있는 것이라 할 수 있다. 약자 혹은 피해자 입장에서 여성 타자의 권익을 보호하려고 할 때, 현실적인 불평등을 해결할 수는 있겠지만 주체-타자의 대립을 폐기시킬 수는 없다. 실제로 당대 신여성을 중심으로 한 여성운동에 대해 역사적 의의를 인정할지라도 결국 식민지와 근대라는 복합적인 모순을 넘어서지 못하고 결국 '현모양처' 담론으로 수렴되어버리는 한계를 간과할 수는 없다. 마찬가지로 한용운이 신여성의 당대적 의미, 즉 현실 상황에서 제기되는 사회적 의미를 간과하고 피상적으로 언급하고 있는 한계를 인정할 수밖에 없지만, 남/녀의 대립구도를 넘어서고 있다는 의미를 다시 생각봐야 하는 것이다.

순영의 <보은>이란 추상적이긴 하지만 전통적인 열녀의 의미와는 다소 다르다. 순영이 대철을 보살피는 상황에서는 주로 그 행동을 집중적으로 묘사하고, <보은>의 의미는 잘 드러나 있지 않다. 그러나 결말부에 이르러 순영이 환희사를 찾아가 불교에 귀의했을 때 비로소 <보은>의 의미가 거론되기 시작한다. 순영이 만나고자 했던 환희사의 공수좌(정공스님 혹은 공보살이라고 함)는 이미 돌아가셨지만, 순영은 그의 상좌가 되기로 하고 선행이라 이름 짓고 오계를 받는다. 공수좌 영가를 위해 석왕사의 유명한 덕왕스님이 오셔서 설법을 하는데, 이어서 선행수좌를 위해 설법을 한다. 선행수좌(순영)의 <보은>은 종교적 수양, 학문적 지식, 교양, 명예 등 때문이 아니라 타고난 천품으로 "사람에게 가장 아름다운 순진한 보은의 관념과 불행한 사람을 불쌍히 여기는 아름다운 덕으로서 자기도 모르게 행한 것."이라고 칭송하고, 그러한 희생에 국가/사회를 위한 것과 개인을 위한 것이 대소(경중)이 있는 것이 아니라고 설명한다. 뒤이어 아편장이로 몰락한 대철을 보살핀 것이 열녀라는 명분에 사로잡힌 부질없는 짓이며, 부도덕한 인물에게 희생을 바친 것이 오히려 사회에 악영향 끼친 것이라 비판할 수도 있으나, "은혜를 갚는 데와 자비를 베푸는 데는, 그 사람의 인격과 경우를 저울질 하여서 하는 것이 아닐" 뿐만 아니라 그것이 불교의 이타, 자비와 통하는 것이라고 강조한다.

> 은혜를 잊지만 아니하여도 무던한 일이거늘, 그것을 갚기 위하여 모든 유혹과 모든 굴욕을 다 피하여 가면서, 행복의 전부를 보은의 제물로 바친 것이 위대하지 아니하면 어떤 것이 위대하리요. 만일 자리를 바꾸어서 선행수좌로 하여금 국가를 위하게 되었다든지 사회를 위하게 되었다면 마찬가지로 그만한 희생을 하여가며 끝까지 나아갔을 것이고, 무슨 주의자나 사상가가 되었다면 시종일관 생명을 내기하더라도 변함이 없어서 원숭이 같은 신사들을 부끄러워 죽게 하였을 것이다. 선행수좌와 같은 이는 실로 위대한 인물이다.[31]

덕암스님의 설법을 통해 설명되는 순영의 보은은 이미 남/여의 구도를 벗어난 것이다. 열녀의 희생이라면 당연히 지아비를 위한 것이지만, 위 인용문에서처럼 순영의 희생은 대철(개인)→사회→국가로 확장될 수 있는 보편의 가치에 속하는 것이다. 이는 바로 불교의 대자대비와 일맥상통하는 가치이기도 하다. 따라서 "정조나 복종 같은 '오래된 가치'를 적극 표방함으로써 근대적 연애관을 전복하려 했던 열정의 패러독스가 담겨 있다."[32]는 평가까지도 가능한 것이다.

---

31) 「박명」, 『한용운 전집』 6, p.289.

32) 고미숙, 앞의 글, p.278.

4. 근대를 넘어선 여성성

1929년 잡지 『별건곤』은 신년을 맞이해서 각계 인사들에게 '새 정월에 생각나는 사람'이라는 주제로 원고를 청탁한다. 윤치호, 송진우, 최린, 최남선 등 당대 유명인사들은 자신들의 명성에 걸맞게 김옥균, 손병희, 정몽주, 최수운 등 지난 시대의 명망있던 이들을 떠올린다. 이때 한용운은 "천하 명기 황진이"를 새해를 맞이하여 생각나는 사람으로 거론한다. 그 스스로도 "신년 벽두에 그를 먼저 생각한다면 누구나 오해를 가지기 쉬울 것"[33]이라면서 황진이가 천하미인이거나, 노래와 춤 혹은 시와 글씨가 뛰어나기 때문에 주목하는 것은 아니라고 전제한다. 전해오는 이야기에서처럼 황진이를 사모한 총각이 상사병으로 죽고 나자 자기의 미색으로 죽을 사람이 있었고, 앞으로도 있을지 모른다는 충격에 "당대의 정조고 문벌이고 다 집어치고 아주 해방적인 생활을 하는 것이 올켓다"[34]고 생각한 황진이에게 감명받았다는 것이다. 이때 상사병으로 죽은 총각에 대해 충격을 받았다는 사실은 자기중심적인 삶에서 벗어나는 계기가 된 것이다. 나아가 한용운은 자기로 인해 타인의 삶이 변형될 수 있음을, 즉 자신과 타자의 관계를 고민하기 시작했다는 것, 그래서 당대의 지배적인 가치(정조, 문벌)을 다 무너뜨리고 "해방적인 생활"을 했다는 것에 주목한다. 결국 한용운이 신년 벽두에 황진이를 거론하는 것은 여성적 가치나 그 여성이 이룬 외부적 성과가 아니라 어떻게 주체 중심적 삶의 경계를 넘어서는가에 대한 관심인 셈이다.

마찬가지로 기존의 연구에서 『님의 침묵』의 여성성이 단지 남/녀간

---

33) 한용운, 「천하명기 황진이」, 『별건곤』, 1929. 1. p.43.

34) 한용운, 위의 글, p.43.

의 문제일 뿐만 아니라민족과 사회 나아가 사상적인 차원에서 해석될 수 있는지를 설명했다면, 본고에서는 그 의미가 근대적인 여성운동의 단계를 넘어선 차원에서 놓여 있다는 것을 설명하고자 했다. 한용운의 소설들이 보여준 여성인물들의 긍정성은 남/여 관계를 넘어선 가치들을 체화함으로써 가능했다. 특히 「흑풍」의 창순, 「박명」의 순영은 표면상 상대 남성을 위해 자신을 희생하는 것처럼 보이지만, 궁극적으로 그들의 희생은 자신의 존재의의를 확장하고 새로운 가치를 생산하기 위한 것이었다. 소수자인 여성이 주체와 대립적인 존재로서의 타자의 위치를 자각하고, 주체를 기준으로 결여된 타자의 권리를 확보하는 것이 아니라 자신의 소수성 그 자체로서 다른 가능성을 생산해내는 것이다. 『님의 침묵』에서 여성성 또한 식민지 치하의 서정시였기 때문에 민족이나 사회적 의미로 단순확장시킬 수 있는 게 아니라, 그 여성성들이 생산하는 소수자로서의 가능성 때문에 그러한 것이다.

<여성>을 주목한다는 것은 자칫 환원되지 않는 고유한, 본질적인 차이를 설정하는 일이 되어 버릴 수도 있다. 실제로 근대 여성운동은 여성의 권리 획득을 위한 투에서 현모양처 담론으로 귀결될 위험을 아슬아슬하게 가로질러 왔다. 여성성의 강조가 자칫 그것으로 경계지워지는 자가당착에 빠져버리기도 하기 때문이다. 이 위험을 정치적으로 이용한 것이 파시즘이기도 하다. 파시즘에서는 가족주의라는 근대의 폐쇄적인 욕망을 적극 도입, 재생산해냈다. 특히 독일 나치즘에서 위대한 어머니, 성스러운 어머니는 대중에게 가장 많이 보급된 이미지이기도 하다. 이와같은 문제를 고려한다면 어쩌면 타자를 전제하는 것부터가 폭력적인 관계의 출발일런지도 모른다. 관계구성과 그로부터 생산되는 것이 무엇인지를 되묻지 않는다면 주체-타자의 근대성 담론이 지닌 모순에 우리는 언제나 쉽사리 갇혀버릴 수 있을 것이다.

기존의 언어/인식이 배태시킨 '여성'을 거론함으로써 '하나'로 환원할 수 없는 차이를 사유하고, 그로부터 더 이상 타자를 식민화하지 않는 연대 관계 이른바 자신 속에 타자를 품고 있는 혼성적 주체를 가능하게 한다. 그러나 이 가능성이 사유의 장안에서 안온하게 진행되는 것으로써 주어지지는 않는다. 자신의 죽음마저 마다치 않고 스스로 타자가 되어 자기 안의 타자를 주체로 내보내는 출산의 고통은 필수불가결하다. 차이를 무화시키는 것 자체로서 새로운 <생성>이 가능해지지는 않기 때문이다. 차이를 무화한다는 것은 차이를 망각하는 것과는 다르나 그 또한 아슬아슬한 경계에 놓여 있다.

"차이는 갈등과 나란히 가는 것이며 그와 동시에 갈등을 넘어선 것"[35]으로서 차이를 재현하고자 하는 어느 여성 예술가의 발언도 이런 맥락에서 생생하게 읽힌다. 갈등없는 차이를 보여주는 것, 그로써 차이를 재현한다는 것이 그녀의 작업이다. 그러나 이것이 한편으로는 내부자만이 내부자를, 타자만이 타자를 알 수 있다는 역설적인 식민주의 논리에서 벗어날 수 있는 재현양식이 될 수 있는 반면 다른 한편으로 갈등없는 차이-차이의 무화는 언제라도 또다시 차별화, 비체화, 타자화로 연결될 위험을 안고 있다.[36] 갈등과 폭력이 넘쳐나는 세계에서 평화로운 차이의 재현과 전시는 언제든지 보수적인 미학으로 전유될 수 있고, 차이 자체를 망각하게 만들어버릴 수 있다. 억압의 해결방식은 외연적인 원인들만 제거해서 되는 것이 아니라 주체의 자기변형과 체제의 변화가 복합적으로 전개되어야 하는 것이다. 결국 한용운의 페미니즘은 결국 가족주의라는 근대의 폐쇄적 욕망 안에서 여성 '되기' 즉 소수성을 적극적으로 사고한 탈식민주의 페미니즘의 맥락에

35) 트린민하 저, 이은경 역, 「너 아닌/너 같은」, 『여/성이론』, 2003 겨울, p.316.
36) 임옥희, 「트린민하」, 『여/성이론』 2003. 겨울, 2003, p.310.

놓여있다고 평가할 수 있다. 그 때문에 우리는 『님의 침묵』을 비롯한 한용운의 문학이 제국주의 국가를 전복할 힘을 가지고 있다고 말할 수 있을 것이다. 여성의 삶은 정교하게 이론화되지 않았다. 논리적으로 서술되지 않았다. 그러나 여성의 삶은 가장 탈중심적이다. 현실적 의미에서도 중심에서 비껴나 있으며, 여성의 언어 자체도 로고스와 떨어져있다. 몸으로, 삶 자체로, 존재자체로 탈중심화 되어 있는 여성. 이 의미가 한용운이 살려낸 문학 내의 여성성이라 할 수 있다.

• 찾 / 아 / 보 / 기 •

ㄷ

ㅁ

ㅂ

ㅅ

ㅇ

ㅍ

ㅎ

저자 김연숙(金淵淑)

경북 안동 출생.

경희대학교 국문과 및 동대학원 국문과 졸업. 문학박사.

현재 경희대학교 후마니타스 칼리지 객원교수, 수유+너머 연구원, 한국대중서사학회 편집이사, 한국여성문학학회 섭외이사로 활동 중.

저서로 『한국의 식민지 근대와 여성공간』(공저), 『신여성-매체로 본 근대여성 풍속사』(공저), 『여성의 몸 : 시각 · 쟁점 · 역사』(공저), 번역서로 『확장하는 모더니티 : 1920~30년대 근대일본의 문화사 2』(공역), 『근대지의 성립 : 근대일본의 문화사 3』(공역) 등이 있다.

그녀들의 이야기, 신新_여성

-한국근대문학과 젠더 연구-

초판인쇄 2011년 8월 18일

초판발행 2011년 8월 25일

지은이 김연숙

펴낸이 이대현

편 집 박선주

디자인 이홍주

펴낸곳 도서출판 역락

서울 서초구 반포4동 577-25 문창빌딩 2층

전화 02-3409-2058(영업부), 2060(편집부) | FAX 3409-2059

이메일 youkrack@hanmail.net

등록 1999년 4월 19일 제303-2002-000014호

ISBN 978-89-5556-933-9 93810

정 가 26,000원

* 잘못된 책은 교환해 드립니다.